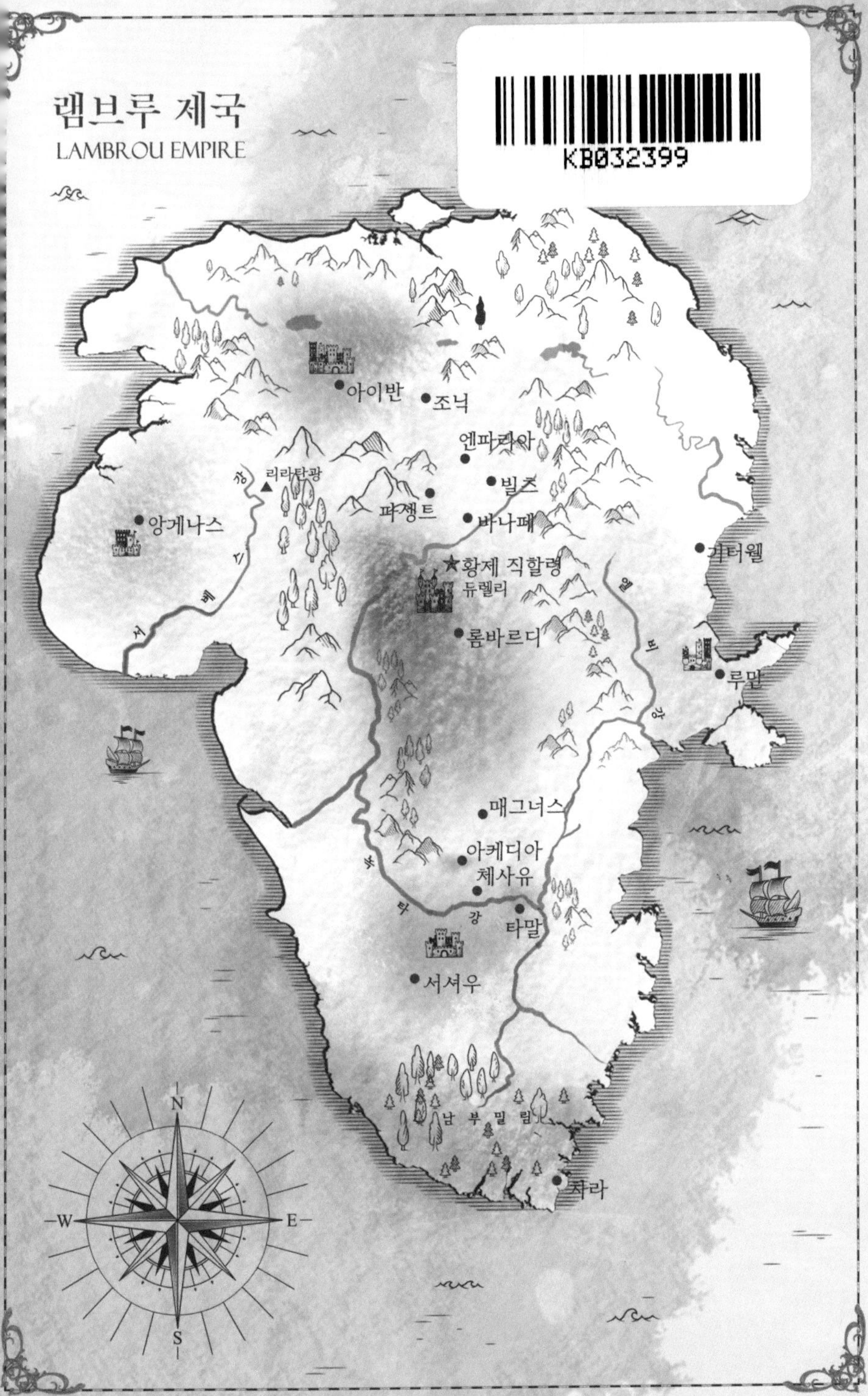

램브루 제국
LAMBROU EMPIRE
아이반
조닉
엔파리아
빌츠
파젱트
바나페
리라탄광
앙게나스
서베스 강
★황제 직할령
듀렐리
롬바르디
거터웰
엘미 강
루만
매그너스
아케디아
체사유
녹타 강
타말
서셔우
남부밀림
차라
N
S
W
E

I shall Master this Family

이번 생은 가주가 되겠습니다

김로아 장편소설

D&C BOOKS

이번 생은
가주가 되겠습니다 5
김로아 장편소설
D&C
BOOKS

Chapter II-2

Chapter 11-2

황제의 행렬이 사냥 대회에서 돌아오고 있었다.

라비니 황후는 황제를 가장 먼저 맞이하기 위해 궁 앞에 마중 나와 있었다.

가장 화려하고 앞선 마차에서 요바네스 황제가 내렸다.

그리고 그 뒤를 따르던 마차에서 페레스가 내렸다.

그런데 이상했다.

아스타나의 마차에서는 아무도 내리지 않았다.

“폐하, 1황자는 어디에…….”

라비니 황후가 막 물을 때였다.

“어머니! 어머니!”

행렬 뒤쪽에서 누군가가 큰 울음을 터뜨렸다.

무심코 그쪽을 바라본 라비니 황후의 얼굴이 경악으로 물들었다.

"화, 황자! 황자, 어째서……!"

온몸이 흙과 굳은 피로 엉망인 아스타나가 라비니 황후를 보자 서럽게 울어 댔다.

"어머니! 허엉, 어머니!"

"허억!"

그리고 붕대로 감긴 아스타나의 오른손을 본 라비니가 소리 없이 비명을 질렀다.

"이게 어찌 된 일입니까, 폐하! 이게 어찌……!"

하지만 요바네스 황제는 대답해 주지 않았다.

황후의 손길을 쳐 내며 말할 뿐이었다.

"1황자를 끌고 가라."

"안 됩니다!"

라비니 황후가 아스타나의 앞을 막아서며 외쳤다.

"도대체 황자가 무슨 죄를 지었다고 이러십니까! 그것도 다친 황자를……."

"황제 시해 미수의 혐의와 반역이오."

황후의 두 눈이 크게 뜨였다.

요바네스 황제는 차갑게 대답한 뒤 계단을 올라갔다.

굳어 버린 황후를 혼자 둔 채로.

"이거 놔라! 어머니! 어머니이!"

아스타나는 끌려가며 황후를 불렀다.

그러나 이번에는 라비니 황후도 그것을 막아 줄 수 없었다.

"말도…… 안 돼……."

믿을 수 없어 중얼대는 황후의 앞으로 페레스가 지나갔다.

순간 라비니의 푸른 눈과 페레스의 붉은 눈동자가 마주쳤다.

"너, 너어……."

사태를 파악하기 시작한 황후를 스쳐 가며 페레스가 기사단장에게 명령했다.

"죄인을 감옥에 가둬라. 내가 직접 취조할 것이다."

요바네스 황제의 뒤를 따라 계단을 오르는 페레스의 한쪽 입꼬리가 조용히 비틀려 올라갔다.

온 나라가 뒤집어졌다.

1황자가 황제를 시해하려다 현장에서 황실 기사단에게 잡혔으니 당연한 일이었다.

귀족 사회도 함께 들썩였다.

그동안 아스타나의 뒤에 줄을 섰던 이들은 아연실색하며 이제라도 페레스에게 잘 보이려 안달이 났다.

1황자에 황후 소생의 적장자라지만 황제 시해 미수와 반역이라는 무시무시한 죄명 앞에서는 무용지물이었다.

"2황자의 포이락궁 앞에 매일같이 귀족들이 줄을 서 있습니다."

베이트가 내게 보고했다.

"이제라도 페레스에게 줄을 대 보려는 거겠죠. 근데 그런다고 댈 수 있으려나 몰라."

페레스는 그들을 밀어내지 않을 것이다.

자신을 따르지 않는 이들을 모두 잘라 내는 황태자는 없다.

다만 자신에게 대항했던 이들의 머리가 되는 몇몇 이들을 잘라내겠지.

"여전히 황후 쪽에 남아 있는 사람들은 얼마나 돼요?"

"생각보다 꽤 됩니다."

내 질문에 베이트가 어깨를 한번 으쓱해 보이며 대답했다.

"일단 앙게나스를 비롯해 그 봉신 가문들의 세력이 꽤 됩니다. 또한 그동안 황후의 주선으로 앙게나스와 혼인한 이들도 많은 터라."

"이미 발 빼기 늦은 사람들이 아직 굳건하다는 말이네요."

"황제 폐하를 시해하려고 했을 때 1황자가 제정신이 아니었다는 소문이 돌고 있습니다. 덕분에 정상 참작을 기대하는 이들도 적지 않으니까 그런 것 아니겠습니까?"

"그래서, 정말 제정신이 아니었대요?"

그날 칼을 들고 달려들던 아스타나의 얼굴이 아직도 똑똑히 기억난다.

무조건 제정신이 아니었겠지.

아니나 다를까.

베이트가 고개를 끄덕였다.

"마기에 취해 있었답니다. 말 그대로 아비, 어미도 못 알아볼 정도로요."

"하지만 마기에 그 정도로 취하는 경우는 흔치 않을 거고 말이죠. 맞죠?"

베이트가 이번에도 고개를 끄덕였다.

광인의 숲이라고 하더라도, 몬스터를 잡았다고 하더라도 마기가 그렇게까지 침투하기는 쉽지 않다.

그것도 광인의 숲 초입에서.

"아무래도 마기를 흡수하게 하는 약을 먹었던 게 아닌가 싶습니다."

베이트가 저렇게까지 말하는 것을 보면 정확히 출처를 밝힐 수는 없지만 들어온 정보가 있다는 뜻이다.

"약이라……."

페레스다.

처음부터 광인의 숲에서 사냥 대회를 열자고 제안한 것도 녀석이었다.

또한 황제의 보호구를 도금한 것으로 준비해 달라고 한 것도.

"지난번에 내가 말한 몬스터는 확인됐나요?"

"네, 캉파라는 긴 발톱을 가진 몬스터로 까마귀처럼 반짝이는 것을 모으는 습성을 가지고 있다고 합니다."

역시. 내 예상대로였다.

페레스는 일부러 황제를 그 길목으로 안내했고 자신과 방어구를 바꾸게 했다.

"시작됐네."

페레스의 복수가.

이전 생에서 녀석의 복수는 길고 철저했다.

황태자로 올라가는 길부터 시작해 자신이 받았던 고통을 고스란히 되돌려 주었다.

그런 페레스를 막을 생각은 없다.

아니, 도와줄 계획이다.

나는 클레리반을 돌아보며 말했다.

"클레리반 님, '그것'을 사용할 때가 다가오고 있는 것 같아요. 잘 준비해 두세요."

"예, 롬바르디 저택으로 옮겨 놓겠습니다."

클레리반이 편안하게 미소 지으며 대답했다.

요바네스 황제가 잠을 못 자 초췌한 안색으로 유리잔에 술을 따랐다.

인사불성이 될 때까지 술을 마시고 술기운에 잠이 든다.

그리고 일어나 다시 술병을 손에 쥔다.

사냥 대회에서 돌아온 뒤 반복되고 있는 황제의 일상이었다.

결국 보다 못한 시종장이 룰락에게 따로 연락을 하는 지경에 이르렀다.

"한잔하세요."

요바네스가 룰락 앞에 술이 든 잔을 내려놓으며 말했다.

"이런 독주를 매일 마시고 계신 겁니까?"

룰락이 눈살을 찌푸리며 물었다.

"이걸 마시지 않으면 잠을 잘 수가 없어요."

요바네스는 힘없이 대답했다.

그러면서도 황금색 술을 한입에 빠르게 털어 넣었다.

"폐하께 좋은 소식을 전해 드릴 수 있다면 좋겠습니다만……."

룰락은 술잔을 입에 대지 않고 도로 내려놓으며 말문을 열었다.

"궁 밖의 민심에 신경을 쓰셔야겠습니다."

룰락의 바른말에 요바네스 황제가 인상을 쓰며 관자놀이를 꾹꾹 눌렀다.

듣기 싫다는 뜻이었다.

하지만 룰락은 그러거나 말거나 말을 이었다.

"1황자가 폐하를 시해하려 했다는 소문이 퍼지면서 민심이 불안해하고 있습니다. 게다가……."

룰락이 일부러 요바네스가 궁금해하도록 말꼬리를 길게 끌다 말했다.

"브라운 가문에 대한 이야기도 다시 화제가 되어서 말입니다."

"브라운 가문?"

벌써 두 번째 잔을 따르던 요바네스가 눈을 치켜떴다.

"정확히 무슨 소문입니까?"

"40여 년 전에 브라운 가문을 습격하고 브라운 가주를 죽였던 것이 앙게나스 가문이라는 케케묵은 소문이지요."

"그러니까 그 케케묵은 소문이 왜……!"

룰락이 '진정 알고 싶으냐'는 뜻을 담아 요바네스를 바라봤다.

잠시간의 침묵 뒤에 룰락이 입을 열었다.

"적황자인 1황자가 미쳐 황제 폐하를 시해하려고 한 것이 오래전 황실이 충성스러운 신하였던 브라운 가문을 배신하고 버린 벌을 받은 것이 아니냐…… 뭐, 그런 소문입니다."

"그게 무슨!"

요바네스가 격분했다.

"그것은 내가 한 일이 아니지 않습니까! 선황이 한 일입니다!"

요바네스는 억울했다.

황자 시절부터 가깝게 지내던 앙게나스 가문을 밀어 준 것은 선황의 선택이었다.

그래서 그들이 모종의 방법으로 브라운 가문을 밀어내고 서부에 자리를 잡을 수 있도록 눈감아 주었고, 그 후에는 아들인 요바네스와 라비니를 정혼시켰다.

모든 것이 선황의 뜻이었는데! 왜 요바네스 자신이 욕을 먹어야 한단 말인가!

자꾸 꿈에 나타나 잠을 자지 못하게 하는 것도 모자라 그런 골치 아픈 일까지 떠넘기다니.

죽어서까지 자식의 앞길을 막는 자다웠다.

"무지한 이들이 무엇을 알겠습니까."

룰락이 요바네스를 달래듯 편을 들어 주며 말했다.

"그저 뭘 모르고 황실이 브라운 가문을 버린 벌을 받는다고 쑥덕대는 것이지요. 제국 검법 때문에 평민들에게도 유명한 브라운 가문이 아닙니까."

"흥."

요바네스가 코웃음을 쳤다.

"부친께서 왜 브라운 가문을 그토록 고깝게 여기셨는지도 알겠습니다. 제국 검법이나 들먹이면서 브라운 가문, 브라운 가문 하는 꼴들이라니."

황제의 질투는 무섭다.

그 질투의 대가로 브라운가는 멸문한 것이고.

"하지만 지금 상황에서는 브라운 가문만큼 그런 소문을 빠르게 잠재울 수 있는 이들도 없지요."

"그게 무슨 말씀입니까?"

미움받기는 싫은 황제인 요바네스는 귀를 쫑긋했다.

"브라운 가문을 복권시키십시오. 그렇다면 앙게나스에 대한 쓸데없는 소문을 잠재울 수 있을 겁니다."

"브라운 가문이라……."

턱을 쓸던 요바네스가 룰락에게 물었다.

"힘들지 않겠습니까? 몇십 년이 지난 지금에서야 복권이라니."

"폐하께서는 그저 귀족회에 브라운 가문이라는 화제를 던지시기만 하면 됩니다."

그 뒤는 2황자 그 승냥이 녀석이 알아서 하겠지.

브라운 가문을 덥석 떠넘길 때는 그 정도 계획은 있었으리라.

"적어도 브라운 가문에 대해서 떠드는 동안 황실에 대한 이야기는 잠잠해지지 않겠습니까."

룰락이 여유로이 웃었다.

잠시 고민을 하던 요바네스가 이내 대답했다.

"그래요. 그렇게 하겠습니다."

마침 며칠 뒤에 귀족 회의가 예정되어 있으니 시의도 적절한 결정이었다.

"1황자에 대한 일은 어찌하실 생각이신지요."

룰락의 물음에 요바네스가 다시 술을 들이켰다.

저주를 내리던 선황의 핏발 선 눈이 떠올랐기 때문이었다.

어깨를 한차례 부르르 떤 요바네스가 룰락에게 되물었다.

"내가 왜 2황자를 황후의 손에 방치했는 줄 압니까?"

그에 룰락은 쓰러져 가는 별궁에서 2황자를 처음 봤던 날부터 줄곧 심중에 둬 온 대답을 했다.

"2황자가 선황을 빼닮았기 때문이겠지요."

"맞습니다. 그래서 어릴 적부터 멀리에 두고 경계해 왔던 것인데."

사실은 1황자가 그 저주의 산물이었다니.

요바네스는 더 이상 생각하기도 싫다는 듯, 한 손을 휘휘 저으며 말했다.

"그 일은 2황자에게 맡길 생각입니다. 그 자리에 함께 있었으니 알아서 잘 경위를 조사하겠지요. 나는 신경 쓰고 싶지 않습니다."

아이고, 저런.

룰락은 웃음을 터뜨리지 않기 위해 주먹을 꽉 말아 쥐었다.

고양이에게 생선 가게를 맡긴 어리석은 가게 주인을 코앞에서 보게 되었으니, 배꼽을 잡고 한바탕 웃고 싶은 심정이 굴뚝같았다.

와장창!

물건이 부서지는 커다란 소리가 1황자가 구금되어 있는 방 안에서 들려왔다.

"약! 약을 가져와! 아아악!"

악에 받친 절규도 문 틈새로 새어 나왔다.

아스타나가 초저녁 즈음 깨어난 뒤로 계속 저렇게 소리를 지르고 있는 것이다.

"어, 어쩌지……."

죄를 지어 갇혀 있는 신세라고 하여도 황자는 황자라.

그런 황자의 뒤치다꺼리를 하기 위해 배정된 하녀 둘이 안에서 흘러나오는 소리에 발을 동동 굴렀다.

"약은 전부 드렸는데……."

"구, 궁의께 연락을 드려야 할까?"

불안하게 눈을 굴리던 하녀들이 참다못해 그렇게 말했을 때였다.

"그럴 필요 없다."

낮은 목소리가 그들의 등 뒤에서 들렸다.

"2황자 전하!"

황실 기사들을 대동한 페레스를 보자 하녀들의 얼굴에 화색이 돌았다.

"너희들은 내일 아침에 다시 오면 된다. 돌아가라."

페레스의 명령에 하녀들은 다시 잡힐세라 도망치듯 밖으로 나갔다.

"들어가시죠."

슬로언 경이 앞섰다.

문이 열리자마자 아스타나의 고함 소리가 터져 나왔다.

"이봐! 너! 날 이렇게 묶어 두고 네 목이 남아날 것 같으냐! 날 풀어라! 당장! 아악!"

침대에 한쪽 발이 묶인 아스타나가 온몸을 비틀며 악을 썼다.

"날 이렇게 모욕하다니, 죽여 버리겠……!"

아스타나의 고함이 멈춘 것은 페레스가 방 안으로 들어선 직후였다.

"아스타나 네렘페 듀렐리, 너의 황제 시해 미수 및 반역죄 취조를 시작하겠다."

"그, 그게 무슨 소리냐! 황제 시해…… 반역이라니!"

아스타나는 죄명을 차마 입에 다 담지도 못하고 얼굴이 하얗게 질렸다.

얼마나 발버둥을 쳤는지, 천에 묶인 발목은 다 까져 붉게 물들었고 궁의가 묶어 놓은 오른팔의 붕대도 엉망으로 풀려 있었다.

제 더러운 성질을 제가 이기지 못한 것이다.

하지만 그런 아스타나의 모습을 내려다보는 페레스의 얼굴은 여전히 무표정했다.

"지금 기억이 나지 않는다고 주장하고 싶은 건가?"

페레스가 건조한 말투로 질문했다.

"말도 안 되는 소리 마라! 내가 어째서 폐하를……."

아스타나가 아직 혼란스런 얼굴로 중얼거리듯 말했다.

그러다 다음 순간 눈을 치켜뜨며 페레스를 향해 소리를 질렀다.

"잠깐만, 지금 내가 여기에 묶여 있는 이유가 그거냐? 폐하를 시해하려 했다고?"

"그렇다."

"하! 그렇다면 됐다! 하하!"

아스타나가 돌연 웃음을 터뜨렸다.

잔뜩 땀에 전 머리와 흐트러진 옷, 그리고 핏발이 선 눈 때문에 웃는 모습이 마치 실성한 광인 같았다.

"뭔가 오해가 있었던 게 틀림없다! 내가 죽이려던 것은 폐하가 아니라 너다! 그러니 어서 이걸 풀어!"

기사들의 얼굴이 애매해졌다.

어찌 설명할까요.

동시에 페레스를 바라봤다.

페레스는 코웃음을 치는 아스타나를 빤히 보다가 대답했다.

"네가 죽이겠다고 달려든 것은 내가 아닌 폐하였다."

페레스가 단단하게 생긴 함을 열면서 말했다.
"벨레삭 롬바르디가 소지하고 있던 이 단검을 사용했지."
아스타나의 시선이 날카롭게 벼려진 단검에 가닿았다.
그래, 저 단검을 손에 쥐었던 것은 기억난다.
하지만.
"말도 안 되는 소리. 분명히 너였다, 천한 것. 옆의 황실 기사단 때문에 성공은 하지 못했지만……."
말을 하던 아스타나의 목소리가 점점 작아졌다.
눈동자가 지진이라도 난 듯이 흔들렸다.
점점 경악이 번지는 시선으로 떨떠름해하는 기사단의 얼굴도 확인했다.
"서, 설마……."
결국 반쯤 바람이 빠진 것 같은 소리가 아스타나의 입에서 흘러나왔다.
"저, 정말이냐?"
아스타나가 슬로언 경에게 물었다.
슬로언 경은 침통한 얼굴로 페레스를 확인하듯 한번 바라보더니 대답했다.
"광인의 숲에서 1황자 전하께서 공격한 것은 2황자 전하가 아닌 폐하셨습니다."
"하, 하지만 분명히 붉은 방어구를 입고 있었고, 그 옆에는 롬바르디의 계집도……."
"말조심해라, 아스타나."
페레스가 어느새 벨레삭의 단검을 들어 아스타나의 목을 겨누고 낮게 말했다.

단순히 위협용이 아니었다.

유난히 날카로운 단검의 끝이 아스타나의 목젖을 누르고 있었다.

아주 조금만 더 힘을 주면 그대로 살을 가르고 들어올 터였다.

"아, 알았다."

아스타나가 얼른 대답했다.

"그, 그러니까 롬바르디 영애도 분명히 곁에 있었단 말이다, 내 말은."

"피렌티아는 폐하를 보필해 숲 안을 둘러보던 중이었다."

페레스는 여전히 검을 거두지 않고 말했다.

"그러니 넌 반역을 저지르려다 미수에 그친 죄인이다, 아스타나."

"반역이라니! 내가 왜! 가만히 있어도 장차 폐하의 뒤를 이어 황제가 될 이 몸이다! 내가 왜 반역을 저지른단 말이야!"

"글쎄. 그건 앞으로 내가 알아내야 하는 것들이지."

페레스가 손안에서 휙 단검을 뒤집어 아스타나의 눈앞에 들이밀었다.

"아스타나 네렘페 듀렐리, 너는 광인의 숲에서 이 단검으로 폐하를 시해하려고 했다. 그리고."

페레스의 손짓에 기사가 검은 가죽으로 만든 수통을 내밀었다.

"조사 결과 이 수통에 약이 들어 있던 것으로 밝혀졌다."

"……약?"

"마기를 빠른 속도로 흡수하게 해 환각, 환청 등을 겪게 하는 약이지."

"그, 그럼 그렇지!"

아스타나가 자리에서 벌떡 일어나 앉으며 외쳤다.

"그래, 누군가 약을 쓴 게 분명하다! 그렇지 않고서야 내가 폐하를 너로 착각할 리가……."

"자의로 약을 먹은 게 아니란 말씀입니까?"

슬로언 경이 아스타나에게 물었다.

마기는 인간의 힘을 비약적으로 증진시킨다.

아스타나가 며칠 동안 자신의 한계를 뛰어넘는 힘과 체력을 가지게 된 것도 그 이유 때문이었다.

"내가 미쳤다고 일부러 마기를 흡수할까!"

"그렇다면 이건 아주 중요한 이야기입니다."

슬로언 경이 심각한 얼굴로 아스타나에게 물었다.

"이 수통에 접근한 자가 있었습니까?"

"그걸 내가 어떻게 알아! 그 수통은 애초에 내 것도 아니란 말이다!"

"전하의 것이 아니라고요? 그런데 이 수통은 왜 계속 소지하고 다니셨습니까?"

"그거야 벨레삭이…… 벨레삭이……."

아스타나의 말소리가 다시 점점 작아졌다.

그 순간, 아스타나의 눈이 페레스를 향했다.

"저 수통은……."

"숲에서 2황자 무리와 마주쳤을 때, 그들이 마기를 운운하면서 마셨던 수통 중에 하나를 제가 슬쩍 했습니다."

아스타나는 말을 잇지 못했다.

"너, 너……."

온몸에 소름이 돋았다.

정신을 차려 보니 맹수의 입 안에 들어와 있는 것을 깨달아 버렸다.

그때, 뒤로 물러나 있던 페레스가 말했다.

"말해 봐라, 아스타나."

전과 다름없는 무미건조한 목소리였지만 아스타나에게는 웃음소리와 다름이 없었다.

"너를 포함해 가담한 모든 자들을 알아내는 것이 폐하께서 내게 내린 명이시니."

페레스의 붉은 눈동자에 웃음기가 돌고 있었다.

룰락은 롬바르디 저택에 들어서는 마차의 창밖 풍경을 보며 긴 한숨을 내쉬었다.

갑작스레 피로가 가중되는 느낌이었다.

"나도 늙긴 늙었군."

룰락이 헛웃음을 지었다.

가주의 업무들이 힘에 부친 지는 오래되었다.

그러나 지금까지는 어떻게든 버텨 왔다.

롬바르디의 주치의인 에스티라 박사가 워낙 훌륭하기도 했고, 몇 년 전 쓰러진 이후 룰락 본인도 건강에 유의하며 살았기 때문이었다.

하지만 이제는 그마저도 한계에 다다랐다는 느낌이 들었다.

"으음."

룰락은 다시 한번 한숨을 쉬며 마른세수를 했다.
"저택에 도착했습니다, 가주님."
마부가 밖에서 이르는 소리가 들려왔다.
"수고했네."
룰락은 피로한 기색을 최대한 감추고 말했다.
그때 마차 문이 열렸다.
단순히 마부려니 하고 생각했던 룰락의 눈이 동그랗게 뜨였다.
"할아버지! 다녀오셨어요!"
"티아야……."
이제 다 큰 어른이 되었지만 어렸을 적의 모습이 그대로 남아 있는 손녀가 방긋 웃고 있었다.
"멀리 다녀오느라 피곤하셨죠? 같이 맛있는 저녁 식사해요, 할아버지!"
"이 할아비 때문에 나와 있었던 게냐? 날이 추운데……."
룰락은 빨개진 손녀의 코를 보고 걱정스레 물었다.
"나온 지 얼마 안 됐어요! 식당에서 아빠도 기다리고 있어요. 같이 가요, 할아버지!"
티아가 정겹게 룰락의 팔짱을 끼며 말했다.
"갤러한도……. 그래, 그래."
룰락이 티아의 손을 토닥였다.
아직 작고 여리게만 느껴지는 손이었지만, 그보다 더 듬직할 수 없었다.
다정한 조손지간은 현관의 계단을 하나씩 올라가며 도란도란 이야기를 나눴다.

“브라운 가문의 복권을 귀족 회의에서 제대로 논의하기로 했다.”

“정말요? 브라운 가주님과 라모나 경이 굉장히 좋아하겠네요.”

티아의 말에 룰락이 손녀를 바라봤다.

“너는 어떠냐, 티아. 그들을 세상에 다시 드러낸 것은 네가 아니니.”

“그거야…….”

티아가 눈을 곱게 접으며 웃었다.

제 아버지인 갤러한과 똑 닮은 웃음이었다.

“당연히 좋죠. 할아버지가 내주신 숙제였잖아요.”

똑똑하고 야무진 아이.

룰락은 티아의 머리를 쓰다듬었다.

“언제 이렇게 자랐누.”

손녀는 불쑥 자라 어느새 든든한 버팀목이 되어 주고 있었다.

후계 자리를 두고 지지고 볶고.

벌써 피를 흘리기 시작한 듀렐리 황가와는 전혀 다른 롬바르디였다.

롬바르디에는 훌륭한 다음 세대가 이렇게 성장하고 있으니 말이다.

‘아직 티아가 어리니 이렇게 하나씩 가르쳐 몇 년만 지나면…….’

룰락이 그렇게 생각했을 때였다.

휘청.

룰락의 몸이 크게 무너졌다.

아직 어렸던 티아가 룰락을 끌어안고 계단을 굴렀던 때와 똑같은 상황이었다.

이 상태가 무엇을 말하는지 이제 룰락은 안다.

지난번처럼 크게 다치게 할까.

본능적으로 몸을 티아의 반대쪽으로 숙인 룰락은 천천히 계단에

눕듯이 앉았다.

"할아버지!"

티아의 놀란 목소리가 들렸다.

어떻게든 룰락을 보호하려는 듯 어깨를 부여잡는 손녀의 손길도 느껴졌다.

점점 꺼져 가는 의식 속에서 룰락은 조금 전처럼 손녀의 손등을 토닥였다.

'너무 놀라지 말거라. 난 괜찮다.'

그러나 그 말을 다 하지 못하고, 룰락은 결국 현관 앞 계단에서 의식을 잃었다.

"이게 어떻게 된 일이야, 에스티라."

내 목소리가 무척이나 낯설 만큼 차가웠다.

할아버지는 무사히 침실로 옮겨졌고 에스티라가 바로 달려왔다.

"금방 의식을 되찾으실 겁니다. 괜찮으실 거예요."

"할아버지의 상태가 얼마나 안 좋아진 거야? 진작 말해 줬다면……."

더 조심했을 텐데.

황궁으로 다녀오는 먼 길을 혼자 보내 드리지 않았을 텐데.

여러 가지 생각이 머릿속에서 잔뜩 엉켰다.

"에스티라 박사를 너무 혼내지 말거라. 내가 아무에게도 말하지 말라고 했다."

할아버지가 어느새 몸을 천천히 일으키고 있었다.

"할아버지."

내가 가까이 다가가자 할아버지가 허허 웃어 주었다.

"다 나이 때문이 아니겠느냐. 아무리 좋은 약을 쓴다고 하더라도 세월은 속이지 못하는 것이지."

할아버지의 말이 맞았다.

이전 생에서 이맘때의 할아버지는 점차 거동이 힘들어 발 한 걸음을 떼는 데도 누군가의 도움을 필요로 했다.

지금처럼 자유로이 황궁까지 다녀온다거나 혼자서 침대에서 몸을 일으키는 것은 상상조차 하지 못했다.

나는 에스티라에게 사과했다.

"미안해, 에스티라. 내가 말실수를 했어."

"괜찮습니다. 피렌티아 님도 많이 놀라셨지요."

에스티라가 할아버지에게 약을 건네주며 내게 따듯한 미소를 지어 주었다.

"오늘은 내가 많이 피로하여 이런 것 같은데. 약을 더 자주 먹어야 하나?"

"며칠간은 푹 쉬시며 경과를 지켜보는 것이 좋을 듯합니다, 가주님."

"흐음. 그렇군."

할아버지가 그럴 줄 알았다는 듯 고개를 주억거렸다.

"이것 참 곤란하게 되었구만."

"고민하실 것도 없어요. 무조건 푹 쉬셔야 해요, 할아버지."

내 말에 할아버지가 너털웃음을 터뜨렸다.

"하지만 누군가는 귀족 회의에 나가 브라운 가문이 복권할 수 있도록 살펴 주어야 하지 않겠니."

"걱정 마세요. 그건 페레스가 알아서 할 거……."

"그래, 티아 네가 가면 되겠다."

"네……?"

순간 내 귀를 의심했다.

잘못 들었나 싶어서 새끼손가락을 들어 귓구멍을 긁으려는 내게 할아버지가 웃으며 말했다.

"티아 네가 나 대신 귀족 회의에 다녀오거라."

"하지만 할아버지, 그건……."

"그래, 가주 대리만이 할 수 있는 일이지."

숨을 쉬는 것도 잊고 할아버지를 바라봤다.

할아버지는 인자하게 미소 지으며 내게 확인시켜 주듯 말했다.

"네가 롬바르디 가주 대리로서 귀족 회의에 참석하거라, 티아."

"막아야 한다."

라비니 황후가 듀이지에게 말했다.

듀이지 앙게나스는 차분한 라비니의 모습에 오히려 더욱 겁을 먹었다.

어릴 적부터 성격이 불같고 화가 나면 물건을 때려 부수는 라비니였다. 그런데 지금 그녀는 매우 침착해 보였다.

하지만 듀이지는 차라리 화를 내는 편이 더 낫다고 생각했다. 차분한 라비니의 모습이 되레 상황이 좋지 않음을 보여 주는 것처럼 느껴졌기 때문이었다.

어쩌면 듀이지가 생각하는 것보다 더.

허수아비 가주로 앉혀 놓고 실권을 모두 가져가 버린 라비니가 원망스러웠지만, 지금은 그런 감정은 뒤로해야 할 때였다.

"어떻게 해야 합니까, 누님."

듀이지가 심각하게 물었다.

"말하지 않았느냐. 막아야지."

주먹을 꽉 쥔 라비니의 손등에 푸른 혈관이 툭툭 불거져 나왔다.

"그 천한 것이……."

라비니가 페레스를 떠올리며 이를 갈았다.

한동안 조용하다 싶었더니 뒤로 그런 계략을 짜고 있었다니.

"2황자, 브라운, 그리고 롬바르디가 한패가 되어 꾸민 일이 분명하다, 듀이지."

사냥 대회를 열어 광인의 숲으로 모두를 끌어들인 것은 다름 아닌 피렌티아 롬바르디이다.

"마음 같아선 그 괘씸한 것의 목을 베어 버리고 싶지만."

롬바르디 가주의 손녀이자 갤러한 롬바르디의 딸이다.

함부로 건드렸다간 롬바르디가 어찌 나올지 몰랐다.

게다가 롬바르디 저택에는 황실의 군대가 들어갈 수 없으니.

황실 기사단에까지 생각이 번진 라비니는 듀이지에게 물었다.

"기사단은 어찌 되었지?"

"황실 기사단 내부에 분열이 생기고 있습니다."

앙게나스가 서부를 차지하고, 영향력을 넓히고, 앙게나스 출신의 황후가 적장자를 낳고.

앙게나스가 힘을 키워 온 40여 년의 세월은 제국 곳곳에 그들의 사람을 채워 넣기 충분한 시간이었다.

그리고 황실 기사단도 그중 하나였다.

"보고받은 것에 따르면 반과 반이랍니다."

"반?"

라비니의 눈썹이 치켜 올라갔다.

"우리가 그동안 황실 기사단에 쏟아 넣은 돈이 얼만데, 겨우 반이라니!"

쾅!

라비니가 주먹으로 테이블을 내리쳤다.

"그것이…… 현 기사단장이 있지 않습니까. 톨리안 벅튼. 그자를 중심으로 2황자와 브라운 가문을 따르는 세력이 뭉친 듯합니다."

"시간이 조금만 더 있었다면 기사단장까지 우리의 사람으로 채워 넣을 수 있었거늘."

시간이 조금만 더 있었다면.

라비니 황후는 계속해서 그 말을 중얼거렸다.

뭔가 이상했다.

말로 형용할 수는 없지만 당연히 맞아 들어가야 하는 것들이 어긋나고 있었다.

엄청난 위화감이었다.

아주 오래전부터 한사람에게 놀아나고 있었던 것일지도 모른다는, 말도 안 되지만 무시할 수 없이 강한 예감이 자꾸만 들었다.

다 죽어 가던 2황자를 찾아내 후견인이 된 사람.

그러고는 황후의 영향력이 닿지 않는 아카데미로 보내 버린 사람.

돌아온 2황자에게 북부의 구호를 핑계로 정계에 자리 잡을 수 있게 하고, 제 손녀딸까지 붙여 힘을 실어 준 사람.

그리고 마지막으로 브라운 가문이 모두의 주목을 받을 수 있도록 화려한 무대를 꾸민 사람.

"롬바르디 그 늙은이인가."

그동안 사사건건 라비니와 앙게나스의 앞길을 가로막은 일을 들춰 보면 그 뒤에는 롬바르디가 있었다.

라비니는 룰락을 떠올리며 머리를 식히려 애썼다.

그자를 상대하기 위해서는 이성을 유지해야 한다.

"귀족 회의는 너와 서셔우 가주에게 맡기겠다, 듀이지. 무슨 일이 있어도 브라운 가문이 귀족 명부에 다시 올라서는 안 된다."

"여부가 있겠습니까."

듀이지 앙게나스가 얼른 대답했다.

혼자라면 룰락 롬바르디를 상대하기 매우 버거웠겠지만, 서셔우 가주와 함께라면 승산이 있었다.

실제로 서셔우 가주가 1황자의 편이란 사실이 공공연해진 이후로 귀족 회의에서 앙게나스의 세력은 더욱 강해졌다.

"그런데 1황자 전하에 대한 일은 어떻게 해명해야 합니까."

그동안 듀이지는 아스타나가 '자의로 그런 일을 행한 것이 아니라 약에 취해 계셨던 것일 뿐'이란 소문을 열심히 퍼 날랐다.

덕분에 당장이라도 1황자가 폐위되고 큰일이 일어날 거란 앙게나스 지지 세력의 공포는 잦아들었지만, 추가적인 조치가 필요했다.

"누명이다. 누군가가 아스타나에게 약을 먹인 것이다. 그렇게 몰아라."

"누구냐고 물으면……."

당연히 정답은 페레스였다.

하지만 그렇게 말할 수 없는 것은 라비니 황후도, 듀이지도 알았다.

이번 일의 조사를 맡은 조사관이 페레스이지 않은가.

"당장은 아스타나에게서 화살을 돌리는 것이 우선이다. 그러니……."

라비니 황후의 눈이 잔인하게 빛났다.

"벨레삭, 그 아이도 아직 구금된 상태라고 하였지?"

"설마……."

듀이지 앙게나스가 입을 떡 벌렸다.

라비니 황후가 무슨 일을 하려는지 보였기 때문이었다.

"이번 일을 그 아이에게 뒤집어씌우려는 생각이십니까?"

"그럼 더 좋은 방법이 있니, 듀이지?"

라비니가 코웃음을 쳤다.

"듀이지 네가 가져온 기사단의 조사록을 보면 아스타나가 분명히 말했다. '벨레삭이 수통을 가져왔다'라고."

"하지만 벨레삭은 세랄의 아들이 아닙니까."

세랄은 라비니와 듀이지의 사촌이었다.

듀이지의 놀란 얼굴을 본 라비니 황후가 미간을 찌푸렸다.

매우 언짢은 얼굴이었다.

그리고 툭 쏘아붙이듯 말했다.

"듀이지, 벨레삭 그 애는 앙게나스가 아니다. 롬바르디지."

듀이지 앙게나스는 할 말을 잃고 황후를 멍하니 바라볼 수밖에 없었다.

갈은 시각.

페레스는 황실 기사들과 함께 벨레삭 롬바르디가 구금된 방에 들어서고 있었다.

긴장된 분위기 속에서 벨레삭이 물었다.

“나는 언제 롬바르디 저택으로 돌아갈 수 있는 겁니까.”

“글쎄, 아직 롬바르디 쪽에서는 아무런 요청이 없어서.”

“그럴 리가 없…….”

벨레삭은 말을 멈췄다.

아버지인 비에제는 롬바르디 가문에서 쫓겨난 것이나 마찬가지였고, 어머니인 세랄은 앙게나스의 사람이자 황후의 심복이었다.

자신을 위해서 팔을 걷어붙여 줄 사람이 없다는 것을 깨달은 것이다.

털썩.

의자에 주저앉은 벨레삭은 머리를 부여잡았다.

“난 아무것도 잘못한 게 없는데 어째서…….”

실낱같은 희망을 걸었다.

지금쯤이면 롬바르디나 어머니 세랄의 부탁을 받은 앙게나스 쪽에서 자신을 빼내 줄 것이라고.

하지만 찾아온 것은 페레스와 황실 기사단들이었다.

이제 더 이상 희망을 걸 곳이 없었다.

그런 벨레삭의 모습을 내려다보던 페레스가 기사들에게 말했다.

"잠시 나가 있도록."

"……예, 전하."

기사들은 잠시 머뭇거렸지만 이내 명령대로 움직였다.

마지막까지 자리를 지키고 있던 기사 하나가 미심쩍은 눈초리로 페레스와 벨레삭을 번갈아 봤지만 다른 수는 없었다.

황실 기사단은 듀렐리의 성을 가진 사람의 명령을 따라야 한다.

달칵.

조용한 소음과 함께 문이 닫히고, 페레스가 벨레삭의 맞은편에 앉았다.

몸을 등받이에 깊이 기대고 다리를 꼬는 모습이 조금 전 기사들과 함께 있을 때의 분위기와는 꽤나 달랐다.

벨레삭은 그런 페레스를 경계심 가득한 눈으로 바라봤다.

"이봐."

페레스가 벨레삭을 불렀다.

"이대로 죽고 싶은 건가?"

"뭐, 뭐라……!"

아스타나와 함께 있을 때 2황자를 조롱하고 우습게 여기던 것이 습관이 되어 저도 모르게 반말을 하려던 벨레삭은 입을 다물었다.

그런 벨레삭을 알 만하다는 듯 보던 페레스는 차분한 목소리로 말했다.

"아직도 누군가가 널 구해 줄 거라고 생각하는 것은 아닐 것이고. 자포자기한 심정인 것 같은데."

페레스가 기사단원이 테이블에 놓고 간 나무 상자들 중 하나를 열어 그 안에 든 수통을 보여 주며 말했다.

"조사 도중 아스타나가 말했다. '벨레삭이 수통을 건네주었다'라고."
벨레삭의 갈색 눈이 흔들렸다.
페레스는 두 번째 상자를 열었다.
"그리고 황제 폐하 시해에 사용된 이 단검 또한 너의 것이지."
"그, 그건……!"
"앙게나스 쪽에서 널 범인으로 몰고 나서면, 이게 사람들에게 어떻게 보일 것 같나?"
점차 하얗게 질리는 벨레삭의 얼굴을 보면서 페레스가 말을 이었다.
"황후는 모두 벨레삭 롬바르디 네 짓이라고 뒤집어씌울 것이다. 그러고도 남을 사람이란 것은 너도 잘 알겠지."
벨레삭은 입술을 깨물었다.
페레스의 말대로였다.
라비니 황후가 얼마나 잔인한 사람인지 벨레삭 자신도 잘 알고 있다.
"수통의 원래 주인이었던 나, 그리고 그 수통을 훔쳐서 아스타나에게 준 너. 하지만 나는 이번 시해 사건의 조사관이니 공격할 수 없을 테고. 남은 건 마침 롬바르디 성을 사용하는 벨레삭 너다."
페레스의 말에 벨레삭이 두 눈을 질끈 감았다.
그때 페레스가 물었다.
"살고 싶나?"
벨레삭이 고개를 들었다.
아둔한 머리가 상황을 이해해 보려고 빠르게 돌아갔다.
"살고 싶나?"
페레스가 다시 한번 물었다.

"……예, 예에! 사, 살고 싶습니다!"

벨레삭은 페레스의 바짓가랑이라도 잡고 매달릴 듯했다.

잠시 그런 벨레삭을 차가운 눈으로 바라보던 페레스가 품에서 종이 한 장을 꺼냈다.

아무것도 쓰여 있지 않은 백지였다.

"이게…… 무엇입니까?"

벨레삭이 어리둥절해 묻자 페레스가 그 종이를 테이블 위로 툭 던지며 말했다.

"네 어머니, 세랄에게 편지를 써라."

황후가 서셔우 가주를 황궁으로 불렀다.

"서셔우 가주만 믿습니다."

라비니가 찬톤 서셔우를 향해 말했다.

지난번, 페레스를 암살해 달라는 라비니 황후의 요청은 일종의 시험과도 같았다.

찬톤 서셔우라는 인물을 신뢰할 수 있을지 알아보기 위한.

결국, 전 황실 기사단장이었던 찬톤 서셔우가 황자를 시해하려고 했던 일에 대한 증거를 여러 가지 남겨 놓은 라비니 황후는 그제야 서셔우 가주를 완전히 믿기 시작했다.

"서셔우와 앙게나스는 한배를 탄 사이가 아니겠어요?"

라비니 황후가 고혹적인 미소를 지으며 서셔우 가주에게 차를 따라 주었다.

"아스타나 쪽은 내가 알아서 해결할 테니, 서셔우 가주는 귀족 회의 쪽을 살펴봐 주세요."

"브라운 가문 말씀이십니까."

찬톤 서셔우가 고저가 별로 없는 특유의 단조로운 말투로 물었다.

"맞아요. 아주 중요한 일이랍니다."

황후가 계속해서 미소를 잃지 않으며 대답했다.

그러나 그 미소는 오래가지 못했다.

찬톤 서셔우가 찻잔을 내려놓으며 한 말 때문이었다.

"그렇다면 앙게나스의 영지를 주셔야겠습니다."

방 안에 깨질 듯 날카로운 정적이 흘렀다.

점점 싸늘해지는 라비니의 표정 앞에서도 서셔우 가주는 평온했다.

내려놓았던 찻잔을 다시 들어 차를 몇 번 더 홀짝이는 여유까지 보였다.

의자를 가득 채우는 커다란 몸이지만 찻잔을 다루는 손길이 제법 섬세했다.

"그게…… 무슨 말이지요?"

라비니의 말끝이 떨렸다.

분노였다.

매끈한 도자기 가면같이 아름답게 웃고 있던 얼굴이 노기로 쩌적쩌적 금이 가고 있었다.

"말씀드린 대로입니다."

서셔우 가주가 한쪽 다리를 꼬아 무릎 위에 깍지 낀 손을 천천히 내려놓으며 대답했다.

흉터가 많은 기사의 손이었다.

"서셔우가 앙게나스에 빌려드렸던 자금의 기한이 끝났습니다. 그러니 바로 그 돈을 돌려주실 수 없다면 담보를 넘겨받아야 하겠습니다."

"이보세요, 서셔우 가주!"

결국 큰 고함이 황후에게서 터져 나왔다.

평온을 가장했던 미소가 와르르 무너졌다.

"돈을 바로 돌려 달라니! 무리한 요구인 것을 잘 알지 않습니까?"

"제가 잘못된 말을 했습니까, 황후마마?"

찬톤 서셔우는 묘한 표정을 지었다.

입매가 비틀린 모습이 매우 화가 난 것 같기도 하고, 웃는 것 같기도 했다.

그 얼굴을 본 라비니는 더욱 분통을 터뜨렸다.

"지금 나와 척을 지겠다는 겁니까?"

"그런 것은 아닙니다."

"그게 아니라면 뭡니까? 이런 시기에 그렇게 큰돈을 갑자기 상환하라고 하면 어쩌자는 겁니까!"

"그러게나 말입니다. 그렇게 큰돈을 빌려 가시고는 지금껏 마음을 놓고 계셨다는 게 참 이상하지요."

서셔우 가주가 결국 피식 헛웃음을 흘렸다.

하지만 그의 눈빛은 얼음의 표면만큼이나 말라 있었다.

"돈을 빌려 가셨으니, 이제 갚으시란 것뿐입니다."

라비니 황후는 그런 찬톤을 노려봤다.

얼마나 화가 났는지, 숨을 쉴 때마다 어깨가 들썩거릴 정도였다.

하지만 성격대로 소리를 지르거나 할 수도 없었다.

앙게나스가 서셔우에게 영지를 담보 삼아 돈을 빌린 것은 사실이고, 그에 따라 검 자루는 서셔우 가주가 쥐고 있었다.

찬톤 서셔우를 한참 동안 노려보던 황후가 입을 열었다.

"남부도 모자라 서부의 땅까지 넘보다니. 두 지역의 대표가 될 수는 없으니 서부는 여전히 앙게나스의 관할이 될 겁니다."

"알고 있습니다."

"그런데도 땅 욕심을 내다니. 야욕이 지나치다고 생각하지 않습니까?"

"그럴 수도 있지요."

서셔우 가주가 기지개를 켜듯 느른하게 말했다.

"그런데 물론 제가 욕심이 많기는 합니다만, 남의 땅을 빼앗았던 앙게나스만 하겠습니까?"

"서셔우 가주!"

면전에서 당하는 모욕에 그녀의 몸이 부들부들 떨렸다.

주먹을 꽉 쥐자 손톱이 손바닥을 아프게 파고들었다.

그러나 그 고통 덕분에 라비니는 이성을 되찾았다.

그러고는 심호흡을 하며 냉정하게 이 상황을 파악했다.

"서셔우 가주."

"예, 말씀하십시오."

"나와 척을 지게 되면 후회할 겁니다."

"조금 전에도 말씀드렸지만, 황후마마. 서셔우는 앙게나스와 척을 지겠다는 것이 아닙니다. 다만 지나치게 쌓인 빚을 청구하는 것뿐입니다."

"……그렇다면 이번 달 안으로 상환금을 마련해 보겠습니다. 그때도 안 된다면 땅문서를 넘겨주는 것으로 하지요."

라비니 황후가 자존심을 모두 내려놓고 제안했다.

하지만 서셔우 가주는 고개를 가로저었다.

"죄송합니다. 사실 계약서의 기한은 이미 3일이 지났습니다. 저로서는 이미 3일을 기다린 것이니 오늘 이 자리에서 땅문서를 받아 가야겠습니다."

"그런 법이 어디 있……!"

"아니면 폐하께 중재를 요청하시겠습니까?"

서셔우 가주가 황후의 말허리를 자르며 물었다.

귀족들끼리 생긴 갈등이 고조되면 가끔 사용되는 방법이었다.

오래전 앙게나스와 브라운이 그랬던 것처럼.

평소라면 쌍수를 들고 환영할 제의였다.

하지만 라비니 황후의 안색은 여전히 어두웠다.

변덕이 심한 요바네스 황제다.

아스타나 때문에 심기가 불편한 상황에서 이런 문제를 해결해 달라 가져가면 어떤 판결을 내릴지 모르는 일이었다.

어쩌면 앙게나스에게 담보로 잡힌 영지에 다른 것까지 얹어 뱉어내라고 할지도 모른다.

이를 악문 라비니 황후는 자리에서 일어나 금고를 열었다.

그 안에는 앙게나스의 여러 지역의 권리 문서가 들어 있었다.

그중 계약서에 명시된 곳의 문서를 꺼내는 라비니의 손끝이 떨렸다.

그러나 땅문서를 가지고 자리로 돌아와 앉는 얼굴은 어느새 차게 식어 있었다.

라비니 황후는 문서를 건네기 전 말했다.

"나와 척을 지지는 않겠다고 했지요."

"맞습니다."

"그렇다면 내일 귀족 회의에 참석하세요. 그리고 오늘 일은 입 밖으로 꺼내지 않는 겁니다. 그 누구에게도 말하지 마세요."

지금은 그 어느 때보다도 앙게나스가 굳건한 모습을 보여 주는 것이 중요했다.

"흐음."

잠시 고민을 하는 듯하던 서셔우 가주는 이내 고개를 끄덕였다.

"그렇게 하겠습니다."

"또한, 빌린 만큼의 돈을 상환하면 땅문서는 돌려주는 것으로 하지요."

"그건 조금 곤란합니다. 이미 서부의 땅에 대한 계획이 있어서 말입니다."

"빠른 시일 내에 돈을 마련할 테니 그 계획은 접어 두는 것이 좋을 거예요."

라비니 황후가 코웃음을 치며 하는 말에 서셔우 가주가 드물게 웃었다.

그리고 황후가 내미는 문서 꾸러미를 받아 들며 말했다.

"그렇다면 서두르셔야 할 겁니다, 황후마마."

귀족 회의가 열리는 날이 밝았다.

내가 탄 마차가 어느새 귀족 회의가 열리는 곳에 다다르고 있었다.

물론, 할아버지가 타고 다니시던 롬바르디 가주의 마차다.

나는 내가 입고 있는 검은 실크 드레스처럼 황금으로 아름답게 장식된 마차의 실내를 손으로 쓸어 봤다.

"이 승차감, 그리웠어."

달리는 마차 안에서 수도 놓을 수 있을 것 같은 이 흔들림 없는 안정감!

롬바르디 가주의 마차다웠다.

물론 이전 생에서도 이 마차를 타 본 적이 있다.

하지만 어디까지나 할아버지의 비서이자 도우미로서 동승했던 것이었다.

"지금은 내 거야."

다른 누구도 아닌, 나 피렌티아 롬바르디 가주 대리를 위한 것이다.

그렇게 잠시 마차와 교감을 나누고 있는데 어느새 귀족 회의가 열리는 장소 앞에 도착했다.

나는 마차의 세계수 장식을 토닥이며 속삭였다.

"잠깐 여기서 기다리고 있어? 금방 일 마치고 다시 돌아올게."

괜히 하는 말이 아니다.

이번 귀족 회의는 그리 길어지지 않을 거니까.

나는 여유로운 발걸음으로 사뿐사뿐 걸었다.

회의장 안으로 들어가자 수많은 눈길이 나에게 꽂힌다.

"뭔가, 자네?"

문 앞에서 다른 귀족과 이야기를 나누고 있던 한 나이 많은 귀족이 내게 물었다.

앙게나스 쪽의 사람이다.

"장소를 잘못 찾아온 것이 아니오, 영애?"

"이 근처에서 독서회라도 있는 것인가?"

몇몇 사람들이 수군거리는 소리가 들렸다.

천천히 그들을 바라보면서 얼굴 위에 그 사람들의 정보를 하나씩 띄워 보고 있었다.

저 살찐 사람은 아버지에게 뇌물을 바치려다 거절당한 사람.

저 심술궂게 생긴 사람은 광산업 쪽에서 샤나넷과 경쟁하고 있는 사람.

그리고 저 키가 작은 사람은 내 여덟 번째 생일부터 한 해도 빠지지 않고 곰인형을 보내 왔던 사람.

이 안에 나와 완전히 초면인 사람은 거의 없었다.

그때, 누군가 다가왔다.

"아니, 롬바르디 영애가 아니시오?"

연회에서 몇 번 본 적이 있는 귀족이었다.

항상 할아버지나 비에제의 옆에 붙어 있었던, 롬바르디와 친하게 지내려는 가문의 사람이었다.

"안녕하세요."

이름은 기억나지 않으니 생략.

나는 대신 환하게 웃어 주며 물었다.

"이곳이 귀족 회의가 열리는 회의장 맞지요?"

"그렇소만……."

"할아버지께서 회의에 참석하시면 앉아 계시는 자리가 어디인지 알려 주시겠어요?"

"롬바르디 가주님이 앉는 곳 말이오?"

잠시 고개를 갸웃거리던 그 귀족은 일단 자신을 따라오라고 말했다.

내가 걷기 시작하자 수많은 시선들도 함께 움직였다.

호기심, 못마땅함, 경계심.

온갖 것들이 내 뒤통수를 따갑게 했다.

아마 내가 롬바르디가 아니었다면 회의실 안쪽으로 들어오지도 못했을 거란 생각이 점점 확신으로 변해 갔다.

"아직 롬바르디 가주님께서는 오지 않으셨는데."

"네, 알고 있어요."

할아버지는 지금 침대에서 요양 중이다.

"아하, 그렇다면 롬바르디 가주님을 만나러 온 것이오?"

"아뇨, 그런 건 아니고요."

자리를 안내해 주는 귀족이 쉴 새 없이 떠들었다.

다행히 할아버지의 자리는 출입구에서 그리 멀지 않았다.

의장석을 기준으로 오른쪽.

가장 앞줄에서 가장 가운데 자리.

튼튼해 보이는 것 말고는 별다를 것 없는 의자였다.

하지만 이곳에서 이 자리가 의미하는 바가 어떤 것인지 나는 잘 알고 있었다.

"여기요. 한데 보다시피 롬바르디 가주께서는 아직 오지 않으셨……."

털썩.

나는 또 뭐라고 떠드는 귀족을 무시한 채, 빈 의자에 엉덩이를 대고 앉았다.

반대편의 앙게나스 진영이 한눈에 보였다.

"명당이네."

이 자리에 앉아 저쪽의 귀족들을 노려볼 할아버지의 모습이 눈앞에 그려져 웃음이 났다.

"지금…… 무엇 하는 것이오?"

자리를 안내해 준 귀족의 두 눈이 경악으로 크게 뜨여 있었다.

회의실의 다른 사람들의 반응도 별반 다르지 않았다.

"크흠. 롬바르디 영애."

그때 나를 부르는 정중한 목소리가 들려왔다.

의장이었다.

"네, 킬리언 의장님. 오랜만에 뵙네요. 제 성년식에 오셨었지요."

"그랬…… 소."

의장의 얼굴에 복잡한 감정이 스쳐 지나가는 것이 보였다.

지금 회의실에 앉아 있는 내 모습과 불과 몇 년 전에 성인식을 치렀던 모습이 겹쳐서 지금 이 상황이 더 이해가 안 가겠지.

"크흠, 롬바르디 영애. 그 자리는 조부이신 롬바르디 가주님의 자리요. 혹시 귀족 회의를 관람하고 싶다면 저기 뒤쪽으로……."

"관람이 아니라 참석하기 위해 왔답니다."

"참석……?"

"예, 의장님."

의장이 벙쪄서 날 바라봤다.

회의에 참석하기 위해 기다리던 귀족들이 웅성거렸다.

하지만 내 귀에는 흥겨운 음악 소리처럼 들릴 뿐이다.

"참석이라면……."

무슨 말인지 다 알아들었을 텐데.

굳이 확인하기 위해 재차 묻는 의장에게 나는 한마디씩 또박또박 말해 주었다.

"피렌티아 롬바르디. 롬바르디 가주 대리입니다."

"가주 대리라니……."

킬리언 의장이 당황하며 말했다.

"혹시 롬바르디 가주께 무슨 일이라도 생긴 것이오?"

의장의 질문에 많은 사람들이 귀를 쫑긋하는 것이 느껴졌다.

이런 질문이 나올 줄은 알고 있었지만, 지금 이 상황에서 할아버지가 편찮으시다는 것을 이들이 알게 되어서 좋을 게 없다.

롬바르디와 앙게나스의 대립 구도인 만큼, 귀족 회의라는 전투 전에 우리 팀의 사기를 떨어뜨리는 일은 피해야 한다.

나는 일부러 미소 띤 얼굴로 차갑게 말했다.

"질문이 많으시네요, 킬리언 의장님."

얼핏 표정을 굳히는 의장을 지켜보며 질문을 덧붙였다.

"제 할아버님께도 이리 많은 질문을 하시나요?"

"그게 아니라, 미리 전달받은 이야기가 없어서……."

아, 정말. 알 만한 사람이 왜 이래?

아무리 이 짜릿한 순간을 즐기고 있는 나라고 해도 쓸데없는 절차와 관료주의에 찌든 귀족들의 태도에 점점 짜증이 났다.

나는 킬리언 의장을 똑바로 바라보며 물었다.

"제 할아버지께서 가주 대리를 대신 보내는 데에 의장님의 허락이 필요하다는 말씀이신가요?"

"그, 그건 아니지만……."

"그렇다면 아무 문제 없겠네요. 그렇죠?"

"으음, 그렇…… 지요."

잠시 머뭇거리던 킬리언 의장의 말투가 바뀌었다.

롬바르디 가주 대리로서 참석했으니, 롬바르디 가주에 준하는 대우를 해 줘야 했기 때문이었다.

"좋네요."

나는 킬리언 의장에게 한번 웃어 준 뒤 고개를 완전히 돌렸다.

더 이상 이 문제에 대해 왈가왈부하지 말라는 뜻이었다.

그때 열린 회의장 문으로 한 사람이 들어왔다.

"황후마마……?"

조금 전 막 회의장에 들어선 나에게 '자네 뭔가'라고 불만스레 말했던 늙은 귀족이 라비니 황후를 보고 얼른 뒤로 물러나며 머리를 숙였다.

저 양반은 이전 생에서도 받는 것 없이 무조건 앙게나스에 충성하더니 이번에도 마찬가지인가 보네.

나는 고개를 작게 흔들며 라비니 황후를 바라봤다.

아들이 황제 시해 죄로 구금당한 상황이라고는 생각하지 못할 정도로 당당한 모습이었다.

고개를 꼿꼿이 세우고 회의장 내부를 한번 여유롭게 바라보던 황후가 의석에 앉아 있는 나를 발견했다.

처음에는 조금 놀라는 것 같더니, 이내 나를 노려보기 시작했다.

꽤 멀리 떨어진 곳인데도 그 이글거리는 눈빛이 고스란히 느껴졌다.

나는 다른 귀족들과는 다르게 자리에서 일어나 인사를 하지도 않았다.

하지만 황후는 그것에 대해서 뭐라고 할 수 없다.

나는 지금 롬바르디 가주 대리니까.

롬바르디 가주는 황제를 제외한 다른 사람에게는 고개를 숙이지 않는다.

대신 나는 황후를 마주 바라보던 얼굴 그대로 입꼬리만 올려 웃어 주었다.

생긋.

그러자 황후가 열 배 정도는 더 차가운 눈으로 나를 노려보다가 고개를 휙 돌려 방청석에 자리를 잡는 것이 보였다.

이곳은 귀족 회의.

이미 귀족의 신분을 버리고 황족 중 한 명이 된 라비니 황후는 발언권이 없다.

그저 방청석에 앉아 회의를 지켜볼 수밖에 없는 것이다.

그런데도 여기까지 온 것은, 그만큼 오늘 회의가 황후와 앙게나스에게 중요하다는 방증이었다.

그리고 잠시 뒤.

"아이고, 오늘은 황궁에서 오신 방청객들이 많네요."

나는 옆자리에 앉은 사람에게 일부러 능청을 떨며 말했다.

"허허, 그러게나 말입니다."

원래 할아버지의 바로 옆자리에 앉는 만큼 롬바르디의 최측근 중 하나인 베른 가주가 고개를 끄덕이며 맞장구를 쳐 주었다.

"2황자 전하를 뵙습니다."

이번엔 페레스였다.

그리고 조금 전 황후가 그랬던 것처럼, 의석에서 나를 발견한 페레스가 멈칫했다.

일부러 페레스에게는 미리 연락을 하지 않았다.

조금 놀라 보라고.

"……."

잠시 그대로 나를 보고 있던 페레스는 내게 고개를 까닥하며 인사를 해 보였다.

우리 할아버지를 마주치면 하는 것처럼.

순식간에 회의장의 이목이 우리에게 집중됐다.

공개적으로 약혼을 한 사이지만, 지금 이 자리에선 황자와 롬바르디 가주 대리이다.

호기심이 들 수밖에 없는 상황인 것이다.

까딱.

나는 마찬가지로 페레스에게 가볍게 인사한 뒤, 옆 사람과 대화를 시작했다.

마치 정말 별일 아닌 것처럼.

"앙게나스 가주가 보이지 않네요?"

"허허, 그 사람이야 맨날 늦지요."

곁눈으로 흘긋 보니, 페레스는 몇몇 귀족들의 인사를 받으며 황후가 앉아 있는 곳 반대편의 방청석에 자리를 잡았다.

그리고 페레스의 뒤를 따라 들어온 사람이 하나 있었다.

"브라운 가주가 오셨네요."

내 말에 주변에 앉아 있던 귀족들이 얼른 그쪽으로 고개를 돌렸다.

한눈에 보기에도 심경이 복잡한 표정으로 회의실에 들어온 브라운 가주는 잠시 생각하더니 페레스의 옆자리에 앉았다.

"저 사람이 소문의……."

"젊었을 적 보았던 전대 브라운 가주를 그대로 빼닮았군."

조용히 방청석에 자리를 잡은 브라운 가주의 선택은 탁월한 것이었다.

사냥 대회에 오지 않았던 귀족들의 반응이 그리 나쁘지 않았다.

만약 브라운 가주가 바로 귀족들만이 앉을 수 있는 의석에 자리를 잡으려 했다면 큰 반감을 샀을 것이다.

이번 회의를 통해 귀족으로서의 권리를 되찾으려고 하는 만큼 최대한 회의에 참석한 이들의 신경을 거스르지 않는 것이 중요했다.

뒤늦게 앙게나스 가주가 등장했다.

"앙게나스 가주랑 그 주변 사람들의 얼굴이 그리 좋아 보이지는 않네요."

"아마 지금 맨정신이 아닐 겁니다."

이번에는 내 뒤에 앉아 있던 젊은 귀족이 말했다.

"맨정신이 아니라면요?"

"듀이지 앙게나스 가주는 심약해서 이런 중요한 회의를 앞두고는 맨정신으로 못 있는답니다. 그래서 회의 전에는 독한 술을 들이켜고 온다는 소문이 있습니다."

"흐음."

그러고 보니 얼굴이 묘하게 붉은 것 같기도 하고.

그런데 앙게나스 가주는 혼자가 아니었다.

정확히 내 반대편에 자리를 잡은 앙게나스 가주 옆에는 서셔우 가주가 함께였다.

솔직히 기가 약한 앙게나스 가주 정도는 완전히 덮어 버리는 거대한 존재감이었다.

"크흠."

내 주변에서 작은 헛기침을 하는 사람들이 꽤 있었다.

그만큼 서셔우 가주의 존재가 친롬바르디 진영의 사람들에게 불편하다는 뜻이었다.

그리고 그 순간 나는 봤다.

서셔우 가주와 페레스의 시선이 조용히 마주치는 것을.

정말 서로 고개를 돌리는 와중에 우연히 눈길이 얽힌 것 같은 찰나의 시간이었지만.

나는 어쩐지 웃음이 날 것 같았다.

"찬톤 서셔우 저자만 아니었어도……."

베른 가주가 중얼거렸다.

"앙게나스가의 세력 절반은 찬톤 서셔우 가주에게서 나온다죠?"

내가 말하자 베른 가주와 그 주변의 사람들이 눈을 동그랗게 떴다.

"롬바르디 영애가…… 아니, 가주 대리가 그런 것도 압니까?"

하, 이 할아버지가 정말.

사람 띄엄띄엄 보시네.

하지만 어린 영애라는 사람들의 선입견은 이제 시작일 뿐이다.

앞으로 나는 이런 시선과 편견을 수도 없이 마주하게 될 것이다.

벌써 지칠 수는 없지.

나는 어깨를 으쓱하며 대답했다.

"제 할아버님께서 저를 가주 대리로 삼으신 데는 다 이유가 있지 않을까요, 베른 가주님."

"그래요, 그렇구만. 내 생각이 짧았어……."

다행히 베른 가주는 금방 고개를 끄덕이며 인정했다.

그리고 나는 '너무 걱정하지 마시라'고 뼈 있는 말을 해 줄 생각이었다.

내 옆얼굴로 꽂히는 시선만 아니었다면.

나는 고개를 돌려 나를 응시하는 사람을 마주 바라봤다.

"베른 가주님."

"말씀하시지요."

"서셔우 가주가 왜 저를 저렇게 볼까요?"

내 말에 주변의 사람들이 찬톤 서셔우를 쳐다봤다.

하지만 그럼에도 서셔우 가주는 나를 향한 집요한 시선을 거두지 않았다.

"눈을 돌리라고 소리를 칠까요?"

베른 가주가 몸을 슬쩍 가까이 기울이며 나직하게 물었다.

"……그래도 돼요?"

아직 회의도 시작 안 했는데?

아니, 그래도 명색이 서셔우 가주인데?

내 물음에 주변의 사람들이 대답했다.

"아니, 뭐. 안 될 건 또 뭡니까."

"원래 이런 중요한 회의 전에는 서로 고함도 쳐 주고 하면서 기합을 넣고 그러는 겁니다."

"맞습니다. 그래야 분위기가 좀 살지요."

……응원전이야?

"아니, 괜찮아요."

나는 눈앞에서 나이 지긋한 사람들이 목에 핏대를 세우며 고성을 지르는 것을 보고 싶지 않아 한 손을 흔들흔들하며 거절했다.

근데 왜 다들 아쉬워하는 건데?

"회의 시작 시간이 지났고 다들 참석한 것 같으니 회의실 문을 닫겠소."

킬리언 의장이 자리에서 일어나며 말했다.

"흠흠."

그리고 두어 번 헛기침을 하고는 엄숙한 목소리로 선언했다.

"자, 그럼 지금부터 귀족 회의를 시작하겠소."

땅, 땅, 땅.

의사봉이 경쾌하게 세 번 울렸다.

롬바르디 저택.

에스티라가 건네준 약을 한입에 털어 넣은 룰락은 얼른 사탕 한 알을 입에 집어넣었다.

"아주 달구만, 달아."

평소라면 약이 쓰다고 진저리를 치고 인상을 찌푸렸을 룰락인데.

"오늘 기분이 좋아 보이십니다, 가주님."

에스티라가 고개를 갸웃하면서 물었다.

"혹시 몸 상태가 많이 좋아지신 건가요?"

"아아, 그것도 그런데."

룰락이 짓궂게 웃었다.

그러다 시간을 확인하며 말했다.

"아마 지금쯤 귀족 회의가 시작됐겠지."

그리고 입 안에서 사탕을 한번 데굴 굴렸다.

"흐흐."

결국 다소 경박한 웃음이 룰락에게서 흘러나왔다.

"……가주님?"

"하하하! 티아가 대뜸 나 대신 나타났으니 그치들이 얼마나 당황했을까!"

룰락이 배를 잡고 웃었다.

"그 얼굴들을 보지 못하다니 정말 아쉽구만, 아쉬워! 으하하하!"

커다란 룰락의 웃음소리가 꽤 길게 이어졌다.

그 모습을 옆에서 지켜보며 고개를 절레절레 젓던 에스티라가 작게 말했다.

"피렌티아 님은 괜찮으실까요."

"으응?"

룰락이 웃음을 멈추고 에스티라를 바라봤다.

"안 괜찮을 것은 또 뭔가, 에스티라 박사?"

"아무래도…… 아직 어리시고, 또 여성이 가주 대리로서 귀족 회의에 참석한다는 것은……."

"다른 아이도 아니고 티아네, 티아. 별걱정을 다 하는구만."

"그럴까요……."

"물론 처음에는 티아의 기를 꺾어 보려고 시도는 하겠지만."

멈췄던 룰락의 웃음이 다시 시작되었다.

"흐흐. 큰코다치겠지. 그리고 내가 부러워 죽으려 할 거야."

"부러워서요?"

"그 자리에 제대로 된 후계가 있는 이가 몇이나 될 것 같나? 다들 멍청한 자식들 때문에 머리를 싸매는 치들인데. 우리 티아를 보고 내가 얼마나 부럽겠나, 안 그런가?"

룰락이 크게 기지개를 켜면서 사탕을 하나 더 집어 입에 툭 던져 넣었다.

"그래. 부럽겠지, 부러워. 흐흐."

룰락이 회의장을 가득 채운 귀족들의 얼굴과 야무지고 똑 부러지는 티아의 모습을 상상하며 콧노래를 불렀다.

침대에 기대어 쭉 편 발끝이 흥겨운 노래에 맞춰 까딱거렸다.

"오늘 회의의 첫 번째 안건이자 유일한 안건은 '브라운 가문의 귀족 권위 회복'이오."

킬리언 의장이 좌와 우, 그리고 방청석을 바라보며 말했다.

"폐하께서 직접 귀족 회의에 회부하신 안건으로 '판단은 전적으로 귀족 회의의 결과에 맡기겠다'는 전언을 함께 하시었소."

능구렁이 같은 요바네스.

이런 중요한 문제의 결정까지 다 남에게 떠넘기다니.

황제라면서 하는 거라곤 귀족들에게 공개되지 않는 뒷주머니를 불리는 일밖에는 없다.

"브라운 가문의 일이니만큼 당사자에게 자신의 의견을 말할 기회를 주겠소."

킬리언 의장이 말했다.

"길라드 브라운, 앞으로 나오시오."

양쪽으로 넓게 펼쳐진 의석 가운데에 준비된 낮은 단상을 가리키면서.

곧 방청석에 앉아 있던 브라운 가주가 천천히 걸어 나왔다.

처음 봤을 때처럼 주눅 든 모습은 아니었지만, 그래도 긴장한 기색이 역력했다.

하지만 긴장은 했을지언정, 브라운 가주의 태도는 당당했다.

특히 걸어 나오는 내내, 앙게나스 가주를 똑바로 바라봤다.

그리고 단상에 서서는 황후가 앉아 있는 쪽까지도 보는 용기를 보였다.

텅 비어서 걸음에 맞춰 흔들리는 오른쪽 소매를 감추려고 하지도 않았다.

'이것이 너희 가문이 우리에게 한 짓이다.'

마치 그렇게 말하는 것 같았다.

"브라운 가문의 가주, 길라드 브라운입니다. 발언할 기회를 주신 킬리언 의장님께 먼저 감사의 말씀을 드립니다."

엉망으로 떨리는 목소리가 흘러나올 거라고 생각했는데.

예상외로 브라운 가주의 목소리는 담담했다.

마치 이런 날이 올 것을 수십, 수백 번 꿈꿔 왔던 사람 같았다.

"우리 브라운 가문은 40여 년 전 무뢰배들에 의해 짓밟히기 전까지, 십수 대에 걸쳐 황실을 지키는 검으로 살아왔습니다."

무뢰배. 앙게나스를 지칭하는 말이었다.

"비록 잠시 동안 귀족으로서의 권리는 빼앗겼으나 브라운의 긍지는, 제국에서 가장 오래되고 명망 높은 가문들 중 하나라는 그 자부심은 지키며 살아왔습니다."

브라운 가주의 선한 눈과 내 눈이 마주쳤다.

"저 브라운 가문의 가주인 길라드는 이 자리에서 동료 귀족분들에게 간청합니다. 브라운 가문이 다시금 제국의 귀족으로서, 그리고 황실의 검으로서 위대한 램브루 제국에 이바지할 수 있도록 도와주십시오. 부탁합니다."

좋은 연설이었다.

지나치게 저자세이지도, 그렇다고 오만하지도 않았다.

한때 제국을 지탱하는 대들보 중 하나였던 가문답게 당당하지만 도움을 청하는 이답게 겸손했다.

회의장에 있는 귀족들도 그렇게 생각하는 듯, 딱딱하게 굳어졌던 분위기가 많이 부드러워져 있었다.

"자, 이 안건에 대해서 재청하는 가문 있소?"

킬리언 의장이 귀족들을 향해 물었다.

누구나 자유로이 안건을 상정할 수 있지만 그것이 귀족 회의에서 제대로 논의되려면 다섯 명 이상의 귀족이 찬성해야 한다.

"……."

회의장에 낮은 침묵이 흘렀다.

서로 눈치를 보고 있는 것이다.

방청석에 앉아 있는 페레스와 라비니 황후, 두 사람의 눈치를.

브라운 가문의 복권을 요청하는 것은 황후의 세력에 정면으로 반하는 일이었다.

그러니 쉽게 안건을 재청하는 사람이 없었다.

저울질을 하느라 바쁜 그 머릿속이 뻔했다.

정말 1황자는 이대로 끝인가?

그렇다면 앙게나스와 황후의 눈치를 더 이상 보지 않아도 될까?

누군가가 1황자에게 약을 먹였다던데, 정상 참작의 여지도 있지 않을까?

그리고 가장 결정적으로.

'1황자와 2황자, 어느 쪽에 줄을 서야 하는가?'

이렇게 사람들이 고민을 하는 것만 보더라도 아직 앙게나스의 권력이 그대로 살아 있다는 것을 알 수 있다.

앙게나스는 브라운 가문을 밀어내고 서부의 대영주로서, 황후의 가문으로서 엄청난 권력을 쌓아 왔다.

하지만 그것도 오늘로 끝이다.

"롬바르디 가문이 재청합니다."

내 목소리가 넓은 회의실에 울렸다.

순식간에 모든 시선이 나에게로 몰렸다.

그리고 몇 초 뒤.

"재청합니다."

"우리 불린 가문도 재청합니다."

"재청하겠습니다."

내가 앉아 있는 쪽에서 이윽고 재청 선언이 줄을 이었다.

"크흠. 재청한다는 가문이 다섯을 훨씬 넘었으니 '브라운 가문의 복권'을 정식 안건으로 채택하겠소. 이제부터 이 안건에 대하여 자유롭게 의견을 피력해도 좋소."

킬리언 의장의 말이 떨어지기가 무섭게, 듀이지 앙게나스가 자리에서 일어났다.

"앙게나스 가문은 이 안건 자체가 말이 되지 않는다고 생각합니다."

앙게나스 가주가 라비니 황후를 닮은 푸른 눈동자로 브라운 가주를 바라봤다.

"제국 귀족법에 따르면, 귀족의 권리를 유지하기 위해선 영지가 있어야 합니다. 그것이 손바닥만 한 장원이라도 말이지요."

저 말 나올 줄 알았다.

앙게나스가 브라운 가문의 복권을 막기 위해 주장할 수 있는 점은 그리 많지 않았으니까.

듀이지 앙게나스는 계속해서 말을 이어 갔다.

"황제 폐하께서 하사하신 땅에 뿌리를 내리고 사는 영지민들을 보호하고 세금을 걷는 것이 우리 귀족들의 의무이기 때문입니다."

앙게나스 주변의 사람들이 일제히 고개를 끄덕였다.

"또한 법령에는 '영지를 잃고 20년 이상의 시간이 흐른 경우, 해당 가문은 '몰락 귀족'으로 격하된다. 몰락 귀족이 된 이후로도 계속해서 영지를 소유하지 않은 채 20년이 지난 후에는, 귀족 회의에서 적법한 절차를 통해 귀족 명부에서 제외될 수 있다'고 정확히 명시되어 있습니다."

그래서 바로 몇 년 전, 앙게나스 가문의 주도로 브라운 가문이 귀족 명부에서 완전히 사라졌다.

딱 40년이 되던 해였다.

"이것은 귀족과 몰락 귀족, 그리고 평민이 된 일족을 구분하는 엄격한 기준임을 이 자리에 있는 그 누구도 부정할 수 없을 것입니다."

오, 말 잘하네.

술을 들이켜고 들어온다더니, 앙게나스 가주는 크게 긴장한 기색 없이 큰 목소리로 말했다.

순간적으로 나도 '그런가?' 싶어질 뻔했잖아.

회의장 내부의 공기가 미묘하게 변했다.

나는 살짝 고개를 돌려 방청석 쪽을 확인했다.

브라운 가주의 안색이 굳어져 있었다.

그리고 황후는.

'말해 뭐 해.'

참 아름답지만, 참 비호감인 의기양양한 미소가 얼굴에 천천히 번지고 있었다.

"그런데 지금 브라운 일족의 상황은 어떻습니까?"

급기야 듀이지 앙게나스는 브라운 가주를 손가락으로 가리키며 크게 말했다.

아니, 어쩌면 그 옆에 앉아 있는 페레스를 손가락질하고 싶은 것일지도 모르지.

"지난 40여 년간 영지는 없었고, 이미 그 이름은 귀족 명부에서 사라진 지 오래입니다! 저런 일족이 어찌 이제 와 다시 귀족의 권리를 누릴 자격이 있다는 말입니까!"

그러고는 제 흥에 취했는지 '탕!' 하고 의석 앞 팔걸이를 내려치기까지 한다.

"옳소!"

"지당한 말씀이오!"

앙게나스 진영의 귀족들이 기다렸다는 듯 함께 목소리를 높였다.

조용했던 회의장 안이 시장 바닥이 되는 것은 순식간이었다.

"게다가 지난 40여 년간 한 푼도 내지 않은 귀족세는 어찌할 생각이오! 여기 있는 모든 가문들은 매년 엄청난 세금을 황실에 내고 있는데!"

"대충 계산해 보아도 4000골드요, 4000골드!"

"이보시오, 길라드 브라운! 입이 있으니 직접 말해 보시오!"

앙게나스는 기회를 잡은 김에 아예 뿌리를 뽑으려는 듯이 거세게 밀어붙였다.

"으음. 맞는 말이오. 그런 법령이 있기는 하지."

킬리언 의장이 그렇게 중얼거리며 슬쩍 내 눈치를 봤다.

성향상 친롬바르디에 가까운 킬리언 가문이었지만 의장으로서 중립을 지켜야 한다.

하지만 내가 가만히 앉아 있자 의장의 얼굴에 실망감이 어렸다.

내가 롬바르디 가주 대리로서 제 역할을 하지 못한다고 생각하는 게 분명했다.

"훗."

듀이지 앙게나스는 아예 나를 보고 비웃고 있었다.

자기 주변에 앉아 있는 귀족들과 뭔가를 수군거리면서.

나는 고개를 돌려 황후를 바라봤다.

황후도 별다를 바 없었다.

다만 품위를 유지하려 옅은 미소만 짓고 있었을 뿐.

'그럼 그렇지, 네까짓 게'라는 속마음이 빤히 보였다.

나는 그 얼굴을 보면서 천천히 입을 열었다.

"브라운 가문의 밀린 귀족세는 정확히 4320골드."

회의장이 서서히 조용해졌다.

"거기에 기부금까지 조금 보태서 5000골드, 롬바르디가 내드리죠."

오래전, 내가 샀던 리라 탄광이 2050골드였다.

5000골드는 어느 귀족 가문에게도 어마어마한 금액이었다.

'하지만 롬바르디는 아니지.'

5000골드?

그 열 배가 빠져나가도 롬바르디의 재정에는 티도 안 난다.

"자, 그럼 영지에 관한 것만 남았지요, 앙게나스 가주?"

나는 서서히 미소 지으며 듀이지 앙게나스에게 물었다.

"그, 그렇소!"

"그렇다면 브라운 가문의 복권은 큰 문제가 없겠네요."

"허튼소리!"

듀이지 앙게나스가 크게 코웃음을 쳤다.

아저씨, 그러다 콧물 나와요.

"왜, 롬바르디의 영지라도 하나 떼어 줄 생각인가?"

말이 좀 짧다?

나는 이 자리에 롬바르디 가주 대리로서 앉아 있다.

그런데 저런 말투라니.

무례하기 짝이 없었다.

아니나 다를까, 롬바르디 진영의 사람들이 삿대질을 했다.

"이보시오!"

"말끝은 어디다 팔아먹은 거요!"

"브라운 가문의 땅을 빼앗을 때, 양심이랑 같이 묶어서 팔아먹었나!"

나는 나 대신 화를 내 주는 귀족들을 향해 괜찮다는 의미를 담아 웃어 주고는 다시 듀이지를 향해 말했다.

"그것참 좋은 생각이네요."

"뭐, 뭐라……."

듀이지 앙게나스가 크게 흠칫했다.

내가 당장 이 자리에서 롬바르디 구석의 영지라도 떼어 줄까 놀란 얼굴이었다.

“하지만 그럴 필요는 없을 겁니다, 앙게나스 가주.”

“그렇다면 하늘에서 땅이 뚝 떨어지기라도 한단 말이오!”

듀이지 앙게나스가 또 뭐라고 소리를 지르든 말든.

나는 그쪽을 완전히 무시했다.

그리고 침묵을 지키고 앉아 있던 찬톤 서셔우를 바라봤다.

“그렇지 않나요, 서셔우 가주?”

‘휘익’ 소리가 날 것 같았다.

나에게로 집중되어 있던 사람들의 시선이 일제히 찬톤 서셔우에게로 향하는 소리가.

“뭐, 뭣…….”

듀이지 앙게나스가 입을 뻐끔거렸다.

그러다 돌연 웃었다.

“말도 안 되는 소리. 아니 그렇습니까, 서셔…….”

서셔우 가주는 조금 커진 눈으로 나를 보고 있었다.

놀란 얼굴이었다.

나는 그런 찬톤 서셔우를 향해 빙그레 웃어 주었다.

아무렴, 놀랐겠지.

그 일은 페레스와 자기만 알고 비밀리에 진행했던 일이었으니까.

일부러 사이가 안 좋은 척, 연기까지 했었지.

나는 고개를 돌려 페레스를 바라봤다.

“……!”

페레스의 반응도 서셔우 가주와 별반 다르지 않았다.
놀라서 앉아 있던 의자에서 등을 떼고 금방이라도 벌떡 일어날 것 같았다.
"서셔우 가주……."
듀이지가 마치 애인이 바람난 장면을 목격한 사람처럼 떨리는 목소리로 찬톤 서셔우를 불렀다.
"저, 저게 지금 무슨 소리입니까, 서셔우 가주님?"
그러나 찬톤 서셔우는 앙게나스 가주를 쳐다보지도 않았다.
여전히 흔들리는 눈으로 날 보고 있을 뿐.
"말씀하시죠, 서셔우 가주."
"……롬바르디 가주 대리의 말이 맞습니다."
찬톤 서셔우의 굵은 목소리가 회의장에 낮게 울렸다.
그리고 서서히 자리에서 일어났다.
저벅, 저벅.
유독 무거운 발걸음 소리에 서셔우 가주의 신발을 바라본 뒤에야 깨달았다.
겉으로는 화려하고 비싼 옷을 입고 있는 찬톤 서셔우가 신고 있는 신발이 황실 기사단이 신는 투박한 군화라는 것을.
그렇게 의석에서 빠져나온 서셔우 가주는 단상 위에 서 있는 브라운 가주 앞에 섰다.
"허, 허어……."
그리고 이어진 찬톤 서셔우의 행동에 여기저기서 바람 빠진 소리가 흘러나왔다.
"램브루 제국의 41대 황실 기사단장 찬톤 서셔우가 브라운 가주를 뵙습니다.”

존재 자체로도 하나의 흉포한 무기 같은 서셔우 가주가 깍듯하게 머리를 숙였다.

그리고 주먹 쥔 한 손은 가슴께에 가져다 대었다.

현역 기사들이 극진한 예를 표할 때 사용하는 경례였다.

이제 기사 시절은 모두 잊은 것처럼 철저하게 서셔우의 가주로서만 움직이던 찬톤 서셔우였다.

“제국에서 태어나 검을 잡은 이로서 브라운 가문에 입은 은혜를 이렇게나마 갚을 수 있어, 영광입니다.”

하지만 브라운 가주 앞에 선 서셔우 가주는 단 한 순간도 기사이지 않은 적이 없었던 사람 같았다.

“고, 고맙습니다…….”

브라운 가주가 떨리는 목소리로 말했다.

그에 다시 한번 짧게 인사를 한 찬톤 서셔우가 품에서 잘 정리된 몇 장의 서류를 꺼냈다.

“이것을 봐 주십시오, 킬리언 의장님.”

폭풍우처럼 생각지도 못했던 상황들이 몰아치는 회의였다.

잠시 멍하게 있던 킬리언 의장이 얼른 정신을 차리면서 물었다.

“이게 무엇이오?”

“서셔우 가문 소유의 영지들에 대한 권리 문서입니다.”

“권리…… 문서?”

킬리언 의장의 눈이 동그래졌다.

“이건…… 땅문서가 아니오?”

“맞습니다. 서셔우가는 이 자리에서 벨리어, 리포타, 로몰, 키포어, 그리고 리온의 권리를 브라운 가문에게 넘기겠습니다."

사람들의 입이 떡 벌어졌다.

우스갯소리로 영지를 떼어 주느니 마느니 했던 것인데.

정말로 영지를 떼어 주는 가문이 나타나니 충격이겠지.

그것도 다섯 개나.

그때 누군가가 말했다.

"잠깐! 벨리어, 리포타, 로몰, 키포어, 그리고 리온이라면……."

그리고 또 누군가가 말했다.

"그거 앙게나스의 땅 아닌가?"

맞다.

비록 큰 도시는 없고 농사도 지을 수 없어서 무식하게 땅 넓이만 넓은 영지들이었지만, 앙게나스의 영지가 맞았다.

그리고 동시에, 앙게나스가 빼앗아 갔던 브라운 가문의 땅이기도 했다.

그 순간, 날카로운 목소리가 울렸다.

"지금 그게 무슨 짓입니까, 서셔우 가주!"

방청석에서 벌떡 일어난 라비니 황후였다.

"당신에게 그 땅을 양도할 권리는 없어!"

황후의 아름다운 얼굴이 분노로 일그러져 있었다.

"저기, 킬리언 의장님?"

나는 한 손을 들면서 말했다.

"이 자리는 귀족 회의입니다. 귀족이 아닌 사람에게는 발언권이 없는 것으로 알고 있는데요?"

그게 황족이라고 할지라도.

내 말에 라비니 황후가 나를 죽일 듯이 노려봤다.

메롱. 약 오르지.

"……롬바르디 가주 대리의 말이 맞소. 황후마마께선 부디 발언을 자제해 주십시오."

킬리언 의장이 무서워 죽겠다는 얼굴로 어쩔 수 없이 말했다.

"듀이지!"

라비니 황후가 부들부들 떨며 앙게나스 가주를 불렀다.

"이보세요, 서셔우 가주!"

듀이지 앙게나스가 라비니 황후에게서 바톤을 이어받아 소리쳤다.

"그 땅은 명백히 앙게나스 가문의 소유요!"

"땅문서는 제게 있습니다."

"문서만 가지고 있으면 다요? 그 영지들은 지난 40여 년간 우리 앙게나스가 돌봐 온……."

"그 전 수백 년간 브라운 가문이 돌봐 온 것처럼 말입니까?"

"그, 그건……!"

말문이 막혔던 듀이지는 할 말이 생각났는지, 한 번 더 버럭 소리를 질렀다.

"분명히 그 땅은 우리 앙게나스가 대금을 갚으면 돌려주기로 하지 않았소! 구두 약속도 명백한 약속이고, 계약이오!"

맞는 말이긴 하다.

하지만 찬톤 서셔우가 드물게 느릿한 미소를 지으며 대답했다.

"아니, 나는 그 땅에 대한 계획이 있다고 했지. 그러니 돌려받고 싶다면 서둘러야 할 것이라고 하였고."

그러고는 황후를 돌아보며 물었다.

"아니 그렇습니까, 황후마마?"

"찬톤 서셔우……!"

황후는 이미 분노할 대로 분노했다.

"너, 너……!"

보는 눈이 많다는 사실까지 까맣게 잊어버렸는지, 서셔우 가주를 향해 반말과 삿대질까지 하고 있었다.

하지만 그러거나 말거나.

서셔우 가주는 킬리언 의장에게 요청했다.

"드린 땅문서와 계약서를 보시고 문서에 결함이 없음을 확인해 주십시오, 의장님."

"후우……."

킬리언 의장에게서 무거운 한숨이 흘러나왔다.

도대체 왜 자신에게 이런 일이 생기는지 모르겠다는 얼굴이었다.

팔락, 팔락.

수백 명이 모인 회의장에 종이 넘어가는 소리만 들렸다.

그때였다.

"잘 생각하세요, 킬리언 의장."

라비니 황후가 말했다.

"제대로 된 판단을 내려야 할 겁니다. 후회하고 싶지 않다면."

협박이었다.

이 상황에서 찬톤 서셔우의 손을 들어 준다면 각오하라는.

순간, 킬리언 의장의 눈빛에 알 수 없는 감정이 스치는 것이 보였다.

그러고는 대답 없이 다시 문서들을 쭉 훑어봤다.

마지막 장까지 꼼꼼하게 읽어 내린 뒤, 킬리언 의장은 말했다.

"문서에는 이상이 없소. 요청한 대로 이 영지들은 서셔우에서 브라운으로 소유가 이전되었음을 확인하는 바이오."

"킬리언 의장!"

황후가 비명을 지르듯 의장을 불렀다.

하지만 킬리언 의장은 아랑곳하지 않았다.

그리고 문서를 브라운 가주에게 내주며 말했다.

"영지 문제가 해결되었으니 더 이상 브라운 가문이 귀족의 권리를 되찾지 못할 이유는 없소. 밀린 귀족세도 롬바르디 가문이 대신 지불한다 하셨고."

킬리언 의장이 나를 보며 말했다.

"일시불에 현금으로 드리죠."

나는 상큼하게 대답했다.

"브라운 가문이 다시 귀족의 권리를 행사하는 것에 찬성하는 가문은 '찬성한다'고 말하시오."

"찬성합니다."

"찬성하오!"

속전속결이었다.

"킬리언 의장! 이럴 수는 없습니다! 이럴 수는……!"

듀이지가 의석을 벗어나 의장석으로 달려들며 소리쳤다.

"왜? 내가 후회할 거라고 말하고 싶은 것이오?"

킬리언 의장이 미간을 찌푸리며 듀이지에게 말했다.

황후가 했던 말이 의장의 자존심을 건드렸던 것이 분명했다.

그러게, 아무리 소심한 킬리언 의장이라지만 이렇게 공개적인 장소에서 협박은 하지 말았었어야지.

나는 쯧쯧 혀를 차다가 홀쩍 손을 들었다.

"무엇이오, 롬바르디 가주 대리."

"한 가지 궁금해서요."

혼돈과 경악의 아수라장에서 귀족들이 '이번에는 또 뭐야?'라는 얼굴로 나를 봤다.

"벨리어, 리포타, 키포어, 로몰, 그리고 리온이라면 꽤 크기가 큰 영지들 아닌가요?"

"그렇소만……."

"그렇다면 서부의 대표 가문은 누가 되는 것이지요? 앙게나스인가요, 브라운인가요?"

"허억!"

내 질문의 의도를 파악한 귀족들이 경악해 헛숨을 들이켰다.

"대충 생각해 보면 앙게나스와 브라운이 가진 땅이 거의 반반인데요?"

나는 친절한 부연 설명까지 덧붙였다.

"저, 정말 그러고 보니…….!"

"대표 가문은 영지의 크기에 의해서 결정되는 것인데!"

그래, 내 말이 바로 그 말이야.

서셔우 가주는 아주 똑똑하게도 영양가는 없지만 덩치가 큰 땅들만 쏙쏙 골라서 담보로 잡아 놨다.

"자, 잠깐만……."

킬리언 의장이 머리를 잡으며 말했다.

"이건 내 권한을 벗어나는 일이오. 귀족 회의에서 결정할 것이 아니란 말이오."

"그렇다면 어찌 되는 것입니까, 의장님?"

한 귀족의 질문에 킬리언 의장이 고개를 절레절레 저으며 대답했다.

"폐하께서 주관하시는 대회의에 이 문제를 넘기겠소. 그래, 그래. 폐하께서 결정하실 일이지."

콰앙-!

커다란 소리와 함께 문이 요란하게 열렸다 닫혔다.

돌아보니 황후가 앉아 있던 자리가 텅 비어 있었다.

화가 난다고 폐회 선언을 하기도 전에 자리를 떠 버린 것이다.

"무례하기는."

나는 모두 들을 수 있도록 혀를 끌끌 차며 큰 소리로 중얼거렸다.

"이, 이익……!"

그에 듀이지 앙게나스가 나를 찢어 죽이고 싶다는 듯 노려봤지만.

왜? 뭐? 어쩔 건데?

"자자, 이만 회의를 폐회하겠소."

점점 분위기가 살벌해지자 킬리언 의장이 얼른 회의가 끝났음을 알렸다.

"저기, 의장님."

"……또 뭡니까, 롬바르디 가주 대리."

킬리언 의장이 상당히 지친 얼굴로 날 바라봤다.

나는 의사봉을 손가락으로 톡톡 가리키며 말했다.

"땅땅 두들기셔야죠."

의사봉을 두 번 두드려야 공식적으로 회의가 끝난다.

"아……."

잠시 멍하니 의사봉을 내려다보던 킬리언 의장이 기계적으로 손을 움직였다.

땅! 땅!

앙게나스가 영지의 절반을 빼앗기고, 브라운 가문이 복권된 귀족 회의가 끝나는 경쾌한 소리였다.

"이 책, 어디서 나셨습니까."

찬톤 서셔우가 낮은 목소리로 페레스에게 물었다.

아직 열한 살밖에 되지 않은 어린 황자는 그런 찬톤을 빤히 바라봤다.

어린아이라고 생각할 수 없을 만큼 그 속을 알 수 없는 눈이었다.

황자의 검술 선생인 유베스가 훈련 중 부상을 당해 2황자의 검술 수업을 해 줄 수 없게 되었다.

그렇다고 명색이 황자의 검술 수업에 아무나 보낼 수는 없어 기사단장인 찬톤 서셔우가 임시 검술 선생으로서 포이락궁에 방문한 참이었다.

그런데 2황자의 책상 위에 놓인 책의 제목을 본 찬톤 서셔우는 피가 차갑게 식는 것 같았다.

그가 책을 집어 들었다.

"이게 왜……."

왜 황자에게 있는 것이지.

황실은 이 책을 가지고 있을 자격이 없었다.

겨우 분노를 삼키는 찬톤 서셔우를 지켜보던 페레스가 말했다.

"내 건데."

무뚝뚝한 목소리에는 경계심이 잔뜩 묻어났다.

찬톤 서셔우는 그런 페레스에게서 시선을 떼어 손에 든 책을 내려다봤다.

〈브라운 검법서〉

그리고 한 장 넘기자 그분의 이름이 보였다.

제라드 브라운.

앙게나스의 손에 고인이 된 전대 브라운 가주의 이름이었다.

찬톤 서셔우의 머릿속에 아주 오래된 기억이 바로 어제의 것처럼 생생하게 되살아났다.

"도망치십시오, 스승님!"

찬톤 서셔우의 아버지, 랄프 서셔우가 제라드 브라운 가주에게 외쳤다.

"아니면 주변의 영주들에게, 브라운 가문을 따르는 제국의 기사들에게 도움이라도 청하십시오! 이대로는 모두가 죽습니다!"

앙게나스가 브라운 가문의 사람들이 피신해 있는 고성을 습격할 것이란 소문을 접한 랄프는 서둘러 스승을 찾았다.

마침 제라드 브라운은 랄프 서셔우의 아들인 찬톤의 검세를 봐주고 있었다.

이제 겨우 목검을 잡고 휘두를 어린 나이의 아이에게까지 신경 쓰실 것 없다 아무리 랄프가 만류해도 제라드 브라운은 제자의 아들에게까지 정성을 쏟았다.

"제발요, 스승님!"

속이 타는 랄프가 큰 소리로 다시 한번 외쳤다.

"랄프, 너는 오늘 서셔우로 돌아가거라."

"스, 스승님……. 안 됩니다. 저도 남아서 브라운가와 함께 싸울 겁니다. 저는 브라운 가문의 기사입니다!"

"아니. 너는 서셔우 가문에서 위탁하여 검을 배운, 많고 많은 브라운 가문의 제자 중 하나일 뿐이다."

"하지만……!"

"네 아들까지 죽게 하겠다는 것이냐?"

제자에게 일부러 모진 말로 일갈한 제라드 브라운은 한쪽 무릎을 굽혀 찬톤과 눈높이를 맞췄다.

"찬톤, 기사가 되고 싶다고 하였지?"

"네!"

제라드 브라운은 아직 어린 소년의 또록또록한 눈망울을 보며 미소 지었다.

"그렇다면 한 가지 명심해야 할 것이 있다. 꼭 지키겠다고, 이 선생님과 약속할 수 있겠느냐?"

"네, 선생님!"

찬톤이 힘차게 고개를 끄덕였다.

"검은 언제나 약자를 위해 들거라. 약속을 지키고, 거짓을 말하지 말거라. 그리고 마지막으로."

제라드 브라운은 검술에 천재적인 재능을 가진 어린 찬톤의 미래를 더듬어 보며 말했다.

"마지막으로, 네 검이 누구보다 강하고 날카롭다면 황실의 기사가

되거라. 그리고 선생님 대신 이 제국을, 듀렐리 황가를 지켜 주련?"

브라운 가주의 마지막 말에 랄프는 주먹을 꽉 쥐었다.

그리고 찬톤은 아무것도 모르고 활기차게 대답했다.

"네, 선생님! 그렇게 할게요! 꼭 황실 기사단의 기사가 될게요!"

"그래, 아주 든든하구나!"

제라드 브라운은 진심으로 마음이 놓인다는 듯 후련하게 웃었다.

그날 오후, 랄프 서셔우는 아들 찬톤을 데리고 서셔우 가문으로 복귀했다.

그리고 그날 밤.

앙게나스가 브라운 가문을 습격했다.

그 약속을 지키기 위해 황실의 기사가 되었지만.

그리고 황실의 기사단장직을 이어받았지만, 찬톤 서셔우의 가슴에 황실에 대한 충성심은 없었다.

바로 옆에서 목격한 듀렐리 황실은 그 어느 가문보다 추악했다.

도저히 충성을 바칠 만한 존재들이 아니었다.

찬톤 서셔우는 불행했다.

결국 당장 내일, 기사단장직을 내려놓기로 마음먹은 참이었다.

"이 책, 저에게 주십시오."

찬톤 서셔우는 어린 황자에게 그렇게 말했다.

황후의 손에 언제 죽을지 모를 황자보다는, 자신과 함께 서셔우 가로 돌아가는 것이 이 책에게도 더 좋은 일이리라.

그렇게 생각했다.

"그 책은 나한테 굉장히 소중한 거야."

2황자는 어린아이답지 않게 미간을 찌푸리며 대답했다.
찬톤은 그제야 검법서를 자세히 들여다보았다.
몇 번이나 읽어 보았는지 책장 곳곳에 손때가 묻어 있었다.
책을 묶은 가죽끈도 허술해져 있었다.
"휴우."
그때 2황자가 작게 한숨을 쉬었다.
"가져가."
"……소중한 것이라고 하지 않았습니까."
"주겠다고 약속했으니까. 달라는 사람이 나타나면, 주겠다고 약속했으니까."
찬톤 서셔우는 2황자가 중얼거리는 말이 이해가 가지 않아 인상을 썼다.
"안 주면 티아가 실망할 거야."
하지만 그렇게 말하는 어린 황자도 어깨가 축 처져 있는 것이, 꽤 서운한 듯했다.
졸지에 어린아이의 소중한 물건을 빼앗은 불한당이 된 것 같아 찬톤 서셔우는 울컥했다.
그렇게 책을 들고 우두커니 서 있는 찬톤 서셔우에게 2황자가 툭 던지듯 말했다.
"검술을 가르쳐 주지 않을 거라면 빨리 돌아가."
찬톤 서셔우는 고개를 저었다.
또래보다 작고 비쩍 마른 황자에게서 책을 받아 놓고 아무것도 하지 않은 채 돌아갈 수는 없었다.
"가르쳐 드리겠습니다."

"동정은 필요 없어."

하지만 돌아온 것은 황자의 차가운 거절이었다.

"당신 지금 날 동정하고 있잖아."

피처럼 붉은 눈동자가 찬톤 서셔우를 꿰뚫어 보는 듯했다.

"됐어. 검법서의 내용도 다 외웠고. 혼자서 하면 되니까."

목검을 들고 밖으로 나가려는 2황자의 등에 대고, 찬톤 서셔우가 물었다.

"왜 검을 배우려고 하십니까?"

그러자 2황자가 짧게 대답했다.

"약한 건 지긋지긋하니까. 그리고 약속했으니까."

"약속?"

"공부도 열심히 하고, 검술 수련도 매일 하겠다고 약속했어."

그렇게 말한 2황자는 혼자서 나가 버렸다.

잠시 그 자리에 서 있던 찬톤 서셔우도 2황자의 뒤를 따라갔다.

검술 선생님이 되기 위해서였다.

동정은 아니었다.

유베스가 매일 2황자의 칭찬을 입이 마르게 하기도 했고, 호기심이 생겼기 때문이었다.

듀렐리가의 사람답지 않게 꽤 멋진 눈을 하고 있는 저 어린 황자에게.

"서셔우 가주."

찬톤 서셔우는 자신을 부르는 소리에 상념에서 깨어났다.

그는 귀족 회의가 열렸던 귀족회 건물 앞에 서 있었다.

"수고가 많았다. 나중에 보지."

페레스가 서셔우 가주의 어깨를 한번 툭 짚으며 말했다.

"등은 괜찮으십니까?"

"등?"

"일전에."

앞뒤가 뚝 잘린 말이었지만 페레스는 서셔우 가주가 뜻하는 바를 알아들었다.

그리고 짙은 눈썹이 불쾌하게 찌푸려졌다.

"내가 겨우 그런 부상 때문에 아직 고생이라도 하고 있을 거라 생각하는 건가?"

"……아닙니다."

찬톤 서셔우는 얕게 고개를 숙였다.

그때 저만치에 세워져 있던 롬바르디의 마차가 출발하는 것이 보였다.

"따라가 보지 않으셔도 됩니까?"

서셔우 가주가 페레스에게 물었다.

하지만 페레스는 고개를 가로저었다.

"지금 티아는 해야 할 일이 있어. 나도 마찬가지고. 만나는 건 나중이다."

그렇게 말하는 목소리는 담담했다.

"그렇다면 한 가지만 여쭙겠습니다."

돌아서는 페레스에게 찬톤 서셔우가 말했다.

"롬바르디 영애에게…… 다 공유하셨던 겁니까?"

피렌티아 롬바르디는 정확히 영지 문제를 거론하며 찬톤에게 물었다.

철저하게 비밀에 부쳤던 계획을 모두 알고 있는 것처럼.

"아니."

"그런데 롬바르디 영애가 어떻게 모두 알고 있었던 겁니까?"

"서셔우 가주."

페레스가 혼란스러워하는 찬톤 서셔우에게 말했다.

"티아가 아니었다면 그대와 나는 이런 대화를 나누고 있지도 않았을 거야."

페레스의 말에 찬톤 서셔우의 미간에 더욱 깊은 주름이 파였지만 더 이상의 설명은 없었다.

페레스는 그저 짧은 인사만 남기고 자신의 마차가 있는 곳으로 걸어갔을 뿐이었다.

"다음엔 대회의에서 보도록 하지."

아직 대부분의 귀족들이 남아 있는 귀족회 소유의 건물 앞에, 페레스의 마차는 이미 갈 준비를 모두 마치고 대기하고 있었다.

변한 것은 없었다.

여전히 순한 눈을 한 네 마리의 말이 마차를 끌고 있었고, 그 주변에는 황실 기사단들이 호위하고 있었다.

그런데 마차로 걸어가던 페레스의 걸음이 멈췄다.

그리고 어느 순간, 모양 좋은 입꼬리에 비뚜름한 반쪽 웃음이 걸렸다.

천천히 마차 주변을 호위하고 있는 황실 기사들의 면면을 훑었다.

움찔.

황실 기사들은 앞만 바라보며 페레스의 시선을 피했다.

그런 기사들을 보며 한 번 더 얕은 비소를 지은 페레스는 마차에 올라타며 명령했다.

"황궁으로 간다."

달칵.

페레스가 올라타자 마차가 곧바로 움직이기 시작했다.

황실의 물건답게 마차 안은 화려하고 고요했다.

아주 먼 곳의 일처럼 작게 들려오는 마차 바퀴의 일정한 소음을 듣던 페레스가 입을 열었다.

"할 말이 있으면 하시죠."

차가운 붉은 눈동자가 맞은편에 앉아 있는 사람을 담았다.

"황후마마."

롬바르디 저택.

"브라운가는 성공적으로 복귀했고, 대회의에서 누가 서부의 대표 가문인지 가려내는 일이 남았습니다."

"허허! 수고했다, 수고했어!"

할아버지가 크게 웃었다.

"네가 귀족회에 들어서더니 그치들이 많이 놀라더냐?"

"제가 할아버지를 보러 온 줄 알더라고요."

나는 어깨를 한번 으쓱하며 대답했다.

"그래? 그래서 뭐라고 해 주었느냐?"

"제가 롬바르디의 가주 대리라고 했죠."

"크하하! 많이들 놀랐을 거다!"

"네, 심장 마비로 쓰러진 사람이 없어서 다행이라고 생각하고 있어요."

내 말에 할아버지가 더 큰 웃음을 터뜨렸다.

그리고 은근한 목소리로 내게 물었다.

"그래서 어땠느냐? 롬바르디 가주 대리로 하루를 살아 보니."

"딱이에요. 적성에 맞아요."

나는 속에서부터 절로 피어나는 웃음을 감추지 않고 대답했다.

"저 가주 시켜 주세요, 할아버지."

가볍게 말했지만 그 안에 내 진심이 담겨 있는 것을 할아버지도 안다.

할아버지의 갈색 눈이 다 안다는 듯 나를 지그시 보고 있었으니까.

그렇게 몇 초간 말없이 나를 들여다보던 할아버지가 입을 열었다.

"우리 티아가 그렇다는데, 다들 어떻게 생각하는가?"

할아버지의 물음에 조손지간의 농담 같은 대화를 듣고 있던, 회의실 가득한 가신들이 일제히 나를 바라봤다.

"내가 그만두겠다."

황후가 꺼낸 첫 말이었다.

"여기서 내가 멈추마. 그러니 앙게나스는 가만두거라."

언제나 사용하던 고상한 말투와 미소 따위는 이미 마차 밖으로 던져진 뒤였다.

얼굴은 파리해 지친 기색만이 남았다.

"이미 영지의 반이나 잃었다. 이대로 두어도 앙게나스는 네 앞길에 큰 위협이 될 수는 없을 것이다."

페레스는 대답하지 않았다.

대신 천천히 몸을 움직여 다리를 꼬고 비스듬한 시선으로 라비니 황후를 바라볼 뿐이었다.

"내가 약속하마."

가만히 그 시선을 받아 내던 황후가 말했다.

"……약속이라."

마침내 굳게 다물려 있던 페레스의 입이 열렸다.

"정확히 무엇을 약속하겠다는 겁니까?"

페레스의 질문에 라비니 황후의 눈꺼풀이 모멸감을 견디기 힘들다는 듯 파르르 떨렸다.

"앙게나스는……."

라비니 황후의 목소리가 절로 동정심이 일 만큼 가녀리게 흔들렸다.

"앙게나스는 앞으로 중앙에 일절 나서지 않고 침묵하며 살겠다."

"그리고?"

"네 이름이 쓰인 황태자 임명 동의안에 앙게나스가 가장 먼저 찬성하는 인장을 찍겠다."

"그리고?"

페레스가 재차 물었다.

"대체 여기서 더 무엇을 바라는 것이지?"

라비니 황후가 언성을 높이며 물었다.

하지만 페레스는 여유롭게 고개를 절레절레 흔들 뿐이었다.

"제시하는 것들이 너무 빈약하지 않습니까, 황후마마. 저는 지금 마마의 숨통을 손아귀에 쥐고 있는데."

목소리에는 옅은 웃음기마저 돌고 있었다.

황후가 그런 페레스를 죽일 듯 노려봤다.

하지만 그것도 잠시.

이내 라비니는 체념한 듯 한 숨을 내쉬었다.

"내가 황후 자리에서 물러나마."

이번엔 의외였다.

황후가 생각 외로 좋은 카드를 내민 것이다.

고요한 붉은 눈동자가 황후를 바라봤다.

그리고 툭 던지듯 말했다.

"사과는 그리하는 것이 아니지요. 무릎을 꿇으십시오."

페레스의 말에 황후가 눈을 치떴다.

그러나 그뿐.

으레 뒤따라오던 '천한 것' 혹은 '네까짓 게' 같은 말은 붙지 않았다.

"후우……."

황후가 겨우 화를 가라앉히는 듯 한숨을 쉬었다.

여전히 페레스를 노려보던 눈도 질끈 감았다.

그리고.

털썩.

황후가 자리에서 일어나 마차 바닥에 무릎을 꿇었다.

"내가 이리 사죄하마. 그러니 제발……."

살짝 고개를 숙인 라비니가 힘겹게 짓씹듯이 한 마디, 한 마디 내뱉었다.

페레스는 그 모습을 차갑게 식은 눈으로 내려다봤다.
황후가 보지 못하는 그 얼굴에는 승리감 따위는 비치지 않았다.
잠시 그대로 황후를 응시하던 페레스는 문득 마차 창문 밖을 확인했다.
불안한 얼굴로 계속해서 마차를 돌아보던 기사 하나가 페레스와 눈이 마주치자 황급히 고개를 돌리는 것이 보였다.
"원하는 것이 무엇입니까."
"대회의를 막아 다오. 그것밖에는 없다."
"……적당한 가격이군요."
페레스가 그렇게 말하자 라비니 황후의 얼굴에 화색이 돌았다.
"그럼, 그리해 주겠다는……."
"하나 황후마마의 사과로 죽은 내 어머니가 살아 돌아오지는 않아서 말입니다."
"너, 너어……."
황후가 분노하며 자리에서 일어나려 했다.
하지만 라비니가 몸을 뒤로 피할 틈도 없이, 페레스가 몸을 숙여 얼굴을 곧바로 마주쳐 왔다.
"내가 황후마마의 미래를 알려 드리지요."
붉은 눈이 섬뜩하게 빛났다.
"그래, 먼저 앙게나스부터 시작하는 게 좋겠군요."
페레스가 결정했다는 듯 말했다.
그리고 검지 하나를 쭉 펴서 들었다.
"일 년. 일 년 안에 앙게나스의 이름은 이 땅에서 사라질 겁니다. 그뿐 아니라 귀족 명부에서도 찾아볼 수 없게 될 것이고, 몇 년 쯤

지나면 당신이 그렇게 더럽다고 하는 평민들도 '그런 가문이 있었던가' 하게 되겠지요."

"2황자……!"

"아직 안 끝났습니다."

페레스가 고개를 가로저으며 황후의 입을 막았다.

"그리고 앙게나스가 뿔뿔이 흩어지고 있을 때, 나는 황궁을 뒤질 겁니다. 그리고 황후마마께 충성하는 이들의 뼈까지 샅샅이 발라낼 겁니다. 하나씩, 하나씩, 전부."

페레스는 웃지 않았다.

"아스타나는 변방의 전장으로 보낼 겁니다. 재주가 있다면 살아남을 수도 있겠지만 전장에선 등 뒤에서 칼을 맞아도 그게 누구일지 알 게 뭡니까."

하지만 즐거워하고 있었다.

황후의 얼굴에 점점 공포가 번지는 것을 보면서.

이전까지 황후가 그랬던 것처럼.

"그리고 혼자 남은 당신은."

순간 라비니 황후의 등골에 오싹 소름이 끼쳤다.

눈앞에서 페레스가 서서히 미소 짓고 있었기 때문이었다.

"아무도 모르는 곳에 갇힐 겁니다. 아무도 도와줄 수 없고, 아무도 당신을 보지도 들을 수도 없는 곳에."

내가 그 쓰러져 가는 별궁에 혼자 버려졌던 것처럼.

"그리고 거기서 그냥 혼자 죽는 겁니다, 황후마마. 이게 이미 정해진 당신의 미래입니다."

쯧쯧.

페레스가 혀를 찼다.

그때, 마차가 한차례 크게 덜컥거렸다.

"황궁에 도착했습니다."

페레스의 말과 함께 마차가 서서히 속도를 줄이고 있었다.

"그래도 제가 서둘러 주는 것을 고마워해야 할 겁니다. 적어도 빠르게 끝날 것이니."

마차가 완전히 멈췄다.

그러나 발판을 들고 달려오는 시종은 없었다.

황실 기사들의 흉흉한 기세에 차마 가까이 다가오지 못하고 있는 것이었다.

어쩔 수 없지.

페레스는 그렇게 짧게 중얼거리며 몸을 일으켰다.

"그렇다고 저에게 자비를 바라지는 마십시오, 황후마마."

페레스의 손이 마차의 문고리를 비틀었다.

"처음부터 당신과 나, 둘 중 하나는 없어져야 끝나는 놀이가 아니었습니까."

그러고는 정중히 황후에게 마차 문을 열어 주며 말했다.

"내리시지요. 이미 되돌릴 수는 없습니다, 황후마마."

멈춰 볼 틈도 없이 활짝 열린 문으로 황실 기사단과 멀찌감치 서 있던 시종들이 목격해 버렸다.

페레스의 앞에 무릎을 꿇고 있는 황후의 모습을.

그들의 눈이 경악으로 크게 뜨였다.

"그럼 저 먼저 내리겠습니다. 안녕히 들어가십시오."

페레스가 그렇게 말하며 마차에서 훌쩍 내려섰다.

그러고는 시종에게 언질했다.

"황후마마께선 발판이 필요하실 것이다. 어서 대령하도록."

그 말만 남긴 채, 페레스는 포이락궁을 향해 걸음을 옮겼다.

미리 기다리고 있던 아카데미 삼인방이 얼른 그 뒤로 붙었다.

한데 그들의 얼굴에 의아함이 스쳤다.

"전하?"

페레스의 얼굴이 점점 싸늘하게 굳어 가고 있었기 때문이었다.

황후를 무릎까지 꿇렸는데, 도대체 왜?

앞장서서 걸어가던 페레스가 낮은 목소리로 말했다.

"리그니테."

"응, 전하."

"아스타나에 대한 감시를 더욱 철저히 해라."

"바보 형님? 어째서?"

저벅, 저벅.

황궁의 돌길을 걷는 무거운 발걸음 소리와 함께 페레스가 대답했다.

"무릎까지 꿇으면서도 아스타나의 일을 부탁하지는 않더군."

페레스는 단 한순간도 황후의 연기를 진심이라 믿지 않았다.

그러기엔 황후를 너무나 오랫동안 봐 왔다.

그래서 또한 잘 알았다.

황후는 절대로 아스타나를 포기하지 않는다.

라비니는 절대적인 권력을 원하고, 아스타나 없이는 그것을 손에 거머쥘 수 없으니까.

그저 페레스 자신을 방심시키고, 시간을 벌고 싶었던 것뿐이었다.

"조만간 황후가 움직일 거다."

황후가 마차 안에서 말한 것들 중 진실은 단 한 가지.

대회의에서 어떤 결과가 나올지, 몹시 두려워하고 있다는 것뿐이었으니까.

롬바르디 저택 회의실.

할아버지의 질문에도 쉬이 대답하는 사람은 없었다.

"다들 생각이 많은가 보군."

할아버지가 고개를 끄덕이며 말했다.

"그래, 단지 가주 대리를 시킬 요량이었다면 자네들을 이렇게 불러 모으지도 않았을 거야. 다들 고심하시게."

할아버지의 말에 가주들이 또 한 번 술렁였다.

"후계를…… 말씀하시는 겁니까?"

모두가 숨죽여 할아버지의 대답을 기다렸다.

나 또한 마찬가지였다.

성적표를 기다리는 학생처럼 조마조마한 마음으로 할아버지의 입만 봤다.

두근. 두근.

심장이 입 밖으로 튀어나올 것만 같았다.

"그렇네."

역시!

테이블 밑에 숨긴 두 주먹을 불끈 쥐었다.

단순한 가주 대리가 아닌, 롬바르디 가주직을 이을 후계자.

아아, 너무 좋아!

할아버지의 입으로 직접 듣는 그 말은 정말이지 너무나 달콤해 쓰러질 것만 같았다.

'됐어! 됐다고!'

벌떡 일어나 소리치고 싶지만.

나는 그 환호성을 꿀꺽 삼키며 조용히 미소만 짓는 데 성공했다.

"티아야."

할아버지가 날 불렀다.

"아무래도 다들 불안한 마음이 있는 모양이다."

"그러실 수 있죠."

나는 고개를 끄덕이며 사람들을 돌아봤다.

진심으로 하는 말이었다.

나 같아도 우려스러울 것이다.

가주의 아들딸을 건너뛰고, 그 아래의 손녀에게 가주직이 돌아간다는 것은.

그것도 아직 터무니없이 어린 나에게 말이다.

"롬바르디 가문을 아끼는 마음 때문이실 테니, 이해합니다."

잘못된 사람이 가주가 되었을 때에 벌어질 수 있는 일들을 나도 잘 알고 있으니까.

"그래, 그럼 이 할아비가 몇 가지 질문을 하마. 그 질문에 대해 솔직하게 답해 보거라."

"네, 할아버지."

"지금 상황에서 롬바르디는 어떻게 행동해야 한다고 생각하느냐?"

"롬바르디는……."

나는 바로 대답하려다 다시 입을 다물었다.

내가 지금 하려는 이 말을 가슴이 터지도록 외치고 싶었던 이전 생이 떠올랐기 때문이었다.

"크흠."

나는 헛기침을 하는 척, 숨을 골랐다.

그렇게 하지 않으면 잠시 잊고 살았던 그 오래된 울분이 터져 나올 것 같았기 때문이었다.

"지금 롬바르디가 가야 할 길은 너무나 간단하고 또 분명합니다."

이전 생에서는 이 단순한 것을 하지 못해, 롬바르디 가문이 문을 닫아야 했다.

이 쉬운 것을 하지 못해서.

나의 위대한 롬바르디가, 역사 속으로 사라져야만 했던 것이다.

나는 나를 보고 있는 할아버지와 가신들을 향해 말했다.

"2황자가 황태자가 될 것이므로, 2황자 페레스와 우호적인 관계를 유지하며 취할 수 있는 이득을 취하면 됩니다. 그뿐입니다."

하지만 이번 생에선, 그럴 일은 없다.

이 순간을 위해서 내가 돌아왔으니까.

"상황이 2황자 전하에게 유리하게 흘러가고 있기는 하나, 결국 결정을 내리는 것은 황제 폐하입니다."

잠자코 듣고 있던 브레이 가주가 말했다.

"게다가 앙게나스의 영지가 줄어들고 기세가 꺾였다지만, 여전히 서부의 대표 가문은 앙게나스가 아닙니까?"

"제 생각도 그렇습니다."

헤링가의 가주도 그 말에 동의하고 나섰다.

"현재 앙게나스와 브라운이 소유하게 된 영지의 크기가 비슷하다면, 황제 폐하는 앙게나스의 손을 들어 줄 겁니다."

다들 찬성하는 분위기였다.

여전히 앙게나스는 황후의 가문이었으니까.

"아뇨. 서부 대표는 바뀔 거예요."

이번 대회의에서 무조건.

하지만 내 말에 헤링가의 가주는 고개를 저었다.

"지금 상황으로는 어려울 겁니다, 피렌티아 님."

정중하지만 단호히 장담하는 말이었다.

"바뀔 거라니까요?"

"어려울 것이라니까요?"

"아이, 거참. 바뀔 거예요."

"어렵다고 말씀을 드려도!"

오, 살짝 울컥하는데?

나는 조금 짓궂게 웃으며 물었다.

"그럼 저랑 내기하실래요, 헤링 가주님?"

"그, 그럴까요!"

분위기가 이렇게 번지자, 봉신 가문 가주들이 내게 자유로이 질문을 하기 시작했다.

"그렇다면 서부를 제외한 다른 지역들에 대한 피렌티아 님의 생각을 들을 수 있겠습니까?"

로마시에 딜라드였다.

제국 전역을 무대로 롬바르디 상단을 운영하고 있는 사람답게 조금 더 큰 그림을 볼 줄 안다.

“가장 우려스러운 것은 남부입니다.”

“남부라면, 서셔우 말입니까?”

“네, 현재 서셔우산 곡식이 제국 전역으로 뻗어 나가고 있지요. 특히나 서부는 황후와 서셔우 가주 간의 긴밀한 협약 때문에 더 낮은 곡식 가격에 익숙해져 있습니다. 그런데 지금 서셔우 가주가 곡식의 가격을 올려 버리면 그때는 어떻게 될까요?”

“으음.”

낮은 침음이 곳곳에서 흘러나왔다.

“물론 저는 단순한 가격 차이에서 오는 금전적인 이득만을 말하는 것은 아닙니다. 그것보다도 더 두려운 것은…….”

“서셔우가 가져간 주도권이군요.”

로마시에 딜라드가 턱수염을 문지르며 말했다.

“네, 맞습니다. 당장 남부만큼 가뭄에 대한 걱정 없이 대량의 곡식을 안정적으로 생산해 낼 수 있는 곳은 없으니까요.”

한마디로 제국에 흉작이라도 들면, 사람들은 좋으나 싫으나 서셔우의 곡식을 살 수밖에 없다는 뜻이었다.

“그동안 서셔우가는 큰 욕심 없이 싼 가격으로 곡식을 팔아 왔지만, 새로운 서셔우 가주는 그럴 사람이 아니죠.”

내 말에 다들 동의하는 듯 고개를 끄덕끄덕했다.

“그렇다면 동부와 북부는 어떻습니까?”

“북부는 당분간 큰 이변이 없을 겁니다. 새로운 아이반 가주가 막 자리에 앉은 상태이고, 산사태로 일어난 막대한 피해에 대한 복구만으로도 벅찰 테니까요. 그리고 동부는…….”

나는 다시 한번 로마시에 딜라드를 바라보며 말했다.

"상단주께서 좀 더 분발하셔야 합니다."

가시가 돋은 말에 로마시에 딜라드가 입을 꾹 다무는 것이 보였다.

"이런 자리에서 따끔한 말씀을 드리는 것이 어떨지는 모르겠습니다만, 할아버지께선 제게 솔직하게 대답하라고 하셨으니까요."

"그래, 그래야지."

할아버지가 만족스러운 듯 웃었다.

"계속해서 말하자면, 현재 동부에 롬바르디 상단 지부가 몇 개 들어가 있습니까?"

"다섯 개입니다."

"그렇군요. 지금쯤 열 곳은 들어가 있을 거라 기대를 했는데요."

"……죄송합니다."

로마시에 딜라드가 미간을 좁혔다.

"아직 동부 무역의 주도권을 펠렛 상회에게서 빼앗아 오지 못했다는 점은 분명히 반성할 만합니다. 롬바르디 상단이 펠렛 상회에 비해 규모에서 밀립니까, 자금에서 밀립니까?"

내 회사이기는 하지만 말이야.

아직 펠렛 상회는 롬바르디 상단에 비하면 규모가 작다.

그런데 동부처럼 중요한 시장에서 아직까지 롬바르디 상단이 주도권을 가지지 못했다는 것은 심각한 문제였다.

"요즘 딜라드 가주께서도 후계를 고르고 계시다고 들었습니다. 지난 몇 년간 첫째 아드님이 상단을 운영하고 있다지요? 그것 때문인가요?"

그렇다면 장남은 롬바르디 상단을 이끌어 갈 만한 자질은 없는 사람이라는 뜻이다.

나는 대답을 기다리지 않은 채 다음 질문을 던졌다.

"펠렛 상회는 체사유 항만에 항 세 개를 확보하였고 당장 다음 달이면 네 개로 늘어날 것으로 압니다. 그럼 우리 롬바르디 상단은 지정 항을 몇 개 보유했지요?"

"두 개…… 입니다."

로마시에 딜라드의 목소리가 조금 침울했다.

"딜라드 가주님."

나는 그래도 예의를 갖춰 미소를 지으며 말했다.

"제가 굳이 더 말씀드리지 않아도 아시겠죠?"

"……시정하겠습니다."

가신들 중에서도 깐깐하고 태도가 뻣뻣하기로 소문난 로마시에 딜라드가 내 앞에서 완전히 고개를 숙이며 대답했다.

그때, 데본가의 가주 클랑 데본이 조금 망설이며 나를 불렀다.

"피렌티아 님, 조금 실례가 될 수 있는 질문을 해도 되겠습니까?"

"네, 그러세요."

"가주 대리이자 정식 후계가 되신다면…… 2황자 전하와의 약혼은 어떻게 되는 겁니까?"

다들 궁금했던 것인지 고개를 휙 돌려 뜨거운 시선으로 나를 바라본다.

아, 그거.

나는 반사적으로 입꼬리를 조금 올렸다.

나 지금 제대로 웃고 있는 거겠지.

약간의 걱정도 들었다.

"제게 가장 중요한 것은 롬바르디입니다."

나는 최대한 담담한 말투로 말하기 위해 노력했다.

"제가 롬바르디라는 성을 버리는 일은 없을 겁니다."

"휴."

클랑 데본이 작게 안도의 한숨을 내쉬는 소리가 들렸다.

그 뒤로도 몇 가지 질문이 오갔다.

어렵거나 내가 대답하기 곤란한 것은 없었다.

"그럼 마지막 질문은 내가 하마."

할아버지가 의자 등받이에서 몸을 떼며 말했다.

"롬바르디는 황실과 가장 가까운 가문이지만 동시에 그들을 견제할 수 있는 유일한 가문이기도 하다. 제국의 귀족들은 그런 우리 롬바르디에게 많은 것을 의지하고 있지."

맞는 말이다.

황제가 모든 권력을 가지고 마음대로 휘두르기를 원하는 귀족은 없으니까.

"하나 그들은 동시에 롬바르디가 황실을 능가하는 권력을 쥐기를 원하지도 않는다. 이미 우리가 많은 것들을 가지고 있기 때문이지."

할아버지의 말에 가신들이 모두 작은 웃음을 흘렸다.

"그런데 네 말대로 2황자가 황태자가 되고 장차 황제 위에 오른다면, 롬바르디 가주와 황제가 지나치게 가까운 사이라 우려하는 목소리가 나오겠지. 롬바르디 가주가 황제까지 마음대로 할 수 있으니, 위험한 권력으로 비치는 모양새다. 이 문제에 대해 어찌 생각하느냐?"

할아버지는 이미 페레스가 황제가 되었을 때, 그리고 내가 가주 후계자가 아닌 가주가 되었을 때를 가정하여 물어보고 있었다.

나는 생각에 잠겼다.

그러나 고민은 길지 않았다.

"가장 먼저, 롬바르디 가주는 제국의 다른 귀족들에게 허락을 구해야 하는 자리가 아닙니다. 제가 그들의 걱정까지 달래 줄 이유는 없어요."

"허허, 그래 맞는 말이다."

"하지만 그들의 '두려움'은 분명히 경계해야 할 대상이지요."

"두려움?"

"롬바르디가 가진 힘이 제국의 귀족들에게 부러움과 질투의 대상이 되는 것은 상관없지만, 위협적인 것이 되면 불필요한 잡음은 생길 수 있으니까요."

고립된 권력은 오래가지 못한다.

롬바르디의 강대한 힘은 '귀족들의 대표자'라는 현재의 위치를 유지하는 것에서 나오니까.

"하지만 그리 걱정하지는 않습니다. 시간이 흐르면서 귀족들도 제가 꽤 똑똑한 사람이란 것을 알게 될 테니까요. 하지만 만약 그럼에도 그들이 쓴소리를 한다면, 오히려 제가 묻고 싶네요."

나는 빙 둘러앉은 귀족들을 보다가 마지막으로 할아버지와 눈을 마주쳤다.

"지금까지 롬바르디가 허락하지 않은 사람이 황좌에 앉은 적이 있는 것 같냐고요."

할아버지는 잠시 아무 말이 없었다.

언제나처럼 미소 지은 얼굴로 나를 바라보고 있을 뿐이었다.

그리고 어느 순간 그 미소가 더욱 짙어지더니, 할아버지가 가신들을 돌아보며 말했다.

"이보다 더 완벽할 수가 있겠나?"

"공식적인 발표는 내일 할 것이다. 너는 고생했으니 돌아가 쉬거라, 티아야."

할아버지가 내 머리를 쓱쓱 쓰다듬었다.

"네, 할아버지."

나는 할아버지와 가신들에게 인사를 하고 회의실을 나왔다.

"후아."

참았던 가쁜 마음이 큰 숨으로 한 번에 터져 나왔다.

내 손에는 할아버지가 건네준 묵직한 서류 꾸러미가 들려 있었다.

롬바르디 가문에 대해서 기본적으로 알아야 할 것들을 챙겨 주신 것이었다.

물론 나는 이전 생에서 이미 읽어 알고 있는 것들이었다.

"일단 방으로 돌아가자."

혹시 처음 보는 것이 섞여 있을지도 모르니까 서류들도 한번 훑어봐야지.

나는 천천히 내 방으로 걸어가기 시작했다.

별다를 것 없는 날이었다.

쌀쌀해진 날씨에 몸을 웅크린 저택의 고용인들이 나를 보고 반갑게 인사를 했다.

나도 마찬가지로 웃는 얼굴로 마주 인사했다.

그런데 몸이 점점 무거워졌다.

물먹은 솜처럼, 나중에는 계단을 오르는 것도 힘들었다.

겨우 내 집에 도착했을 때는 몸이 작게 휘청이기까지 했다.

"하아."

닫힌 문을 등 뒤에 두고 기대어 서서 숨을 골랐다.

가주 회의실에서 이곳까지.

얼마 되지 않은 거리를 천천히 걸어온 것뿐인데.

나는 마치 길고 긴 여정을 걸어온 사람처럼 지쳐 있었다.

"잠깐 좀 쉴까."

원래는 도착하자마자 서류를 훑어볼 생각이었지만, 지금 상태론 한 글자도 눈에 들어오지 않을 게 뻔했다.

나는 탁상 위에 대충 서류를 내려놓고 침대에 쓰러지듯 누웠다.

"잠깐만 쉬어야지."

부드러운 이불을 느끼며 그렇게 중얼거린 순간, 지독한 피로감이 나를 덮쳤다.

다시 정신이 들었을 때는 이미 깜깜한 밤이었다.

아직 잠에 취한 머리가 몽롱했다.

눈꺼풀을 밀어 올리자마자, 눈앞에 페레스가 보였다.

녀석은 내 침대에 함께 누워 나를 마주 바라보고 있었다.

붉은 눈동자가 달빛을 받아 보석처럼 빛나고 있었다.

"예쁘다."

나는 한숨처럼 중얼거렸다.

"꿈인가?"

하지만 페레스는 대답하지 않았다.

언제나 나를 보면 기쁨으로 들뜨던 녀석의 눈동자가 고요히 가라앉아 있었다.

꿈인가 보네.

나는 그렇게 생각하고 천천히 손을 뻗었다.

곧 내 손바닥에 페레스의 뺨이 닿았다.

돌이켜 보면.

중요한 일이 있던 날마다, 우리는 이렇게 서로 얼굴을 마주하고 누웠다.

페레스를 그 춥고 끔찍한 별궁에서 구해 내던 날도 그랬고, 아버지의 치료제를 찾았던 날도 그랬다.

나와 페레스는 이렇게 함께 누워 잠이 들었다.

나는 잠기운에 조금 어눌해진 말투로 말했다.

"나 정식으로 가주 대리가 됐어. 내일 후계자 발표가 날 거야."

그러자 그림같이 멈춰 있던 녀석의 붉은 입술이 천천히 움직였다.

"축하해, 티아."

나직한 목소리였다.

"꿈을 이뤘구나."

"거의."

그런데도 나는 웃을 수가 없었다.

"페레스."

"응."

"나는 롬바르디를 택했어."

페레스가 눈을 깜박였다.

"후계 발표가 나면 너와 나의 가짜 약혼도 끝이야."

"가짜라고 생각한 적 없어."

"난 황후가 될 수 없는 걸 너도 알잖아."

나도 모르게 볼멘소리가 나왔다.

"황제는 자신에게 적용될 황실 내규를 바꿀 수 없어."

요바네스가 그토록 원해도 일부일처제를 벗어나지 못했던 것처럼.

하지만 붉은 눈은 그저 나만을 바라본다.

"미안해, 페레스."

"왜?"

녀석의 되물음에 나는 잠시 망설였다.

그리고 진짜 페레스에게는 차마 할 수 없어 감춰 두었던 그 말을 꺼냈다.

"널 좋아하게 되어서, 미안해."

그런데 녀석이 웃었다.

하얀 조각상처럼 굳어 있던 얼굴에 물감이 번지듯 미소가 번져 갔다.

"왜 웃는 거야?"

"네가 날 좋아한다고 했으니까."

"……바보같이, 정말."

울컥.

속에서 뭔가 치밀었다.

"내가 밉지 않아?"

페레스가 대답 대신 자신의 입술 끝에 닿은 내 손가락에 입을 맞췄다.

나에게서 잠시도 눈을 떼지 않으며 조심스럽게.

손끝에 와 닿는 그 체온이 너무 아쉬워 나는 페레스의 품으로 파고들었다.

"페레스."

언젠가 녀석이 내게 그랬던 것처럼.

어리광을 부리듯 페레스의 품에 내 얼굴을 비볐다.

낮은 심장 박동이 들리는 그곳에 얼굴을 묻고 웅얼거렸다.

"후회는 하지 않아."

이번 생의 끝에서 나는 너의 옆에 서는 다음 생을 소원하겠지만.

시간을 돌려 다시 너와 처음 만나는 순간이 오더라도.

네가 또 그 맹목적인 눈으로 날 봐 주길 원하겠지만.

그냥 네 손을 잡고 그 온기에서 행복을 찾는 삶을 원하겠지만.

이번 생은 아니야.

난 롬바르디의 가주가 될 거야.

"티아."

그때 페레스가 조용히 날 불렀다.

"괜찮아."

녀석의 손이 내 머리를 쓰다듬었다.

"다 괜찮아."

마치 내 마음을 읽는 것처럼 그렇게.

아무것도 걱정 말라며 속삭였다.

"아무 생각 하지 마. 조금 더 자. 내일부턴 또 더욱 바빠질 거잖아."

그 순간 거짓말처럼 잠이 쏟아졌다.

밀려났던 파도가 다시 몰려오듯이 순식간에.

"날 믿어. 좋은 꿈을 꿀 거야."

나를 달래듯 보듬는 손길과 나직한 목소리에 다시 눈을 감았다.

코끝에 페레스의 온기를 느끼면서.

그리고 다시 눈을 떴을 때, 나는 혼자였다.

그날 오후, 할아버지가 롬바르디 가주의 이름으로 후계를 발표했다.

[피렌티아 롬바르디를 가주 대리이자 롬바르디 가문의 정식 후계로 임명한다.]

Chapter 12

Chapter 12

롬바르디 가문의 발표는 큰 반향을 불러일으켰다.

피렌티아 롬바르디를 단순히 가주 대리가 아니라, 자그마치 롬바르디 가주의 후계로 삼겠다니!

장남인 비에제는 제외하고 보더라도 샤나넷과 갤러한이라는 쟁쟁한 룰락의 자식들을 제치고 손녀인 피렌티아가 후계가 되었다는 점.

이대로 간다면 최초로 여성 가주가 탄생한다는 점.

그리고 이로써 2황자와 피렌티아의 약혼이 깨졌다는 점 등.

여러모로 사람들을 깜짝 놀라게 하는 발표였다.

"말도 안 돼!"

사교 클럽에서 고주망태가 되도록 술을 마시던 비에제도 그 소식을 듣고 서둘러 귀가했다.

까칠하고 거무죽죽해진 피부와 시뻘겋게 핏줄이 선 눈, 그리고 지독한 술 냄새가 보는 이로 하여금 절로 눈살을 찌푸리게 했다.

"……."

세랄은 며칠 만에 귀가해 다짜고짜 '아버님을 만나러 가야겠다!'며 옷을 갈아입는 비에제를 멀찍이 떨어져 경멸 섞인 눈으로 지켜봤다.

"그 천한 것에게, 끅, 가주 대리…… 아니 후계라니!"

비에제가 서둘러 옷을 갈아입으며 분통을 터뜨렸다.

술에 취해 단추도 제대로 잠그지 못해 엉망이었지만 그런 자각조차 없었다.

"아버님이 노망이 나신 것이 분명해. 내가, 이 장남이 가서 말려야…… 끅!"

비에제는 저택의 본 건물에서 쫓겨나 손님들이나 묵는 별채로 거처를 옮긴 뒤로도 어리석은 착각에 사로잡혀 있었다.

부친은 잠시 화가 나 자신을 내친 것뿐, 때가 되면 모든 것이 다시 원래대로 돌아갈 것이라는 착각이었다.

그리고 술에 전 뇌는 그것이 바로 오늘이라고 비에제를 꼬드기고 있었다.

"큰 실수를 하시는 것이야, 큰 실수를……!"

비에제는 퀭한 눈으로 그 말만 반복해 중얼거렸다.

"아버님께 찾아가 벨레삭의 일을 부탁해 보라고 내가 몇 번이고 말해도 들은 척도 하지 않더니!"

결국 참지 못한 세랄이 차가운 목소리로 비에제에게 소리쳤다.

"너무한 것 아닌가요? 당신은 벨레삭이 걱정되지도 않아요?"

혼자 황궁 어딘가에 갇혀 있을 아들 생각에 세랄은 잠도 오지 않았다.

여러모로 모자란 남편이었지만, 적어도 아들인 벨레삭에 대한 일만큼은 자신과 같은 심정이리라 여겼다.

동부로 떠나 버린 라라네는 아무리 편지를 보내도 답장조차 보내오지 않았고, 이제 하나 남은 자식인 벨레삭은 애먼 일에 얽혀 황궁에 구금되어 있으니 속이 상해서.

그래서 그렇게 매일 술만 찾는 것이라고 생각했다.

그런데 그것이 아니었다.

벨레삭의 일을 부탁하러 사이가 틀어진 부친을 찾아가는 일은 자존심이 상한다 피해 놓고, 피렌티아 그 아이가 후계로 정해졌다는 소식엔 저리 득달같이 달려가려는 모습이라니.

세랄은 분노와 배신감에 치를 떨었다.

"뭐?"

비에제는 세랄의 외침에 얼굴을 구겼다.

"그건 그 녀석이 잘못해서 그리된 일인데 나보고 뭘 어쩌란 말이야!"

버럭 고함까지 질렀다.

"보나 마나 뻔하지! 단검이나 들고 1황자 전하 옆에서 뭐라도 해보겠다, 쭈뼛대다가 눈치도 없이 그 큰일에 휘말렸겠지!"

그러고는 세랄을 위아래로 훑어보며 못마땅한 듯 툭 내뱉었다.

"누굴 닮아 그리 멍청한 건지!"

그 말만 남긴 비에제는 쾅 하고 문을 거세게 박차고 나가 버렸다.

다시 혼자 남겨진 세랄은 잠시 우두커니 서 있었다.

그러다 자신의 방으로 돌아가 책상 위에 놓인 편지를 집어 들었다.

[……황후마마께서 저를 사건의 범인으로 몰려 한대요. 제가 황자 전하의 수통에 약을 탔다고요. 저 좀 꺼내 주세요. 너무 무서워요, 어머니…….]

엉망으로 뭉개진 필체를 쓰다듬는 세랄의 손끝이 떨렸다.

"벨레삭……."

세랄은 자책했다.

사냥 대회에 가기 싫다는 벨레삭의 손에 단검을 쥐여 주고 등을 떠민 것은 세랄 자신이었다.

가서 필요하다면 황자 전하의 앞에 몸이라도 던져라, 끝까지 모진 말을 했다.

그리고 세랄이 편지의 한 문장을 다시 읽었다.

'황후마마께서 저를 사건의 범인으로 몰려 한대요.'

처음 편지를 읽었을 때, 세랄은 부정했다.

황후마마께서 그러실 리 없어.

하지만 점차 시간이 지나며 인정할 수밖에 없었다.

지금 상황을 타개하기에 가장 쉬운 방법은 벨레삭에게 모든 것을 뒤집어씌우는 길이었다.

그리고 사촌 언니인 라비니가 벨레삭을 희생시키기를 조금도 망설이지 않을 것이란 것도 알았다.

'너무 무서워요, 어머니.'

세랄은 벨레삭의 목소리가 들리는 것 같아 두 눈을 질끈 감았다.

"액세서리는 무엇으로 하시겠어요, 아가씨?"

드레스를 갈아입고, 머리와 화장을 마친 뒤.

로릴이 내 앞에 보석함을 열어 보이며 물었다.

"이 중에 마음에 드는 게 없으시면 다른 함을 가져올게요."

"아니야. 있어."

나는 가운데에 놓인 목걸이로 손을 뻗으며 말했다.

엄지손톱만 한 붉디붉은 루비를 페레스가 직접 조각해 만든 목걸이.

그것이 내 시선을 사로잡았다.

"아가씨……."

이 목걸이가 어떤 것인지 잘 알고 있는 로릴이 날 걱정스레 바라봤다.

"그냥 하고 싶어서 그래. 다른 뜻은 없어."

나는 그렇게 말하며 목걸이를 직접 걸었다.

그리고 옆에 준비되어 있던 숄을 어깨 위에 둘렀다.

도톰한 털로 짜여 쇄골 바로 밑에서부터 끈으로 단단히 여미는 모양이었다.

이걸 입으면 어차피 내가 어떤 목걸이를 하고 있는지 남에게는 보이지 않으니까.

"끈 묶어 줘, 로릴."

"……네, 아가씨."

로릴은 그제야 내가 무슨 생각을 하고 있는 것인지 이해한다는 듯 고개를 작게 끄덕였다.

나를 따라 미소를 지으며 숄을 여며 주었다.

하지만 슬픈 표정을 감출 수는 없는 모양이었다.

똑똑.

작은 노크 소리가 들렸다.

"들어와요."

내 대답에 모습을 보인 것은 클레리반이었다.

"어서 오세요, 오라버니."

로릴이 클레리반을 보고 반갑게 인사했다.

"오랜만입니다, 로릴 님."

이제 로릴의 '오라버니'라는 부름이 익숙해진 클레리반은 어쩔 수 없다는 듯 마주 인사했다.

"잘 가져왔어요?"

"예, 여기 있습니다."

클레리반이 소중하게 가방 안에 가지고 있던 것을 내게 내밀었다.

앞뒤가 두꺼운 가죽으로 잘 제본된 서류 꾸러미였다.

나는 자리에서 일어나 그것을 금고에 넣었다.

"신중하게 행동해서 나쁠 건 없지."

롬바르디의 사람들을 믿지 못하는 건 아니지만, 그냥 테이블 위에 올려놓고 다닐 수 있는 물건은 아니니까.

금고 문을 잘 잠그고 있는데, 뒤에서 아주 강렬한 시선이 느껴진다.

"……클레리반?"

"흠. 크흠."

헛기침을 하며 고개를 돌리는데 그 소리가 조금 이상하다.

"울어요?!"

"아, 아닙니다."

아니긴!

안경을 벗고 소매로 꾹꾹 찍어 내는 그게 눈물이 아니면 뭔데!

눈에서 흐르는 땀인가!

"에휴."

나는 작게 한숨을 쉬고 클레리반에게 다가가기 위해 몇 걸음을 뗐다.

그러다 흠칫.

나는 걸음을 멈추고 혹시나 싶어 물었다.

"내가 달래 주면 더 울 거죠?"

"……네. 흡."

고개를 옆으로 돌리고 조용히 미간을 잡으며 클레리반이 대답했다.

"대충 왜 우는 건지는 알겠는데……."

"크흠. 죄송합니다. 순간적으로 제가 조금 감성적이 되었던 것 같습니다."

클레리반이 크게 심호흡을 하며 말했다.

목소리도 표정도.

어느새 냉정한 평소의 모습으로 돌아와 있었다.

"피렌티아 님이 언제 이렇게 자라셔서 가주 대리가 되시고 또 후계까지…… 흡!"

냉정한 어쩌고 취소.

클레리반은 말을 하다 말고 다시 미간을 잡았다.

고개를 푹 숙인 어깨가 들썩거리는 것이 영 심상치 않다.

나는 다시 한번 한숨을 쉬며 로릴에게 말했다.
"클레리반에게 손수건이라도 주…… 로릴?"
"흡! 흑!"
로릴 너까지.
클레리반 옆에 선 로릴이 똑 닮은 모습으로 고개를 숙이고 연신 손수건으로 눈물을 찍어 내고 있었다.
"흐윽, 우리 쪼끄만 아가씨가…… 오늘따라 너무 의젓해 보여서, 흐윽!"
닭똥같이 굵은 눈물을 흘리던 로릴이 자신의 눈물을 다 닦은 뒤, 손수건을 클레리반에게 건넸다.
"여기요, 오라버니."
"……가, 감사…… 흡."
못산다, 내가 정말.
나는 울음보가 터진 두 사람을 두고 고개를 절레절레 저으며 방을 나섰다.
"어디로 가시는 거예요, 아가씨?"
로릴이 다 닫히지 않은 문 사이로 물었다.
"황궁. 볼일이 좀 있어. 정식으로 가주 대리가 되었으니 밥값 해야지."
롬바르디 정식 가주 대리로서의 첫 업무가 '이것'이라니.
나 스스로도 좀 어이가 없지만.
"그리고 황궁으로 출발하기 전에 들를 곳도 있고."
나는 클레리반을 돌아보며 말했다.
"천천히 다 울고, 잘 가요. 내일 상회에서 봐요, 클레리반."

"네, 가주 대리로서 첫 출근 잘 다녀오십…… 흐윽!"

"아이고. 좀 달래 줘, 로릴!"

"……흑!"

남매가 못 말린다.

나는 닫히는 문틈으로 로릴이 클레리반의 어깨를 다독여 주는 것을 마지막으로 보고 다시 움직이기 시작했다.

목적지는 할아버지의 침실이었다.

"저 왔어요, 할아버지!"

편한 옷을 입고 침실에 딸린 응접실에서 차를 마시고 있던 할아버지는 나를 보고 활짝 웃었다.

"오오, 우리 티아가 왔구나!"

"쉬시라니까. 또 일하고 계셨어요?"

"허허. 습관이다, 습관."

할아버지는 테이블에 놓여 있던 서류들을 슬쩍 옆으로 치우며 웃었다.

"그런데 어디 가느냐? 옷을 예쁘게 차려입고 할아버지를 보러 온 것은 아닐 테고?"

"황궁에 가 볼 일이 있기는 한데. 그 전에 할아버지께 보고할 일도 있고, 그리고 여쭤보고 싶은 일도 있고요."

"그래, 무엇이냐."

할아버지가 찻잔을 입으로 가져가며 미소 지었다.

나는 그 모습을 보며 물었다.

"저한테 거짓말하신 것 같은데."

할아버지의 움직임이 우뚝 멈췄다.

"도대체 건강이 얼마나 안 좋아지신 거예요?"

할아버지는 놀란 듯 눈을 크게 뜨고 나를 한참 빤히 바라봤다.

"어찌 알았느냐?"

다행히 끝까지 숨길 생각은 없으신 모양이었다.

"제가 말씀드리면, 할아버지도 솔직하게 말씀해 주실 거예요?"

"그러마."

할아버지가 찻잔을 내려놓으며 빙긋 웃었다.

어쩔 수 없지.

"후계 발표가 너무 빨랐어요."

나는 작게 한숨을 쉬고는 대답하기 시작했다.

"제가 가주 대리로서 할아버지를 도와드리고 점차 일을 배워 나가는 것이 자연스러운 절차예요. 일반적으로 몇 년씩 걸리는 과정이죠. 그런데 할아버지는 그걸 불과 한 달 남짓한 시간에 해치워 버리셨잖아요."

"내가 단지 너를 무척이나 마음에 들어 했을 수도 있는 것 아니냐?"

"그럴 수도 있죠. 저도 그렇게 생각해서 가만히 있었어요. 하지만."

나는 고개를 저었다.

"어제 가신들을 모아 놓은 자리에 저를 부르신 것을 보고 눈치챘어요. 어제 그 자리, 단순히 저를 후계로 삼겠다는 할아버지의 결정을 통보하기 위한 자리가 아니었잖아요?"

내 말에 할아버지의 얼굴에 옅은 웃음이 스쳤다.

"그럼 그것이 무엇이었다고 생각하느냐?"

"……질의응답 시간이요. 단기간 안에 가신들로 하여금 저에 대한 의문을 풀고, 제가 그들을 설득할 수 있도록 준비된 자리였죠."

가주에 대한 충성도가 유독 높은 롬바르디 가문의 특성상 전대 가주에 대한 가신들의 특별한 애정이 문제가 될 때가 있다.

새로운 가주를 잘 받아들이지 못하고 신뢰하지 못하는 현상이 가끔 생기는 것이다.

따라서 다음 대 가주를 정하는 것은 오롯이 가주의 권한이지만, 가신들도 그 결정에 완전히 납득할 수 있어야 한다.

그래야 가주의 교체가 일어났을 때 최대한 잡음 없이, 권력의 공백을 최소화할 수 있다.

그리고 이것은 원래라면 몇 년에 걸쳐서 진행되는 후계 교육 과정을 통해서 자연스레 벌어지는 일이다.

가주는 크고 작은 일들을 가주 대리 겸 후계에게 맡기고 자연스레 가신들과 함께 일하고 부딪칠 기회를 만들어 준다.

그러면 후계가 마침내 가주가 되었을 때 가신들은 새로운 롬바르디 가주가 어떤 사람인지, 또 어떤 일을 잘하고 어떤 일에 자신의 도움이 필요한 사람인지 잘 알게 되는 것이다.

"제가 아주 단기간에 가신들을 제 사람으로 만들어야 하는 상황이 아니라면, 할아버지는 절대로 그런 자리를 만들 분이 아니세요."

혹여 긴장한 내가 가신들 앞에서 말실수를 할 수도 있었다.

또는 그들을 사로잡기는커녕 내 기가 꺾였을 수도 있었다.

하지만 할아버지는 그런 위험을 감수하면서라도 내가 가신들에게 빨리 인정받기를 원했던 것이다.

"제 말이 맞죠?"

"……넌 속일 수가 없구나."

할아버지가 허허 웃었다.

어딘가 무척이나 지친 웃음이었다.

"얼마나…… 안 좋은 거예요?"

꽉 메이는 목에서 흘러나오는 내 목소리가 형편없었다.

"허허, 티아가 할아버지 걱정이 많구나."

할아버지가 가볍게 농담하듯 웃었지만 나는 따라 웃지 못했다.

과거로 회귀해 미래를 충분히 바꿨다고 생각했지만 언제든 예외가 있을 수도 있다.

내가 모르는 회귀의 법칙이 있을 수도 있는 것이다.

예를 들면, 사람의 수명은 정해져 있어 바꿀 수 없다든가 하는 것 말이다.

"에스티라의 약은 잘 듣고 있단다. 너무 걱정 말거라."

할아버지가 내 머리를 쓰다듬으며 말했다.

"그저 무리하거나 마음 쓰는 일이 있으면 지난번처럼 몸이 말을 듣지 않는 경우가 생겨 조바심이 나 그랬을 뿐이다."

나는 할아버지의 눈을 가만히 바라봤다.

괜찮다는 말이 거짓일까 겁이 났기 때문이었다.

"허허, 녀석! 정말이래도!"

할아버지는 걱정이 가시지 않는 내 모습에 조금 멋쩍게 웃었다.

계속 내 머리를 쓰다듬어 주면서.

나는 조용히 손을 들어 내 머리를 쓰다듬고 있는 할아버지의 손을 끌어 내렸다.

"……언제부터 이러셨어요."

할아버지의 손은 본인의 의지와는 상관없이 잘게 떨리고 있었다.

"오늘 일어나 보니 이러더구나."

할아버지는 마치 남의 일인 것처럼 태연히 말했다.

“에스티라 박사에게 이미 진찰받았다. 몸에는 변한 것이 없고 일시적인 증상인 것 같다 하더구나. 봐, 멀쩡하지 않으냐.”

할아버지가 웃으며 손을 쥐었다 폈다 해 보였다.

그 모습에 조금은 안심이 됐다.

단순한 행동이지만, 할아버지의 병이 심해지면 불가능한 일이라는 것을 잘 알고 있으니까.

“긴장이 풀려 이러는 것이다. 다 내가 마음이 놓여 이러는 게야.”

“할아버지…….”

“수십 년간 나 혼자 이 롬바르디를 끌어오다가, 이제 그 일을 물려받을 듬직한 손녀가 있다고 생각하니 내 몸이 게으름을 조금 피우는 것이지.”

게으름이라니.

할아버지는 내가 아는 사람 중 ‘게으름’이라는 말과 가장 거리가 먼 사람이다.

“세월이 뒤늦게 나를 따라잡고 있는 게야.”

“그럼, 저 후계 자리 다시 내려놓을까요?”

“예끼, 이 녀석!”

내 농담에 할아버지의 얼굴에서 쓸쓸한 기운이 조금 가셨다.

그러고는 창문 밖의 어딘가를 내다보며 말했다.

“롬바르디를 위해서 산 세월에 후회는 없다. 한데 돌아보니 내 인생은 또 오로지 롬바르디뿐이었구나.”

햇빛을 받아 환한 할아버지의 얼굴에 오늘따라 주름이 깊어 보였다.

"내 나름 열심히 살았다고 생각했는데. 그래도 아쉬움은 남는가 보다."

나는 할아버지의 시선을 따라 밖을 내다봤다.

"이거 놔! 내 아버지를 만나겠다는데…… 놓으라고!"

비에제가 경비병들에게 끌려가며 소리를 지르고 있었다.

"덧없는 말이다만, 과거로 돌아가 다시 살아 볼 수 있다면 참 좋겠다."

그렇게 나직한 목소리로 중얼거린 할아버지는 고개를 돌려 나를 바라봤다.

"미안하다, 티아야."

"왜 그런 말씀을 하세요?"

"어린 네게 이 가문도 모자라 다른 문제들까지 떠안게 하지 않았느냐."

아마 어중간한 신분으로 롬바르디 저택에 머물고 있는 비에제와 아직 황궁에 잡혀 있는 벨레삭의 이야기인 듯했다.

"티아야."

"네, 할아버지."

"아무래도 네게 생각보다 일찍, 가주 자리를 넘겨주어야 할 것 같다."

"네, 알겠어요."

나는 바로 고개를 끄덕이며 대답했다.

이전 생에서 할아버지는 마지막의 마지막까지 계속해서 일을 하셨다.

그 업무를 보조하는 것이 내 역할이었으니 그 시간이 얼마나 힘들고 또 외로운 것이었는지 잘 알고 있다.

“힘든 일은 저에게 다 넘기시고, 할아버지는 푹 쉬셔야 해요.”

그러면 이전 생보다 할아버지는 훨씬 오래 사실 거다.

내가 그렇게 만들 거니까.

“두렵지 않으냐?”

“아뇨.”

“녀석, 담이 큰 것인지.”

“제가 또 워낙 대담한 성격이기는 하지만, 어차피 혼자 해 나가야 하는 것도 아닌데요, 뭐.”

나는 어깨를 으쓱해 보였다.

“저를 도와줄 봉신 가문 가주님들도 있고, 또 모르는 것이 있으면 물어볼 샤나넷 고모도 있고. 그리고 무엇보다 할아버지가 계시잖아요.”

“……그래, 가주라는 자리가 모든 것을 혼자 해내야 하는 자리는 아니지. 암, 그렇고말고.”

할아버지의 따듯한 갈색 눈동자가 나를 바라봤다.

나는 할아버지의 손을 더욱 꼭 잡으며 말했다.

“그러니까 할아버지, 앞으론 저에게 솔직하게 말씀해 주세요. 특히 할아버지의 건강에 관한 일은요.”

“……그래, 그러마.”

“제가 걱정할까 봐 숨기거나 그러시면 안 돼요. 솔직하게 말씀해 주셔야 제가 도와드리죠.”

나는 일부러 목소리를 조금 밝게 하며 말했다.

“눈이 침침해지시면 제가 어떤 서류든, 책이든 다 읽어 드릴게요. 걷기가 힘들어지시면 제가 바퀴 달린 의자를 만들어서 어디든 모셔다드릴 거예요. 같이 해 질 녘에 할머니가 좋아하셨던 숲으로 산책을 가요, 할아버지."

"티아야……."

할아버지가 내 손을 꽉 마주 잡았다.

그리고 나와 함께 웃으며 농담 섞인 말투로 말했다.

"그러다 힘들어서 더는 못 하겠다고 하려고?"

"아뇨."

나는 고개를 저었다.

그리고 장담하며 말했다.

"저는 다 할 수 있어요."

이미 이전 생에서 몇 년이고, 다 해 본 일들이니까요.

"그래, 그래."

할아버지가 내 말을 믿는 것 같지는 않았다.

하지만 마음은 훨씬 좋아지신 듯, 손의 떨림은 많이 잦아들어 있었다.

그렇게 할아버지와 잠시 마주 보며 이야기를 나누었다.

그리고 조심스레 오늘 할아버지를 찾아온 두 번째 목적을 꺼냈다.

"그리고 허락이 필요한 일이 한 가지 있어요, 할아버지."

나를 태운 롬바르디의 마차가 황궁 입구에 다다랐다.

멀리서 롬바르디 가문의 문양을 확인한 황궁의 병사들이 서둘러

문을 여는 것이 보였다.

롬바르디의 마차는 검문을 받지 않고, 황궁 내의 어느 궁이든 출입할 수 있다.

황실의 병력이 롬바르디 저택에 들어올 수 없다는 것을 생각해 봤을 때, 참 불공평한 조약이 아닐 수 없다.

막말로 내가 원한다면 이대로 황후가 있는 황후궁에 갈 수도 있다는 뜻이었으니까.

하지만 오늘 내 목적지는 황후궁이 아니다.

"기사단 건물로 가 주겠어요?"

마부가 내 말에 마차를 황실 기사단의 본부로 몰았다.

얼마 지나지 않아 나는 검은 벽돌로 지어진 커다란 3층짜리 건물 앞에 서 있었다.

"어떤 일로…… 오셨습니까?"

앞을 지키고 있던 기사가 다가와 물었다.

내가 누군지 알고 있는 모양인지, 무표정한 얼굴이지만 당황한 기색은 역력했다.

"황제 폐하 시해 미수 사건의 담당관을 만나고 싶어 왔네."

나는 나에게 꽂히는 수많은 시선을 느끼며 당당하게 고개를 들고 말했다.

"2황자 전하가 여기에 계시나?"

"그, 그렇습니다만 지금은 취조 중이신지라……."

"불러오게."

"……예?"

기사가 당황해 내게 되물었다.

"2황자 전하를 불러오라고 했네."

"어, 어찌 황자 전하를 감히 오라 가라……. 그것도 공무 중이신데……."

"지금 경이 대화를 나누고 있는 내가 누군지 몰라 묻는 것은 아닐 텐데."

황실 기사의 얼굴에 그제야 아차 싶은 표정이 스쳤다.

나는 그 기사를 똑바로 바라보며 한마디씩 끊어 말했다.

"가서, 롬바르디 가주 대리가, 황자 전하를 보자고 한다, 전하라고."

그리고 생긋 웃어 주었다.

"했네만?"

"아, 알겠습니다."

기사가 빠른 걸음으로 건물 안쪽으로 사라졌다.

"손님을 길 위에 세워 두다니."

매우 기분이 나빴지만, 기사의 손님 접대 스킬이 부족하다고 탓할 생각은 없었다.

어차피 오래 기다리지 않을 테니까.

나는 그렇게 생각하며 창문을 통해 보이는 기사의 모습을 지켜봤다.

2층으로 올라갔고, 계단 근처의 어떤 문을 열고 안으로 들어갔다.

아마 취조실이겠지.

그리고 몇 초 지나지 않았을 때였다.

벌컥!

곧바로 문이 열리고 페레스가 튀어나왔다.

녀석이 반쯤 날듯이 계단을 뛰어 내려오는 것이 보였다.

그리고 아직 현관 앞길 위에 서 있는 나를 보고 빠른 걸음으로 달려왔다.

그 뒤에는 지난번 사냥 대회에서 안면을 튼 기사단장과 황실 기사 몇도 줄줄이 따라왔다.

페레스가 정확히 두 걸음 앞으로 얼른 다가와 물었다.

"어째서 안으로 들어오지 않고……."

"아무도 안으로 초대를 해 주지 않았는데 어떻게 들어가겠습니까."

내 말에 페레스가 휙, 보초를 서던 기사를 노려봤다.

"죄송합니다!"

"괜찮네. 사과를 받으려고 온 것은 아니니."

나는 그렇게 말하고 페레스를 향해 말했다.

"오늘은 롬바르디 가주 대리로서 공무를 보러 왔습니다."

"공무?"

이 말을 하는 순간에도 이게 내 가주 대리로서의 공식적인 첫 업무라는 게 믿기지 않는다.

하지만 가주 대리로서 더 이상 모른 척할 수만은 없는 일이니까.

"벨레삭 롬바르디의 신변을 저희 롬바르디 가문으로 넘기세요, 황자 전하."

같은 날, 조금 더 이른 시각.

라비니 황후는 황제의 침실 앞에 서 있었다.

침실 문은 굳게 닫혀 있었지만 라비니의 얼굴은 밝았다.

얼마 지나지 않아 검은 머리칼의 시녀장이 나와 공손히 머리를 숙였다.

"들어오시지요, 황후마마. 폐하께서 윤허하셨습니다."

라비니의 붉은 입꼬리가 조용히 위로 올라갔다.

얼마 전까지만 하더라도 문전박대를 당했다.

그런데 오늘은 안으로 들어오라는 허락이 떨어진 것이다.

"그래. 고맙소, 오투아 시녀장."

황후의 인사를 받은 시녀장은 시선을 마주치지 않고 더욱 고개를 숙였다.

그 모습에 라비니 황후의 기분은 더욱 좋아졌다.

"폐하."

침실 안으로 들어서며, 황후는 다정한 목소리로 요바네스를 불렀다.

"왔소."

막 일어난 듯, 아직 잠옷을 입은 채로 시녀들의 시중을 받고 있던 요바네스가 무성의하게 대답했다.

한동안 술만 계속해서 들이켠 대가로 눈 밑은 검고, 얼굴은 푸석했다.

"존체가 평안치 않으시다는 말씀에 걱정하였는데, 괜찮아지신 것 같아 다행입니다."

요바네스가 황후의 얼굴을 보고 싶지 않아 둘러댄 '몸이 좋지 않다'는 말은 그저 핑계일 뿐이었다.

그것을 모르지 않을진대.

황후는 진심으로 걱정했다는 듯, 요바네스에게 친근히 말을 걸었다.

"왜 온 것이오, 황후."

요바네스는 그런 라비니가 지긋지긋해, 짜증이 묻어나는 목소리로 물었다.

“혹여 아스타나의 일을 부탁하려는 것이라면…….”

“2황자 페레스의 일 때문에 왔습니다, 폐하.”

잠시 라비니를 흘끗 바라본 요바네스가 별다른 대꾸 없이 마침 시녀가 가져온 세숫물 쪽으로 몸을 숙였다.

그 모습을 지켜보던 라비니는 확신했다.

황제가 이미 페레스와 피렌티아 롬바르디, 그 아이의 일을 알고 있다고.

하지만 모른 척을 하려는 듯하니, 장단을 맞춰 주어야 했다.

“아직 못 들으셨습니까? 오늘 아침 롬바르디 가주가 2황자와 약혼한 피렌티아 그 애를 차기 정식 가주 후계로 임명했다고 합니다, 폐하.”

“……그런 일이 있었군.”

요바네스는 낮게 말하며 물을 얼굴에 끼얹었다.

라비니의 짐작이 맞았다.

황제는 일어나자마자 룰락의 결정에 대해 막 전해 들은 참이었다.

처음에는 황당했다.

이것들이 나를 속였구나 싶어 화도 났다.

그러나 곰곰이 생각해 보니 요바네스 자신에게 그리 나쁜 일이 아니었다.

롬바르디와 황실은 떼려야 뗄 수 없는 공생 관계였다.

그 말은 즉, 마땅히 황제가 오롯이 누려야 할 절대적인 권력을 나눠 가져야 한다는 뜻이었다.

요바네스는 그것이 참을 수 없이 싫었다.

하지만 지금까지 그 족쇄 아닌 족쇄를 벗어난 황제는 없었다.

그 무서웠던 선황도, 그리고 요바네스 자신도.

롬바르디의 손에서 벗어나 보려 했지만 더 큰 보복만 당했을 뿐이었다.

"괜찮으십니까, 폐하?"

라비니가 요바네스의 반응을 살피기 위해 걱정스런 목소리로 물으며 다가왔다.

"……."

황제는 표정을 감추기 위해 수건으로 물기를 닦는 척하며 얼굴을 숨겼다.

수건 뒤의 얼굴은 웃고 있었으니까.

'룰락, 그 늙은이가 말년에 아주 좋은 선물을 하나 해 주는군.'

정치 경험이 전무한 어린 여자 롬바르디 가주라니.

룰락 롬바르디보다 훨씬 다루기 쉬울 터였다.

"괜찮소."

요바네스가 그렇게 대답했지만, 라비니 황후는 고개를 가로저었다.

"안색이 좋지 않으십니다, 폐하."

그럴 리가.

지금 요바네스는 박장대소라도 터뜨리고 싶은 것을 간신히 참아내는 중이었다.

롬바르디의 기를 꺾어 놓기에 아주 좋은 기회다.

그러나 그렇게 하기 위해선 아직 앙게나스가 필요했다.

당장 앙게나스가 사라진다면, 롬바르디에 각을 세울 귀족 세력의 구심점을 만들어 내기까지 또 얼마나 많은 시간이 걸릴지 모른다.

"역시 2황자의 일에 화가 많이 나신 것이지요."

계속해서 그렇게 말하는 황후를 요바네스는 거울을 통해 바라봤다.

아직도 칼을 쥐고 덤벼들던 아스타나의 모습 때문에 밤마다 악몽을 꿀 지경이었다.

하지만 만약 롬바르디의 콧대를 눌러 줄 수 있다면, 그런 짓을 벌인 아스타나라고 하더라도 한 번쯤 눈감아 줄 수도 있었다.

마침 아스타나가 그 당시 제정신이 아니었고 누군가에 의해 누명을 쓴 것이라는 소문도 돌고 있었으니까.

'그렇다고 해서 그냥 풀어 줄 수는 없지.'

자그마치 반역이다.

누군가는 그 죗값을 받아야 했다.

"하아. 요즘 제 마음도 편치 않습니다, 폐하."

그때 라비니가 한숨 쉬듯 말했다.

"1황자가 많이 다치지 않았습니까. 그런데 2황자는 어미인 저마저 얼굴도 보지 못하게 하니……."

마치 요바네스의 마음을 읽기라도 한 듯, 황후가 울먹이며 아스타나의 이야기를 꺼냈다.

"불쌍한 1황자는 누명을 쓴 것이 분명합니다, 폐하."

"아직 확실치 않은 의혹일 뿐이오."

"하지만 만일 그것이 사실이라면요, 폐하?"

라비니 황후는 손수건을 꺼내 눈물을 닦았다.

"1황자가 벌써 며칠을 갇혀 있었습니까? 게다가 오른손까지 잃었습니다."

진심으로 오로지 아스타나를 위한 걱정인 것처럼, 황후의 목소리는 절절했다.

"물론 폐하께 씻지 못할 죄를 저지른 것은 맞지만, 이만하면 죗값을 치른 것이나 마찬가지가 아니겠습니까?"

"황후."

요바네스가 마침내 라비니를 돌아보며 불렀다.

"그 모든 것은 진범이 따로 있을 때의 이야기가 아니오?"

그러나 황후를 힐난하는 말은 아니었다.

오히려 그 은근한 어조에는 듣는 사람으로 하여금 귀를 기울이게 하는 무언가가 있었다.

"나도 아스타나가 고생하는 것은 아비로서 안타까움이 크나, 범인을 찾아내야 한다는 것에는 변함이 없소."

"범인……."

황후는 요바네스의 눈을 깊이 들여다보며 확인하듯 물었다.

"진짜 범인이 누군지 밝혀진다면 아스타나는 구금에서 풀려나는 것입니까?"

"풀려나지 못할 이유도 없지."

"그렇습니까."

라비니 황후는 고개를 끄덕였다.

그리고 몇 걸음 뒤로 물러났다.

"밖에서 폐하의 준비가 끝나기를 기다리겠습니다. 오랜만에 저와 조찬을 함께해 주시지 않겠습니까?"

"……그렇게 하지."

요바네스의 말이 떨어지기가 무섭게 황후는 침실을 나갔다.

어딜 그리 바삐 가는 것인지 의아함이 들었지만, 황제는 묻지 않았다.

그저 은근히 웃을 뿐이었다.

"롬바르디를 길들인 최초의 황제라."

아주 마음에 드는 업적이었다.

"벨레삭 롬바르디의 신변……."

페레스가 나를 보며 낮게 중얼거렸다.

"일단 자리를 옮겨 대화를 나누는 것이 어떻겠습니까, 롬바르디 가주 대리."

"그렇게 하지요."

나는 페레스의 제안에 고개를 끄덕였다.

"이쪽으로."

페레스는 나를 기사단 건물 안으로 이끌었다.

우리가 도착한 곳은 페레스가 임시로 사용하는 것으로 보이는 작은 사무실이었다.

"여깁니다."

나는 먼저 안으로 들어갔다.

그때 뒤에서 페레스가 하는 말이 들렸다.

"들어올 생각은 하지 마라."

"하지만 전하……."

"문에서 멀리 떨어져 있어."

"그래도……."

"명령이다."

"……예, 전하."

결국 페레스에게 진 기사들이 뒤로 물러나고 문이 닫혔다.

방 안에는 우리 둘만 남았다.

가까이 다가온 페레스는 살짝 미소 지은 눈으로 나를 보고만 있을 뿐이었다.

얘가 왜 이래.

왠지 모르게 흐르는 약간 어색한 기류에 나는 먼저 말을 꺼냈다.

"2황자 전하, 공무를 보러 왔는데 기사들이 함께 있지 못하는 이유가……."

"어제 잘 잤어?"

둘만 남겨지자 페레스의 말투가 편하게 변했다.

"뭐야, 갑자기 뜬금없이."

나는 살짝 인상을 찌푸리며 반사적으로 대답했다.

"당연히 잘 잤……."

잠깐.

"어제…… 내 방에 왔었…… 어?"

"응."

"그럼…… 그게……."

꿈이 아니었어?!

나는 주춤, 뒤로 물러났다.

하지만 페레스가 딱 그만큼 앞으로 다가왔다.

"잘 자고 있어서 떠날 때 따로 인사는 하지 않았어. 깨울 것 같아서."

"꾸, 꿈인 줄 알았는데!"

"나에겐 분명히 꿈같은 시간이었지. 티아 네가 나에게 좋아한다고……."

"페레스!"

내가 문 쪽을 돌아보며 다급하게 소리쳤지만 페레스는 즐겁다는 듯 웃을 뿐이었다.

이런 멍멍이 같은! 그게 꿈이 아니었다니!

얼굴이 붉어지는 게 느껴졌다.

아냐, 침착하자. 침착해!

나는 작게 심호흡을 한 뒤 말했다.

"오늘은 사적인 이야기를 하러 온 게 아닙니다. 벨레삭 롬바르디를 넘기세요."

얼른 볼일을 보고 이 자리를 피하고 싶은 마음뿐이었다.

페레스가 거절하면 우다다 쏟아 낼 말들도 잔뜩 준비해 왔다.

"데려가십시오, 가주 대리."

하지만 페레스는 태연한 얼굴로 대답했다.

"미리 준비시켜 놓았습니다. 조금 전, 짐을 싸는 것을 보고 나온 길입니다."

"……내가 오늘 올 것을 알고 있었던 모양입니다."

"롬바르디 가주 대리가 되신 이상, 롬바르디 가문의 모두에 대해서 책임을 지려 하실 거라 생각했습니다."

"날 잘 알고 있군요."

내 말에 페레스가 옅게 미소 지으며 대답했다.

"칭찬 감사합니다."

잘생기면 단가.

나는 페레스를 작게 흘겨보고 말했다.

"그럼 시간 낭비할 것 없이 바로 데리고 가겠습니다. 벨레삭 롬바르디는 어디에 있죠?"

"위층입니다."

조금 전 페레스가 나온 그 방인 모양이었다.

"앞장서세요."

나는 그렇게 말하며 문을 열려고 했다.

"그 전에."

페레스의 부드러운 손길에 문이 다시 닫히기 전에는.

"끈이 풀렸습니다, 가주 대리."

페레스가 나직하게 말하며 내게 손을 뻗었다.

"아……."

녀석의 말대로 숄의 끈이 살짝 풀려 있었다.

그리고 비뚤게 흘러내린 숄의 사이로 붉은 루비 목걸이가 드러나 버렸다.

"이건……."

그 순간 페레스와 눈이 마주쳐 버렸다.

두근.

심장이 어긋나 뛰었다.

페레스가 웃고 있었기 때문이었다.

녀석이 루비를 만지작거리는 느낌이 쇄골 아래를 간질였다.

"어젯밤에 이어서 오늘까지. 이렇게 계속 선물을 주시면 제가 어찌해야 합니까."

붉은 눈이 나를 태울 듯 바라봤다.

"롬바르디 가주 대리."

"어쩌긴요."

나는 페레스의 손을 목걸이에서 떼어 내며 말했다.

녀석의 시선이 아직 뜨거웠지만 더 이상 눈을 맞추지 않았다.

"이렇게."

제자리로 돌아온 목걸이 위에 숄을 덮어 버렸다.

그리고 끈을 세게 당겨 묶었다.

붉은빛을 내던 루비는 더 이상 보이지 않았다.

"묻어 두는 겁니다."

나는 최대한 담담하게 말했다.

"황자 전하와 나 사이에는 미래가 없어요. 언젠가 끝날 관계일 뿐입니다."

"가주 대리."

페레스가 뭐라고 말하려 했지만, 나는 말허리를 자르며 막았다.

"나는 이제 롬바르디의 후계가 되었으니 한숨 돌릴 수 있겠지만, 황자 전하는 어떻습니까?"

페레스는 하고 싶은 말이 많은 눈으로 입을 꾹 다물고 있었다.

그 얼굴에 속이 시큰거렸다.

"황후를 이겨야 하고, 황태자로 임명받아야 합니다. 그리고 황태자 기간을 무사히 보내 황제가 되셔야죠. 그런데 황후가 될 수 없는 나와의 관계를 이어 가려 합니까?"

나는 고개를 가로저었다.

아무리 페레스라고 하더라도 한계는 있다.

“그랬다간 황제 폐하의 선택을 받지 못합니다. 결국 황태자를 임명하는 것은 황제의 권한이니까요.”

그저 페레스를 진정시키기 위해 하는 말이 아니었다.

나 스스로를 다시 일깨우기 위함이었다.

“이러다간 황자 전하께선 아무것도 이루지 못합니다.”

페레스를 보자 다시 철없이 두근거리던 내 가슴이 천천히 가라앉고 있었다.

서로를 위해 여기서 정리하는 것이 맞았다.

“황자 전하는 아직 갈 길이 멀지 않았습니까. 당장 황실 기사단이 반으로 나뉘었다죠?”

페레스는 묵묵히 고개를 끄덕였다.

내 말을 잘 받아들이고 있는 것 같아 다행이었다.

그러나 그것과는 별개로 또 한 번 욱신, 가슴이 아파 왔다.

나는 최대한 표정을 숨기며 페레스의 가슴 위에 손을 올렸다.

지금 내 심장이 시큰거리는 바로 그 자리였다.

“그러니까 묻어 두는 겁니다. 우리 각자 이뤄야 할 것이 있으니까. 그러다 보면 어느 순간.”

다 사라질 겁니다.

그 말을 하려고 했다.

하지만 입술이 떨어지지 않았다.

차마 입 밖으로 그 말을 낼 수 없었다.

나 스스로도 확신할 수 없었기 때문이었다.

이 마음이 정말 시간이 지난다고 잊힐까.

한 사람을 이렇게 아프도록 원하는 마음이 정말 다 사라질까.

그때, 페레스가 자신의 가슴을 짚은 내 손을 감싸듯 잡았다.

두렵도록 따듯한 손이었다.

그리고 천천히, 내 손을 위로 끌어당겨 얼굴을 비볐다.

한층 더 짙어진 시선은 내게 고정한 채로.

순간 가슴이 철렁 내려앉는 것 같았다.

조금 전 내가 한 말이 녀석을 밀어내기는커녕, 더욱 자극했다는 것을 깨달았기 때문이었다.

"내 마음은 묻어 두어도 사라지지 않을 겁니다."

나와는 다르게 페레스는 확신하며 말했다.

"가주 대리."

체온만큼 뜨거운 목소리가 날 불렀다.

"내가 다른 사람을 황후로 맞아도 되는 겁니까? 그이와 나란히 서서 서로를 마주 보고 웃어도 됩니까?"

머릿속에 떠오르는 것이 있었다.

군중 앞에 함께 서서 팔짱을 낀 페레스와 라모나.

이전 생의 기억이었다.

전과 비교할 수 없이 아파 오는 마음에 나는 이를 악물어야 했다.

그사이 페레스가 더욱 가까이 다가왔다.

"내가 다른 이와 아이를 낳고 평생을 함께 늙어 가도 되는 겁니까? 가주 대리는 그것을 멀리서 지켜볼 자신이 있습니까?"

지켜볼 수는 있을 거다.

하지만 페레스가 행복해 웃을 때마다 나는 아무도 몰래 울고 있겠지.

눈앞에 그려지는 것 같은 암담한 미래에 눈을 질끈 감으려고 할 때였다.

페레스가 내 턱을 조심스레 들어 자신을 바라보게 했다.

우리는 이제 서로 숨결이 닿는 거리에서 서로를 바라보고 있었다.

"나는 안 됩니다."

녀석의 목소리가 탁해졌다.

"가주 대리의 곁에는 내가 아닌 다른 사람이 설 수 없습니다."

조금 전 내가 숨긴 루비처럼, 나를 내려다보는 페레스의 붉은 눈동자가 요요히 빛나고 있었다.

"가주 대리가 내가 아닌 다른 자와 결혼을 한다는 상상만으로도 이렇게."

짓씹듯 내뱉는 페레스의 말끝이 위험하게 흔들렸다.

"화가 치밀어 오릅니다."

내가 조금 전 그랬던 것처럼.

페레스가 내 손을 자신의 가슴 위에 올려놨다.

쿵. 쿵.

빠르지 않은 강한 박동이 가슴뼈를 뚫고 나올 듯 위험하게 뛰었다.

"존재하지도 않는 그자의 심장을 꿰뚫어 버리지 않으면, 분노에 내 것이 이리 터질 듯합니다."

페레스가 입술이 내 귀에 닿을 듯, 나직이 내 귀에 속삭였다.

그리고 그대로 내게 입을 맞춰 왔다.

빈틈없이 부대껴 오는 입술은 피할 수도 없이 얽혔다.

한 번, 두 번.

셀 수도 없이 나를 덮쳐 오는 파도처럼 나를 집어삼켰다.

내가 내뱉는 숨도 다 가지겠다는 듯, 영원히 이어질 듯 입을 맞추던 페레스는 어느 순간 멈췄다.

그리고 가볍게 할딱이는 내게 이마를 맞대고 말했다.

"이렇게 가주 대리에게 입술을 겹치고."

페레스의 입술이 드러난 내 목덜미를 파고들었다.

"이렇게 살을 맞댈 수 있는 것은."

말하는 입술의 진동이 살을 간지럽혔다.

"나 아니면 안 됩니다. 그 누구도."

천천히 떨어져 나간 페레스가 참을 수 없다는 눈으로 나를 바라봤다.

"그리고 가주 대리께서 한 가지 오해하고 계신 것이 있습니다."

그러나 키스 때문에 헝클어진 내 머리칼과 옷매무새를 만져 주는 손길은 잘 길들여진 늑대의 할짝거림처럼 상냥했다.

"롬바르디 가주 대리가 바로 내가 원하는 것입니다. 황태자 임명도, 황좌도 아닌, 네가."

페레스의 손가락이 내 입술을 가볍게 스쳤다.

"네가 내 것이 되는 것이, 바로 내가 원하는 겁니다."

그렇게 말한 페레스는 살짝 미소 지었다.

"나머지는 그저 즐거운 부산물일 뿐입니다, 롬바르디 가주 대리. 그리고 내가 원하는 것을 가지기 위해 나는 무엇이든 할 겁니다."

"페레스, 너……."

누구야.

내 눈앞에 있는 녀석이 낯설었다.

순간, 내가 그동안 모르던 녀석의 어두운 면을 보게 된 것 같았다.

달칵.

페레스가 내 쪽으로 몸을 기울이더니 내 등 뒤에 있던 문을 열었다.
화악.
바깥의 차가운 공기가 사무실 안으로 불어 들었다.
몸이 잘게 떨리며 오싹 소름이 돋았다.
마치 꿈에서 깨어난 것 같았다.
"그럼 가주 대리의 사촌을 살리러 가 볼까요?"
어느새 페레스도 평소의 모습으로 돌아와 내게 물었다.

"난 안 갈 거다!"
뭐라는 거야, 이 똥멍청이가.
단단히 팔짱을 끼고 앉은 벨레삭이 완고하게 말했다.
"황실 기사단이 날 지켜 주는 이곳이 차라리 안전하겠지!"
"롬바르디로 돌아가겠다 짐을 싸고 있던 것 아니었습니까?"
내가 페레스를 바라보며 말했다.
"아무래도 마음에 변화가 생긴 것 같군요."
페레스가 무표정한 얼굴로 말했다.
하지만 난 안다.
저건 짜증이 난 거다. 그것도 매우.
페레스의 눈꼬리가 살짝 가늘어져 있었다.
"후우."
나 또한 짜증 섞인 한숨이 나올 수밖에 없었다.
가주 대리가 되고 첫 업무가 벨레삭 자식을 구금된 곳에서 꺼내

오는 것이라는 것도 가뜩이나 짜증이 나는데.

"벨레삭 롬바르디, 제대로 생각해 보는 게 좋을 거야."

근데 네가 내 도움을 거절해?

내 말에 살짝 움찔한 벨레삭이 불안한 눈으로 누군가를 바라봤다.

나도 얼른 그 시선을 따라가 봤다.

'황실 기사?'

벨레삭이 순간적으로 바라본 것은 문 앞에 뒷짐을 지고 묵묵히 서 있는 기사였다.

"경, 이름이 어찌 되죠?"

내 질문을 받은 기사가 잠시 머뭇거리더니 대답했다.

"……제 1기사단 소속, 올카 바라포트입니다."

아하.

대충 무슨 일이 벌어지고 있는 것인지 감이 왔다.

나는 페레스에게 말했다.

"기사들을 잠시 물려 주겠습니까, 황자 전하?"

"……나가 있어라."

페레스의 명령에 기사들이 방을 비웠다.

이제 취조실 안에는 나와 페레스, 그리고 벨레삭뿐이었다.

"야, 벨레삭."

나는 앉아 있는 벨레삭을 내리깔아 보며 말했다.

"이 똥멍청이야."

"또, 똥멍청……."

"구명줄을 내밀어 줘도 그게 구명줄인 줄도 모르니, 똥멍청이가 맞지."

나는 쯧 하고 혀를 찼다.

"페레스가 잠시 자리를 비운 사이, 저 바라포트가 출신의 기사가 너에게 뭐라고 했어?"

벨레삭은 대답하지 않았다.

그 아둔한 머리로 내게 말을 해야 하나 말아야 하나 고민하고 있을 뿐이었다.

그래서 내가 대신 말해 줬다.

"황후가 아니라, 페레스와 내가 너를 범인으로 만들려고 한다고 말했겠지."

"그, 그건……!"

"나를 따라서 롬바르디로 돌아갔다간 자기 같은 황후의 사람들이 널 도와줄 수 없다고 말했겠지. 그러니 여기 있으라고."

'내 말 맞지?' 하고 확인해 볼 필요도 없었다.

벨레삭의 눈이 불안하게 흔들리고 있었으니까.

"그리고 그 말에 넌 홀라당 넘어간 거고. 멍청한 자식."

내 마지막 말에 벨레삭은 발끈했지만 다시 입을 꾹 다물어 버렸다.

"가기 싫다는 사람을 억지로 끌고 갈 만큼의 애정이 없어 내가, 너한테."

하지만 나는 롬바르디 가주 대리다.

적어도 벨레삭이 아직 롬바르디라는 성을 달고 있는 한은 녀석도 내 책임하에 있는 존재라는 말이었다.

"그러니까 기회를 딱 한 번만 줄게, 벨레삭."

나는 크게 한숨을 쉰 다음 말했다.

"싸 놓은 가방을 들고, 롬바르디의 마차를 타라."

벨레삭의 손가락이 초조하게 꼼지락거렸다.

그렇게 한참을 생각하던 벨레삭은 결국 말했다.

“안 가. 난 안 간다고 말했어.”

“결국 그쪽을 믿기로 결정한 거구나.”

“분명히 어머니가 바라포트가의 사람을…….”

“어머니?”

세랄을 말하는 건가?

내가 더 질문을 하기 전에 페레스가 툭 끼어들며 말했다.

“두고 가십시오, 가주 대리.”

웅크리듯 앉은 벨레삭을 보는 페레스의 시선이 차가웠다.

“여기가 더 안전할 것 같다고 하지 않습니까.”

열받았구나, 페레스.

“본인이 가지 않겠다고 말하는 이상, 저도 참고인을 억지로 보낼 수는 없습니다.”

그게 규율이기는 하지.

나는 고개를 절레절레 저었다.

그리고 벨레삭을 향해 말했다.

“네가 내린 결정이야. 후회하지 마.”

“후회…… 안 해.”

벨레삭이 고집스레 말했다.

“머저리 같은 자식.”

제대로 상황을 파악할 머리도 없으면서 그 알량한 자존심만 세울 줄 아는 벨레삭.

녀석은 내 뺨을 때리던 이전 생과 변한 것이 없었다.

벨레삭은 오랜만에 푹 잠들어 있었다.

구금된 이후로 불안한 마음에 쉽게 잠이 들지 못했는데.

저녁 식사와 함께 나온 술을 마시니 기분 좋게 잠이 솔솔 들었다.

아무 걱정 없는 꿈속에서 헤어 나올 줄을 모르던 그때였다.

순식간에 몸이 휙 뒤집히는 듯하더니.

"컥!"

목에 느껴지는 끔찍한 통증과 함께 벨레삭이 눈을 떴다.

방 안은 여전히 어둠뿐이었다.

"커헉! 이, 이거……!"

숨을 쉴 수 없어 버둥거리자 등 뒤를 누르는 누군가의 무릎이 벨레삭의 몸을 더욱 깊이 억눌렀다.

그리고.

기익.

무언가를 당기는 작은 소리와 함께 숨을 쉴 수 없이 목이 조여 왔다.

"빨리 죽어, 이 자식아."

벨레삭도 알고 있는 목소리, 올카 바라포트였다.

벨레삭은 필사적으로 몸부림쳤다.

어떻게든 등 뒤에 올라탄 사람을 떨궈 보려는 움직임이었다.

"쳇! 귀찮게 하는군!"

올카 바라포트가 나직하게 욕설을 내뱉으며 흐트러졌던 자세를 바로잡았다.

그러자 이전보다 더욱 센 힘이 목을 졸랐다.

벨레삭이 뒤로 손을 뻗어 올카 바라포트를 잡아채려 했지만 기사의 힘은 이길 수 없었다.

뒤에서 목이 졸리고 있는 지금은 더더욱 역부족이었다.

"끄윽!"

크게 벌린 벨레삭의 입에서 숨넘어가는 소리가 흘러나왔다.

피가 몰리는 머리가 터져 나갈 것 같았다.

이렇게 죽기는 싫어!

벨레삭은 어떻게든 자신의 목에 둘러진 줄을 뜯어내려 했다.

빨간 피가 흐르는 상처가 몇 개나 났지만 억센 줄은 꿈쩍도 하지 않았다.

벨레삭의 흰자위에 붉은 피가 툭툭 터졌다.

죽고 싶지 않아! 살려 줘!

벨레삭은 외치고 싶었다.

"커헉! 컥!"

하지만 단말마의 비명조차 지를 수 없었다.

"네가 내린 결정이야. 후회하지 마."

점점 정신이 아득해지는 벨레삭의 머리에 피렌티아가 했던 말이 울렸다.

"빨리 좀 죽어라, 좀."

올카 바라포트가 조바심 내며 중얼거리는 소리가 들렸다.

어쩌면 놈도 이제 힘이 빠졌는지도 모른다.
벨레삭은 다시 한번 몸을 크게 움직이려 했다.
하지만 이미 늦은 뒤였다.
의지와는 다르게 벨레삭의 움직임이 점차 잦아들었다.
힘껏 휘두르고 싶은 팔다리는 잘게 경련할 뿐이었다.
더 이상 앞이 보이지 않았다.
목을 파고드는 줄의 끔찍한 느낌도 점차 느껴지지 않았다.
자신은 죽어 가고 있었다.
벨레삭은 그 끔찍한 자각에 오줌을 지렸다.
제발, 누가 나 좀 살려 줘.
소리 없는 비명을 지르면서.
그때였다.
쾅!
유일하게 남은 감각인 청각을 통해 큰 소리가 들려왔다.
그리고.
"컥! 콜록, 콜록! 크헉!"
목을 조르던 힘이 순식간에 사라져 버렸다.
벨레삭은 본능적으로 몸을 옆으로 웅크리고 허겁지겁 공기를 들이마셨다.
"콜록! 끄허, 컥!"
눈물이 줄줄 흐르는 고통 속에서 벨레삭은 '살았다'는 안도감에 몸을 떨었다.
"으허어……."
눈을 질끈 감은 채 사람 같지 않은 소리를 흘리면서도 그저 한 번씩 들이켜는 숨이 너무나 소중했다.

그리고 눈을 번쩍 뜨게 하는 강렬한 통증이 얼굴을 때렸다.

철썩!

"언제까지 누워 있을 거지? 일어나 움직여라."

"으으, 누구……."

벨레삭은 뿌연 눈을 들어 자신의 뺨을 친 사람을 올려다봤다.

그러나 알아볼 수 있는 것이라곤 한 쌍의 붉은 눈동자뿐이었다.

"……그냥 죽었다고 할까."

낮은 목소리가 중얼거리자 옆에서 누군가가 말렸다.

"에헤이, 전하. 그러지 말고 얼른 가. 기다리고 있을 거야."

벨레삭은 얼른 눈을 비볐다.

그러자 안개가 낀 듯 흐렸던 시야가 또렷해졌다.

"아……."

방문은 뜯기듯 부서져 열려 있었고, 올카 바라포트는 정신을 잃은 채 바닥에 쓰러져 있었다.

2황자의 최측근으로 알려진 리그니테 루만을 비롯한 세 명이 그런 올카 바라포트의 품을 뒤지는 것이 보였다.

"이야, 이것 봐라?"

"어이, 롬바르디, 네 유서 여기 있다."

테드로가 웃으면서 올카 바라포트의 품에서 종이 한 장을 꺼내 벨레삭에게 보여 줬다.

[……감히 황제 폐하를 시해하려고 했던 죄를 뉘우치며…… 1황자 전하는 이번 일에 휘말린 피해자일 뿐…… 제 목숨으로나마 제가 저

지른 씻을 수 없는 죄를……]

벨레삭의 등줄기에 오싹 소름이 끼쳤다.

"왜? 네 필체랑 완전히 똑같아서?"

스틸리가 알 만하다는 듯 비웃으며 물었다.

"글씨체 베껴서 유서 한 장 쓸 만한 사람이 황후 주변에 없겠어?"

"완전히 넋이 나갔구만, 넋이 나갔어."

리그니테가 멍하니 자신의 이름이 적힌 유서를 보고 있는 벨레삭을 향해 혀를 쯧쯧 찼다.

"일어나라."

그때 페레스가 다가와 벨레삭의 멱살을 잡고 몸을 번쩍 들어 일으켰다.

커다란 성인 남성을 한 손으로 들어 올리는 데도 마치 찻잔을 들 듯, 전혀 무리 없이 가뿐한 움직임이었다.

그 거친 손길에 벨레삭의 몸이 한차례 휘청거렸다.

그러나 그것을 동정하는 사람은 이 자리에 없었다.

"다녀와, 전하. 나는 이놈을 취조하고 있을게!"

리그니테 루만이 정신을 잃고 축 늘어져 있는 올카 바라포트의 가슴팍을 발로 밟은 채 말했다.

"따라와라."

페레스가 그렇게 말하고 먼저 앞장섰다.

벨레삭은 '어디로 가냐' 묻지도 못한 채 어깨를 움츠리고 그 뒤를 따랐다.

기사단 건물 밖에는 마차 한 대가 기다리고 있었다.

하지만 페레스는 객실의 문이 아닌, 짐칸의 문을 열었다.

"타라."

"하지만 여기는 짐칸인……."

벨레삭이 말을 끝내기도 전이였다.

페레스가 벨레삭의 멱살을 다시 한번 잡아 짐칸으로 던져 넣었다.

쿵!

"으윽!"

벨레삭이 부딪친 머리를 감싸 쥐고 아파했지만, 페레스의 표정에 변화는 없었다.

"짐짝은 짐칸에 타야 맞지."

그렇게 말하고는 짐칸의 문을 쿵 닫을 뿐이었다.

이른 아침, 롬바르디 영지의 끄트머리에 위치한 작은 별장.

"아아, 벨레삭!"

"어머니!"

페레스가 탄 마차가 도착하고 벨레삭과 세랄의 감격의 모자 상봉이 이뤄졌다.

그런데.

"쟤는 왜 짐칸에서 내리는 거야?"

내 물음에 페레스가 어깨를 으쓱하더니 대답했다.

"……글쎄."

분명히 자의로 들어간 건 아닐 텐데.

하지만 벨레삭이 어디에 탔든 중요한 것은 아니었기에 나는 세랄과 벨레삭 쪽으로 시선을 돌렸다.

“세상에, 이 자국……!”

세랄이 벨레삭의 목에 난 검붉은 자국을 보고 경악했다.

“오, 올카 바라포트 경이 침입해서 목을…….”

벨레삭이 더 이상 설명할 필요도 없었다.

무슨 일이 일어난 것인지 눈치챈 세랄은 말없이 제 아들의 목에 난 끔찍한 자국을 보다가 내게로 고개를 돌렸다.

“황후가 어떤 사람인지 잘 알고 있었을 텐데. 놀란 건 아니죠?”

내 말에 세랄이 괴로운 얼굴로 고개를 가로저었다.

“알고 있었다. 내 사촌 언니가 어떤 분인지 알고 있었지만 두려웠다. 두려웠어…….”

세랄이 후회가 가득한 목소리로 혼잣말을 했다.

무척이나 지쳐 보이는 모습이었다.

세랄이 내게 몇 걸음 다가와 말했다.

“고맙구나. 아니, 고맙습니다, 가주 대리.”

“고마워하실 것 없어요.”

나는 앞으로 모자가 살게 될 오래된 별장을 흘끗 바라보며 말했다.

“벨레삭이 황후의 손에 죽는 것보단 사는 편이 내게 더 이득이 되어서 도와준 것뿐이니까.”

세랄은 만감이 교차하는 눈으로 나를 바라봤다.

그리고 품에서 편지 한 통을 꺼내 내게 내밀었다.

보라색 편지였다.

“이것입니다.”

나는 그것을 받아 바로 페레스에게 넘겼다.

나보단 페레스의 손에서 더 빛을 발할 무기가 될 테니까.

"벨레삭."

나는 대신 세랄 뒤에 어깨를 움츠리고 서 있는 벨레삭을 불렀다.

"앞으로 너와 큰어머니는 여기서 죽은 듯 사는 거다."

"여, 여기서?"

벨레삭이 막막한 눈으로 별장을 돌아봤다.

세월의 흔적이 주홍색 벽돌에 고스란히 남아 있는 건물이었다.

이게 끝까지 정신을 못 차리네?

"왜, 부족하다고 생각하나?"

"그런 것은 아니고……."

나는 벨레삭의 앞으로 걸어갔다.

"착각하지 마라. 너와 우리가 같은 성을 쓰고 있기는 하지만, 천한 피가 섞인 넌 절대로 가문의 일원이 될 수 없으니까."

이전 생에서 벨레삭이 내 뺨을 치며 했던 말이 귓가에 울렸다.

더러운 것을 보는 듯한 경멸 섞인 시선도 선명했다.

바로 방금 일어난 일처럼 화가 머리끝까지 치밀었다.

"넌 지금처럼 우리가 부리는 하인으로 살면 되는 것이다."

하지만 지금 내 앞에 서 있는 벨레삭은 내 발치에 침을 뱉던 그 모습과는 거리가 멀었다.

여전히 멍청하고, 아둔했지만 녀석은 겁에 질려 있었다.

핏줄이 터져 엉망이 된 얼굴과 지린내를 풍기면서.

"날 반쪽짜리라고 불렀지."

내가 낮게 중얼거린 말에 벨레삭의 안색이 희게 질렸다.

"죄, 죄송합니다! 그때는 제가 뭘 몰랐습니다! 죄송합니다, 가주 대리!"

벨레삭이 털썩 무릎을 꿇었다.

나는 그런 벨레삭을 내려다보며 말했다.

"그 반쪽짜리의 말 한마디면 넌 모든 걸 잃게 될 거다, 벨레삭."

"부, 부디 용서를……."

분노는 천천히 사그라들었다.

허망하지는 않았다.

회귀한 뒤로 내가 다시 쌓아 온 노력이 맺어 낸 결실 중 하나니까.

그저 아둔하고, 게으르고, 또 약자에게는 한없이 악귀 같았던 내 어리석은 사촌.

나는 벨레삭을 향해 천천히 입을 열었다.

"네 이름으로 매달 먹고살 수 있을 만한 돈은 보내 주지. 하지만 네 잘난 '혈통'으로 얻을 수 있는 건 그게 전부다."

나는 쯧 하고 혀를 낮게 차며 말했다.

"죽은 듯이 살아. 내 귀에 네 이름이 다시 들려 그것마저 빼앗기기 싫으면."

나는 마지막으로 벨레삭을 노려본 뒤 페레스가 타고 온 마차에 올라탔다.

페레스도 바로 내 뒤를 따랐다.

마차가 움직이며 창밖으로 여전히 무릎을 꿇고 있는 벨레사의 모습이 언뜻 보인 것도 같았지만, 나는 뒤를 돌아보지 않았다.

마차 안은 계속 정적이 흘렀다.

"벨레사을 죽이려고 했던 기사를 취조해 보면 뭔가 알아낼 수 있을 거야."

롬바르디 저택이 보이기 시작했을 때, 페레스가 내게 말했다.

"그런데 너 왜 안색이 안 좋은 거야, 페레스?"

내 질문에 페레스가 뭔가 고민하듯 입을 다물었다.

나는 그런 녀석을 보면서 물었다.

"너도, 뭔가 이상한 거지?"

자꾸만 찜찜한 기분이 든다.

황후가 숨겨 놓은 한 수가 더 있을 것 같은 그런 느낌이었다.

그리고 마차에서 내렸을 때, 나는 그 찜찜함의 정체를 알 수 있었다.

"아가씨! 티아 아가씨!"

마차 문이 열리자마자, 로릴이 허겁지겁 달려와 외쳤다.

"화, 황실 기사들이 펠렛 상회와 오라버니의 저택을 급습했어요!"

Chapter 13

Chapter 13

라비니 황후는 일부러 불을 켜지 않은 어두운 복도에서 창밖을 내다보고 있었다.

멀리 보이는 기사단 건물 안에서 잠시 소동이 일더니 이윽고 밖으로 나오는 페레스의 모습이 보였다.

그 뒤를 비척비척 따르고 있는 벨레삭의 모습도.

잠시 뒤, 두 사람을 태운 마차가 기사단 골목을 빠져나갔다.

그 마차의 뒷모습을 끝까지 지켜보던 황후는 황제궁을 향해 바쁘게 걸음을 옮기기 시작했다.

자정이 넘어가는 시각이었지만, 그 행보에 망설임은 없었다.

아직 요바네스가 잠자리에 들지 않았다는 것은 이미 황제궁 내부에 심어 놓은 심복을 통해 알고 있었기 때문이었다.

"내가 왔음을 폐하께 알리시오, 오투아 시녀장."

방문자가 있다는 말에 시중을 들다 밖으로 나온 오투아 시녀장은 라비니 황후를 발견하고 안색이 굳었다.

"……예, 황후마마."

오투아 시녀장이 다시 안으로 들어가고 잠시 뒤, 침실의 문이 열렸다.

"요새 황후가 나를 자주 찾으시는군."

침의로 갈아입은 요바네스가 라비니를 향해 비뚤게 웃으며 말했다.

비웃는 것이 명백한 말이지만, 라비니는 묘한 미소를 지으며 가만히 서 있을 뿐이었다.

"흐음."

요바네스는 그 모습을 흥미롭다는 듯 보다가 물었다.

"늦은 시간에 어쩐 일이시오, 황후."

"긴히 드릴 말씀이 있어 왔습니다, 폐하."

독대를 청하는 말이었다.

고개를 끄덕인 요바네스가 가볍게 손짓하자 침실 안의 모든 시종들이 밖으로 나갔다.

"며칠 뒤면 대회의입니다."

오롯이 둘만 남은 황제의 침실에서 라비니가 먼저 입을 열었다.

"아아, 그 이야기라면 대충 무슨 말을 하려는지 알고 있소."

요바네스가 살짝 인상을 찌푸리며 말했다.

앙게나스와 브라운 사이의 해묵은 영지 갈등이 대회의의 안건이 되어 넘어왔다.

요바네스는 황제로서 누가 서부의 대표 자격을 가지게 될 것인지 결정해야 한다.

"대회의에서 앙게나스의 편이 되어 달라는 이야기이지, 아니 그렇소?"

그렇게 말하며 요바네스는 탁상 위에 놓여 있던 얇은 서류 묶음을 집어 들었다.

"한데 내 보좌관들이 알아본 결과, 브라운 가문으로 넘어간 영지가 조금 더 크더군."

하지만 황제의 말에 의해 없는 것이 될 수 있을 만큼 아주 작은 차이였다.

"……맞습니다."

라비니 황후가 인정했다.

"그에 폐하께서 앙게나스의 손을 들어 주실 것이라 확답을 받기 위해 찾아왔습니다."

"확답이라?"

요바네스가 피식 웃었다.

그리고는 서류 꾸러미 아래에 있던 다른 종이 한 장을 꺼내 황후에게 보여 줬다.

"롬바르디 가주의 편지요."

침실로 들어온 이후, 라비니 황후의 미소에 처음으로 균열이 갔다.

"2황자와 피렌티아 롬바르디의 혼약이 깨진 것에 대한 보상금으로 10만 골드를 준다더군."

10만 골드.

실로 어마어마한 금액이었다.

제국의 어느 귀족 가문도 그만큼의 자금을 지불하고 멀쩡히 남아 있을 수 없었다.

하지만 롬바르디는 예외였다.

언제나, 롬바르디는, 예외였다.

"감히 황제를 능멸해 놓고 돈으로 막겠다?"

요바네스 황제가 불퉁하게 중얼거렸다.

물론 돈은 받을 생각이었다.

요바네스는 10만 골드를 마다할 바보가 아니었다.

하지만 다 롬바르디의 뜻대로 되지 않는다는 것은 보여 줘야겠지.

오만한 롬바르디의 콧대를 눌러 주기 위해서라면 앙게나스의 손은 몇 번이든 들어 줄 수 있었다.

그래 봤자 앙게나스는 롬바르디처럼 황권을 위협할 수는 없으니.

요바네스가 라비니 황후를 향해 말했다.

"대회의에서 앙게나스의 손을 들어 주겠소."

"감사합니다, 폐하!"

활짝 웃은 라비니가 은근히 말을 덧붙였다.

"그리고 한 가지 더 확언을 받을 일이 있습니다."

"허어, 한 가지 더? 황후께서 욕심이 많은 줄은 알았지만."

요바네스가 어이없다는 듯 헛웃음을 흘리며 말했다.

"그래, 어디 한번 말해 보시오."

"오늘 황실 기사단이 펠렛 상회를 조사하고 상단주인 클레리반 펠렛을 체포하는 것을 허락해 주십시오, 폐하."

"펠렛 상회?"

이번에는 요바네스의 두 눈이 크게 뜨였다.

전혀 의외의 이름이 튀어나왔기 때문이었다.

"꽤 거물이군."

제국에 발을 붙이고 사는 이치고 클레리반 펠렛과 펠렛 상회에 대해 모르는 이는 없었다.

불과 십수 년 전에 생긴 상단은 이미 제국의 한 축을 이루고 있을 정도로 거대해졌다.

특히나 동부 무역은 펠렛 상회가 장악한 수준이었다.

동부에 물건을 팔기 위해선 펠렛 상회를 통해야 한다는 말이 있을 정도였다.

"이유가 무엇이오?"

"시해 미수 사건에 대한 조사가 지지부진하여 제가 직접 알아본 결과, 1황자가 먹었던 수상한 약이 펠렛 상회를 통해 유통된 정황을 찾았습니다."

라비니가 얼굴색 하나 변하지 않고 대답했다.

"정황. 정황이라……."

한마디로 '그럴 수도 있지만, 아닐 수도 있다'는 말이었다.

"별로 나쁘지 않은 그림이로군."

황실 문양을 입은 기사들이 펠렛 상회 주변을 둘러싸는 모습을 떠올린 요바네스가 씨익 웃었다.

오랜만에 황가의 권위를 보여 줄 수 있는 좋은 기회라는 생각이 들었다.

또한 클레리반 펠렛이 본시 롬바르디의 사람이라는 사실 또한 요바네스가 결정을 내리는 데에 한몫했다.

"황실 기사단이라는 것이 원래 황족의 손과 발 같은 존재가 아니오."

요바네스 황제가 라비니 황후에게 말했다.

"황후께서 황실 기사단을 부리지 못할 이유가 없지."

"젠장."

하얗게 질린 로릴의 얼굴을 보며 나는 욕지거리를 내뱉었다.

"이거였어, 황후가 노리던 것이."

아마 처음부터 벨레삭은 미끼였을 것이다.

나와 페레스의 주의를 그쪽으로 끌어 놓고 클레리반을 노렸다.

"어째서 황실 기사단이 오라버니를……."

로릴이 잔뜩 겁을 먹은 듯 떨리는 목소리로 물었다.

"계약서를 찾으려는 걸 거야. 앙게나스의 영지를 담보로 걸어서 돈을 빌린 계약서."

"하지만 그것 때문에 황실 기사단이 직접 움직이다니……."

"분명히 황제와 미리 입을 맞춘 거겠지. 그리고 마침 황실 기사단이 움직이기 딱 좋은 구실이 한 가지 있잖아?"

"서, 설마……."

로릴이 차마 그 단어를 입에 담지도 못하고 입술만 바르르 떨었다.

"맞아, 황제 시해 미수 사건. 어떻게든 클레리반을 엮었을 거야."

벨레삭의 유서를 꾸며 낸 것처럼 어디서 그럴듯한 증거를 만들어 냈을지, 아니면 그냥 그렇게 핑계만 대는 것인지는 알 수 없었다.

하지만 한 가지는 확실했다.

바로, 요바네스 황제는 황후의 이런 행동을 묵인할 거라는 것.

"그쪽에서 클레리반을 잡았대?"

"아, 아뇨. 저택과 상회를 이 잡듯이 뒤지고 있다는 말만……."

그렇다면 아직 기회가 있다.

"일단 우리가 먼저 클레리반을 찾아내야 해."

나는 페레스를 돌아보며 말했다.

"페레스, 네 사람들을 롬바르디 영지와 황도에 풀어."

"황도에?"

"클레리반이 며칠 전에 그랬어. 오늘 황도에 있는 갤러한 의복점 본점에서 아버지와 회의할 일정이 잡혔다고. 정확히 몇 시인지는 모르겠지만, 이미 황도로 넘어갔을지도 몰라."

"알겠어. 찾아볼게."

아예 마차를 끌던 말을 풀어서 달려 나가는 페레스의 뒷모습을 확인하고 로릴에게 말했다.

"우리는 롬바르디 기사단으로 가자."

"기사단이요?"

"응, 부탁을 할 일이 있거든."

더 이상 아무 말 없이 걸음만 빨리 옮겼지만 내 속에선 조용히 분노가 끓어오르고 있었다.

라비니 황후, 감히 내 사람을 건드려?

"샅샅이 뒤져라! 클레리반 펠렛이 어디에 숨어 있을지 모른다!"

"예!"

롬바르디 외곽에 위치한 펠렛 상회에 황실 기사단과 병사들이 들이닥쳤다.

화가 난 바이올렛이 사무실에서 뛰쳐나와 책임자로 보이는 기사에게 걸어갔다.

그러나 이상했다.

황실 기사들에게 명령을 내리며 그들을 부리고 있는 것은 같은 황실 기사가 아닌, 앙게나스의 기사였다.

상회부지 한복판에 우뚝 서 있는, 남들보다 머리 하나는 더 큰 거구의 기사는 바이올렛도 잘 알고 있는 사람이었다.

이던 클루스.

앙게나스 기사단의 단장으로 황후의 명령만 듣는 자였다.

황실 기사들에게 명령을 내리는 앙게나스의 기사단장이라니.

말도 안 되는 조합이었지만, 황후는 그것을 가능하게 할 만한 사람이었다.

그리고 바이올렛은 그 광경으로 무슨 일이 벌어지고 있는지 짐작할 수 있었다.

그러나 그렇다고 해서 그들이 펠렛 상회를 마음껏 헤집도록 내버려 둘 수는 없었다.

고개를 더욱 당당하게 치켜든 바이올렛이 이던 클루스 앞에 섰다.

"펠렛 상회의 부상단주인 바이올렛 리페입니다. 이게 도대체 무슨 일입니까?"

"부상단주?"

그러나 대답은 하지 않고 잠시 바이올렛을 위아래로 훑어보던 이던 클루스는 옆에 대기하고 있던 황실 기사에게 명령했다.

"끌고 가서 취조해."

"이거 놓으세요! 놓으라고!"

이미 대화를 할 생각이 없는 자들이었다.

바이올렛이 있는 힘껏 저항했지만, 황실 기사들의 강한 완력을 이길 수는 없었다.

그렇게 속수무책으로 끌려가던 바이올렛은 창고 건물 뒤에서 익숙한 인영을 발견했다.

깊게 눌러쓴 후드로 얼굴이 보이지는 않았지만, 바이올렛은 그 사람이 클레리반이라는 것을 알 수 있었다.

바이올렛이 기사들에게 끌려가자 클레리반은 그가 숨어 있던 창고 뒤에서 걸어 나오려고 하고 있었다.

'안 돼!'

바이올렛은 클레리반을 바라보며 강하게 고개를 저었다.

도대체 무슨 일인지는 알 수 없었지만 황실 기사들이 상회를 뒤집어엎으며 클레리반을 찾고 있었다.

위험한 일이라는 걸 직감적으로 알 수 있었다.

'절대 나오지 마세요!'

바이올렛이 다시 한번 눈짓을 하자 클레리반이 제자리에 멈칫했다.

그것이 자신의 사무실로 다시 끌려 들어가기 전 바이올렛이 본 마지막 광경이었다.

한편, 클레리반은 다시 구석에 몸을 숨기고 까드득 이를 갈았다.

다행히 베이트가 펠렛 상회 내에 심어 놓았던 정보원을 통해서 급히 보낸 메시지와 얼굴을 가릴 수 있는 로브가 제시간 안에 닿았다.

[위험. 상회와 저택 모두 습격. 황후. 조심.]

급하게 휘갈겨 쓴 이 쪽지가 아니었다면 지금 잡혀 있는 것은 바이올렛이 아니라 클레리반이었을 것이다.

마음 같아선 바이올렛을 향해 달려가고 싶었지만, 힘으로 황실 기사들을 이길 수 있을 리 없었다.

클레리반은 차가운 창고 벽에 기대어 뜨거운 머리를 식히려고 노력했다.

그리고 잠시 후, 조용히 펠렛 상회의 부지를 빠져나가기 시작했다.

건물이 수십 개가 있는 거대한 단지였지만 클레리반에겐 너무나 익숙한 곳이었다.

일단은 이곳을 빠져나가는 것이 급선무였다.

몇 번 황실 병사와 마주칠 뻔한 위기가 있었지만 다행히 클레리반은 무사히 펠렛 상회를 벗어날 수 있었다.

인적이 드문 골목길에 서서 숨을 돌리며 클레리반은 생각했다.

"이제 어디로 가야 하지."

저택도 습격을 받았다고 했으니 돌아갈 수 없다.

가장 먼저 떠오른 것은 물론 피렌티아였다.

하지만 클레리반은 이내 고개를 저었다.

혹시 저들이 자신에게 뒤집어씌운 것이 반역에 관련된 것이라면.

"피렌티아 님까지 휘말리게 할 수는 없어."

그때였다.

"어이, 거기. 얼굴을 보여 봐라."

펠렛 상회 쪽으로 걸어가던 황실 기사 하나가 클레리반을 향해 말했다.

"젠장할."

클레리반은 마치 그들의 말을 듣지 못한 것처럼 천천히 몸을 돌렸다.

그리고 최대한 빠른 걸음으로 골목의 모퉁이를 돌았다.

"어어? 거기서! 이봐!"

하지만 기사는 포기하지 않고 끈질기게 따라붙었다.

점점 클레리반의 발걸음도 뒤를 쫓는 기사의 발걸음도 빨라졌다.

결국 클레리반은 뛰기 시작했다.

"명령이다! 거기서!"

뭔가 심상치 않음을 느낀 기사가 고래고래 소리를 지르며 쫓아오기 시작했다.

"허억, 허억!"

가쁜 숨이 클레리반의 입에서 터져 나왔다.

하지만 멈출 수는 없었다.

인파 속으로 숨어야겠다.

그렇게 생각한 클레리반이 막 골목길에서 빠져나와 큰길로 접어들었을 때였다.

"펠렛 공!"

어디선가 익숙한 목소리가 들려왔다.

클레리반은 황급히 그쪽을 돌아봤다.

"2황자…… 전하?"

전혀 예상치도 못했다.

그러나 클레리반 쪽을 향해 말을 몰아 달려오는 것은 분명 페레스였다.

"자, 잡았다!"

"이런!"

페레스를 보고 놀라 잠시 멈춰 섰던 것이 화근이었다.

부리나케 쫓아온 기사가 클레리반의 뒷덜미를 덥석 잡았다.

"너! 허억, 클레리반, 헉, 펠렛, 맞지!"

황실 기사가 큰 건수를 잡았다는 듯 클레리반을 보며 웃었다.

그러고는 제법 거드름을 피우며 말했다.

"클레리반 펠렛, 너를 황제 폐하 시해 미수에 대한 공조 혐의로 체포…… 끄악!"

기사는 말을 다 끝마치지 못하고 몸이 부웅 날아가 뒤로 처박혔다.

깜짝 놀라 땅바닥을 구르고 있는 기사를 보고 있는 클레리반의 귀에 훨씬 가까워진 페레스의 목소리가 들렸다.

"어서."

페레스가 클레리반에게 말에 올라타라는 듯 손을 내밀고 있었다.

다른 한 손에는 기사를 후려친 듯한 검이 검집째 들려 있었다.

클레리반은 잠시 망설였다.

하지만 이내 그 손을 굳게 잡았다.

"감사합니다."

페레스가 한 팔로 클레리반을 강하게 잡아 올렸다.

클레리반의 몸이 훌쩍 들어 올려지더니 어느새 말 위에 안착해 있었다.

"으, 으어억. 뭐야!"

땅에 처박혔던 기사가 겨우 정신을 차리고 자리에서 벌떡 일어났다.

그리고 허리에 찬 검을 뽑으려 하며 고함을 질렀다.

"누가 감히 황실 기사를 폭행……!"

"그만."

페레스가 다시 한번 검집을 벗겨 내지 않은 검을 기사의 얼굴 앞에 겨눴다.

"2, 2황자 전하?"

페레스를 알아보고 놀란 기사가 그대로 굳어 눈만 끔벅였다.

"나에게 검을 뽑으면 반역죄로 즉결 처형하겠다."

"어, 어어……."

기사는 이러지도 저러지도 못했다.

그러다 페레스가 힘껏 말의 배를 차고 달려가기 시작한 뒤에야 큰 목소리로 외쳤다.

"저기 있다! 클레리반 펠렛이 저기 있다!"

자신처럼 롬바르디 구석구석을 수색하고 있을 동료들에게 들리기를 바라면서.

그리고 마침 펠렛 상회 외곽을 걸어 다니던 이던 클루스가 그 외침을 들은 것은 우연의 일치였다.

멀리서 들려오는 그 소리를 들은 이던 클루스는 날렵한 사냥개처럼 반응했다.

재빠르게 자신의 말에 올라타며 크게 휘파람을 불어 주변의 기사들을 모았다.

"저쪽이다!"

이던 클루스가 탄 회색 군마가 가장 먼저 치고 나갔다.

그 뒤를 한 명의 앙게나스 기사와 두 명의 황실 기사가 거리를 두고 그를 따랐다.

더그덕, 더그덕!

주인이 모는 대로, 이던 클루스의 말이 롬바르디 대로를 거칠게 내달렸다.

"꺄악!"

"피해!"

깜짝 놀란 롬바르디의 시민들이 엄청난 속도로 달리는 말을 피하며 소리를 질렀다.

"으아앙!"

그러나 길 한가운데 미처 피하지 못하고 넘어진 아이와 그 아이의 손을 잡은 여성이 남아 있었다.

두려운 눈으로 다가오는 말을 보던 여성은 체념한 얼굴로 아이를 꽉 감싸 안았다.

그리고.

히히힝-!

이던 클루스가 말의 고삐를 강하게 잡아챘다.

그러자 말이 여성과 아이를 훌쩍 뛰어넘었다.

더그덕, 더그덕!

곁눈으로 흘끔, 그들을 바라본 이던 클루스는 계속해서 거침없이 달렸다.

그리고 마침내, 전방에 두 사람을 태우고 달리는 말이 보였다.

"이랴!"

이던 클루스가 다시 한번 말의 배를 걷어찼다.

더그덕, 더그덕, 더그덕!

말이 재차 속력을 내기 시작했다.

"빨리! 더 빨리!"

거리를 좁혀 오는 이던 클루스를 확인한 페레스가 말을 재촉했다.

그러나 원래 마차나 몰던 말이 군마보다 빨리 달릴 수 있을 리 만무했다.

"클레리반 펠렛!"

이던 클루스가 커다란 목소리로 클레리반을 불렀다.

이대로 잡힐 것 같은 예감에 클레리반은 이를 악물었다.

그때였다.

"다 왔다!"

페레스가 외치는 소리에 클레리반이 고개를 번쩍 들었다.

두 사람의 앞에는 롬바르디 저택이 보였다.

"여기는……?"

클레리반은 잠시 이해하지 못했다.

그러나 페레스는 말의 고삐를 바투 잡으며 최대한 속력을 냈다.

더그덕, 더그덕!

이던 클루스가 탄 말이 더욱 속력을 내기 시작했을 때.

"됐다!"

롬바르디 저택의 경계를 넘어서며 페레스가 외쳤다.

그리고 그와 동시에 저택 철문 앞에 서 있던 롬바르디의 기사들이 움직이기 시작했다.

철컥, 철컥!

갑옷을 입고 완전무장한 그들이 롬바르디 현관 앞을 가로막았다.

이던 클루스가 탄 말이 무섭게 달려오고 있었지만 그들은 미동도 하지 않았다.

히히힝!

결국 이던 클루스의 말이 급히 멈춰 서며 다시 한번 길게 울었다.

"크아악!"

멀어지는 페레스와 클레리반의 뒷모습을 보며 이던 클루스가 분노에 차 소리를 질렀다.

"비켜라!"

그때, 이던 클루스의 뒤를 쫓아온 황실 기사들이 외쳤다.

"반역에 연루된 죄인을 체포하러 왔다! 당장 비켜라!"

"불가하오."

가장 앞에 서 있던 롬바르디의 기사단장이 짧게 말했다.

"누군데 감히 황실 기사단의 앞을 막는 것이오!"

"난 롬바르디의 기사단장, 램버트 롬바르디요."

"로, 롬바르디……."

현 가주인 룰락 롬바르디의 조카이자 롬바르디의 기사단장.

황실의 기사들도 잘 알고 있는 이름이었다.

"롬바르디 경! 당장 앞을 비켜 주지 않으면 반역에 공조하는 걸로 알고……!"

"불가하다고 했소."

램버트 롬바르디가 낮은 목소리로 말했다.

"초대 황제 폐하와 초대 롬바르디 가주가 맺은 맹약에 따라."

램버트의 갈색 눈동자가 매섭게 빛났다.

"황실의 병력은 롬바르디 저택에 들어갈 수 없소."

그리고 여전히 페레스와 클레리반이 사라진 쪽만 노려보고 있는 이던 클루스를 보며 덧붙였다.

"앙게나스의 사냥개는 두말할 것도 없고."

피식.

조소가 섞인 말이었다.

"클레리반!"

나는 클레리반이 말에서 내리는 것을 보고 달려갔다.

그리고 그대로 클레리반을 덥석 끌어안았다.

와락!

말을 타고 온 것 때문인지, 클레리반에게선 바람 냄새가 났다.

"……피렌티아 님."

클레리반도 나를 마주 안아 주었다.

"고생 많았어요, 클레리반. 무서웠죠?"

"아니었다고 하면 거짓말일 겁니다."

그렇게 말하며 웃고 있었지만 긴장이 풀렸는지 클레리반의 몸이 잘게 떨리고 있었다.

"오라버니……."

로릴이 클레리반에게 조심스레 다가섰다.

겨우 멈췄던 눈물이 이미 붉게 부어오른 로릴의 눈에서 다시 흐르고 있었다.

"……로릴 님."

그 모습을 가만히 보던 클레리반이 품에서 손수건을 꺼내 건네주었다.

"가, 감사…… 흑!"

커다란 눈으로 건네받은 손수건을 보던 로릴이 다시 울음을 터뜨렸다.

클레리반이 가지고 다니던 손수건이 지난번 자신이 주었던 그 손수건이었기 때문이었다.

겉으로 표현은 안 해도, 클레리반 또한 로릴을 여동생으로 생각하고 있던 것이었다.

가만가만 로릴의 어깨를 두드려 주던 클레리반이 내게 말했다.

"황실 기사단이 바이올렛을 데리고 있습니다."

"바이올렛을?"

나는 휙 고개를 돌려 저택 정문 앞에 멈춰 서 있는 황실 기사단을 째려봤다.

"저것들이 진짜."

마음 같아선 다 확 뒤집어엎고 싶지만.

아직은 때가 아니다.

무르익을 때까지 기다려야 한다.

"바이올렛 님까지……. 어떻게 해요, 아가씨?"

로릴이 두려운 눈으로 내게 물었다.

한 손으론 클레리반의 옷자락을 꽉 쥐고서.

"괜찮아. 별일 없을 거야. 그렇게 두지 않을 거니까."

"하지만 죄목이……."

황제 시해 미수 사건의 공조 혐의.

참 거창하기도 하다.

"오라버니는 그런 일과는 관련이 없다고 적극적으로 해명하는 것이 좋지 않을까요?"

로릴이 조심스레 내게 제안했다.

하지만 나는 고개를 저었다.

“아니야, 그래 봤자 황후는 또 다른 의혹을 만들어 낼 거야.”

“그럼 어찌해야…….”

“황후를 겨냥해야지. 다시는 이런 꿍꿍이를 벌이지 못하게.”

나는 여전히 롬바르디 기사들과 대치 중인 황실 기사단을 보며 말했다.

“저렇게 황실의 기사들까지 움직이다니. 황후가 막다른 골목에 몰렸다는 방증이야. 그러니 쫄 것 없어.”

어차피 칼자루는 이쪽이 쥐고 있으니까.

“대회의까지 며칠 안 남았어. 그때까지 버티기만 하면 돼.”

그리고 나는 페레스에게 말했다.

“바이올렛 말인데.”

“알겠어. 걱정하지 마.”

페레스가 바로 대답했다.

“기사단 건물로 옮겨서 보호하고 있을게.”

다행히 시해 미수 사건의 책임자는 페레스였다.

아무리 기사단이 반으로 나뉘었다지만, 그 사건에 연루된 사람들을 취조할 권한은 페레스에게 있었다.

“갈게.”

페레스가 다시 말에 올라타면서 말했다.

“잠깐만.”

나는 조금 억세게 페레스의 팔을 잡았다.

“바이올렛에게 벨레삭 때처럼 그런 일이 있으면 안 돼. 물론 그때는 일부러 경비를 느슨하게 했을 거란 건 알고 있지만…….”
나는 말을 멈췄다.
페레스의 입술이 갑작스레 다가왔기 때문이었다.
짧게 와 닿았다가 떨어지는 입술에 나는 잠시 당황했다.
이 입맞춤은 도대체 무슨 의미지?
그런 내 생각을 읽기라도 한 듯, 낮게 웃은 페레스가 말했다.
“당분간 못 볼 것 같으니까.”
“나 장난 아니야, 페레스. 정말로 바이올렛에게 무슨 일이 생겨선 안 돼. 바이올렛은, 내 사람이야.”
“알아, 티아 네가 자기 사람을 얼마나 소중하게 생각하는지도. 그러니까 걱정하지 마.”
페레스가 다시 한번 내 이마에 입을 맞추며 말했다.
“네가 슬퍼할 일은 내가 일어나게 두지 않아.”
그렇게 말한 페레스가 훌쩍 뛰듯 움직여 말 등에 올라탔다.
그리고 녀석이 말의 고삐를 쥐었을 때, 나는 다가가 말했다.
“조심해.”
저 밖은 지금 전쟁터다.
나는 저택 안에서 안전하겠지만, 페레스를 혼자 다시 밖으로 보내는 마음이 감출 수 없이 불안했다.
페레스는 말없이 살짝 미소를 지으며 고개를 끄덕였다.
“가자, 이랴!”
다그닥, 다그닥!
페레스를 태운 말이 무사히 저택 경계를 지나 멀리 달려가는 것을 지켜본 뒤에야, 나는 클레리반을 데리고 저택 안으로 들어갔다.

앙게나스 저택의 가주 집무실.

"클레리반 펠렛이 롬바르디 저택으로 숨어들었습니다."

이던 클루스가 황후에게 보고했다.

앙게나스 가주인 듀이지를 위한 공간이었지만, 황후도 앙게나스 기사단장인 이던 클루스도 행동에 스스러움이 없었다.

"쥐새끼 같은……!"

황후가 책상을 강하게 내리치며 이를 갈았다.

"처음부터 그 앞을 지켰었어야지!"

황후가 이던 클루스에게 사납게 소리쳤다.

"죄송합니다."

묵묵히 사죄하는 이던 클루스를 다시 한번 노려본 라비니가 물었다.

"계약서와 땅 담보 문서는?"

"펠렛 저택과 상회 건물을 모두 뒤지고 있습니다. 곧 찾을 수 있을 겁니다."

"무슨 수를 써서라도 손에 넣어야 해. 그렇지 않으면……."

라비니는 말을 멈췄다.

황제의 마음을 앙게나스 쪽으로 묶어 둔 지금, 그 계약서가 바로 유일하게 남은 약점이었다.

"예감이 좋지 않아."

라비니가 초조하게 손톱을 물어뜯으며 중얼거렸다.

브라운과 앙게나스가 소유한 땅의 크기가 비등한 지금, 클레리반 펠렛이 가지고 있을 계약서는 자신의 등을 향해 겨눠진 검과 다름 없었다.

만약 지난번 귀족 회의와 같은 상황이 벌어진다면.

클레리반 펠렛이 헨포렉 영지가 담보로 잡힌 그 계약서를 브라운 가문에 넘긴다면.

그렇게 한참을 생각에 잠겼던 라비니는 자리에서 일어났다.

"가십니까."

이던 클루스가 황후의 겉옷을 들어 어깨에 둘러 주었다.

"이던."

라비니 황후가 이던 클루스를 돌아보며 말했다.

"가장 중요한 것은, 클레리반 펠렛이 대회의에 참석할 수 없게 막는 것이다."

계약서의 권리를 행사할 수 있는 사람은 '펠렛 상회의 소유주'뿐이니까.

"롬바르디 저택의 앞을 지켜라. 그리고 클레리반 펠렛이 나오면, 죽여라."

차라리 그렇게 펠렛 상회가 공중분해되는 것도 나쁘지 않겠지.

라비니 황후가 아름다운 미소를 지었다.

"오랜만이네."

그리웠던 롬바르디의 풍경을 보며 크레니가 웃었다.

흐읍 하고 크게 숨을 들이켜서 롬바르디의 냄새를 맡아 보기도 했다.

"어서 가서 티아 누님한테 자랑해야지!"

크레니는 아카데미로 간 뒤, 물 만난 고기처럼 성장했다.

어렸을 때부터 사촌 누나의 추천으로 좋은 책을 많이 읽어서인지, 원래부터 머리가 좋은 것인지.

항상 학년의 수석을 놓치지 않았다.

"이번에도 1년 월반을 하게 된 걸 말씀드리면 누님도 기뻐하겠지!"

이제 졸업까지 2년밖에 남지 않았다.

보통 6년이 걸리는 과정을 4년 만에 끝내게 되는 것이다.

크레니의 얼굴에 홍조가 들었다.

쿵!

"으윽!"

그때 마차가 급정거를 하며 크레니가 마차 좌석에 무릎을 박았다.

"무슨 일이에요?"

"죄, 죄송합니다! 앞을 기사들이 가로막고 있어서!"

"기사?"

고개를 갸웃하며 마차 밖을 내다본 크레니의 얼굴이 잔뜩 굳었다.

황실 기사단의 기사들이 흉흉한 얼굴로 크레니를 보고 있었던 것이다.

"이게…… 무슨 일이지?"

크레니는 깜짝 놀라 저택 정문 앞을 바라봤다.

"왜 황실 병력들이 저택을 포위하고 있는 거야?"

다행히 황실 기사들이 천천히 물러나 마차는 저택 경계 앞에 다다를 수 있었다.

"검문 좀 합시다."

그때, 짧은 말과 함께 크레니가 타고 있던 마차 문이 활짝 열렸다.

잔뜩 긴장한 크레니가 문을 연 기사를 바라봤다.

"……길리우 형?"

"뭐야, 크레니였네?"

롬바르디 기사단의 옷을 입은 길리우가 크레니를 보고 씩 웃었다.

"응? 크레니라고?"

메이론의 얼굴도 마차 안으로 불쑥 들어왔다.

"방학이라 왔구나?"

메이론이 물었다.

"무슨 일 있어? 왜 저택 앞을……."

"가서 티아한테 물어봐. 잘 설명해 줄 거야. 별일은 아니니까 너무 걱정하지 말고."

그렇게 말한 길리우는 다시 마차 문을 닫고 롬바르디 병사들에게 손짓을 했다.

굳게 닫혔던 저택의 문이 서서히 열리고, 크레니를 태운 마차가 저택의 길을 따라 다시 달리기 시작했다.

한편, 룰락은 마차 한 대가 겨우 저택 안으로 들어오는 모습을 지켜보고 있었다.

"아버님."

갤러한이 룰락의 뒤로 다가와 말을 걸었다.

"계속 이대로 두실 겁니까?"

"두지 않으면?"

룰락이 되묻는 말에 갤러한이 눈썹을 찌푸렸다.

"티아를 도와서 이 상황을 풀어야 하지 않을까요?"

샤나넷도 다가와 조심스레 말을 보탰다.

"벌써 며칠째 대치가 이어지고 있습니다, 아버님."

"네가 걱정하는 것이 정말 황실과 롬바르디의 대립이냐, 갤러한."

룰락이 갤러한을 돌아보며 물었다.

"솔직한 네 뜻을 말해 보는 것이 어떠냐."

"그렇다면 돌려 말하지 않겠습니다."

갤러한이 무거운 마음으로 입을 열었다.

"아직 롬바르디의 가주는 아버님이십니다. 티아가 아닙니다. 이대로 대치가 계속되게 두었다간 티아에게 가중되는 압박만 심해질 뿐입니다."

"갤러한의 말이 맞아요, 아버지. 폐하에게 항의 서신이라도 보내는 것이 좋을 것 같습니다."

샤나넷도 갤러한을 도왔다.

하지만 룰락은 엄한 얼굴로 고개를 가로저을 뿐이었다.

"아버님!"

갤러한과 샤나넷이 동시에 입을 모았지만, 그럼에도 룰락의 뜻은 변하지 않았다.

"네 말이 틀렸다. 이것은 티아의 싸움이 맞다, 갤러한."

그러고는 저택을 포위하듯 대치하고 있는 황실 기사들을 응시했다.

"지금 요바네스는 티아가 롬바르디 가주가 되기 전에 기선제압을 하려 하는 거다. 길들이려고 하는 게야."

당장 개입하고 싶은 마음이 굴뚝같았지만, 룰락은 몇 번이고 참았다.

"티아는 앞으로 이보다 더한 일들을 헤쳐 나가야 한다."

"하지만……."

"겨우 요바네스 같은 어리석은 황제를 이기지 못하면 앞으로 어떻게 롬바르디를 이끌겠느냐."

룰락은 그렇게 말하면서 걱정하는 기색을 감췄다.

그럼에도 어쩔 수 없이 흘러나오는 한숨 끝에 나직한 혼잣말이 따라 나왔다.

"이 정도는 티아 본인의 힘으로 이겨 내야 해."

황실과 롬바르디가 저택 앞에서 대치하기 시작한 지 며칠이 지났다.

그동안 황후 측은 펠렛 상회와 클레리반의 저택을 말 그대로 쑥대밭으로 만들어 놨다.

베이트의 말로는 저택의 유리창이 모두 깨지고, 정원은 엉망이 되었으며, 상회의 창고에 들어 있던 물건들은 판매할 수 없을 정도로 모두 망가졌다고 했다.

수색을 아무리 해도 원하는 것을 찾아내지 못하니, 분풀이를 한 것이다.

하지만 롬바르디는 저택 문을 닫은 채로 침묵을 지켰다.

그리고 마침내 대회의 날이 다가왔다.

"다녀올게."

"조심하거라, 티아."

아버지가 내게 걱정스레 말했다.

"금방 올 거예요. 기다리고 계세요. 같이 저녁 식사해요, 아빠."

내 말에 아버지의 얼굴에 희미하게나마 미소가 지어졌다.

"출발하죠."

"예, 가주 대리님."

벌써 몇십 년째 가주의 마차를 몰아 온 베테랑 마부가 아주 의미심장한 표정을 지으며 대답했다.

마차가 출발하고 점차 굳게 닫힌 철문 앞으로 향했다.

기익.

내 마차를 확인한 롬바르디의 병사들이 문을 여는 소리가 들려왔다.

그리고 역시나.

"잠시 실례하겠습니다."

내 대답도 기다리지 않은 채, 마차의 문이 휙 열렸다.

"미쳤군."

나는 황후의 심복인 이던 클루스를 노려보면서 말했다.

"저 새끼들이 진짜!"

뒤에서 롬바르디의 기사들이 분통을 터뜨리는 소리가 들렸다.

하지만 개입하지 말라고 미리 말해 두어 싸움이 일어나는 일은 없었다.

나는 대신 이던 클루스를 향해 말했다.

"롬바르디 가주의 마차를 열다니. 이제 눈에 뵈는 것이 없나 보군, 클루스 경."

내 독설에 이던 클루스가 살짝 눈살을 찌푸렸다.

어린 나에게 이런 소리를 듣는 것이 자존심 상하는 모양이었다.

하지만 나이보다 중요한 것이 바로 계급.

뭣하면 너도 가주 하든가!

내가 싸늘한 눈으로 노려보자 이던 클루스는 대답 없이 마차 안을 확인했다.

"클레리반 펠렛은 이 마차에 없어. 그렇게 보지 않아도 알 수 있을 텐데."

"……롬바르디에서 나오는 모든 마차를 확인하라는 황실의 명령입니다."

"황후마마의 명령이겠지."

나는 한쪽 입꼬리를 올리며 웃었다.

"클레리반 펠렛이 저택을 떠나지 못하도록 막으라고 황후께서 말씀하셨나?"

황후의 이야기가 나오자 이던 클루스의 분위기가 살벌해졌다.

하지만 겨우 그런 걸로 기가 꺾일 내가 아니다.

나는 더욱 당당하게 이던 클루스의 회색 눈을 똑바로 바라보며 말했다.

"왜, 감히 롬바르디 가주 대리인 내 앞도 막을 생각인가?"

"어린 가주 대리께서 말이 아주 거침없으시군."

이던 클루스가 쇳소리가 섞인 듯한 거친 목소리로 내게 말했다.

내가 황후를 들먹거리자 꽤 열이 받은 듯한 모양이었다.

하지만 그런 와중에도 이던 클루스의 눈은 마차 내부를 훑고 있었다.

클레리반이 숨어 있을 만한 공간이 없나 샅샅이 찾아보는 듯했다.

"롬바르디의 가주 대리인 내가 겨우 앙게나스의 기사 앞에서 말을 조심할 이유는 없지."

나도 지지 않고 맞받아치며 덧붙였다.

"빨리 마차에서 비키지 않으면 후회할 텐데, 클루스 경."

"……!"

내 말이 끝나기가 무섭게 이던 클루스는 마차 문을 잡고 있었던 몸을 크게 뒤로 물렸다.

그리고 재빠르게 검을 뽑았다.

카앙-!

귀를 찡하게 만들 정도로 큰 소리가 터져 나왔다.

"감히 롬바르디의 마차를 열다니. 죽고 싶은 건가, 이던 클루스?"

순식간에 나타나 검을 휘두른 것은 롬바르디의 기사단장 램버트 롬바르디였다.

엄청난 힘과 힘이 맞닿은 두 사람의 검이 부르르 떨리고 있었다.

"비켜."

"앙게나스의 떨거지들."

뒤쪽에서도 말발굽 소리와 함께 익숙한 목소리들이 들려왔다.

돌아보니, 마차에 바짝 붙어 있던 앙게나스와 황실 기사단들이 뒤로 물러나고 있는 게 보였다.

"티아, 아니 가주 대리님, 괜찮아?"

창문 밖에서 쑥 얼굴을 내민 것은 길리우와 메이론이었다.

아마 두 사람 말고도 롬바르디의 기사 몇이 더 따라 나왔을 거다.

나는 딱딱하게 굳은 얼굴로 마차 주변을 둘러싼 롬바르디 기사단을 바라보는 이던 클루스에게 피식 웃어 주었다.

내가 대회의에 간다고 했지, 언제 혼자 간다고 했나?

이제 앙게나스와 황실 기사단은 롬바르디와 전면전을 벌일 생각이 아니라면 훨씬 신중하게 행동해야 한다.

물론 지금까지 저지른 짓도 곱게 넘어갈 일들은 절대 아니지만.

"롬바르디 경."

"예, 가주 대리."

"그만하세요. 저는 괜찮으니."

"알겠습니다."

정확히 따지자면 우리 아버지의 사촌 형인 램버트 롬바르디는 내게 당숙이 되는 사람이었지만.

그 전에 가주 대리와 기사단장의 관계였다.

롬바르디 경은 잠깐의 망설임도 없이 이던 클루스의 검을 뒤로 퉁겨 내며 물러났다.

나는 이던 클루스를 향해 말했다.

"감히 내 마차 문을 연 죄는 나중에 묻겠다, 클루스 경."

닫히는 문틈으로 나를 노려보는 눈빛이 심상치 않았지만, 크게 개의치 않았다.

째려보면 어쩔 건데?

나는 마부에게 말했다.

"아까 말했던 그곳으로 가죠."

"예, 가주 대리님."

마차가 다시 움직이기 시작했다.

하지만 이번에는 마차 주변을 호위하는 롬바르디의 기사들과 함께였다.

대로를 달리기 시작하자, 롬바르디의 시민들이 동그랗게 뜬 눈으로 마차를 돌아보는 것이 보였다.

얼마 지나지 않아, 나는 첫 번째 목적지에 도착했다.

"펠렛 상회입니다, 가주 대리님."

마부가 내게 말했다.

하지만 마차에서 내리거나 하지는 않았다.

대신 속도를 줄여 천천히 지나가며 펠렛 상회의 모습을 창밖으로 내다봤다.

"개자식들……."

욕이 절로 나올 수밖에 없는 광경이었다.

"엉망으로 만들어 놨다더니."

'엉망'이란 말은 아주 절제된 표현이었다.

바쁘게 짐마차와 사람이 드나들고 활기가 넘쳤던 펠렛 상회는 없었다.

주변은 아직도 황실의 병사들이 살벌한 분위기를 조성하며 지키고 있었고, 상회의 직원들만 분주히 움직이는 중이었다.

여기저기 부서지고 흩어진 짐을 한곳으로 모으는 사람, 양손에 청소 도구를 들고 바닥을 쓸어 보는 사람.

하나같이 그늘이 져 어두운 얼굴이었다.

"아!"

그때 짐을 옮기던 사람 하나가 작은 비명을 질렀다.

짐 꾸러미 속에 섞여 있던 유리 조각에 손이 찔린 것 같았다.

손가락을 타고 흐르는 붉은 피가 펠렛 상회 길 위에 방울져 뚝뚝 떨어졌다.

"죽었어 진짜."

속에서 화가 치밀어 올랐다.

당장 직원의 손에서 빗자루를 뺏어 들고 거드름을 피우며 상회를 걸어 다니는 황실 병사들을 다 쫓아내고 싶었다.

내 상단에서 다 꺼져 버리라고 소리치고 싶었다.

"오늘부터 여기가 우리의 사무실이 될 거예요."

"그런데 왜 저의 이름을……."

"이 건물은 클레리반의 거니까요."

처음 펠렛 상회를 세울 때의 오래된 기억이 물밀듯 밀려왔다.

"우리 펠렛 상회의 첫 번째 목표는 광산입니다."

클레리반과 바이올렛 그리고 나.

세 사람이 사무실에 모여서 회의를 했던 시간들도 주마등처럼 눈앞에 스쳤다.

또한, 우리뿐만이 아니었다.

펠렛 상회를 지금처럼 만들기 위해, 수많은 사람들이 노력해 왔다.

나는 펠렛 상회의 모습에서 눈을 떼며 마부에게 말했다.

"황궁으로 출발하세요."

펠렛 상회는 여기서 끝이 아니다.

원상 복귀를 시키는 데까지 시간이 걸리겠지만, 그 뒤에는 더욱 활발히 움직이기 시작할 거다.

"다 받아 낼 거야, 아주."

물론, 상회를 저 꼴로 만든 값을 모두 받아 낸 다음에 말이지.

황궁의 대회의장.

아직 회의 시작까지는 시간이 남아 있었지만 꽤 많은 귀족들이 속속들이 도착하고 있었다.

회의장의 좌석도 이미 가득 찬 상태였다.

그만큼 오늘의 사안은 제국 귀족들에게 초미의 관심사였다.

앙게나스와 브라운, 누가 서부의 대표가 될 것인가.

황후를 배출하고 지난 40여 년간 서부를 지배하던 앙게나스와, 롬바르디 그리고 2황자를 등에 업은 서부의 원주인인 브라운의 싸움.

이는 단순한 문제가 아니었다.

피할 수 없이 다가오고 있는 황태자 임명과도 직결된 일이기도 했다.

삼삼오오 모여 앉은 귀족들은 저마다 회의의 결과를 점쳐 보고 있었다.

그런 그들이 계속해서 흘끔거리며 의식하는 사람이 있었다.

"황후마마께서 참석하시다니……."

"앙게나스의 존망이 걸린 일인데, 당연히 직접 움직이시는 거겠지."

라비니 황후는 가장 상석에 마련된 세 개의 의자 중, 가장 왼쪽 좌석에 앉아 있었다.

원래 아스타나가 앉았던 자리였다.

귀족들이 수군거리는 소리가 모두 들릴 텐데도, 황후의 얼굴에선 언짢은 기색이 하나도 없었다.

그저 은은한 미소를 지은 채, 황족다운 여유로운 태도로 자리를 지키고 있을 뿐이었다.

그 당당한 모습에 오늘 회의는 앙게나스의 승리로 끝날 것이라고 막연히 기대를 가지는 이들도 적지 않았다.

“황후마마.”

듀이지가 다가와 반쯤 속삭이듯 보고했다.

“피렌티아 롬바르디가 저택을 출발했다고 합니다.”

“마차 수색은?”

“그것이…… 객실에는 피렌티아 롬바르디뿐이었다고 합니다.”

“짐칸도 확인하라고 내가 말했을 텐데.”

“롬바르디 쪽에서도 기사들을 대동해 호위를 시키는 바람에……. 램버트 롬바르디와 샤나넷 롬바르디의 쌍둥이 아들들까지 모두 움직인답니다.”

“……여우 같은 것.”

그 세 사람은 롬바르디의 기사이기도 했지만, 롬바르디 가문의 일원들이기도 했다.

어떤 이유에서든 그들이 다치기라도 했다간 롬바르디가 충돌에 직접 개입할 수 있는 명분이 주어지는 것이다.

하지만 롬바르디와 정면으로 부딪치는 것은 앙게나스는 물론이고 황실에서도 매우 부담스러운 일이었다.

‘치려면 쳐 봐라.’

피렌티아 롬바르디는 그렇게 말하고 있는 것이다.

“모두 그 늙은이의 계략이겠지.”

라비니 황후는 룰락 롬바르디를 떠올리며 이를 갈았다.

저택에 숨어 체스놀이를 하듯 롬바르디의 혈족들을 하나씩 움직이고 있는 꼴이라니.

아마 아프다는 것도 모두 핑계이리라.

"설마 클레리반 펠렛 정도 되는 인물이 마차 짐칸에 숨기까지 하겠습니까?"

듀이지가 조심스레 물었다.

"어리석은 소리. 우리 앙게나스 가문을 핍박하기 위해서는 무슨 짓이든 할 자들이다, 롬바르디는."

라비니 황후가 곧 롬바르디 가주 대리가 앉게 될 빈자리를 바라보며 말했다.

"이던에게 무슨 수를 써서라도 짐칸까지 확인하라고 전해라."

"하지만 어떻게……."

"어떻게 해서든."

라비니가 냉정하게 말했다.

"수단과 방법을 가리지 않고 확인하라고 해."

"만약 짐칸에 클레리반 펠렛이 숨어 있으면, 그럼 어찌할까요?"

"당연히 죽여야지. 좁은 곳에 숨어 있을 테니 그대로 찌르면 되겠구나."

라비니 황후가 대화를 듣지 못하는 귀족들에게 보란 듯, 아름답게 미소를 지으며 확인하듯 말했다.

"죽은 자는 말을 할 수 없지 않겠니, 듀이지?"

어차피 황제는 앙게나스의 편이다.

클레리반 펠렛이 대회의에 참석해 황제의 앞에서 찬톤 서셔우가 그랬던 것처럼 담보 잡힌 땅의 권리를 브라운 가문에 넘기는 일만 벌어지지 않으면 된다.

"……예, 알겠습니다."

어두운 얼굴로 대답한 듀이지가 막 돌아섰을 때였다.

전혀 예상치 못한 인물이 듀이지의 뒤에 서 있었다.

"크로이튼?"

듀락 상단을 운영하고 있는 크로이튼 앙게나스였다.

앙게나스 가주 자리를 놓고 듀이지와 경쟁하다 황후에게 버려진 뒤로 관계가 소원해졌던 크로이튼이었다.

그런데 갑자기 대회의장으로 찾아온 크로이튼 앙게나스의 안색이 영 어두웠다.

"잠시 조용히 이야기를 나눌 수 있겠습니까, 황후마마."

"……그러지."

뭔가 심상치 않음을 감지한 황후가 조용히 듀락 상단주의 뒤를 따라 밖으로 나갔다.

두 사람은 인적이 드문 중정의 회랑에 섰다.

"어젯밤, 부친이 작고하셨습니다."

크로이튼의 아버지는 오랜 세월 동안 앙게나스 가문의 원로로 지내 온 인물이었다.

"그리고 아버님이 돌아가시기 전에 브라운 가문과의 일에 대해 다시 여쭤볼 수 있었습니다."

순간 라비니 황후의 눈이 반짝였다.

브라운 가문이 다시 등장한 날부터, 도대체 40년 전에 정확히 어떤 일이 있었는지 알아내려 했던 라비니였다.

그러나 아무리 가문의 곳곳을 뒤져도 그때 당시의 일에 대한 자료는 찾아볼 수 없었다.

마치 당시의 사람들이 그때의 흔적을 의도적으로 지워 버린 것처럼.

흔한 서류 쪼가리 하나 남아 있지 않았다.

크로이튼 앙게나스의 부친은 그때 당시 활동하던, 몇 남지 않은 원로들 중 하나였다.

그리고 지난번 라비니가 병상을 방문했을 때, 그는 아무것도 모른다며 굳게 다문 입을 끝까지 열지 않았었다.

"뭐라고 하셨지?"

"실망시켜 드려 죄송하지만, 아버님은 끝까지 그날 있었던 일은 언급하고 싶지 않아 하셨습니다."

"뭐야?"

라비니의 목소리가 날카로워졌다.

하지만 침울한 표정의 크로이튼 앙게나스는 전처럼 라비니의 앞에서 주눅 들지 않았다.

담대해진 것은 아니었다.

오히려 모든 것을 포기한 자의 초연함에 가까웠다.

"저는 오늘 아버님의 마지막 말씀을 황후마마께 전하러 왔습니다."

그렇게 말한 크로이튼 앙게나스는 라비니 황후를 똑바로 바라봤다.

그리고 괴로운 얼굴로 부친의 유언을 입 밖으로 꺼냈다.

"황제를 믿지 마시오."

세상을 떠나는 앙게나스의 원로가 가문의 미래를 걱정하며 남긴 말은 결국 이것이었다.

"브라운 가문을 버린 황실을 믿지 마시오."

라비니 황후는 눈살을 찌푸렸다.

황실을 믿지 말라니.

비록 결혼을 통한 것이었지만 라비니 자신도 엄연한 황실의 일원이었다.

크로이튼 앙게나스는 계속해서 말을 전했다.

"모든 것을 바쳐서 충성한 브라운 가문도 말 한마디로 내치는 것이 황좌에 앉은 자들의 잔인함이오."

모순적인 상황이 아닐 수 없었다.

한때 황제를 꼬드겨 브라운 가문을 밀어내고 죽였던 앙게나스였다.

그러나 이제는 반대편에 서서, 황제의 마음이 향하는 방향을 살펴야 하다니.

"듀렐리 황가에게 영원한 우방은 롬바르디뿐이니, 파도처럼 오가는 황제의 호의에 앙게나스의 운명을 걸지 마시오."

라비니는 잠시 동안 아무 말도 하지 않은 채 그대로 서 있었다.

마치 크로이튼의 이야기는 듣지 못한 사람처럼.

바람에 따라서 이리저리 흔들리는 마른 나뭇가지를 바라보고 서 있었다.

그리고 한마디를 남기고 뒤돌아서 회의실로 돌아가 버렸다.

"이미 늦었다."

찬 바람에 섞인 그 말에, 크로이튼 앙게나스는 저도 모르게 웃어버렸다.

'앙게나스는 이미 늦었다.'

그것이 부친이 남겼던 진짜 마지막 말이었기 때문이었다.

'그러니 크로이튼 너라도 당장 앙게나스를 떠나라.'

하지만 중정에 혼자 남은 크로이튼은 고개를 저었다.

"제가 앙게나스를 떠나 어디로 가겠습니까, 아버님."

희끗희끗 센 머리칼이 겨울바람에 흔들렸다.

앙게나스의 핏줄을 이어받은 이는, 앙게나스의 이름과 함께 살고 죽을 뿐이었다.

같은 시각, 대회의실 옆 대기실.

요바네스 황제는 만사가 귀찮은 얼굴을 하며 대기실 안으로 들어왔다.

귀찮고 부담스러운 대회의 일정은 얼른 끝내 버리고 오후에 매사냥을 나갈 생각뿐이었다.

달그락.

그때 작은 소음이 요바네스의 주의를 끌었다.

"선객이 있었군."

요바네스가 탐탁지 않은 목소리로 말했다.

가뜩이나 언짢은 기분에 이 공간을 다른 이와 함께 나눠 써야 한다는 게 싫은 것이다.

"회의가 시작하기 전에 차를 한잔 마시고 있었습니다, 폐하."

선객은 페레스였다.

"회의실에 가득할 귀족들의 얼굴을 보기가 싫어 말이지요."

페레스의 그 말에 요바네스의 얼굴에서 짜증 섞인 주름이 조금 펴졌다.

"아직 젊은 황자가 벌써 그런 생각이 들어서야 쓰나."

요바네스는 점잖은 척 그렇게 말하긴 했지만, 마침 페레스와 같은 생각을 하고 있었다.

대회의 전 기분이 바닥을 치고 있었던 이유였다.

원래는 페레스와 따로 떨어져 앉을 생각이던 요바네스는 선심 쓰는 척, 2황자의 앞자리에 앉았다.

"답답한 마음에 제가 실수를 하였습니다, 폐하."

페레스가 담담히 말하며 자연스레 황제의 앞에 빈 찻잔을 내려놓았다.

그리고 말을 이었다.

"하지만 폐하께서 어찌 이런 일을 수십 년째 하고 계시는지 모르겠습니다. 황실에 주는 것 없이 받기만을 원하는 자들이 아닙니까."

쪼르륵.

찻물 따르는 소리가 조용히 울렸다.

"폐하를 존경하는 마음이 절로 듭니다."

"하하, 황자가 내 얼굴에 금칠을 하는군!"

요바네스가 만족스레 웃음을 터뜨리며 찻잔을 입에 가져다 대었다.

그러다 멈칫, 행동을 멈추고 페레스에게 물었다.

"이건 무슨 차인가, 2황자?"

"기운을 가라앉혀 주고 수면에 도움을 주는 찻잎들을 적절히 배합한 차입니다."

"호오, 그래?"

요바네스가 옅은 갈색의 찻물을 들여다보며 냄새를 맡았다.

차향에 향긋한 꽃내음이 섞여 있는 듯, 퍽 즐기기 좋은 향기였다.

요바네스는 조심스레 찻잔에 입을 가져다 댔다.

"저도 마음을 진정하고 싶을 때 자주 마십니다."

2황자도 평소에 마시는 것이라니, 믿을 수 있겠군.

요바네스는 마음을 놓고 차를 마시기 시작했다.

"많이 피곤해 보이십니다, 폐하."

페레스가 조금 건조한 목소리로 말했다.

그러나 요바네스는 오히려 그 점이 마음에 들었다.

페레스는 다른 이들처럼 과하게 비위를 맞추려고 하지 않았다.

도리어 조금 건방진 듯한 말투에 가까웠지만 그 점도 개의치 않았다.

제국의 주인인 황제의 아들이 지나치게 주변의 눈치를 보는 것도 보기 안 좋다고 생각하기 때문이었다.

"2황자의 말대로 마음이 편할 날이 없는 것이다, 이 황제라는 자리가."

요바네스는 차를 크게 한 모금 마시며 말했다.

페레스의 말대로 심신의 안정을 주는 효과가 있는 것인지, 차를 마시면 마실수록 기분이 나른해지고 있었다.

그때 요바네스와 페레스의 시선이 마주쳤다.

"황자가 내게 할 말이 있는 모양이군."

그 말에 페레스가 의외라는 듯 눈썹을 살짝 들어 올렸다.

"내가 눈치챌 줄 몰랐나 보군?"

"저도 모르게 속마음이 드러났나 봅니다."

"하하. 내가 무심하기는 하나, 무신경한 황제는 아니다."

오랜만에 마음에 드는 차를 마셨기 때문인지, 요바네스는 드물게 너그러운 미소를 지었다.

"하고 싶은 말이 무엇인가, 황자."

페레스는 잠시 고민하는 듯한 얼굴을 하더니 입을 열었다.

"주변을 물려 주실 수 있겠습니까."

요바네스는 한 손을 가볍게 흔들어 시종들을 밖으로 나가게 했다.

옆에서 대기 중이던 오투아 시녀장을 비롯한 이들이 모두 대기실 밖으로 물러났다.

마침내 두 사람만 남자, 페레스가 말했다.

"대회의가 시작되기 전, 폐하께 알려 드릴 것이 있습니다."

"말해 보아라."

"그 전에."

페레스가 이제 바닥을 보이는 요바네스의 찻잔에 따듯한 차를 한 잔 더 부어 주었다.

"차를 더 음미해 보시지요."

쪼르륵.

차를 따르는 소리가 다시 한번 울렸다.

"이야기를 들으면 폐하의 마음이 크게 불편해지실 겁니다."

페레스가 차향만큼이나 은은한 미소를 지으며 말했다.

대회의가 열리는 중앙궁으로 접어드는 마지막 길목.

그곳에 황실 기사단에게 둘러싸인 롬바르디의 마차가 서 있었다.

"하하."

램버트 롬바르디가 앞을 막은 기사들을 보며 살벌하게 웃었다.

그것뿐인데 대치 중인 기사들의 어깨가 작게 움찔거렸다.

"저택에서 나오지 않고 수련만 하고 있었더니."

웃음기가 섞인 목소리였지만, 그 안에 든 살기와 분노는 모두의 등골을 서늘하게 하기에 충분했다.

"그사이에 롬바르디가 변한 건지, 아니면 세상이 미친 것인지."

갈색 눈동자가 기사 한 사람 한 사람을 훑었다.

그리고 마지막으로 황실 기사단 가장 앞에 선 자를 바라봤다.

"어찌 생각하지, 이던 클루스?"

"짐칸을 확인하겠다."

"역시 짐승은 사람 말을 못 하나 보군."

램버트 롬바르디가 서서히 기운을 끌어올리며 말했다.

"그건 나를 쓰러뜨려야 가능한 일이라고 몇 번을 말하나."

열 명도 안 되는 롬바르디의 기사들을 둘러싼 것은 서른도 넘는 황실 기사단의 기사들과 이던 클루스였다.

이미 머릿수에서 밀리는 롬바르디였지만, 대치 중인 두 세력의 분위기는 그와 정반대였다.

오히려 기세등등한 것은 롬바르디 쪽이었다.

"뭐야, 왜 저렇게 약해?"

길리우가 황실 기사단들을 보면서 삐딱하게 말했다.

"단장, 그냥 밀어 버리고 가죠?"

메이론은 램버트 롬바르디처럼 황실 기사단을 한 명씩 훑으며 웃었다.

하지만 그런 언행에도 황실 기사들은 항의할 수 없었다.

"젠장."

롬바르디 기사들의 무력이 황실 기사단을 훨씬 웃돌았기 때문이었다.

메이론이 하는 말은 단순히 허세가 아니었다.

정말로 저들이 마음만 먹는다면, 이 자리에 있는 황실 기사들은 모두 전투 불능 상태가 되거나 큰 부상을 감내해야 할 테니까.

롬바르디의 다른 기사들을 제외하고서도, 램버트 롬바르디의 검을 한 수라도 받아 낼 수 있는 자는 이던 클루스뿐일 것이다.

"이곳은 황실의 영역이지. 그러니, 거기."

램버트 롬바르디 경이 턱 끝으로 이던 클루스 옆에 선 황실 기사 하나를 가리켰다.

"제4기사단의 부단장이던가?"

"그, 그렇습…… 그렇소."

"경의 생각은 어떤가? 앙게나스의 사냥개는 롬바르디의 마차를 열어 짐칸을 확인해야겠다는데."

"우, 우리는……."

램버트 롬바르디와 이던 클루스의 사이에서 눈치를 보던 부단장이 '에라 모르겠다' 하는 심정으로 대답했다.

"롬바르디 마차의 짐칸을 확인하라는 황실의 명이요!"

"어째서?"

"보안상의 이유요!"

"갖다 붙이기도 잘하는군."

램버트 롬바르디는 슬슬 인내심이 한계에 도달하는 것을 느끼며 웃었다.

"단장이 웃기 시작했다."

"큰일 났다."

"우리도 못 말려, 이제."

화가 날수록 미소 짓는 램버트 롬바르디의 특이한 버릇을 익히 알고 있는 쌍둥이는 황실 기사단을 동정하며 혀를 끌끌 찼다.

한편, 이던 클루스는 확신하고 있었다.

'저 안에 클레리반 펠렛이 있다.'

잠시 뒤면 대회의가 시작된다.

그런데 이렇게까지 시간을 끌며 대치하는 이유는 딱 한 가지, 짐칸에 클레리반 펠렛이 숨어 있기 때문이라는 결론이었다.

'차라리 이렇게 시간을 끌어 대회의에 참석하지 못하게 하는 것도 방법이다.'

이던 클루스는 그렇게 생각하며 램버트 롬바르디를 노려봤다.

그때였다.

"롬바르디 경."

마차 안에서 피렌티아 롬바르디의 목소리가 들려왔다.

"예, 가주 대리."

"보라고 하세요."

마차 밖에 있던 모두가 놀랐다.

특히나 클레리반 펠렛이 짐칸에 숨어 있을 것이라 확신한 이던 클루스의 눈은 크게 흔들렸다.

"……괜찮으시겠습니까?"

램버트 롬바르디가 이던 클루스에게서 눈을 떼지 않으며 물었다.

"기분은 나쁘지만, 그 책임은 나중에 앙게나스에게 묻죠."

흘러나오는 목소리는 차분했다.

"가주 대리가 되고 나서 폐하를 뵙는 첫 대회의에 늦으면 좀 민망하잖아요?"

"……알겠습니다, 가주 대리."

램버트 롬바르디가 부단장을 향해 손을 까딱였다.

"부단장이 확인해라."

침을 크게 한번 꿀꺽 삼킨 부단장이 천천히 마차를 향해 다가갔다.

동시에 그 움직임을 바라보는 롬바르디 기사들의 기세도 점점 날카로워졌다.

가주 대리가 타고 있는 마차에 허튼짓을 하려고 했다간 바로 손목이 잘려 나갈 듯한 분위기였다.

기익.

작은 소음과 함께 마차의 짐칸이 열렸다.

그리고.

"어, 없습니다. 아무것도."

기사가 말했다.

"비켜."

이던 클루스가 참지 못하고 부단장을 옆으로 쳐 내며 다가섰다.

그리고 보인 것은 정말로 텅 빈 마차의 짐칸이었다.

"이건……."

정말로 클레리반 펠렛이 대회의에 참석하지 않는다는 말인가?

이던 클루스가 얼굴을 굳히며 당황한 기색을 감추지 못할 때였다.

"확인했으니, 이제 됐나?"

닫힌 마차 문 너머로 롬바르디 가주 대리가 말했다.

"가죠. 이러다 늦겠어."

여전히 황망한 눈으로 비어 있는 짐칸을 보던 이던 클루스는 고개를 들었다.

그리고 창문을 통해 피렌티아 롬바르디의 옆모습을 볼 수 있었다.

'웃고…… 있다?'

롬바르디 가주 대리는 웃고 있었다.

순간 불길한 예감이 강하게 이던 클루스의 머리를 흔들었다.

뭔가 잘못됐다.

하지만 이미 롬바르디의 마차는 대회의장을 향해 출발하고 있었다.

더 이상 저들 앞을 막아설 명분도 없었다.

롬바르디 가주 대리가 준비한 것.

그것이 무엇이든, 롬바르디를 막기엔 이미 너무 늦어 버린 것이다.

"입궁하는 길에 작은 소동이 있어 늦었습니다, 폐하."

나는 지각을 면하는 아슬아슬한 시각에 겨우 대회의장에 들어올 수 있었다.

이미 황제와 페레스, 그리고 황후까지 다 회의가 시작되기를 기다리고 있었으니 말 다 했지.

하지만 죄송하다는 말은 하지 않았다.

내게 '무슨 소동이었냐'고 묻지 않는 요바네스만 봐도 알 수 있었다.

황제도 황후가 무슨 일을 벌이고 있는지 미리 다 알고 있었다는 사실을.

나는 무표정한 얼굴로 내 자리에 앉았다.

그리고 흘끗 페레스 쪽을 확인하니, 녀석이 짧게 고개를 끄덕이는 것이 보였다.

황제와 성공적으로 독대를 했다는 뜻이었다.

좋아, 그럼 준비가 다 됐구나.

"대회의를 시작하겠다."

자리에서 일어난 요바네스가 선언했을 때였다.

나와 황후의 눈이 마주쳤다.

내가 클레리반 없이 혼자 들어온 것을 보고 낙승을 예상한 것인지, 편안히 앉아 있는 모습이었다.

나를 향해 여유롭게 웃기까지 한다.

그러면 내가 분할 거라고 생각한 모양이었다.

"벌써 방심하고 있는 꼴이라니."

황후는 모르는 황후와 앙게나스의 미래를 아는 나는, 나도 모르게 웃음이 났다.

내 입술이 조용히 호선을 그렸다.

내가 자신을 보며 소리 없이 웃자, 라비니 황후의 푸른 눈동자가 불안하게 떨렸다.

그 아름다운 얼굴에서 점차 미소가 사라졌다.

그때, 쿵 하고 무거운 소리가 났다.

회의장의 문이 닫히는 소리였다.

또한 내가 아주 오랜 시간 동안 공들여 놓았던 덫이 '철컹' 하고 닫히는 소리였다.

페레스는 김이 모락모락 올라오는 따듯한 찻물을 바라보며 회상했다.

"기억해, 페레스. 황태자를 정하는 건 황제야. 넌 황제의 눈 밖에 나지 않도록 조심해."

한마디로 이번 대회의에선 뒤로 물러나 있으란 말이었다.

앙게나스와 그편을 들어 주는 요바네스, 그리고 대립하는 롬바르디의 사이에서 행여나 자신이 피해를 볼까 봐.

페레스의 입가에 소리 없이 은근한 미소가 번졌다.

티아를 떠올리면 흔히 벌어지는 일이었다.

'참 잔인해.'

결혼을 해서 영원히 서로의 것이라 언약을 맺을 수는 없다고 하면서, 또 이렇게 그를 염려해 준다.

사랑하지 말라고 하면서, 그토록 사랑스럽다.

그래서 페레스는 반쯤 빈 황제의 찻잔에 또 따듯한 차를 부어 넣었다.

"이제 말을 해 봐라, 2황자."

요바네스가 익숙하게 차를 한 모금 더 마시며 말했다.

"무슨 말을 하려는 건지 궁금해지는구나."

페레스는 그런 황제를 바라봤다.

가장 혐오하는 자가, 자신을 신뢰하는 이 상황이 우스워 저도 모르게 웃음이 나올 것 같았다.

"이것을 잠시 보시겠습니까, 폐하."

페레스는 품에서 접힌 종이 몇 장을 꺼내 요바네스에게 건넸다.

그것은 오래되었는지, 잉크가 흐릿하게 바랜 문서였다.

"이게 뭔가?"

요바네스는 의아해하면서도 페레스가 준 것을 찬찬히 읽어 보기 시작했다.

종이에는 무언가가 잔뜩 적혀 있었다.

이윽고 황제의 미간에 얕은 주름이 잡혔다.

그리고 페레스에게 물었다.

"롬바르디 상단에 물건을 의뢰하는 주문서로군?"

"맞습니다."

페레스는 고개를 끄덕였다.

"가죽, 목재, 말, 곡식, 그리고 철."

요바네스가 낮은 목소리로 문서에 적힌 품목들을 하나씩 읽어 내렸다.

나머지는 누구나 흔히 주문할 수 있는 것들이었다.

그러나 한 단어가 요바네스의 시선을 끌었다.

"철이라."

주문서에 적힌 철의 수량을 확인한 황제가 페레스에게 물었다.

"누가 전쟁이라도 치르려던 것인가?"

반쯤 우스갯소리 같은 가벼운 말투에는 가시가 잔뜩 박혀 있었다.

그러나 페레스는 차분했다.

"아주 희미하게 남아 있습니다만, 맨 아래에 남아 있는 주문자의 이름을 알아보실 수 있겠습니까?"

"제라드…… 브라운?"

전대 브라운 가주의 이름이었다.

요바네스의 눈이 동그랗게 뜨였다.

그리고 주문서를 다시 읽어 보기 시작했다.

"폐하의 말씀이 맞습니다. 브라운 가문은 전쟁을 준비하고 있었습니다."

그런 황제에게 페레스가 말했다.

"그 물건들은 전대 브라운 가주가 앙게나스에게서 빌린 돈으로 롬바르디 상단에 주문한 물건들의 내역입니다."

와락 얼굴을 찌푸린 채로 주문서를 읽고 있는 요바네스를, 페레스는 차갑게 식은 눈으로 쳐다봤다.

"그리고 그 시기에 제국은 루만 왕국과의 전쟁을 준비하고 있었지요."

요바네스의 부친, 전대 황제에게는 한 가지 꿈이 있었다.

바로 정복 전쟁에 승리해 제국의 영토를 넓히는 것.

그러나 당시 제국은 정복 전쟁을 일으키기에 상황이 적합하지 않았다.

하지만 황제의 의지는 확고했다.

결국에는 전쟁을 일으키기 위해 신하들에게 손을 벌리기 시작했다.

브라운은 그중 가장 많은 물자를 바친 가문이었다.

"이걸 네가 어떻게……."

그리고 그 사실을 요바네스가 몰랐을 리 없다.

그저 침묵하고 있었을 뿐이었다.

"브라운 가문이 간직하고 있었습니다. 그리고 그들에게서 흥미로운 말도 들었습니다."

페레스가 흔들리는 요바네스의 시선을 깊이 바라보며 말했다.

"앙게나스에게 돈을 빌리도록 주선한 것도, 그리고 앙게나스가 때 이른 담보권을 행사해 브라운의 영지를 가져갈 수 있도록 황명으로 허락한 것도 모두 선황 폐하이시라고."

요바네스의 얼굴이 더 이상 빨개질 수 없을 정도로 붉게 달아올랐다.

페레스는 마치 남의 이야기인 것처럼 '선황 폐하'라 부르고 있지만, 그는 요바네스의 부친이었다.

잠시 침묵하던 요바네스는 페레스에게 물었다.

"브라운 가주가 이것으로 날 협박하라 하더냐? 서부의 대표를 브라운으로 바꾸라고?"

요바네스가 당장이라도 브라운 가문의 복권을 취소시킬 듯이 분노했다.

하지만 페레스는 고개를 저었다.

"그 문서는 폐하께 드리는 것입니다."

"나에게……?"

"브라운 가문이 폐하를 겁박할 줄 아는 이들이었다면 상황이 여기까지 흘러오지도 않았을 겁니다. 오랜 시간 동안 이런 억울한 사연을 알리지 않고, 간직만 하고 있던 미련한 이들이니."

그리고 페레스가 대수롭지 않은 것처럼 흘리듯 말했다.

"하지만 이런 이야기가 밖으로 흘러나가면 황실의 체면이 어찌 될지는 뻔한 것 아니겠습니까."

충신의 도움을 받아 전쟁을 치러 놓고 질투 때문에 그들의 몰락을 조장한 황제.

"그래서 제가 부탁해 가져온 것입니다. 행여나 드러날 수 있는 황실의 치부를 그대로 둘 수는 없는 일이니까요."

이 이야기가 밖으로 돈다면.

요바네스가 상상도 하기 싫은 가정에 손을 꽉 쥐었다.

오래된 주문서가 그 손아귀에서 엉망으로 구겨졌다.

"선황의 판단이 크게 잘못되었다고는 생각하지 않습니다."

그런 요바네스에게 페레스가 여유로운 목소리로 말했다.

"도구가 쓰임을 다했다면, 버리고 다른 것으로 바꿔야지요."

그때, 밖에서 회의 시간이 다 되었음을 알리는 짧은 노크 소리가 들려왔다.

페레스는 겉옷의 단추를 잠그며 자리에서 일어났다.

"오늘, 서부의 대표는 바뀝니다."

마치 예언 같은 말이었다.

요바네스가 치뜬 눈으로 페레스를 올려다봤다.

"고작 황후마마와의 약속을 지키기 위해 폐하께서 망신을 사는 일은 없게끔, 미리 말씀드리는 것입니다."

그렇게 말한 페레스는 짧게 인사를 하고는 회의실로 걸어 나갔다.

회의실에 혼자 남은 요바네스는 목이 타는 듯한 느낌에 찻잔에 남아 있는 차를 한입에 털어 넣었다.

대회의의 개회가 선언된 후.

요바네스 황제가 좌중을 돌아보며 물었다.

“브라운 가주, 참석하였나?”

“예, 폐하.”

내 옆에 앉아 있던 브라운 가주가 예법에 따라 가볍게 고개를 숙이며 말했다.

“앙게나스 가주는?”

그러자 이번에는 저쪽에서 큰 목소리가 대답했다.

“참석하였습니다, 폐하!”

오버하기는.

듀이지 앙게나스는 아예 자리에서 벌떡 일어나 보이며 아부를 떨었다.

이미 요바네스와 말도 다 맞춰 놨겠다, 클레리반도 참석하지 않았겠다.

속으로 싱글벙글하고 있을 게 뻔했다.

“오늘 대회의는 귀족 회의 의장의 요청에 따라, 브라운 가문과 앙게나스 가문 중 누가 서부의 대표가 될 것인지를 정하기 위해 열렸다.”

황제가 회의의 안건을 설명하자, 좌중에 긴장감이 흘렀다.

“그리고 내가 친히 검토해 본 결과.”

꿀꺽.

누군가가 크게 침을 삼키는 소리가 들렸다.

"두 가문의 영지 크기의 차이가 아주 근소하다."

그게 다였다.

요바네스는 거기서 더 말할 게 없다는 듯, 입을 닫아 버렸다.

그럼 그렇지.

나는 픽 나오는 웃음을 숨기기 위해 고개를 살짝 숙였다.

그러나 주변 귀족들은 낮게 웅성거리기 시작했다.

황제가 누군가의 손을 들어 주면서 '너희가 서부의 대표다'라고 정해 줄 줄 알았을 테니까.

나는 고개를 들면서 앙게나스 가주와 황후의 표정을 살폈다.

"……크흠."

이번에는 진짜 위험했다.

대회의 중에 혼자 웃을 뻔했잖아.

물론 그 둘의 얼굴에는 당황한 기색이 역력했다.

특히나 담이 작은 듀이지 앙게나스의 얼굴은 하얗게 질려 있었다.

"폐하, 한 가지 여쭙겠습니다."

브라운 가주가 목소리를 냈다.

"그 근소한 차이라 함은 어느 정도이며, 어느 가문이 더 넓은 영지를 가지게 된 것입니까?"

브라운 가주는 침착했다.

얼마 전까지 평민으로 살면서 마차를 몰았던 이가 맞나 싶을 정도로 완벽한 귀족의 모습이었다.

요바네스 황제는 보좌관이 내민 서류를 들춰 보며 순순히 대답했다.

"브라운 가문의 영지가 더 넓다. 그 차이는…… 황제 직할령 정도 되겠군.”

“그렇다면…….”

“정해진 것 아닌가?”

귀족들이 다시 웅성거리기 시작했을 때, 요바네스가 한마디를 덧붙였다.

“하지만 그것으로 대표 가문을 바꾸기엔 지나치게 근소한 면 또한 없지 않다.”

“맞습니다!”

이때다 싶었는지, 듀이지 앙게나스가 다시 한번 자리에서 벌떡 일어나며 말했다.

“그 정도로는 인정할 수 없습니다!”

“아니, 인정할 수 없다니 그게 무슨 말이오?”

결국 누군가가 버럭 외쳤다.

“아무리 근소한 차이라고 하더라도, 명백히 차이가 있다고 하시지 않소!”

요바네스 황제가 애매한 태도를 취하니 당연 싸움은 마른 들판에 불길이 일듯이 빠르게 붙었다.

“겨우 그 정도로의 차이로는 지난 40년간 지켜 온 서부 대표 가문 자리를 내줄 수 없다는 말이오!”

앙게나스 진영에서도 지지 않고 목소리를 높였다.

“스스로 명예를 깎아내리지 말고, 패배를 인정하고 물러나시오! 귀족이라면 응당 그래야지!”

“명예는 무슨! 폐하께서도 말씀하시지 않소! 지나치게 근소한 차이라고!”

귀족 회의에서 그랬던 것처럼 양측이 목에 핏대를 세우며 싸우고 있었지만 요바네스는 말리지 않았다.

마치 강 건너 불구경을 하듯이 지켜보고 있을 뿐이었다.

황후는 그런 요바네스를 뚫어져라 바라보고 있었다.

바로 옆자리에서 쏘아 보내는 그 뜨거운 시선이 느껴지지 않을 리 없을 텐데.

요바네스는 턱을 괴고 무심한 얼굴로 오가는 설전을 듣고 앉아 있었다.

그때, 말싸움에서 슬슬 밀리는 것 같자 듀이지 앙게나스가 승부수를 던졌다.

"폐하, 재측정을 명해 주십시오!"

"재측정?"

요바네스가 고개를 갸웃했다.

그러자 서류를 건넸던 황제의 보좌관이 눈썹을 찌푸리며 듀이지 앙게나스에게 말했다.

"지금 계산을 잘못했을까 염려하시는 것이라면……."

"계산이 문제가 아니오!"

앙게나스 가주가 답답하다는 듯 외쳤다.

뭐야, 그럼 설마?

"각 영지의 크기가 제대로 측정이 된 것인지 토지 자체를 재측정해 주십시오!"

"그게 무슨 말도 안 되는……."

"억지를 부려도 정도가 있지, 쯧쯧!"

대다수의 귀족들이 고개를 절레절레 저으며 혀를 찼다.

하지만 듀이지 앙게나스는 뻔뻔한 얼굴을 똑바로 들고 요바네스 황제만을 바라봤다.

아마 이쯤 되면 황제가 자신의 편을 들어 줄 것이라 믿어 의심치 않는 것 같았다.

하지만 요바네스는 손가락으로 의자 팔걸이 위를 툭툭 두드리며 뭔가를 생각하는 듯이 시간을 끌 뿐이었다.

그리고 나는 봤다.

흘끗, 곁눈으로 페레스를 확인하듯 보는 모습을.

"앙게나스 가주."

나는 천천히 깍지를 끼며 듀이지 앙게나스를 불렀다.

"뭐요, 롬바르디 가주 대리."

앙게나스 가주는 새파랗게 어린 내가 자신을 부르자 기분이 상한 티를 팍팍 내며 대답했다.

"지금 차이가 지나치게 근소해 받아들이지 못하겠다는 겁니까?"

"맞소."

나는 고개를 두어 번 끄덕끄덕하고 이번에는 요바네스 황제에게 물었다.

"폐하는 어찌 생각하십니까?"

"무엇이 말인가?"

"판단을 내리기 주저되시는 점은 크기의 차이가 근소한 점뿐인 것입니까?"

"흐음, 그렇지."

"그렇다면 영지의 크기가 대표 가문을 정하는 데에 유일한 기준이 되어야 한다는 점은 여전히 변함없으신 겁니까?"

"그러하다."

"그렇다면 제가 결정을 도와드리겠습니다, 폐하."

나는 그렇게 말하며 천천히 자리에서 일어났다.

급할 것은 없다.

다 내가 짜 놓은 대로 흘러가는 판일 뿐이니까.

내가 한 발 한 발 움직임에 따라 수많은 시선도 함께 움직였다.

머리부터 발끝까지 느껴지는 뜨거운 시선에 온몸이 짜릿했다.

나는 저택에서부터 가져온 서류를 요바네스 황제에게 내밀었다.

내 방 금고에 소중히 모셔 뒀던, 바로 그것이었다.

덜컥.

라비니 황후가 놀라 몸을 반쯤 일으키자 의자가 작은 소음을 냈다.

"이게 뭔가?"

요바네스 황제가 내게 물었다.

나는 라비니 황후를 돌아보며 대답했다.

"앙게나스 가문이 펠렛 상회에게서 돈을 빌릴 때 작성했던 계약서입니다."

이거 찾느라 고생 많았지?

"헨포렉 영지가 담보로 잡혀 있습니다."

내가 귀족 회의에 참석하던 날, 클레리반이 가져왔던 서류 뭉치의 정체는 앙게나스와 쓴 계약서였다.

본격적으로 몰이를 시작하면 분명히 황후가 노릴 것 같아서 미리 롬바르디 저택으로 옮겨 놓았다.

황후가 가지고 있는 가장 강력한 무기인 '황족'이라는 카드가 힘을 잃는 곳이 바로 롬바르디 저택이니까.

나는 라비니 황후만 볼 수 있을 정도로 한쪽 입꼬리를 슬쩍 올려 주었다.

"아닙니다, 폐하!"

그럴 줄 알았다.

내 말이 끝나기가 무섭게 황후가 등판했다.

진작 그랬어야지.

듀이지를 상대하느라 심심했잖아.

"돈을 빌리지 않았다는 것이오, 황후?"

"그게 아니라……."

황후가 나를 노골적으로 노려보며 말했다.

"롬바르디 가주 대리가 아주 큰 착각을 하고 있다는 말씀이었습니다."

"착각?"

"예, 그 계약은 앙게나스 가문과 펠렛 상회 간의 계약입니다. 롬바르디가 끼어들 곳이 아니지요."

그러고는 차가운 목소리로 덧붙였다.

"죄인을 롬바르디 저택에 숨겨 두고 있다고 대리인 역할을 할 수는 없는 일이 아니겠습니까?"

죄인이라고?

"죄인이라니요, 황후마마."

이번에는 나도 그냥 안 넘어간다.

"말씀이 지나치십니다. 아무런 증거도 없는 거짓 의혹이 아닙니까?"

그리고 툭 던지는 말처럼 나도 한마디 덧붙였다.

"클레리반 펠렛이 시해 미수 사건에 연루가 되었다는 증거도, 증인도 없는데 그런 주장을 하시는 이유가 무엇입니까? 억지를 부리시는 겁니까, 아니면 그저 이 계약서를 찾아 펠렛 상회를 뒤집어엎을 핑계가 필요하셨던 겁니까?"

"뭐라?"

황후가 당장이라도 나를 잡아 죽일 듯 버럭 했다.

하지만 대회의장에 있던 사람들은 모두 들었다.

그리고 고개를 끄덕이기 시작했다.

"영지를 담보로 건 계약을 했다면 그럴 법하지……."

"진정 그래서 펠렛 상회주를……?"

"그런 것이라면 앞뒤가 맞지."

황후와 앙게나스 가주를 보는 시선이 조금 전과 완전히 달라졌다.

수군거림이 지속되자 처음에는 '정말 그럴까?' 했던 이들이 어느새 '그런 일이었군!' 하는 태도로 변하는 것도 금방이었다.

그 와중에 요바네스 황제는 내가 준 서류를 하나씩 넘겨 가며 읽어 보고 있었다.

"확실히 계약의 당사자는 '펠렛 상회 소유주'라고 되어 있군. 황후의 말이 맞네."

아둔한 요바네스.

페레스가 미리 힌트까지 줬을 텐데, 아직도 애매하게나마 앙게나스의 편을 들고 있다.

이런 인간이 제국의 황제라니.

나는 한숨이 나오려는 것을 틀어막으며 말했다.

"그렇다면 황후마마께 한 가지 확인하겠습니다."

요바네스 황제가 그렇게 하라는 듯 고개를 짧게 까딱였다.

"앙게나스 가문은 펠렛 상회에게 지난번, 그리고 그전번의 이자를 내지 않았습니다. 또한 이번 달의 이자도 아직 지불되지 않은 상태입니다. 맞습니까?"

황후가 얼음조각으로 변한 듯한 싸늘한 푸른 눈동자로 나를 내려다봤다.

"사실 돈을 빌린 뒤에 앙게나스 가문은 이자를 낸 적이 한 번도 없습니다."

앙게나스는 돈을 빌려도 이자를 내지 않는다.

말도 안 되는 말인 것 같지만 관례가 그랬다.

황후의 가문으로서, 막강한 권력을 잡고 있는 가문에게 돈을 빌려준 이들은 대부분 앙게나스에 줄을 대 보려는 이들이다.

그렇다 보니 계약서에는 이자 지급에 대한 조항이 멀쩡히 들어 있음에도 불구하고, 이자를 내지 않아도 묵인하는 것이다.

'라비니 황후는 클레리반이 자신에게 잘 보이려 하는 줄 알았기 때문에 당연히 이자를 지급하지 않았고 말이지.'

나는 한마디씩 또박또박 끊어 다시 한번 물었다.

"이 사실이 맞습니까, 황후마마?"

"……."

라비니 황후는 주먹 쥔 손을 바들바들 떨면서 입을 꾹 다물고 있었다.

할 말이 없겠지, 뭐.

"폐하, 계약서의 마지막 장에 보시면 담보권 행사에 관한 조항이 있습니다."

내 말에 요바네스는 황후를 흘끔 보더니 계약서의 맨 마지막 장을 펼쳤다.

"'앙게나스가 이자와 원금을 갚지 못하는 상황이 되면 펠렛 상회의 소유주는 담보인 헨포렉 영지의 주인이 된다'라고 적혀 있군."

"그리고 그 아래에 '이자와 원금을 갚지 못하는 상황'이 정확히 어떤 상황인지 또한 명시되어 있습니다."

나는 손가락 세 개를 쭉 펼쳐 들었다.

"세 번. 이자를 세 번 내지 못하면 '이자와 원금을 갚지 못하는 상황'으로 간주한다고 적혀 있습니다."

클레리반과 계약서를 작성할 때에 황후도 직접 확인한 부분이니 알고 있었을 거다.

계약서상 담보권을 행사할 수 있는 상황인 것을.

그러니 그렇게 황실 기사단이라는 최후의 카드까지 사용해서 클레리반을 쫓고 상회를 이 잡듯이 뒤졌던 거겠지.

"하!"

그때, 황후가 돌연 큰 웃음을 터뜨렸다.

"그렇다고 하더라도 그것은 앙게나스와 펠렛 상회 소유주인 클레리반 펠렛 사이의 일일 뿐이오. 롬바르디 가주 대리에게 담보권을 행사할 권리는 없지."

그리고 잔인하게 웃으며 말했다.

"클레리반 펠렛을 이 자리에 불러오기라도 할 생각인가요?"

아마 클레리반이 롬바르디 저택 밖으로 한 발자국이라도 나오면 바로 죽여 버릴 생각일 거다.

앙게나스의 대표권을 지키기 위해서라면 무엇이든 할 라비니 황후니까.

"폐하, 클레리반 펠렛을 이곳으로 부르시지요."

이제는 요바네스 황제를 설득하려고까지 한다.

더는 못 봐 주겠다.

"그러실 필요 없습니다, 폐하."

넌 이제 끝이야, 황후.

"펠렛 상회 소유주는 이 자리에 참석해 있습니다."

숨죽이던 좌중이 파도치듯 순식간에 술렁였다.

"클레리반 펠렛이 여기 있다고?"

"몰래 숨어들기라도 했나?"

귀족들이 회의 중이라는 것도 잊고 주변을 휘휘 돌아봤다.

"그게 무슨 말인가, 롬바르디 가주 대리. 더 설명해 보라."

요바네스 황제도 나를 향해 몸을 기울이며 재촉하듯 물었다.

"말씀드린 대로입니다. 펠렛 상회 소유주는 이 자리에 있습니다."

그리고 라비니 황후를 향해 생긋 웃으며 말했다.

"펠렛 상회의 소유주는 저, 피렌티아 롬바르디입니다."

회의장엔 숨소리마저 들리지 않았다.

양손으로 귀를 꽉 막은 듯 먹먹한 정적만이 흘렀다.

그리고 흐느끼는 듯한 목소리가 황후에게서 흘러나왔다.

"뭐…… 라고?"

그와 동시에 또다시 한차례 시끄러운 파도가 대회의장을 휩쓸었다.

"지금 내가 제대로 들은 게 맞는 건가?"

"펠렛 상회의 소유주가 롬바르디 가주 대리라고?"

"롬바르디 가주 대리가 올해 몇 살인지 아는 사람 있나?"

그야말로 난리가 났다.

수백 명을 수용할 수 있는 거대한 대회의장이 시장바닥처럼 시끄러워졌다.

그 소란스러운 공간에서 나와 라비니 황후는 서로를 마주 보고 있었다.

처음에는 굳은 듯 미동도 없던 푸른 시선이 점차 흔들리기 시작했다.

내가 거짓말을 하고 있다고 믿고 싶겠지만, 본능적으로 느끼고 있을 거다.

내 말이 진심이라는 것을.

나는 웃음기를 거두고 진중한 눈으로 지켜봐 주었다.

라비니 황후가 점차 무너져 가는 모습을.

"증명할 방법이…… 있나?"

요바네스 황제도 적잖이 놀란 듯, 목이 졸린 듯한 목소리로 내게 물었다.

"잠시 롬바르디의 기사단장을 안으로 불러도 되겠습니까, 폐하?"

"그렇게…… 하게."

황제의 명령에 따라 시종이 밖으로 달려 나갔고, 잠시 후 램버트 롬바르디 경이 회의장 안으로 들어왔다.

"롬바르디 경, 저택에서 내가 맡겨 놓았던 봉투를 주겠어요?"

갑자기 시끄러운 혼란의 현장에 불려 들어와 도대체 이게 무슨 일인가 싶은 표정의 롬바르디 경이 고개를 끄덕였다.

그리고 두꺼운 갑옷 안에 고이 들어 있던 봉투를 내게 건넸다.

나는 그 안에서 한 장의 종이를 꺼내 황제에게 보여 줬다.

"처음 펠렛 상회가 만들어질 당시, 저와 클레리반 펠렛이 작성한 고용 계약서입니다."

"고용…… 계약서?"
황제가 얼떨떨한 얼굴로 그것을 받아 들었다.
계약서의 내용은 간단했다.

[나, 펠렛 상회의 소유주 피렌티아 롬바르디는 클레리반 펠렛을 상단주로 고용한다.
클레리반 펠렛은 나의 대리인으로서 상단에 대한 전권을 위임받을 것이며, 이 고용 계약은 클레리반 펠렛이 계약의 종료를 요구하지 않는 한 무기한 유효하다.]

그리고 그 아래에는 내가 열한 살이 되던 해의 날짜와 나와 클레리반의 서명이 나란히 기재되어 있었다.
나름대로 한 글자, 한 글자 꾹꾹 눌러썼던 나의 어렸을 적 삐뚤빼뚤한 필체에 어쩐지 웃음이 날 것 같았다.
"보시는 대로입니다. 클레리반 펠렛은 고용된 상회주이며, 제가 펠렛 상회의 주인입니다."
아무 말 하지 못하는 황제와 황후 대신, 나는 페레스 쪽을 바라봤다.
녀석은 웃고 있었다.
붉은 입술이 완벽한 호선을 그리고, 나를 향한 따스한 애정이 잔뜩 묻어나는 눈으로 나를 지켜보고 있었다.
오랫동안 지켜 온 내 비밀이 세상에 드러나는 순간을 가장 가까이에서 함께해 주고 있었다.
나는 그런 페레스에게 마주 웃어 준 뒤, 황제의 손에서 고용 계약서를 반쯤 빼앗아 들었다.

아! 손자국 났어!

이게 얼마나 중요한 건데!

클레리반의 종신 고용 계약서를 고이고이 접어 봉투로 집어넣으며 말했다.

"펠렛 상회의 소유주로서 헨포렉 영지에 대한 담보권을 행사하겠습니다."

이 말 한마디면 된다.

이제 그 땅은 내 것이고, 내 마음대로 할 수 있지.

"돌려주시겠습니까, 폐하?"

앙게나스와 펠렛 상회의 계약서를 가리키며 말했다.

"그, 그러지."

요바네스 황제가 다른 쪽 손에 쥐고 있던 계약서를 넘겨줬다.

이거 봐, 여기도 손자국 났잖아.

하지만 이번에는 크게 개의치 않았다.

내 것도 아닌데, 뭐.

나는 그대로 휙 계약서를 브라운 가주에게 넘겨주었다.

"그리고 헨포렉 영지는 브라운 가문에게 양도하죠."

이걸로 게임 끝이다.

헨포렉 영지가 손톱만 한 땅이라고는 하지만, 제국 지도상에서나 손톱만 한 것이지 실제로는 광활하고 아무것도 없는 들판이 아주 장관인 그런 땅이다.

"가, 감사합니다, 롬바르디 가주 대리님."

브라운 가주가 계약서 뭉치를 두 손으로 받으며 말했다.

"별말씀을요."

나는 다시 천천히 걸어 내 자리로 돌아가 앉았다.

이제 대회의장의 모든 사람들이 요바네스만을 바라보고 있었다.

"그렇다면……."

요바네스가 무언의 압박에 등 떠밀려 막 입을 열었을 때였다.

"폐하, 안 됩니다."

라비니 황후가 요바네스의 팔을 잡았다.

"이러시면, 안 됩니다."

라비니 황후의 목소리가 떨리고 있었다.

모든 수를 사용해 방어전을 펼쳤지만, 결국 졌다.

이제 할 수 있는 것이라곤, 황제에게 사정하는 것밖에 없었다.

평소 고고하고 당당한 황후의 모습은 온데간데없었다.

커다란 눈에 금방이라도 흐를 듯한 눈물이 차올랐다.

그 애절한 모습에 잠시 마음이 흔들릴 법도 한데.

요바네스 황제는 매정하게 고개를 저으며 잡혔던 팔을 빼냈다.

그리고 선언했다.

"브라운 가문이 서부의 새 대표가 되었다."

땅땅!

어디선가 그런 경쾌한 소리가 들려오는 것 같았다.

없으니까 허전하구만.

요바네스는 거칠게 겉옷을 벗어 던졌다.

술은 한 모금도 마시지 않았음에도, 얼굴은 붉고 머리가 아팠다.
대회의가 끝나고 예정대로 매사냥을 나갔지만 금방 돌아와야 했다.
몸 상태가 좋지 않았기 때문이었다.
"궁의를 불러와라."
요바네스가 침대에 털썩 걸터앉으며 큰 소리로 외쳤다.
"이제 서부가 정리되었으니, 좀 조용해지겠지."
황제에게 오늘 낮에 있었던 대회의는 그런 의미였다.
골치를 썩게 하는 귀찮은 일.
아마 지금 몸 상태가 좋지 않은 것도 그런 이유 때문이리라.
그동안 이어졌던 롬바르디와 앙게나스의 대립을 생각하니 머리가 더 지끈거리는 것 같았다.
요바네스는 침대 머리맡에 있는 술병을 보면서 자리에서 일어났다.
"그 어린것이 그런 비밀을 가지고 있었다니. 하, 제법이야."
불안정하게 떨리는 손 때문에 술잔에 술을 따르기도 번거로웠다.
요바네스는 그대로 술병에 입을 대고 크게 들이켰다.
한 번, 두 번.
그 순간이었다.
"큭!"
요바네스 황제가 가슴을 강하게 틀어쥐며 그대로 쓰러졌다.
쿠웅!
큰 소리가 황제의 침실을 울렸다.

막 노을이 지려는 시간.

나는 롬바르디 저택에 도착했다.

이미 마차의 문도 열렸지만, 바로 내리지 않았다.

잠시 그대로 앉아 있자, 익숙한 두 명의 얼굴이 마차 안으로 쑥 들어왔다.

"티아, 안 내려?"

"얼른 가서 저녁 먹자."

저택에서 출발하기 전 약속했던 대로 가족들 모두가 모이는 만찬이 예정되어 있었다.

"응, 가야지."

대답은 했지만 엉덩이가 쉽게 떨어지지 않는다.

그런 나에게 메이론이 고개를 갸웃하며 물었다.

"혹시, 삼촌도 모르고 있었던 거야?"

"티아가 펠렛 상회의 주인이라는 걸?"

내가 대답하지 않고 슬쩍 시선을 피하자 쌍둥이가 '우와' 하고 눈을 동그랗게 떴다.

"설마 할아버지도?"

"다들 엄청 놀라시겠네."

"할아버지가 너무 놀라서 다시 쓰러지시면 어떻게 하지!"

"아, 정말! 그만 좀 놀려, 두 사람!"

안 그래도 긴장돼서 죽겠구만!

내가 버럭 외치자, 쌍둥이가 똑같은 얼굴로 웃음을 터뜨렸다.

그러고는 어깨를 으쓱하며 말했다.

“그렇게 긴장할 게 뭐 있어?”

“맞아, 어차피 티아인걸?”

“그게 무슨 소리야? 어차피 나라니?”

내 물음에 길리우가 먼저 대답했다.

“할아버지도, 삼촌도 다들 처음에는 놀라긴 하겠지만 결국 기뻐하실 거야.”

“역시 티아! 이러실걸?”

메이론이 내 어깨를 톡톡 두드리며 말했다.

따듯한 손이 내 어깨를 감쌌다.

“왜냐면, 우리가 그랬거든.”

상냥한 황금빛 눈동자 두 쌍이 나를 향해 웃고 있었다.

“비록 우리한테 직접 말해 주지 않은 건 좀 슬펐지만.”

“하지만 이해는 했어. 티아가 그동안 아무에게도 말하지 않았을 이유가 있겠지, 하고.”

“두 사람…….”

언제 이렇게 다 컸어.

책 읽기 싫다고, 숨바꼭질하자고 도망 다니던 게 바로 어제 같은데.

하지만 그 장난스런 위로에 마음이 편해지는 것을 느꼈다.

“고마워, 길리우, 메이론.”

내가 조금 힘 빠진 목소리로 말하자 쌍둥이가 씨익 웃었다.

“힘들면 언제든지 말해.”

“우리가 바로 옆에서 지켜 줄 테니까.”

나는 두 사람의 손을 꽉 잡아 주고는 마차에서 일어났다.

언제 미적거렸나 싶게 두 다리에 힘이 바짝 들어갔다.

그렇게 한 걸음씩, 나는 아버지의 방으로 향했다.

똑똑.

“아빠, 저 들어갈게요.”

조심스레 문을 열자, 책장에 책을 꽂아 넣고 있던 아버지의 모습이 보였다.

“티아야!”

평소 그렇게 아끼는 책들인데.

아버지는 방 안으로 들어서는 나를 보자마자 책을 반쯤 내팽개치다시피 하고 다가왔다.

“대회의는 잘 끝난 거니?”

쌍둥이 덕분에 조금 가라앉았던 심장이 다시 두근대기 시작했다.

긴장감에 입도 말라 오는 것 같았다.

내가 아무런 대답도 하지 않자, 아버지가 나를 걱정스레 바라봤다.

“티아야?”

아버지, 울겠지? 분명히 울 거야.

그래도 나에 대한 이야기를 다른 사람에게서 듣게 할 수는 없었다.

내 입으로 직접 말해야 했다.

“혹시 대표 가문을 바꾸는 일이 잘 안된 거라면…….”

“아빠, 우리 이야기 좀 해요.”

나는 아버지를 응접실 중앙으로 이끌었다.

하지만 아버지는 의자에 앉지 않았다.

걱정이 담뿍 담긴 녹색 눈으로 나만 물끄러미 보고 있을 뿐이었다.

후읍.
나는 숨을 한 번 들이켜고 주먹을 꽉 쥐었다.
“아빠.”
“그래, 티아야.”
“사실 클레리반 님이랑 저, 사제지간이 아니에요.”
“……뭐?”
아버지의 미간에 살짝 주름이 생겼다.
“그게 무슨 말이니, 티아?”
어쩐지 아버지의 목소리가 확 낮아진 것 같다.
“사제지간이 아니라 고용, 피고용의 관계라고 해야 하나…….”
나도 모르게 말을 빙빙 돌리고 있었다.
아니야. 반창고도 한 번에 확 떼는 게 훨씬 나은 법이다.
나는 다시 한번 주먹을 꽉 쥐면서 말했다.
“사실은 제가, 펠렛 상회의 주인이에요.”
아버지의 눈이 느리게 한번 깜박였다.
내 말을 이해해 보려고 하는 것 같았…… 아니, 그대로 굳은 건가?
나는 주춤, 아버지에게 다가섰다.
“아, 아빠……?”
그 순간, 아버지가 다리가 풀린 듯 휘청이더니 소파에 털썩 앉았다.
마침 근처에 의자가 있어서 다행이지.
안 그랬으면 아버지가 바닥에 주저앉을 뻔했다.
“그러니까…… 티아 네가…….”
“펠렛 상회 소유주요.”
“그래, 소유주…….”

아버지는 멍하니 혼잣말을 하더니, 고개를 절레절레 저었다.

"하지만 그때 티아는 겨우 열한 살이었는데……. 혹시 중간에 양도를 받은 것이니?"

혼란스런 아버지의 얼굴에 순간 '네, 맞아요.'라고 대답하고 넘겨버리고 싶은 충동이 들었다.

"아니요. 처음부터 펠렛 상회는 제 것이었어요."

"하아……."

아버지가 무거운 한숨을 쉬며 마른세수를 했다.

아무리 다정하고 착한 우리 아버지라고 해도 이번만큼은 화가 날 법하다.

자그마치 10년이 넘는 시간을 감춰 왔으니까.

사람들의 의심을 사지 않기 위해 때에 따라 거짓말도 하고 연기도 했다.

그러니 실망감이 더 크실 수밖…….

"아, 아빠?"

아버지의 팔이 강하게 나를 안았다.

와락 하고 소리가 날 정도로.

나는 조심스레 아버지의 얼굴을 올려다봤다.

"괜찮으세요?"

아버지의 얼굴에는 혼란스러움이 남아 있었다.

아직 내가 한 말을 받아들이려고 노력하는 중인 것 같았다.

그러나 그 전에, 아버지는 더 먼저 해야 할 일이 있었던 것 같다.

"……수고 많았겠다, 우리 티아."

바로 나를 격려하는 것.

아버지의 따듯한 손이 내 등을 가만가만히 토닥였다.

"그 어린 나이부터 지금까지, 수고 많았어."

아버지는 놀란 자신의 마음보다는 내 마음을 다독여 주는 것이 먼저였던 것이다.

"아빠……."

"너와 클레리반 님의 사이가 일반적인 사제지간은 아니리라 짐작은 했지만, 설마 네가 펠렛 상회의 주인이라고는……."

아버지가 어딘가 힘없이 웃으며 중얼거렸다.

"미리 말씀드리지 않아서, 죄송해요."

나는 아버지의 품에 얼굴을 묻으며 말했다.

"괜찮아. 티아 네가 그렇게 한 것에는 다 이유가 있었겠지."

아, 정말이다.

쌍둥이가 했던 말을 아버지도 하고 있었다.

긴장이 풀리며 잔뜩 힘이 들어갔던 몸이 조금 편안해졌다.

아버지는 포옹을 풀고 나서도 내 머리를 쓱쓱 쓰다듬어 주었다.

"한동안은 만나는 귀족들마다 모두 네 이야기뿐일……."

아버지가 문득 말을 멈추고 내게 물었다.

"티아야."

"네?"

"할아버지는 알고 계시니?"

"……아."

잠시 잊고 있었다.

아직 끝판왕이 남았다는 사실을.

롬바르디 저택의 저녁 만찬이 시작되기 전.

클레리반은 식당에 들러 작은 바구니를 챙겨 나오고 있었다.

그곳에는 식당의 고용인들이 챙겨 준 빵과 과일 등 요기할 만한 간단한 먹을 것들이 담겨 있었다.

"곧 시작하겠군."

클레리반은 기다란 식탁 위를 돌아보며 중얼거렸다.

식당에는 이미 만찬을 위한 먹음직스러운 요리가 한가득 차려져 있었다.

하지만 그 모습에 식욕이 돌거나 하지는 않았다.

집이 습격을 받는 바람에 롬바르디 저택에 신세를 지고 있는 군식구의 입장에 직계들이 둘러앉는 만찬에 끼어들 만큼 넉살이 좋지 않기도 했지만.

무엇보다 오늘의 만찬은 영 껄끄러운 자리가 될 예정임을 알고 있었기 때문이었다.

"어휴."

문득 그 자리에 엉거주춤 껴 있는 자신을 떠올린 클레리반은 진저리를 쳤다.

상상만 해도 그렇게 불편할 수가 없다.

"얼른 방으로 돌아가야지."

어둑한 복도로 나온 클레리반은 바구니를 옆구리에 끼고 걸음의 속도를 높이기 시작했다.

그렇게 막 모퉁이를 돌았을 때였다.

"클레리반 님."

복도 저쪽에서 갤러한이 클레리반을 부르며 걸어왔다.

얼굴에는 중년의 나이에도 전혀 변하지 않은 싱그러운 미소를 가득 지은 채로.

"아, 갤러한 님."

하지만 클레리반도 오늘만큼은 갤러한을 보고 크게 반가워하지 않았다.

"그…… 피렌티아 님과 대화는 잘 끝나셨습니까?"

클레리반이 조심스레 물었다.

"하하, 예. 조금 놀라기는 했지만 잘 이야기했습니다."

"그러셨군요."

클레리반은 반쯤 안도하며 말했지만 여전히 마음이 불편했다.

그동안 갤러한을 속여 온 것은 자신도 마찬가지였기 때문이었다.

마음을 먹은 클레리반이 입을 열었다.

"저, 갤러한 님, 저도……."

하지만 갤러한이 그 말을 끊었다.

"클레리반 님."

"예?"

"감사합니다."

대뜸 그렇게 말한 갤러한은 깊이 머리를 숙였다.

"왜, 왜 이러십니까."

당황한 클레리반은 갤러한을 말리기 위해 다가섰다.

갤러한은 그런 클레리반에게 편하게 웃으며 말했다.

"클레리반 님 덕분에 티아가 외롭지 않았으니까요."

"아……."

"티아의 아빠로서 제 딸아이 옆에 있어 주셔서 감사하다는 말을 하고 싶었습니다."

클레리반은 잠시 말이 없었다.

너무 여러 가지 생각이 들어 입을 열면 엉망으로 엉킨 말이 쏟아져 나올 것 같았다.

몇 번 숨을 고른 뒤에 클레리반은 조심스레 입을 열었다.

"감사하다는 말은 오히려 제가 드려야 될 말씀입니다."

말끝에 피식하는 웃음이 따라붙었다.

"피렌티아 님을 만난 덕분에 제 인생이 얼마나 바뀌었는지, 갤러한 님은 모르실 겁니다."

롬바르디 저택의 살림을 돌보고, 후계들을 가르치면서 클레리반은 자신이 시들어 가고 있다고 생각했다.

하루하루 그저 주어진 일만 해낼 뿐, 가슴이 뛰는 일도 뚜렷한 목표도 없었다.

게다가 가르치게 된 룰락의 손녀, 손자들이 더없이 평범함에 또한 크게 실망하고 있었다.

그리고 그때, 피렌티아를 만났다.

"저를 알아주고 제 가치를 알아주는 분을 만난 기분이란. 마치 다시 태어나는 것과 같습니다."

아이들을 위한 놀이방처럼 꾸민 후계 교육실.

낮은 책걸상과 알록달록한 방석, 그리고 앙증맞은 인형들이 즐비했던 그 공간.

그곳에서 예리한 눈을 빛내며 본모습을 드러내는 피렌티아 님을 영접하던 그 순간의 희열이란!

"피렌티아 님이 아니었다면, 저는 죽을 때까지 외로웠을 겁니다."

지금 떠올려도 가슴이 벅차오르는 오래된 기억에 클레리반이 활짝 웃으며 머리를 숙였다.

"감사합니다, 갤러한 님."

클레리반은 그러고선 바구니를 고쳐 잡으며 말했다.

"가족분들과 좋은 저녁 시간 되십시오."

그렇게 클레리반이 정중히 인사를 하고 갤러한의 옆을 스쳐 지나가려고 했을 때였다.

턱.

갤러한의 손이 클레리반의 어깨를 잡았다.

"……갤러한 님?"

자신을 잡고 있는 갤러한의 손을 내려다보는 클레리반의 시선이 흔들렸다.

"왜……?"

"클레리반 님."

갤러한이 특유의 싱긋하는 미소를 지으며 물었다.

"어디 가십니까?"

"이제 곧 만찬이 시작되니, 저는 이만 제 방으로……."

"겨우 그런 음식으로 저녁을 때우셔도 되겠습니까?"

갤러한이 바구니를 가리키며 말했다.

"아뇨, 저는 정말 괜찮……."

"제가 안 괜찮습니다."

갤러한은 여전히 웃고 있었다.
웃는 얼굴은 분명히 그대로인데, 녹색 눈이 사나웠다.
클레리반은 어쩐지 조금 무서워졌다.
어깨를 잡은 갤러한의 손끝도 조금 깊게 파고들었다.
"갤, 갤러한 님?"
그때, 갤러한이 물었다.
"아버님 앞에서 티아를 혼자 두실 생각이십니까?"
"그건……."
"두 사람이 같이 거짓말을 했는데."
갤러한의 손가락이 클레리반의 어깨를 더욱 꽉 쥐었다.
"책임도 같이 지셔야지요."
"으음……."
클레리반은 미간을 찌푸렸다.
싫다!
나도 가주님은 무섭다!
그렇게 외치고 싶었지만, 곱게 접혀서 미동도 하지 않는 갤러한의 눈을 보던 클레리반은 결국 고개를 툭 떨구며 대답했다.
"……알겠습니다."
"하하! 잘 생각하셨습니다! 어서 안으로 들어가시죠!"
갤러한이 클레리반의 어깨를 툭툭 치며 등을 떠밀었다.
"제가 클레리반 님께서 좋아하시는 해산물 요리도 많이 해 놓으라고, 주방에 일러두었습니다."
"예? 제가 참석하게 될 줄은 어찌 아시고……."
"다 정해진 대로 흘러가는 것 아니겠습니까, 하하!"

대충 얼버무리려 하는 갤러한에게 떠밀려 가면서, 클레리반은 설마 싶었다.

이 복도에서 만난 것이 우연이 아닌 건가?

그동안 갤러한과 전혀 다른 성향의 피렌티아를 보면서 아마 고인이 되신 모친을 닮았으리라 막연히 생각해 왔다.

그런데.

'어쩌면 갤러한 님을 닮은 것일지도…….'

클레리반은 그렇게 생각하며 힘없이 식당 안으로 끌려 들어갔다.

"클레리반?"

어쩌다 여기에 있어요?

내가 눈짓으로 묻자 클레리반이 어쩐지 힘없는 얼굴로 아버지를 바라본다.

잘 이해는 가지 않았지만, 대충 아버지 때문에 만찬에 끌려왔다는 이야기인 것 같은데.

"아, 배고파."

"이렇게 다 같이 모이는 것도 오랜만이네."

쌍둥이와 샤나넷이 들어오는 바람에 물어볼 기회를 놓쳤다.

"오랜만이네요, 펠렛 공."

샤나넷이 클레리반에게 부드럽게 인사했다.

가족들만 모이는 자리라고는 하지만 클레리반에게 불편한 기색을 보이는 사람은 없었다.

"예, 오랜만입니다, 샤나넷 님."

그렇게 인사가 오가고 있을 때.

"다들 모였구만."

할아버지가 도착했다.

곧 음식이 나오고, 식사를 시작했다.

그렇게 시간이 지나 디저트가 나왔을 때, 나는 말을 꺼냈다.

"할아버지, 드릴 말씀이 있는데요."

"으음? 무어냐, 티아?"

나는 아버지에게 말했던 때를 떠올리며 다시 주먹을 꽉 쥐었다.

한 번에 떼자!

"오늘 대회의에서 서부 대표가 브라운 가문이 된 건 알고 계시죠?"

"네가 나섰으니 처음부터 그리되겠지 했다."

"그럼 그 방법은요?"

"티아 너와 2황자 그 승냥이 녀석이 함께 움직였겠지."

할아버지가 흘흘 웃으며 와인을 마셨다.

나에 대한 완벽한 신뢰였다.

더욱 마음이 무거워졌다.

그때, 아버지가 힘을 내라는 듯 내게 눈빛을 보내왔다.

"전에…… 롬바르디 가문에 앙게나스가 빚진 돈을 펠렛 상회에서 가져간 적이 있잖아요, 할아버지."

"그랬지."

"그때 펠렛 상회에서 앙게나스에 돈을 빌려주면서 땅을 담보로 잡았거든요."

"오호라, 그것을 이용한 모양이구나? 아주 잘했다, 잘했어! 어허허허…….”

할아버지의 웃음소리가 점차 작아졌다.

그리고 고개를 갸웃하며 내게 물었다.

“그런데 클레리반이 대회의에 가지 않고도 어찌 담보권을 행사한 것이냐?”

“이걸 한번 읽어 보세요, 할아버지.”

나는 조용히 클레리반의 종신 계약서를 내밀었다.

“흐음. 어디 보자. ‘나, 펠렛 상회의 소유주 피렌티아 롬바르디는’…….”

계약서를 읽던 목소리가 멈췄다.

하지만 가장 중요한 부분은 이미 다 나왔다.

내가 펠렛 상회의 주인이라는 것.

할아버지는 여전히 계약서만 뚫어져라 보고 있었고, 샤나넷은 웃으면서 고개를 절레절레 젓더니 와인을 마셨다.

“너, 너 이 녀석…….”

나는 꾸중도 얌전히 받을 생각으로 고개를 숙였다.

그런데 불똥이 엉뚱한 데로 튀었다.

“클레리반, 네 녀석! 내게는 말을 해 줬었어야지!”

“……죄송합니다.”

클레리반은 어느 정도 예상했다는 듯 담담하게 고개를 숙였다.

“괘씸한 녀석! 어떻게 나를 이렇게 감쪽같이!”

“할아버지, 그건 클레리반이 아니라 제 생각…….”

“잠깐.”

할아버지가 손을 들어 내 말을 멈추게 하며 물었다.

“그럼 리라 다이아몬드 광산의 일은……?”

펠렛 상회가 생긴 뒤 처음으로 벌였던 사업이었다.

롬바르디의 눈 밑에서 광산을 빼앗아 왔던.

"……제가 벌인 일이었어요."

"허지만 너는 겨우 열한 살이었을 때가 아니냐?"

"그랬죠."

"그럼 서셔우의 곡식을 사다가 동부에 판 것도……."

"네, 그것도 맞아요."

"북부의 트리바 목재도? 지금 동부 무역을 꽉 잡고 있는 것도?"

할아버지는 화가 난 것인지, 궁금한 것인지 잘 구분이 가지 않는 그런 목소리로 내게 재차 물었다.

"정말로, 정말로 펠렛 상회가 티아 너의 사업이란 말이냐? 그 어린 나이부터 펠렛 상회를 키워 왔다고?"

"네."

"이 할아비의 도움도, 가문의 도움도 없이?"

"가끔 롬바르디의 도움을 받기는 했어요. 할아버지는 모르셨지만요."

내가 고개를 끄덕이며 대답했다.

할아버지는 나와 클레리반을 몇 번이나 번갈아 쳐다봤다.

그리고.

"으하하하하! 어허허!"

그 어느 때보다 커다란 웃음이 터져 나왔다.

얼마나 격하게 웃으시는지, 냅킨을 들어 눈가에 고인 눈물을 찍어 내기까지 했다.

"그랬단 말이지! 하하! 고작 열몇 살짜리 어린아이가! 으하하하!"

다행이다.

나는 작게 한숨을 쉬며 안도했다.

할아버지는 다행히 화가 나 보이지 않았다.

몇 번이고 계약서를 다시 들여다보면서 와인을 홀짝이고 '으하하!' 웃는 것을 반복할 뿐이었다.

"내가 티아 네 나이가 어려 경험이 부족한 것을 걱정했는데! 이거 아주 사업 9단의 상단주님이셨구만! 어허허!"

할아버지의 반응이 이러니, 나도 조금은 편안하게 같이 웃을 수 있었다.

"그런데 티아야."

샤나넷이 날 불렀다.

"펠렛 상회와 롬바르디 가문을 둘 다 돌보려면 힘들지 않겠니?"

걱정이 담뿍 담긴 말이었다.

"둘 중 하나를 포기하고 싶지는 않아요. 제가 욕심이 좀 많잖아요."

나는 고개를 저으며 말했다.

"그리고 처음부터 펠렛 상회는 저 혼자 키운 것이 아니에요. 클레리반과 바이올렛 두 사람이 힘든 일은 다 했는걸요. 앞으로도 펠렛 상회의 일은 지금처럼 모두 맡길 생각이에요."

"그럼, 그럼. 티아는 내 뒤를 이어 롬바르디의 가주가 되어야지! 암!"

"저어, 할아버지. 저한테 화가 나지는 않으세요?"

분위기가 나쁘지는 않았지만 여전히 걱정은 됐다.

"사람이 자신의 능력 중 일부는 감추어 두는 것도 나쁘지 않다. 잘했다, 티아야."

할아버지는 오히려 나를 칭찬해 주었다.

정말로 화가 나지 않으신 거구나.

그러면.

"할아버지."

"으응?"

"그 계약서 좀."

나는 할아버지의 손에 들린 클레리반의 계약서를 가리키면서 말했다.

"그게 무려 종신 계약서라서요."

"아아, 그래! 잘 보관해 두어야지! 클레리반을 꽉 잡아 두려면!"

할아버지가 또 '으허허!' 하고 웃으면서 내게 계약서를 돌려주었다.

아, 또 손자국.

어느새 클레리반도 할아버지의 말에 편안하게 웃으며 못 말린다는 듯 고개를 젓고 있었다.

"그러면 이제 앙게나스와는 다 끝난 것이냐?"

할아버지가 내게 물었다.

"으음, 아뇨."

"더 볼일이 남아 있다는 말이더냐? 혹시……."

할아버지가 걱정스레 미간을 좁히며 말했다.

"앙게나스 그치들을 봐줄 생각인 것이냐? 우리 티아가 마음이 약해서……."

"아직 받아 낼 빚이 있거든요. 클레리반, 얼마였죠?"

내 질문에 클레리반이 냅킨으로 입을 닦으며 대답했다.

"1차로 2500골드, 그리고 2차로 4500골드. 총 7000골드입니다."

"헨포렉 영지 이후로 앙게나스 가주가 황후 몰래 빌려 갔던 돈이에요. 그것도 물론 이자를 내지 않았으니까…….”

“3개월의 이자에 계약 위반의 페널티까지 포함하면 8000골드가 조금 넘습니다.”

“그렇다네요.”

나는 나와 클레리반을 조금 멍한 얼굴로 바라보는 가족들을 향해 웃어 주었다.

“아, 그리고 또 있어요! 펠렛 상회랑 클레리반의 저택을 부쉈으니 보상금도 받아 내야죠!”

“그 부분은 지금쯤 바이올렛이 모두 기록을 남겨 두고 있습니다.”

“기사단 건물에서 불편했을 텐데, 조금 쉬지. 바이올렛도 참.”

“바이올렛의 성격 아시지 않습니까. 받은 대로 꼭 돌려줘야 직성이 풀리는.”

“그러니까요. 너무 착해.”

두 배는 갚아 줘야지.

나는 클레리반을 향해 약속하듯 말했다.

“아주 박박 긁어 받아 낸 다음에 내가 새집 좋은 걸로 지어 줄게요, 클레리반.”

“예, 이참에 상회 건물도 더 좋은 건물로 올릴까요?”

“아, 그거 좋겠네요!”

나와 클레리반이 주고받는 대화를 듣던 할아버지가 웃으며 말하는 소리가 들렸다.

“그래, 그래. 그래야 내 손녀지!”

그때, 집사 요한이 급히 식당으로 들어왔다.

웬만해선 가족 만찬을 방해하지 않을 텐데.

쟁반에 서신을 하나 받쳐 들고 들어오는 요한을 본 할아버지의 얼굴이 설핏 굳었다.

그리고 경직된 분위기는 요한의 말을 듣고 더욱 무거워졌다.

"황궁에서 보내온 급보입니다."

할아버지는 와인 잔을 내려놓고 서신의 봉투를 뜯었다.

그리고 찬찬히 내용을 읽더니, 곧바로 자리에서 일어났다.

"요바네스가 위독하다는구나. 지금 바로 황궁으로 가야겠다."

황제가 위독하다고?

아까 대회의 때까지만 해도 멀쩡해 보였는데?

"티아."

할아버지가 아직 앉아 있는 날 돌아보며 불렀다.

"너도 롬바르디 가문의 후계로서 이 할아비와 함께 간다."

대회의가 끝난 뒤.

듀이지 앙게나스와 이던 클루스는 라비니 황후의 뒤를 따라 황후궁으로 돌아왔다.

털썩.

다리가 풀린 듀이지가 의자에 주저앉는 소리가 요란하게 났다.

"다…… 끝난 겁니다."

듀이지가 머리를 쥐어뜯으며 중얼거렸다.

앙게나스의 영지를 빼앗긴 것도 모자라, 결국 서부 대표의 자리까지 박탈당했다.

"완벽하게 놀아난 거예요."

듀이지는 아직도 머리가 멍했다.

"펠렛 상회, 펠렛 상회라니……."

화가 나야 하는 것인가, 두려워해야 하는 것인가.

감도 잡히지 않을 정도였다.

"롬바르디 가주 대리가 펠렛 상회의 주인이라니……. 허, 참."

허탈한 헛웃음까지 났다.

"그렇다면 처음 클레리반 펠렛이 돈을 빌려주겠다고 찾아왔을 때부터, 아니지, 서셔우 가주부터…… 아니, 그것도 아닌데."

듀이지는 고개를 가로저었다.

서셔우 가주가 필요했던 이유는 서부의 개발 사업이 실패했기 때문이고, 그 사업이 실패했던 이유는…….

듀이지 앙게나스는 두 손으로 입을 가렸다.

"도대체 어디서부터……."

"듀이지."

소파의 등받이를 짚고 선 라비니 황후가 차갑게 남동생을 불렀다.

"닥쳐라."

대회의실에서 황제의 소매를 잡으며 애처롭게 눈물을 흘리던 황후의 모습은 온데간데없었다.

안색은 하얗게 질려 있었지만, 두 눈에는 아직 시퍼런 불길이 남아 있었다.

라비니는 썩은 생선 눈을 하고 나약한 말이나 지껄이고 있는 듀이지의 입을 찢어 버리고 싶은 손을 말아 쥐었다.

으드득.

의자의 가죽이 라비니의 손톱에 긁히며 소름 끼치는 소음을 냈다.

"요바네스, 비겁한 개종자 새끼."

천한 2황자와 피렌티아 롬바르디가 언제부터 일을 꾸몄든 그것은 중요하지 않았다.

결국 마지막에 앙게나스의 등에 칼을 꽂은 것은 요바네스였다.

라비니와 약혼을 했던 그날부터, 요바네스는 단 한 순간도 제대로 된 배우자인 적이 없었다.

끊임없이 앙게나스를 두고 저울질을 하며 제 배만 불렸고, 새로운 여자들을 탐했다.

페레스는 수많은 불륜의 씨앗들 중 라비니가 처리하지 못하고 놓친 단 하나의 사생아였다.

그리고 그 실수가 지금 라비니의 목을 조르고 있었다.

"제 어미의 배 속에 있었을 때 함께 죽였어야 했는데."

라비니가 싸늘하게 중얼거렸다.

"이제라도, 잘 말해 봐야 하는 것 아닙니까?"

"……뭐라고?"

"2황자 말입니다. 이제라도 그간의 일을 잘 사과하면 우리를 내버려 둘지도 모르는 일 아닙니까?"

듀이지는 멍한 눈으로 말했다.

"아니면, 피렌티아 롬바르디라도 불러다가 잘 구슬리면……."

그러고는 스스로의 생각이 퍽이나 마음에 든 듯 고개를 주억거렸다.

"네가 무릎을 꿇고 사흘 밤낮을 빈다고 한들, 2황자가 앙게나스를 가만히 둘 것 같으냐?"

"해 보기 전에는 모르는 일 아닙니까!"

발악하듯 라비니에게 소리친 듀이지는 자리에서 일어났다.

"이것은 앙게나스의 가주로서 제가 내릴 결정입니다. 누님께서 막으셔도 소용 없……."

"이던."

"예, 황후마마."

"듀이지의 혀를 잘라라."

그 명령이 떨어진 순간, 이던 클루스는 조금의 망설임도 없이 성큼성큼 듀이지에게 다가갔다.

"누, 누님! 황후마마!"

듀이지가 기겁하며 도망쳤다.

그러나 이던 클루스의 억센 손에 잡혀 억지로 턱이 벌려지는 것은 순식간에 일어난 일이었다.

"흐, 흐어어……!"

모습을 드러낸 시퍼런 단검이 막 듀이지의 입 안을 파고들려 할 때였다.

"내놔."

라비니의 흰 손이 나타나 이던 클루스의 손에서 검을 빼앗아 갔다.

그리고 공포심에 가득 찬 듀이지의 눈동자에 그것을 겨눴다.

"앙게나스의 가주?"

라비니가 희미하게 떨리는 목소리로 조소했다.

"아들로 태어난 것 말고는 가문을 위해 아무것도 한 게 없는 네가, 감히, 내 앞에서."

"느, 느니임……."

듀이지가 꼼짝없이 옭아맨 이던 클루스의 무시무시한 완력에 벌

벌 떨며 눈물만 흘렸다.

"앙게나스의 가주로서 그 천한 것에게 사죄를 하겠다고?"

라비니의 푸른 두 눈이 시퍼렇게 번뜩였다.

"그럼 그리할 수 없도록 입을 찢어 버려야겠지."

"으, 으어어억!"

단검의 날이 듀이지의 한쪽 입꼬리를 길게 그어 버렸다.

붉은 피가 갈라진 틈에서 콸콸 흘러나왔다.

"어억, 어어."

듀이지는 비명조차 지르지 못했다.

두 손으로 찢어진 입을 쥐고 바들바들 떨어 댈 뿐이었다.

"이제 좀 조용하구나."

라비니가 단검을 이던 클루스 옆에 툭 던졌다.

피로 범벅이 된 칼이 바닥에 아무렇게나 나뒹굴었다.

"내가 여기까지 어찌 왔는데."

라비니는 요바네스의 비위를 맞춰 주며 온갖 치욕을 감내해야 했던 날들을 떠올리며 말했다.

그리고 이 상황을 타개할 유일한 방법이 그녀의 머리를 스쳤다.

"그래, 차라리 잘됐다."

보는 이로 하여금 등줄기를 오싹하게 만드는 미소가 붉은 입술에 피어올랐다.

"내가 이 램브루 제국의 황후다."

2황자와 그 깜찍한 어린 계집이 아직 자신에게서 빼앗아 가지 못한 권한.

그것이 남아 있었다.

라비니는 밖에서 대기 중이었던 시녀를 하나 불러들였다.

들어오자마자 낭자한 선혈과 피를 흘리고 있는 앙게나스 가주를 본 시녀의 얼굴이 파리하게 질렸다.

"부, 부르셨습니까, 황후마마."

"가서 오투아 시녀장을 불러오거라."

끔찍한 방 안의 광경과는 다르게, 라비니의 목소리는 차분하기 그지없었다.

"예, 알겠습니다."

시녀가 얼른 그렇게 대답을 하고 도망치듯 방을 빠져나갔다.

'오투아 시녀장?'

끔찍한 고통에 몸서리를 치며 피가 흘러내리는 상처를 지혈하는 것에만 열중하던 듀이지가 눈을 크게 떴다.

오투아 시녀장은 황제의 바로 옆에서 시중을 드는 이였다.

'설마.'

그리고 자신을 바라보고 있던 라비니와 시선이 마주쳤다.

"이번에는 눈치를 챘나 보구나."

라비니가 듀이지에게 손수건을 툭 던져 주며 웃었다.

"황태자가 임명되지 않은 채 황제 폐하께서 서거하시면 어찌 되는지. 알고 있지, 듀이지?"

"하, 하지만 누님……."

"그래. 다음 황위 계승자를 정하는 권한은 황후인 내게 있다."

꿀꺽.

듀이지가 자기도 모르게 침을 삼켰다.

비릿한 피 맛이 입에 번졌지만 그것도 알아차리지 못할 정도로 경악하고 있었다.

"내 아드님을 황태자로 만들지 못한다면, 황좌에 앉혀 드리면 그만인 것을."

잠시 뒤, 오투아 시녀장이 황후의 앞에 섰다.

"부르셨습니까, 황후마마……."

오투아 시녀장이 차마 듀이지 쪽은 쳐다보지도 못한 채로 말했다.

"폐하께선 지금 어디 계시지, 오투아 시녀장?"

"아직 매 사냥터에서 돌아오지 않으셨습니다."

"사냥을 나가셨다면, 돌아오실 때 목이 타시겠군."

황후가 오투아 시녀장의 앞에 작은 병을 하나 내려놓았다.

오투아 시녀장은 고개를 숙인 채 눈을 질끈 감았다.

황후가 그녀의 앞에 '작은 유리병'을 내놓은 일은 이번이 처음이 아니었다.

"일전에 주신 것이…… 아직 남아 있습니다."

"내가 부지런히 넣으라 하였는데. 또 게으름을 피웠나 보구나."

라비니 황후가 마치 어린아이를 혼내는 듯한 말투로 말했다.

"그것이 아니라……."

"가져가거라. 그것과는 다른 것이다."

황후의 말에 오투아 시녀장은 어쩔 수 없이 유리병을 품에 넣었다.

손끝이 잘게 떨리고 있었다.

"티티 거미의 독이다. 이번에는 한 병을 모두 부어 넣거라."

그 말이 의미하는 것을 오투아 시녀장도 잘 알고 있었다.

황후의 명으로 황제의 음식에 조금씩 독을 타기 시작했을 때부터 이런 날이 오리라 짐작은 하고 있었다.

"제 목숨은 어찌 되는 겁니까."

오투아 시녀장이 물었다.

"재미있는 물음을 하는구나."

그러자 라비니 황후가 한쪽 입꼬리를 비뚤게 올리며 말했다.

"네가 나와 거래를 하겠다는 것이냐?"

"그런 무엄한 의도가 아닙니다! 저는 다만 이 독을 폐하의 술에 넣어도, 제 목숨을 보장받을 수 있으면 하여서……!"

"네가 지금 시녀장의 자리에 오를 수 있도록 해 준 것이 누구더냐?"

오투아 시녀장은 입을 다물었다.

시녀라고는 하지만, 집안이 한미해 잡일이나 하던 그녀가 지금 황제를 모시는 시녀장이 된 것은 분명 라비니 황후의 입김 때문이었다.

입술을 깨물며 아무 말도 하지 못하는 시녀장을 향해, 라비니 황후가 말했다.

"네 피붙이들이 아직 앙게나스에 있다는 것을 잊지 말거라."

"……알겠습니다."

오투아 시녀장은 그 말만 남긴 뒤, 황제궁으로 돌아갔다.

"믿을 수 있겠습니까?"

조용히 지켜보던 이던 클루스가 물었다.

"믿지 못하면 어찌하려고?"

"지금이라도 제가 뒤를 쫓겠습니다."

살인멸구 하겠다는 뜻이었다.

"이던, 너의 충성심은 언제나 기쁘지만 저이는 믿을 수 있단다."

라비니 황후가 방에 들어온 뒤, 처음으로 의자에 앉으며 말했다.

"그동안 제 손으로 황제의 술에 독을 탄 시녀가 이제 와 나를 밀고한다고 한들, 저도 죽기밖에 더할까."

게다가 오투아 시녀장의 가족들을 앙게나스 영지에 인질 삼아 묶어 두었다.

"시녀장은 날 배신할 수 없다."

그렇게 말한 라비니는 이던 클루스에게 명했다.

"넌 저택으로 돌아가 앙게나스의 병력을 준비시켜라. 그리고 내가 서신을 보내면 그들을 데리고 황궁으로 오거라."

라비니 황후가 손수건을 하나 더 집어 들어 손에 묻은 피를 꼼꼼하게 닦으며 말했다.

"폐하께서 돌아가시면 어떤 불온한 세력이 위험한 짓을 벌일지 모르지 않겠니."

"명을 받들겠습니다, 황후마마."

이던 클루스가 엄숙하게 대답했다.

그러나 라비니는 그 모습을 보고 있지 않았다.

설핏 찡그린 눈은 자신의 드레스에 튄 피를 향해 있었다.

푸른색 실크 드레스 위에 점점이 찍혀 절대 지워지지 않을 것 같은 붉은 핏자국이었다.

해가 졌다.

요바네스 황제를 태운 마차가 황궁으로 돌아왔고 꽤 시간이 흐른 뒤였다.

핏자국이 남은 드레스를 벗어 버리고, 새것으로 갈아입은 라비니는 홀로 앉아 있었다.

흐르는 시간이 그녀만은 비껴가는 듯, 라비니는 속눈썹 하나도 움직이지 않았다.

그렇게 얼마나 시간이 흘렀을까.

"황후마마!"

라비니는 자신을 부르는 급한 목소리에 내리깔고 있던 눈을 똑바로 떴다.

"폐하께서! 황제 폐하께서 쓰러지셨습니다!"

"그게 무슨 말이냐!"

라비니가 거울 속 자신의 모습을 마지막으로 확인해 보면서 소리쳤다.

드레스와 함께 장신구도 아주 작은 것들로 바꾸어 꼈다.

죽은 황제 옆에서 화려한 치장을 한 황후는 보기에 좋지 않다.

"저, 저도 잘……. 황제궁에서 방금 연락이…… 가 보셔야 할 것 같습니다!"

"헛소문이라면 네 목을 칠 것이다!"

황후가 벌컥 문을 열며 외쳤다.

조금 전 여유로이 거울을 보던 모습은 어디로 가고, 급작스런 소식에 놀란 얼굴만이 남아 있었다.

라비니는 드레스 자락을 움켜쥐고 서둘러 황제궁으로 걸음을 옮겼다.

황제의 침실에 가까워질수록, 황후는 내심 승리의 미소를 지었다.

어수선한 황제궁의 분위기가 모든 것이 자신의 계획대로 이루어졌다는 증거였기 때문이었다.

그런데.

"오셨습니까, 황후마마."

궁의가 땀을 닦으며 황제의 침실에서 나오고 있었다.

그러고는 안도의 한숨을 내쉬며 말했다.

"황제 폐하께선 무사히 고비를 넘기셨습니다."

나와 할아버지를 태운 롬바르디의 마차가 황궁을 향해 빠르게 내달렸다.

황제가 위독하다는 소식을 듣고 가는 길이기는 하지만 할아버지는 그리 조급해 보이지 않았다.

"오늘 하루가 길기도 하구나."

피곤할 나를 위로하면서 이런 말을 할 정도로 여유가 있었으니까.

"그러게요, 정말."

나는 어쩔 수 없다는 듯 어깨를 으쓱하면서 대답했다.

"한데 이 할아비에게 왜 너까지 데려가느냐 묻지 않는구나."

"저에게 보여 주실 것이 있으시겠지, 했어요."

"그래, 네 말이 맞다."

할아버지가 웃으며 고개를 끄덕였다.

그리고 은근한 목소리로 내게 물었다.

"듀렐리 황가와 롬바르디가 어떤 관계라고 생각하느냐, 티아야."

"일종의 동업자가 아닐까요?"

"동업자?"

"네. 애초에 램브루 제국을 세울 때부터 두 가문은 함께 움직였고, 지금도 서로 아웅다웅하기는 하지만 좋든 싫든 여러 관계로 묶여 있잖아요."

대대로 황제들이 롬바르디를 어떻게 대했는지를 보면 답이 나온다.

그렇게 롬바르디의 존재를 못 참아 하고, 싫어했으면서도.

롬바르디 가문을 없애려고 한 황제는 없다.

단지 가주의 기를 누르려는 시도나 해 봤을 뿐이다.

"제대로 잘 보고 있었구나."

할아버지가 내 대답에 만족스레 웃었다.

"그리고 황제가 서거했을 시에 롬바르디 가주가 황궁으로 가는 이유는 한 가지이다. 황제의 죽음을 두 눈으로 확인하기 위해서."

이건 좀 의외다.

나는 의자 등받이에서 등을 떼며 물었다.

"죽음을 확인해요?"

"듀렐리 황가는 황실에 귀속되어 공개된 자산 이외에 많은 돈을 롬바르디에 맡겨 두었단다."

"일종의 비자금 같은 거네요?"

"그렇지. 그 자산은 오로지 황제만이 존재를 알고, 또 사용할 수 있다. 그리고 황제가 작고하면 그 돈의 소유권은 일시적으로 롬바르디 가주에게 넘어온단다."

"아, 그래서……."

엄청난 신뢰다.

오랜 세월 동안 차곡차곡 모아 온 돈을 오롯이 롬바르디 가주에게 넘기다니.

"그리고 롬바르디 가주는 선황의 뒤를 이어 적법한 이가 황위를 물려받으면 그 자산의 존재를 알리고, 다시 넘겨주게 되어 있지."

"적법한 이."

그 단어가 주는 무게가 상당했다.

내가 조용히 그 단어를 곱씹자 할아버지가 덧붙여 설명했다.

"일단은 각 지역 대표들, 특히 롬바르디의 동의를 얻은 황태자를 말한단다. 물론 예외는 있었지만."

그렇게 말한 할아버지는 짧게 불만 섞인 한숨을 내쉬었다.

"일이 아주 귀찮게 되었어."

할아버지가 수염 난 턱을 쓱쓱 문지르는 소리가 마차 안에 퍼졌다.

"'적법한 이'가 없다는 말씀이시죠?"

"그렇지. 요바네스는 평소에 후계에 대해선 입에 올리기도 싫어했으니 그 속내를 짐작하는 이도 없을 테고 말이야."

"그렇다면, 황제 폐하가 정말 돌아가신 거라면요."

나는 욕을 지껄이고 싶은 마음을 애써 눌러 참으며 물었다.

"그럼 후계를 정할 권한은……."

"황후에게 있지."

젠장할.

온갖 고생을 해서 겨우, 겨우 서부 대표를 앙게나스에서 브라운으로 바꿔 놨더니.

이번에는 직접 후계를 정할 수 있는 권한이라니!

"쓰러져도 하필이면 이런 때에 쓰러지다니. 요바네스, 어리석은 놈."

할아버지가 쯧 하고 혀를 차며 말했다.

“그런데요, 할아버지.”

“무어냐, 티아.”

“어째서 놀라지 않으세요?”

할아버지는 고개를 갸웃했다.

내 질문 자체가 이해가 가지 않는다는 듯한 모습이었다.

“폐하께서 위독하다는 소식을 받으셨을 때요. 전혀 놀라지 않으셔서요.”

할아버지는 담백하게 서신의 내용을 가족들에게 알리고 자리에서 일어났을 뿐이었다.

“폐하는 평소에 건강하셨잖아요. 그런데 위독하시다는 전갈은 갑작스러운 일인데요.”

“흐음.”

할아버지는 잠시 생각에 빠진 것 같았다.

그리고 짧은 침묵 뒤에 나직한 목소리로 나를 불렀다.

“티아야.”

“네, 할아버지.”

“이 나이가 되고 보니 할아비가 깨달은 것이 하나 있다.”

“그게 뭔데요?”

“사람은 뿌린 대로 거둔다는 것이란다.”

나도 동의하는 말이었다.

착한 일을 하면 상을 받고, 나쁜 짓을 하면 벌을 받는다.

누구나 자라면서 듣는 말이었다.

“그리고 요바네스는 제 부친인 선황을 독살했지.”

"독살…… 이요?"
오늘은 내가 모르던 것을 많이 배우는구나.
조금 놀랐다.
황제의 죽음은 비밀스럽다.
일반 사람들이라면 황제의 건강 상태가 어떤지도 알지 못한다.
단지 어느 날 갑자기, 황제의 부고를 듣게 되는 것이다.
"제 아비를 독살한 요바네스이니 언젠가 이런 날이 올 줄 알고 있었지."
"그런데 '뿌린 대로 거둔다'라고 하신 걸 보면, 할아버지는 누군가가 폐하에게 독을 먹였다는 생각이신 건가요?"
"……내가 그리 먹는 것, 마시는 것을 조심하라고 했거늘."
할아버지는 대답 대신 작게 혀를 차며 중얼거렸다.
그러고는 나를 바라봤다.
"2황자 녀석과 황후. 너는 둘 중 누구라고 생각하느냐, 티아?"
밖에서 들이치는 달빛에 할아버지의 갈색 눈이 차갑게 빛났다.
동시에 조금 혼란스러웠던 내 머릿속이 차분하게 정리되는 느낌이었다.
"지금 우리 롬바르디가 고민해야 할 것은 그것뿐이라는 말씀이시죠?"
할아버지가 빙그레 웃었다.
나는 그런 할아버지를 잠시 보다가 창밖으로 시선을 돌렸다.
할아버지도 내게 즉각적인 대답을 기대하신 것은 아닌 듯, 다시 생각에 잠기는 모습이었다.
나는 며칠 전 벨레삭을 세랄에게 넘기고 롬바르디로 돌아오던 마차 안에서의 일을 떠올렸다.

"에스티라가 전해 주랬어."

나는 페레스에게 작은 상자를 하나 내밀었다.

"네가 부탁했던 티티 거미의 독 한 병이랑, 해독제 한 병이야."

"고마워."

페레스가 상자 뚜껑을 다시 닫으며 대답했다.

"유용하게 잘 쓸게."

나는 페레스에게 그것을 어떻게 사용할 예정인지 묻지 않았다.

페레스도 나에게 설명하지 않았다.

나도 할아버지처럼 생각에 빠졌다.

페레스와 황후.

요바네스에게 독을 먹인 것은, 둘 중 누구일까.

"황제궁에 도착했습니다."

마부가 알리는 소리에 나와 할아버지 모두 상념에서 깨어났다.

그리고 마차 문을 열고 나온 우리는 동시에 눈썹을 찌푸렸다.

"아무래도 황궁에 일이 벌어진 것 같은데요, 할아버지?"

황제궁 주변이 어수선했다.

무리 지어 이동하고 있는 병사들도 보였고, 황실 기사들이 서둘러 황제궁 안으로 뛰어 들어가고 있었다.

"……요바네스의 침실로 가자꾸나."

할아버지가 서둘러 발걸음을 떼며 내게 말했다.

그렇게 황제의 침실이 있는 복도로 들어서자마자, 무슨 일이 벌어지고 있는 것인지 한눈에 알 수 있었다.

"비켜라, 2황자!"

한껏 고양된 황후의 호통이 기사들로 가득 찬 복도를 타고 울렸다.

"볼만하구만."

할아버지가 낮은 목소리로 말했다.

"황제의 침실 앞에서 검을 찬 기사들을 줄줄이 세워 두고 맞서는 꼴이라니."

황후와 페레스가 서로를 노려보고 서 있었다.

"지금 뭐라고 했나?"

황후가 떨리는 목소리로 궁의에게 물었다.

"폐하께서…… 고비를 넘기셨다고?"

"예, 그렇습니다."

궁의는 심상치 않은 분위기에 머리를 조아렸다.

그때, 굳게 닫혀 있던 침실의 문이 열리며 페레스가 모습을 드러냈다.

"2황자?"

"……벌써 황후궁에도 소식이 전해진 모양이군요."

그렇게 말하는 페레스의 말투에 탐탁지 않아 하는 기색이 담겨 있었다.

"……그러는 황자는 이미 와 있었군요?"

"제가 쓰러지신 폐하를 발견했습니다."

페레스가 담담한 목소리로 말했다.

"어떻게……."

라비니 황후가 상황을 캐내기 위해 막 입을 열던 참이었다.

다시금 침실의 문이 열리며 병사 둘이 한 사람을 연행해 나왔다.

오투아 시녀장이었다.

"기사단으로 데려가겠습니다."

"내가 가기 전까지 아무도 접근하지 못하게 해라."

"예, 황자 전하."

양팔이 잡혀 병사들에게 반쯤 끌려가던 오투아 시녀장은 황후를 바라봤다.

'멍청한 것!'

황후는 입술을 씹었다.

오투아 시녀장이 멍청하게 티를 낸 것이 틀림없다.

티티 거미 독은 알고 있는 사람도 적고, 증상도 일반적인 급사와 비슷해 걸릴 염려가 적은 치명적인 독이었다.

그런데 뭔가 이상했다.

당장이라도 끌려갈 것이라 생각했는데, 페레스는 라비니 황후를 계속 노려보고 있을 뿐이었다.

그것을 깨달은 순간, 황후는 저도 모르게 웃었다.

'증거가 없는 것이로구나!'

그리고 벼락같은 깨달음이 한 가지 더 있었다.

"비키세요, 황자."

페레스가 침실의 문 앞을 지키고 서 있다는 것이었다.

"내가 직접 폐하의 상태를 확인해야겠으니."

황후는 희열로 주먹을 꽉 쥐며 말했다.

"……그러실 수 없습니다."

황제가 죽었구나!

2황자는 지금 어떻게든 황제의 죽음을 감추려고 하는 것이다!

"나는 이 제국의 황후예요!"

끌려간 오투아 시녀장이 찜찜하긴 하지만, 그리 쉽게 입을 열 이는 아니었다.

끔찍이도 생각하는 가족이 앙게나스의 손에 있는 한, 오투아 시녀장은 황후를 배신할 리 없었다.

그러니 라비니의 목소리도 점점 높아졌다.

"폐하께선 무사하십니다. 하나 아무도 들이지 말라는 황명입니다."

"하!"

명은 무슨!

죽은 황제가 말을 할 수 있을 리가!

황후는 자기도 모르게 코웃음을 쳤다.

"폐하께선 지금 쉬고 계십니다."

"그러니 내게는 그 모습을 확인할 권리가 있다는 말이다!"

결국 버럭 소리를 지르는 높은 목소리가 텅 빈 복도를 쩌렁쩌렁하게 울렸다.

그런 라비니를 빤히 보던 페레스가 물었다.

"어째서 이러십니까?"

"뭐……?"

"몸이 좋지 않으신 폐하께서 아무도 만나지 않겠다고 하시는데, 이리 억지를 쓰는 이유가 무엇입니까?"

"억지라니!"

"폐하께서 무사하시다는 제 말을 믿지 못하시는 겁니까, 아니면 그럴 리 없을 거란 확신을 하시는 겁니까."

페레스의 붉은 눈이 황후를 차갑게 응시했다.

"제 생각엔 후자 같습니다만. 그 이유가 궁금하군요."

"……비켜라."

황후는 대답 대신 한 걸음 다가서며 말했다.

턱.

"안 됩니다."

페레스가 한 발짝 옆으로 움직여 황후의 앞을 가로막았다.

"뒤로 물러서시죠."

그렇게 말하며 황후의 어깨를 잡은 순간.

"더러운 것이 감히 어디에 손을 대!"

철썩!

황후가 페레스의 뺨을 쳤다.

"네까짓 것이 막아선다고, 내가 물러날 것 같으냐?"

황후는 그렇게 말하며 시종을 불렀다.

"가서 당장 알리거라!"

황후의 명을 받고 잠시 망설이던 시종은 빠르게 복도를 내달렸다.

그리고 잠시 뒤.

"전하께선 비키십시오!"

"감히 황명을 어기려는 거냐, 정신 차려!"

각기 황후와 페레스의 부름에 달려온 황실 기사들이 서로를 향해 으르렁거렸다.

뒤늦게 연락을 받은 이들도 각자의 세력에 합류해 침실 앞 복도는 점차 발 디딜 틈도 없이 가득 들어찼다.

"황실의 기사로서 부끄러운 줄 알아라!"

"누가 누구에게 할 소릴!"

두 세력으로 갈라졌던 기사단 사이에 금방이라도 검을 뽑을 것처럼 팽팽한 긴장감이 흘렀다.

"비켜라, 2황자!"

황후가 다시 한번 큰 소리로 외쳤다.

얼굴에는 웃음기가 어려 있었다.

이렇게 큰 소란이 나는데도 침실 안에서는 아무런 반응도 없었다.

황제가 살아 있다면 절대 있을 수 없는 일이었다.

황후는 승리를 확신했다.

황제의 절대적인 권력이 바로 눈앞에 보여 손을 뻗으면 쥘 수 있을 것만 같았다.

그때였다.

"이게 지금 뭐 하는 짓들인가!"

큰 호통과 함께 기사들이 썰물처럼 갈라졌다.

"황후! 황자! 둘 다 정신 차리시오!"

복도 끝에는 뒷짐을 진 룰락 롬바르디가 노기로 가득한 눈을 하고 서 있었다.

"도대체 무슨 일입니까!"

할아버지가 기사들 사이로 생겨난 길을 걸어가며 외쳤다.

그 기운이 얼마나 무시무시한지.

기사들도 차마 할아버지와 눈을 마주치지 못하고 고개를 숙였다.

"오셨습니까."

페레스가 먼저 인사를 했다.

할아버지의 뒤로 따라가는 나를 향해 살짝 눈인사를 보내는 것도 잊지 않았다.

살벌한 상황 속에서 페레스만큼은 여유로워 보였다.

어쩌면 조금 이상할 만큼.

그때, 날카로운 목소리가 할아버지와 페레스 사이를 끼어들었다.

"황실의 일입니다! 외부인은 빠지세요!"

"외부인?"

할아버지의 한쪽 눈썹이 위로 쓱 올라갔다.

"맞는 말이기는 하지만."

그러고는 페레스를 바라보며 물었다.

"무슨 일인지 설명해 주겠소, 황자?"

하긴. 황후가 말하지 않으려고 하면 페레스에게 물어보면 그만이기는 하다.

"폐하께서 쓰러지셨지만 무사히 회복 중이십니다."

"좋은 일이군. 그런데 이 사달은 어째서 벌어진 것이오?"

"침실로 아무도 들이지 말라는 폐하의 명이 있었습니다."

"한데 황후께선 안으로 들어가겠다 하시는 것이군."

"그렇습니다."

페레스의 설명을 들은 할아버지는 잠시 턱을 쓸다가 황후를 돌아보며 말했다.

"잠시 황후궁으로 돌아가 폐하의 부름을 기다리시는 게 어떠시오, 황후?"

"내게는 폐하의 존체를 확인할 권리가 있습니다."

황후는 아예 할아버지 쪽을 바라보지도 않으며 대답했다.

"물론 황후께 그런 권리가 있기는 하지."

할아버지가 고개를 끄덕이며 덧붙였다.

"폐하께서 서거하셨을 때의 일이기는 하지만."

흠칫.

황후의 어깨가 움찔하는 것이 내 눈에도 똑똑히 보였다.

할아버지는 그런 황후를 차갑게 바라보며 말했다.

"어찌 된 일인지는 알 만하군."

비웃음이 섞인 말이었다.

"궁의."

"예, 롬바르디 가주님."

황후와 페레스의 사이에 껴서 덜덜 떨고 있던 궁의가 할아버지의 부름에 얼른 대답을 했다.

"자네가 보기에 폐하의 상태는 어떠신가?"

"위, 위험한 고비는 넘기셨고, 현재 안정을 취하고 계십니다."

"앞으로의 예후는 어찌 생각하나?"

"……솔직한 말씀을 드리자면 앞으로도 한동안은 치료에 전념하셔야 합니다. 정말 큰일이 날 뻔하셨기 때문에……."

"천만다행이구먼. 그렇지 않소, 황후?"

하지만 황후는 대답하지 않았다.

그때였다.

다급한 발소리와 함께, 황실의 병사 하나가 복도를 달려왔다.

"아, 앙게나스 가문의 병력이 황궁으로 들어오려고 하고 있습니다!"

미쳤네.

나는 나도 모르게 황후를 향해 인상을 썼다.

황제가 쓰러진 이 상황에서 앙게나스 병력이 움직이다니.

판단에 따라서는 반역 행위라고 충분히 볼 수 있었다.

조금 누그러졌던 분위기에 날이 서는 것은 순식간이었다.

"황후……!"

할아버지가 라비니를 노려보며 무언가 경고하려고 했지만, 황후는 그런 할아버지를 무시해 버렸다.

그러고는 옆에 서 있던 황후 측 황실 기사를 불렀다.

"부단장, 내 앞을 가로막은 이들을 치우세요."

지원병이 도착했으니 더 이상 기다리지 않겠다는 거였다.

하지만 황실 기사들은 황후의 명령에도 쉽게 검을 뽑지 못했다.

여기서 검을 뽑으면 그 순간 돌이킬 수 없다는 것을 잘 알고 있기 때문이었다.

"어서 움직이지 않고 뭐 하나!"

결국 황후의 입에서 큰 소리가 터져 나왔다.

"……제, 젠장."

스릉.

결국 부기사단장이 검을 뽑았다.

그것을 시작으로 서늘한 금속음이 복도 가득 울려 퍼지고.

바늘 하나 떨어지는 소리도 들릴 것 같은 소름 끼치는 적막이 뒤를 이었다.

서로를 노려본 채, 누구 하나도 선불리 움직이지 않았다.

기억.

터질 듯한 침묵을 깬 것은 허무하게도 문이 열리는 소리였다.

요바네스 황제의 침실 문이었다.

모두의 시선이 그쪽으로 향했다.

"폐, 폐하께서……."

밖의 상황을 보고 두 눈을 동그랗게 뜬 시종이 겨우 말했다.

"폐하께서 들어오시랍니다."

"정신이 드십니까?"

익숙한 듯, 낯선 목소리에 요바네스는 눈을 떴다.

"으윽……."

온몸이 바위 밑에 눌린 듯한 지독한 피로감에 요바네스는 신음을 흘렸다.

"허억, 헉……."

숨도 제대로 쉴 수 없었다.

"도, 도대체 무슨…… 일이……."

"쓰러지신 것을 제가 발견했습니다."

"너, 넌……."

요바네스는 고통에 찡그린 눈을 억지로 뜨며 눈앞의 인영을 확인했다.

"2황자……. 헉! 으윽!"

요바네스가 다시 한번 가슴을 틀어쥐었다.

"폐, 폐하! 어서 약을……!"

궁의가 깜짝 놀라며 요바네스의 입에 약을 더 흘려 넣었다.

그렇게 서서히 안정이 되어 가는 황제에게 페레스가 물었다.

"쓰러지시기 전의 상황이 기억나십니까, 폐하?"

"쓰러지기 전에……."

요바네스가 가쁜 숨을 쉬며 바닥에 떨어져 있는 술병을 힘겹게 가리켰다.

"저 술을……. 독이, 허억, 들어 있는 게 분명……."

"궁의, 남은 술을 조사해 봐라."

"그, 그것이……. 무슨 독인지 모르면 알아내는 것에 시간이 걸립니다."

서셔우 가주에게 습격을 당했을 때, 롬바르디의 에스티라 의원이 바로 무슨 독인지 알아냈던 것과는 상이한 모습이었다.

"……티티 거미의 독인지 확인해라."

"예, 예에! 알겠습니다!"

허둥지둥 움직이기 시작하는 궁의를 바라보던 요바네스가 물었다.

"어째서, 그 독을……."

"얼마 전 제가 티티 거미의 독을 사용하는 암살자에게 습격을 받은 적이 있습니다."

"……."

혼란스러운 머릿속이라지만, 페레스의 말이 의미하는 바를 요바네스도 잘 알고 있었다.

"폐하께 이실직고할 일이 한 가지 있습니다."

"……무엇이냐."

"대회의 전에 드렸던 차에는 해독제가 들어 있었습니다."
"……뭐?"
"혹시나 싶어 그리하였습니다."
"내가, 그래서 살아 있을 수도, 큭, 있겠군."
황제는 더 이상 아무 말 없이 찡그린 눈으로 궁의만을 바라봤다.
그리고 잠시 뒤, 궁의가 외쳤다.
"맞습니다! 티티 거미의 독이 들어 있습니다!"
그 순간.
덥석!
요바네스의 손이 페레스의 옷자락을 잡았다.
독에 중독되어 침상에 누워 있는 이에게는 어울리지 않는, 강한 힘이었다.
"당장 내 앞에, 황후를, 데려와라."
일그러진 얼굴에 두 눈만이 분노로 시퍼렇게 빛났다.
페레스는 그런 황제의 손을 잡아 주거나 위로하지 않았다.
"제안드릴 것이 있습니다."
다만 건조한 목소리로 요바네스에게 말했다.
"폐하 서거 뒤에 세상이 어찌 흘러갈지, 보고 싶지 않으십니까?"

"폐하…… 께서?"
떨리는 목소리로 황후가 되물었다.
흔들리는 눈동자가 활짝 열린 침실 문을 바라봤다.

그렇게 들어가고 싶어 하던 황제의 침실이지만, 황후는 선 자리에서 움직이지 않았다.

“들어가시죠.”

페레스가 황후의 앞길을 터 주며 말했다.

“나, 나는…….”

“폐하께서 부르시지 않습니까.”

마치 황후의 등을 떠미는 듯한 목소리였다.

나는 그런 페레스의 얼굴을 응시했다.

무표정하게 보이는 얼굴이지만, 녀석은 웃고 있었다.

또각, 또각.

황후가 천천히 움직이기 시작했다.

구두를 신은 몸이 한 번 위태하게 쓰러질 것처럼 휘청거렸지만, 아무도 잡아 주는 사람은 없었다.

그 뒤로 할아버지가 움직였다.

나도 들어가도 되는 건가.

내가 잠시 그렇게 생각하며 머뭇거리고 있자, 페레스가 작게 말했다.

“가자, 티아.”

아, 그렇구나.

지금 이 순간이 네가 모든 것을 걸고 준비해 온 그 순간이구나.

페레스의 눈빛이 말하고 있었다.

내 승리의 증인이 되어 달라고.

더 이상 망설일 것도 없었다.

“가자.”

나는 그렇게 대답하고 성큼성큼 걸음을 옮겼다.

커다란 방에 들어서자 약 냄새가 훅 끼쳤다.

반대편에 놓인 침대로 다가갈수록 선명하게 들리는 소리가 있었다.

"시익, 시익."

부상당한 짐승의 것 같은 가쁜 숨소리였다.

"폐하를 뵙습니다."

할아버지가 인사했다.

거친 숨소리의 주인은 요바네스 황제였다.

힘겹게 침대 보드에 등을 기대고 숨을 몰아쉬고 있었지만, 황제는 살아 있었다.

핏기없는 얼굴과 파란 입술을 하고 있을지언정.

요바네스는 살아 있었다.

"폐, 폐하."

황후는 침대로 더 이상 다가가지 못하고 못 박힌 듯 멈춰 섰다.

"후우, 후우."

황제가 한쪽 입꼬리를 들어 올리니 침실에 울리는 숨소리가 달라졌다.

"내가, 살았는데."

말하는 것도 힘겨운 듯, 요바네스는 다시 한번 숨을 크게 들이쉬었다.

"기뻐 보이지가, 않소, 황후?"

"저는……."

라비니 황후는 황제와 페레스를 번갈아 바라봤다.

할 말이 생각나지 않는 듯.

붉은 입술이 바르르 떨렸다.

"2황자."

"예, 폐하."

"데려와라."

페레스가 한 번 깍듯이 고개를 숙이더니 침실 밖으로 나갔다.

그리고 한 사람을 데리고 들어왔다.

"오투아 시녀장."

황제가 그녀를 차갑게 불렀다.

"내 질문에 한 치의 거짓도 없이 답해야 할 것이다."

오투아 시녀장은 눈앞의 사람을 두려운 눈으로 바라봤다.

검은 머리칼과 붉디붉은 눈동자의 젊은 사내는 누구라도 넋을 잃고 바라볼 정도로 빼어난 용모를 가졌다.

그러나 오투아 시녀장에게는 하늘 아래 그 누구보다도 무섭고, 또 두려운 사람일 뿐이었다.

"황후가 너에게 명을 내렸다고?"

페레스의 낮은 목소리에 잔뜩 긴장해 있던 오투아 시녀장의 몸이 크게 움찔했다.

"예. 티티 거미의 독이라면서, 지금 바로 이것을 황제 폐하의 술에 넣으라고……."

오투아 시녀장이 덜덜 떨리는 손길로 손에 쥐고 있던 작은 병을 테이블 위에 올려놓았다.

"티티 거미의 독이라."

손을 뻗어 작은 병을 손아귀에서 굴려 보던 페레스는 피식 웃었다.

황후가 움직이지 않으면 자신이 직접 움직일 생각이었다.

에스티라에게 티티 거미의 독과 해독제를 부탁한 것은 그 이유였다.

"아무래도 내가 운이 좋은 편인가 보군."

오투아 시녀장은 영문을 알 수 없는 2황자의 말에도 그저 고개를 숙이고 가만히 앉아 있었다.

"황후마마께서 내 수고를 덜어 주실 줄이야."

2황자가 처음 오투아 시녀장을 찾아온 것은 아카데미에서 돌아온 직후였다.

"황후가 폐하를 해하려거든 내게 제일 먼저 알려라."

매년 오투아 시녀장의 비밀 계좌로 들어오는 돈의 대가는 그것이 전부였다.

황제 시녀장의 급료는 적지 않았다.

하지만 대부분을 고향의 가족들에게 보내고 정작 본인은 빠듯한 생활을 하고 있던 오투아 시녀장에게는 말 그대로 숨통이 트이는 돈이었다.

또한, 황후를 뒷배로 두고 있었지만 충성심은 없었다.

피붙이들이 인질로 잡혀 어쩔 수 없이 명을 듣고 있을 뿐이었다.

그런데 최근 들어 점점 상황이 이상하게 흘러갔다.

2황자가 움직일 때마다 황후의 세력은 눈에 띄게 줄어 갔고, 급기야는 서부의 주인이 바뀌었다.

오투아 시녀장은 2황자가 몹시 두려웠다.

눈도 제대로 마주치지 못할 만큼.

그 두려움에는 이유가 있었다.

"……어찌할까요."

오투아 시녀장이 조심스레 물었다.

답은 정해져 있는 물음이었다.

오투아 시녀장은 황제를 죽이라는 황후의 명령을 어길 생각으로 2황자를 찾아왔으니까.

"넣어라."

"……예?"

"황후가 너에게 시킨 대로, 이 독을 술병에 넣으라는 말이다."

"하, 하지만……."

오투아 시녀장이 놀라 2황자를 바라봤다.

처음으로 마주친 붉은 눈은 차가웠다.

"왜 놀라나?"

"그러면 폐하께선……."

"폐하의 술에 독을 타는 것이 이번이 처음은 아닐 텐데?"

"그, 그것을 어떻게……."

페레스는 대답 대신 희미하게 웃으며 말했다.

"그러니 이번에도 황후가 시키는 대로 독을 타면 되는 것이다."

오투아 시녀장은 대답하지 않았다.

드레스 자락을 꽉 움켜쥔 손만 내려다보고 있을 뿐이었다.

그러다 떨리는 목소리로 물었다.

"제 목숨은 어찌 되는 것입니까."

황후에게 물었던 것과 똑같은 질문이었다.

라비니 황후는 자신의 안위를 보장해 주지 않았다.

그것이 오투아 시녀장이 페레스를 찾아온 가장 큰 이유였다.

"……궁을 나가 새로운 신분으로 살게 해 주지."

시녀장을 빤히 보던 페레스가 말했다.

"원하는 것이 그것 아닌가?"

오투아 시녀장은 짧게 고개를 끄덕였다.

족쇄 같은 가족들을 떨쳐 버리고 이 무서운 황궁에서 나가는 것.

그것을 원했다.

시녀장이 다시 손을 뻗어 독이 든 병을 쥐었다.

그러나 병의 뚜껑을 매만지는 손에는 여전히 머뭇거림이 가득했다.

"걱정 말아라. 쓰러진 직후에 내가 곧바로 해독제를 먹이면, 폐하께서 서거하시는 일은 없을 테니."

아직은 안 되지.

이렇게 쉽게는 안 되지.

페레스는 쓰러진 황제를 발견한 첫 번째 사람이 될 예정이었다.

"그렇다면……."

페레스의 말에 오투아 시녀장의 안색이 눈에 띄게 밝아졌다.

"10여 년 전에는 없던 양심이 갑자기 생기기라도 한 모양이군, 벨라 오투아 시녀장."

페레스가 그런 시녀장을 잔뜩 비꼬며 말했다.

"내게 독을 탄 음식을 가져다주던 때에는 이렇게 망설이는 기색이 없었던 것 같은데."

"화, 황자 전하……."

쓰러져 가는 별궁에 드나들던 유일한 사람.

검은 머리의 시녀, 벨라 오투아 시녀장은 두 눈을 크게 떴다.

"내가 모르고 있을 줄 알았나?"

오투아 시녀장은 앉아 있던 자리에서 일어나 그대로 무릎을 꿇었다.

"죄, 죄송합니다! 죄송합니다, 황자 전하!"

쿵, 쿵.

머리를 바닥에 찧는 소리가 울렸다.

"그때는 저도 어쩔 수 없이……. 사, 살려 주십시오!"

"사과는 됐다."

페레스가 차갑게 시녀장의 말을 끊었다.

"지금 당장 황제궁으로 돌아가 술에 거미 독을 타라. 그게 네 죄를 갚는 방법이다, 벨라 오투아."

사시나무 떨듯 온몸을 떨던 오투아 시녀장은 잠시 뒤 머리를 조아리며 대답했다.

"황자 전하의 명을…… 따르겠습니다."

"네가, 한 짓을 말해 보라, 오투아 시녀장."

요바네스 황제가 힘겹게 숨을 몰아쉬며 물었다.

"저는……."

오투아 시녀장이 두 눈을 질끈 감으며 대답했다.

"제가 폐하의 술병에 독을 탔습니다."

"누가 시킨 것이냐."

시녀장은 덜덜 떨리는 손가락을 들어 황후를 가리켰다.

"황후…… 마마이십니다."

"아, 아닙니다!"

라비니 황후가 발작하듯 소리쳤다.

"아닙니다! 이는 모함입니다, 폐하! 저자와 2황자가 모의하여 제게 누명을 씌우는 것입니다!"

황후는 포기하고 물에 빠져 죽기보단 끝까지 발버둥 치는 것을 선택한 모양이었다.

"여기, 황후마마께서 제게 독을 담아 주신 병이 있습니다."

오투아 시녀장이 소매에서 손가락 하나만 한 작은 유리병을 꺼내며 말했다.

"그것은 증거가 될 수 없습니다!"

황후가 성큼성큼, 위협적으로 시녀장에게 다가갔다.

당장이라도 그 입을 찢어 버리고 싶다는 듯한 눈을 하고서.

그리고 시녀장을 희번덕거리는 눈으로 내려다보며 말했다.

"네가 지금 무슨 짓을 하고 있는지 아느냐?"

그건 분명히 협박이었다.

시녀장은 두려운 듯이 한 걸음 물러섰지만, 고개를 숙인 채 꿋꿋이 말을 이었다.

"……황후마마께서 제게 독을 주시며, 폐하의 술병에 모두 넣으라고 말씀하셨습니다."

"폐하! 억울합니다!"

황후가 이번에는 황제의 침대 옆으로 다가서며 애원하듯 말했다.

"저보다 저 시녀장의 말을 믿으시는 겁니까? 그저 악독한 모함일 뿐입니다, 폐하!"

그러고는 대회의장에서처럼, 황제의 소매를 꽉 부여잡았다.

"제발 저를 믿어 주세요, 폐하."

얼마나 애처로운 모습인지.

누구라도 금방 속아 넘어갈 듯한 연기였다.

그때, 페레스가 품에서 무언가를 꺼내며 말했다.

"증거라면 있습니다."

"뭐라?"

휙 소리가 날 정도로 빠르게 황후의 고개가 페레스를 향해 돌아갔다.

"여기, 황후마마께서 심복에게 '티티 거미의 독'을 구해 달라 부탁한 서신입니다."

보라색의 편지 봉투.

세랄이 벨레삭을 구해 준 대가로 내게 주었던, 바로 그것이었다.

"말도 안 돼."

황후는 황제의 손으로 건네어지는 편지를 믿을 수 없다는 눈으로 바라봤다.

"그걸, 어떻게……."

황제는 서신의 내용을 짧게 확인했다.

숨을 제대로 쉬지 못해 파리해진 입술이 라비니 황후를 향해 비뚤게 올라갔다.

그리고 색색거리는 숨소리와 함께 말했다.

"감히, 네가 나를."

자신을 붙잡은 황후의 손을 툭 쳐서 떨쳐 낸 황제가 명했다.

"황후를 지하 감옥으로 끌고 가라."

문 앞에서 대기 중이던 기사 두 명이 곧바로 황후에게 걸어가 양팔을 잡아끌었다.

"이거 놔! 이거 놓으란 말이다! 놔!"

라비니 황후가 목에 핏대를 세우며 몸부림을 쳤다.

아름다운 얼굴이 추하게 일그러지고, 완벽하게 틀어 올렸던 머리칼이 엉망이 되는 것은 순식간이었다.

"아악! 놔! 내가 누군 줄 알고! 놔!"

기사들도 쩔쩔맬 정도로 강하게 저항하던 라비니 황후는 어느 순간, 침상에 누워 있는 황제를 노려보며 소리치기 시작했다.

"분하다! 요바네스 네놈을 죽이지 못하고 끝난 것이 분하다!"

황후의 파란 눈동자에 광기가 일었다.

"발정 난 돼지만도 못한 놈!"

그 시퍼런 눈이 이번에는 페레스를 향했다.

"페레스! 더러운 것의 몸에서 난 천한 것! 네 어미와 함께 죽였어야 했는데!"

그리고 절규하기 시작했다.

"어째서 하늘은 내 편이 아닌가! 왜 날 자꾸 가로막느냐 말이다! 왜!"

비명을 지르는 황후의 얼굴에 눈물이 쉴 새 없이 흘렀다.

분통하고 억울해, 목놓아 발악하고 있었다.

그 순간, 악에 받친 황후의 눈과 내 눈이 마주쳤다.

악마같이 우그러지고 비틀려 있던 황후의 얼굴이 서서히 펴지고 입이 벌어졌다.

흔들리는 푸른 눈동자가 나를 응시했다.

"너구나."

황후가 어딘가 힘 빠진 목소리로 중얼거렸다.

"모두, 네 짓이었어."

나는 대답하지 않았다.

하지만 그렇다고 해서 황후의 눈을 피하지 않았다.

"하……."

황후가 바르르 떨리는 입술로 헛웃음을 흘렸다.

그리고 그것은 금방 커다란 웃음으로 번져 나갔다.

"하하하! 아하하하!"

황후가 허리를 꺾으며 미친 듯 웃었다.

"……추하구나. 더는, 보기 싫다. 끌어 내라."

요바네스 황제가 눈살을 찌푸리며 기사들에게 명했다.

"예, 폐하."

기사들의 억센 손길에도 황후는 조금 전처럼 반항하지 않았다.

"내가 속았다! 아하하하! 내가 어리석었어!"

실성한 사람처럼 휘청이며 크게 웃을 뿐이었다.

그런 황후의 얼굴에는 눈물이 또다시 주륵 흐르기 시작했다.

"하! 아하하!"

끌려가는 황후의 웃음소리가 멀리서 메아리치듯 울렸다.

"후욱, 후욱."

황후가 끌려가고 난 뒤, 요바네스는 더욱 거칠게 숨을 몰아쉬기 시작했다.

한 번 호흡을 들이쉴 때마다 어깨에 바짝 힘을 주며 안간힘을 쓰는 것이 조금 전보다 상태가 훨씬 나빠진 것이 한눈에 보일 정도였다.

"궁의."

피렌티아가 겁먹은 얼굴로 구석에 조용히 서 있던 궁의를 불렀다.

"아, 예……."

궁의는 그제야 허겁지겁 요바네스 황제에게 다가가 손에 약병을 쥐여 주었다.

"저런 자가, 황후의 자리에, 앉아 있었다니."

약을 먹고 조금 나아지기는 했지만 여전히 숨을 가쁘게 쉬는 요바네스는 라비니의 욕을 하기 바빴다.

다른 이들의 눈엔 요바네스나 라비니가 그리 다른 부류의 사람으로 보이지는 않았지만.

요바네스는 황후가 끌려간 자리를 경멸 섞인 눈으로 노려보기 바빴다.

침대 근처에 놓인 의자에 앉아, 그런 요바네스를 잠시 한심한 마음을 담아 바라보던 룰락은 조용한 목소리로 말했다.

"티아야, 2황자, 잠시 나가 있거라."

"……근처에 있겠습니다."

페레스가 그렇게 대답하고 피렌티아와 함께 밖으로 나갔다.

"폐하."

문이 닫히자마자 룰락이 입을 열었다.

이 대화를 오래 끌 생각도 없었다.

어서 손녀를 데리고 롬바르디 저택으로 돌아가 몸을 누이고 싶은 생각뿐이었다.

"앙게나스를 처벌하고 싶으십니까?"

"당연한 것을, 묻소?"

요바네스는 약을 모두 마시고 빈 유리병을 궁의 앞에 툭 던지며 대답했다.

"이 제국의 지도 위에서, 앙게나스를, 지워 버릴 것이오."

그 스스로에게만 정당화된 분노에 룰락은 내심 고개를 저었다.

그동안 자신이 지은 죄가 돌고 돌아, 결국 숨 쉬는 것조차 고통이 된 신세가 되었음에도 요바네스는 전혀 깨닫는 것이 없었다.

"감히, 궁에 병력을, 들였으니, 그 책임도, 져야지."

제가 왜 독을 먹게 되었는가는 생각하지 않고, 여전히 독살당할 뻔한 사실에만 씩씩거리고 있는 꼴이었다.

그렇다고 해서 룰락에게 우매한 황제를 일깨워 줄 애정이 있는 것은 아니었다.

'차라리 그 승냥이 녀석이 나을지도 모르겠군.'

적어도 2황자는 요바네스와는 달리 머리가 좋은 편이니.

룰락은 그렇게 판단을 내리고 운을 띄웠다.

"하지만 폐하께서 그 일을 직접하시기엔 이제 무리가 있지 않겠습니까?"

"괜찮소. 내가, 며칠만 쉬면……."

그러나 룰락은 호흡과 함께 입을 벙긋거리는 요바네스에게 제대로 대답할 기회를 주지 않고 말을 이었다.

"황태자를 임명하십시오."

"황태자?"

요바네스가 인상을 찌푸렸다.

그 누구와도 권력을 나눠 갖고 싶지 않아 하는 요바네스다운 반응이었다.

"이제 생각을 바꾸실 때입니다, 폐하."

그러나 이번에도 룰락은 황제가 반박할 시간을 주지 않았다.

"저도 그러하지만, 폐하께서도 이제 후계를 생각하실 때가 아닙니까. 아직까지 정해진 후계자가 없다니, 폐하께서 그대로 돌아가셨다간 어찌할 뻔했습니까?"

룰락이 마치 아이를 꾸짖는 것과 같은 말투로 말했다.

원래부터 요바네스는 룰락의 상대가 못 되었다.

제대로 숨도 쉬지 못하는 지금이야 두말할 것도 없었다.

요바네스를 손바닥 위에 올려놓고 내려다보듯, 잠시 틈을 주던 룰락은 이번에는 타이르듯 말했다.

"후계자는 선임자의 힘을 빼앗아 가는 존재가 아닙니다. 그것을 계승하는 자이지요."

요바네스는 더 이상 룰락의 말에 반론하려고 하지 않았다.

새액, 새액.

버거운 숨소리만 내며 밑이 검어진 눈으로 룰락을 바라보고 있을 뿐이었다.

"당장 양위를 하시라는 말이 아닙니다. 오히려 2황자를 황태자로 임명해 폐하의 대리인으로 삼으시는 겁니다."

"대리인?"

"폐하가 마음먹은 일들을 대신하게 하는 것이지요."

자신이 시키는 대로 움직이는 황태자라.

요바네스의 눈빛이 흔들리고 있는 것이 룰락에게 뻔히 보였다.

물론 요바네스에게 페레스 이외의 다른 선택지가 있는 것은 아니었지만, 룰락은 그것을 언급하지 않았다.

그리고 부추기며 말했다.

"2황자로 하여금 앙게나스를 철저히 조각내고, 황후의 여죄를 묻게 하십시오. 모두에게 보여 주는 것입니다, 폐하."

룰락의 목소리가 한층 더 낮아졌다.

"황권을 우습게 본 가문이 어떤 결말을 맞이하는지 말입니다."

그렇게 말한 이후, 룰락은 더 이상 사족을 덧붙이지 않았다.

더 말할 필요도 없었다.

다시 의자 등받이에 편히 등을 붙이고 앉아 요바네스가 고개를 끄덕이기만 기다리면 되는 일이었다.

잠시 뒤.

"그렇게, 하겠소. 마음에 드는군."

요바네스가 좋은 생각이라는 듯, 룰락에게 웃어 보이며 말했다.

그 모습을 보며 룰락은 생각했다.

'초대 황제는 꽤 명석한 이였음이 틀림없다.'

램브루 제국을 이어 가기에는 제 후손들이 하나같이 모자랄 것을 알고 롬바르디라는 훌륭한 지지대를 마련해 주었지 않나.

멍청하고 어리석은 요바네스에게서 그나마 쓸 만한 2황자로 힘이 넘어가도록 손을 써 주었으니, 롬바르디 가주로서 마지막에 제국민들을 위해 좋은 일을 하나 한 것이다.

룰락은 뿌듯한 마음에 요바네스를 마주 보며 지그시 미소 지었다.

요바네스 황제는 예상보다 빠르게 우리를 다시 불러들였다.

그런데 방의 분위기가 내가 나설 때와는 사뭇 달랐다.

침대에 기대어 앉아 있는 요바네스의 얼굴이 눈에 띄게 밝았기 때문이었다.

게다가 흥분이 가라앉은 것인지, 황제의 숨소리도 훨씬 부드러워져 있었고 얼굴에는 묘한 미소까지 떠올라 있다.

도대체 무슨 대화가 오갔던 거지?

페레스도, 나도 의문을 담아 할아버지를 바라봤다.

하지만 할아버지는 말없이 빙긋 웃으며 일어나 벗어 두었던 겉옷을 챙길 뿐이었다.

그리고 바로 다음 순간, 내 궁금증은 풀렸다.

"2황자, 페레스 브리바차우 듀렐리."

요바네스가 답지 않게 엄숙한 목소리로 페레스를 불렀다.

"말씀하십시오, 폐하."

손짓하는 대로 황제의 침대 옆으로 걸어간 페레스가 대답했다.

요바네스는 잠시 그런 페레스를 보다가 말했다.

"널 황태자로, 임명할 것이다."

침실이 고요해졌다.

그 순간만큼은 황제의 거슬리는 숨소리도 들리지 않았다.

나는 페레스의 얼굴을 확인했다.

"……."

녀석은 꽤 놀란 것인지, 눈도 깜박이지 않고 요바네스를 보고만 서 있었다.

기뻐하는 것도, 그렇다고 서글퍼하는 것도 아니었다.

페레스는 마치 너무나 많은 감정이 한꺼번에 밀려들어 어떤 생각을 해야 할지 모르는 사람처럼.

그런 무표정한 얼굴로 요바네스를 마주 보고 있었다.

미리 말해 줄 걸 그랬나.

페레스가 황태자가 되는 일은 어느 정도 예상한 일이었다.

아니, 오히려 이전 생보다 조금 늦어졌다.

그때는 분명히, 페레스가 황태자 임명을 받고 며칠 뒤 황제가 쓰러져 위독해졌었으니까.

덕분에 페레스는 그 누구의 눈치도 보지 않고 마침내 손에 쥔 권력을 휘두를 수 있었다.

그 첫 번째 타깃은 비에제를 포함한 롬바르디 가문이었고 말이다.

문득 궁금해졌다.

이번 생에선 황후가 독을 썼다지만, 이전 생에서 황제가 쓰러진 이유는 무엇이었을까.

나는 그런 궁금증을 억누르며 조용히 할아버지를 돌아봤다.

페레스가 황태자 임명을 받는 것이야 정해진 일이었지만, 분명히 우리가 방을 나설 때만 하더라도 전혀 그런 분위기가 아니었는데.

할아버지, 도대체 무슨 마법을 부리신 거예요.

아무래도 할아버지의 요바네스 조련 스킬이 내 생각보다 훨씬 더 능숙한 모양이었다.

“어째서 아무런, 대답을 하지 않지?”

요바네스가 페레스를 재촉했다.

그러자 마치 잠을 자다 깨어난 사람처럼, 페레스가 느리게 눈을 한 번 깜박였다.

그리고 뚝뚝 끊어지는 낮은 목소리로 대답했다.

"황명을, 받들겠습니다."

"또한 황후와 앙게나스의 여죄를 물어 철저히 처벌하라."

그 말은 좀 마음에 드네.

이제 페레스가 제대로 복수할 수 있는 명분이 생긴 것이다.

"이것을 가져가거라."

요바네스가 페레스에게 종이 몇 장을 내밀었다.

"이것이 무엇입니까."

"동서남북, 그리고 중앙의 가주들에게 보내는, 서신이다. 그들의 동의가, 있어야 하지 않느냐."

황제가 황태자를 임명하려면, 각 지역 대표 가문 가주들의 동의가 필요하다.

그것도 만장일치의 동의가.

또한 각 가문의 가주들은 정해진 한날, 한시에 황궁에 모여 동의서에 인장을 찍어야 한다.

지금 황도에 머물고 있는 것은 서부의 브라운과 남부의 서셔우, 그리고 중앙의 롬바르디.

이렇게 세 가문뿐이었다.

"북부의 아이반이나 동부의 루만가가 황도에 오려면 넉넉잡아 3주의 시간은 주어야 할 것이오."

할아버지가 페레스에게 말했다.

그러고는 겉옷의 단추를 잠그며 내게 말했다.

"우리는 이만 가 보자꾸나, 티아야."

상황도 진정이 되었으니 우리가 더 이상 황궁에 남아 있을 필요는 없다.

"네, 할아버지."

내가 그렇게 대답하며 손에 들고 있던 겉옷을 입으려고 할 때였다.

"잠깐."

요바네스가 말했다.

"피렌티아 롬바르디, 가주 대리."

왜 날 불러?

그것도 '가주 대리'라는 말까지 붙여서?

등줄기를 타고 별로 좋지 않은 예감이 흐른다.

그것도 굉장히 귀찮은 일이 생길 것 같은 예감이.

할아버지도 얕게 미간을 좁히며 요바네스를 돌아본다.

"예, 폐하."

나는 일단 공손히 대답했다.

"너에게도, 임무를 주겠다."

임무요?

네가 나한테?

순간적으로 굉장히 한심한 눈으로 요바네스를 위아래로 훑어보지 않으려 초인적인 힘을 발휘해야 했다.

할아버지도 한쪽 눈썹을 들어 올리며 불편한 심기를 드러내며 물었다.

"무슨 임무 말입니까?"

"가주 대리는 제국 귀족의 대표로서, 2황자의 행보가 정당한 것임을 보증하는 증인이 돼라."

이럴 줄 알았어.

말만 들어도 엄청 귀찮은 일이잖아 그거.

"저는……."

거절하려고 했다.

요바네스가 다음 말을 하기 전까진.

"또한 2황자가 앙게나스의 자금을 몰수하면, 롬바르디 가주 대리가 그것을 앙게나스에 자금을 빌려주었던, 가문들에게 분배해라."

아이고, 그런 일이라면.

나는 얼른 고개를 숙이며 자꾸 올라가는 입꼬리를 감췄다.

"앙게나스에게 속았던 귀족들도 안심할 수 있을 거예요. 폐하의 혜안에 그저 감탄할 뿐입니다."

기분 좋으라고 립서비스도 조금 해 줬다.

사람이 안 하던 짓을 하면 죽을 때가 다 된 거라고 하던데.

아무래도 갈 날이 머지않은 요바네스한테 이 정도 칭찬은 해 줄 수 있지.

앙게나스 괴롭히는 일에 내가 빠질 수 있나.

빌려준 돈에, 펠렛 상회 손실에, 클레리반 저택 수리 비용에.

내가 뜯어내야 할 돈이 얼만데.

현금은 오래전에 다 말라 버리고 껍데기만 남은 앙게나스에 남은 게 있을까 걱정도 되지만.

"기꺼이 황명을 따르겠습니다, 폐하."

지혜로운 옛말에 마른오징어도 짜면 물이 나온다고 했으니까.

페레스는 황제궁 앞까지 나와 티아와 롬바르디 가주를 배웅했다.
"2황자."
막 마차에 오르려던 룰락이 페레스를 불렀다.
"폐하께서 시키신 일이니 허락은 하겠지만, 우리 티아를 부려 먹을 생각은 하지 말게."
얼굴에 피곤한 기색이 역력하면서도 손녀를 챙기는 롬바르디 가주였다.
"그깟 앙게나스의 돈은 있어도 그만, 없어도 그만이니. 웬만한 것은 황자가 다 알아서 하란 말이네."
룰락의 극진한 손녀 사랑은 그도 익히 알고 있는 것이어서, 페레스는 묵묵히 고개를 끄덕였다.
"할아버지! 그래도 그 돈이 얼만데요!"
옆에서 티아가 불만스런 목소리로 투덜거렸다.
"클레리반도 펠렛 상회도 보상을 받아야 한단 말이에요."
"필요한 만큼 롬바르디에서 가져다 쓰거라. 그럼 되지 않느냐. 황실에서 벌인 일에 내 손녀가 뒤치다꺼리하는 꼴은 못 본다."
"펠렛 상회도 제 거라는 것 잊으셨어요? 저희 집 돈을 가져다가 제 사업의 구멍을 메꾸라는 말씀이세요? 그럼 더 손해잖아요!"
"그, 그렇기는 하지만……."
천하의 룰락이 티아의 말 한마디에 반박하지 못하고 쩔쩔맸다.
"앙게나스 저택을 허물고 남은 벽돌을 팔아서라도 그 돈 다 받아

낼 거예요."

티아가 주먹을 꽉 쥐면서 말했다.

'재수 없다고 아무도 안 사 줄지도 모르겠네' 하는 중얼거림도 따라붙었다.

룰락은 더 이상 손녀에게 뭐라 말하지는 못하고 페레스를 짧게 노려봤다.

"알아서 잘하시란 말이네, 2황자."

"예, 알겠습니다."

넙죽 대답을 하는 페레스의 어깨를 티아가 툭 쳤다.

'알겠긴, 뭘 알겠어!'

입 밖으로 내지 않아도 그녀가 눈으로 하는 말이 고스란히 귀에 들렸다.

페레스는 조용히 입가에 미소를 지으며 티아가 마차에 편하게 오를 수 있도록 에스코트했다.

"좀 쉬어 둬."

티아가 닫히는 문 사이로 페레스에게 말했다.

"무리하지 말라고."

걱정이 듬뿍 담긴, 따듯한 잔소리였다.

달칵.

마차 문이 닫히고, 롬바르디의 마차가 출발했다.

그 뒷모습을 잠시 보고 서 있던 페레스는 바쁘게 움직이기 시작했다.

황후가 지하 감옥에 도착한 것을 확인하고, 황후를 따라 움직였던 황실 기사들의 명단을 만들었다.

그리고 신뢰할 수 있는 병력을 황도에 위치한 앙게나스 가문의 타운 하우스에 파견해 출입문을 봉했다.

황후 일족이 저지른 일과 그들을 엄중히 처벌하라는 황명을 설명한 서신을 킬리언 귀족회 의장을 비롯한 중요 가문에 보냈다.

마지막으로 요바네스가 흐린 글씨로 적어 내린 황태자 임명 친서를 각 지역의 대표 가문들로 보냈다.

이미 오래전부터 해 온 일인 것처럼, 페레스의 일 처리에는 거침이 없었다.

옆에서 일을 거들던 관료들이 놀라 눈을 동그랗게 뜰 정도였다.

불과 몇 시간 만에 모든 일이 끝났다.

먹지도, 마시지도, 쉬지도 않고 기계처럼 업무를 본 페레스는 어느 순간 자리에서 훌쩍 일어났다.

"혼자 갈 것이다."

자신의 뒤를 따르는 황실 기사들에게 그 말만 남긴 채 계속해서 걸었다.

마치 목적지가 없는 사람처럼 계속해서 움직이던 페레스의 걸음이 어느 곳에 도착해 우뚝 멈춰 섰다.

후웅-.

겨울이 되자 잎이 모두 떨어진 헐벗은 나뭇가지가 처량한 바람 소리를 냈다.

페레스는 고개를 들어 그 앙상한 숲 안에 자리한 별궁을 바라봤다.

기익, 쿵.

문고리도 망가져 버렸는지, 바람이 불 때마다 녹슨 문이 비명을 지르듯 덜컹거렸다.

페레스는 그 별궁을 향해 발걸음을 몇 번 더 내디뎠다.

바스락.

아직 미처 썩어 없어지지 못한 낙엽이 발에 밟혔다.

"어머니."

너무 오랜만이라 어색한 그 말에 페레스가 살짝 인상을 찌푸렸다.

마치 어울리지 않는 옷을 입은 것 같았다.

'어머니'라는 단어가 자신에게는 어울리지 않았다.

그도 그럴 것이, 페레스의 모친은, 하녀 출신의 시녀 케일라는 모성과는 거리가 있었다.

"황자님, 황자 전하."

모친은 페레스를 항상 그리 불렀다.

아들이 아니라 마치 모셔야 하는 상전을 대하듯이.

그런 케일라도 페레스가 책을 읽고 그 내용에 대해서 이야기를 하면 활짝 웃었다.

아직 어린 페레스의 눈에도 그 웃는 얼굴이 퍽 아름다워서, 그리고 기뻐서.

페레스는 열심히 책을 읽었다.

그래도 딱 한 번 있었다.

케일라가 애정 비슷한 것을 보인 순간이.

한여름, 별궁 앞을 뛰어다니며 노는 바람에 땀이 잔뜩 흐른 이마를 손으로 쓸어 주던 그 손길을 기억했다.

더러워하는 기색도 없이, 땀을 훔쳐 주던 그 부드러운 손을, 페레스는 아직 기억하고 있었다.

"너무, 아파……."

애석하게도 그 뒤로, 모친에 대한 기억은 대부분 그런 것들뿐이었다.

의원을 찾는 흐느끼는 목소리와.

"차라리, 죽여 주세요. 지금 죽여 주세요, 제발."

황후가 별궁에 의원이 들지 못하게 지키라고 보낸 병사를 붙잡고 매달리던 그 메마른 손가락 같은 것들.

케일라는 죽고 싶어 했다.

그리고 '그 일'이 있던 뒤로는 스스로 음식을 먹기를 거부했다.

의원의 도움도 받지 못하게 하면서 죽음의 은혜는 내려 주지 않는 세상에 대해 케일라가 할 수 있었던 유일한 저항이었다.

기이익—.

페레스는 위태위태하게 덜렁거리는 문을 열고 별궁의 안으로 들어섰다.

파드득!

쓰러져 가는 폐허에 집을 짓고 살던 새들이 화들짝 놀라 날아가는 소리가 들렸다.

그것들이 떨어뜨리고 간 깃털 몇 개가 이 별궁 안에서 그나마 가장 볼만한 것이었다.

언제 무너져도 이상하지 않을 건물 안에는 까맣게 되지도, 그렇다고 하얗게 되지도 못한 먼지만 가득했다.

“어머니. 죽지 마세요, 어머니.”

페레스는 어릴 적 떨리는 자신의 목소리가 이 폐허 어딘가에서 들려오는 것 같아 귀를 기울였다.
물도 마시지 않아 눈물조차 나지 않는 메마른 눈으로 케일라는 말했다.

“불쌍한, 황자님. 황자님은 사셔야 합니다.”

겨우 열한 살이 된 아들을 남겨 두고 자신은 죽음을 선택하며 그녀가 한 말이었다.

“부탁드릴 것이 있습니다, 황자님. 황자님은 나를 좋아하시니, 들어주시겠지요?”
“들어드릴게요. 어머니 말씀을 따를 테니까…….”
“살아서 저 황제를, 황후를 죽여 주세요. 내가 불쌍하다면, 내 복수를 해 주세요.”

평범한 힘없는 갈색 눈동자가 그때만큼은 광포하게 번들거렸다.

“그 전에 황자님은 죽으시면 안 됩니다. 내 복수를 해 주기 전까

지는.”

“어머니…….”

“나를 좋아하시니, 내 부탁을 들어주세요. 살아남아 내 복수를…….”

어린아이의 어미에 대한 맹목적인 사랑을 미끼로, 케일라는 그렇게 잔인하게 마지막 소원을 빌었다.

“아직 다 끝난 것은 아닙니다만.”

페레스의 건조한 목소리가 별궁의 높은 천장에 울렸다.

“이제 조금은 만족하십니까?”

어머니.

그 말은 끝끝내 삼켜 버렸다.

어디선가 바람이 불어와 페레스의 앞머리를 간질였다.

이 폐허에 어울리지 않는 살랑대는 바람이 땀을 닦아 주던 그 손길 같아, 페레스는 스르륵 눈을 감았다.

한 조각의 애정이라도 갈구했던, 그리고 혼자 살아남기 위해 악을 쓰며 버텼던 그 시절의 어두운 그림자가 다시 온몸에 스며드는 듯했다.

그때였다.

“내가 쉬라고 했을 텐데.”

페레스를 옥죄던 음습한 기운이 등 뒤에서 들려온 밝고 맑은 목소리에 순식간에 쨍 하고 깨져 버렸다.

“우리 미래의 황태자 전하께서는 이제 내 말은 안 들으실 예정이신가.”

돌아보지 않아도 알 수 있었다.

"……티아."

"여기서 뭐 하고 있어, 페레스."

자박, 자박.

서슴없이 다가오는 작은 발소리에 가슴이 뛰었다.

"잠깐, 생각을 정리하고 있었어."

페레스는 천천히 뒤로 돌아섰다.

"그래, 너라면 여기로 올 것 같았어."

티아가 그를 보며 녹색 눈을 빛냈다.

그리고 낡디낡은 별궁을 돌아보며 말했다.

"여기도 오랜만이다. 추억의 장소."

"……추억?"

"아닌가? 저 앞의 숲에서 처음 만나고, 두 번째 만났을 때는 저 위 침실에서 초콜릿 쿠키를 나눠 먹었었잖아."

"아."

페레스의 붉은 입술이 살짝 벌어졌다.

"나만 그렇게 생각한 거면, 조금 섭섭한데."

티아가 웃었다.

"아니, 나도."

페레스가 급히 변명하듯 말했다.

"농담이야, 페레스. 여기에 다시 찾아온 네 마음을 알 것 같아서 일부러 장난친 거야."

그렇게 말한 티아가 페레스의 가슴팍으로 손을 뻗었다.

"이상한 마음이지?"

"……응."

"그래도 자랑스러워해야 해. 전부 네가 이룬 것들이니까."

티아의 선명한 초록색 눈동자는 모든 것을 꿰뚫어 보는 듯이 강렬했다.

"그래도, 될까?"

"당연하지. 너는 살아남아 여기까지 왔잖아."

티아가 나직하게 말했다.

"수고 많았어. 정말 대단해. 그러니까 이제 너를 위한 삶을 살아, 페레스. 다른 누구도 아니라 너를 위해서……!"

덥석.

페레스는 티아를 끌어안았다.

너무 힘을 주면 다칠까 두려운 마음과 더 꽉 끌어안고 싶은 마음이 싸우면서 손이 덜덜 떨렸다.

조금 놀란 듯 멈췄던 티아는 이내 페레스의 등을 토닥여 주었다.

"티아."

"응?"

"고마워."

그녀의 몸을 다시 한번 꽉 끌어안으며 페레스는 생각했다.

이제 너를 위한 삶을 살겠다.

너와 나, 우리를 위한 삶을 살겠다.

그리고 당장 이 별궁을 허물어 버리려던 계획을 수정했다.

"다시 세워야겠어, 이 건물을."

"갑자기 왜?"

그의 가슴팍에 묻혀서 살짝 웅얼거리는 티아의 목소리에, 페레스는 조용히 미소 지으며 대답했다.

"티아 네 말대로, 우리의 추억이 담겨 있는 곳이니까."

황후궁 근처의 숲속에 이름도 없는 이 작은 별궁은 이제 그에게 그런 의미로 기억될 터였다.

"새 나라의 어린이, 아니 어른이는 이제 일을 하러 가야지!"

나는 거울 앞에서 내 모습을 확인하면서 그렇게 외쳤다.

"앙게나스의 재산을 정리하는 일이 그렇게 좋으세요, 아가씨?"

로릴이 나를 보고 웃으며 물었다.

"그럼! 은근히 숨겨 놓은 재산이 많더라고! 남의 빚을 갚을 돈은 없고 비싼 보석을 모을 돈은 있었던 거야."

커다란 타운 하우스 저택 곳곳에 비싼 물건을 숨겨 놓은 비밀 장소가 얼마나 많은지.

오늘이 3일째인 앙게나스 가문 정리는 마치 보물찾기라도 하러 가는 듯한 재미를 주고 있었다.

"오늘은 뭘 찾으려나. 루비? 다이아몬드?"

그렇게 흥얼거리며 막 밖으로 나온 참이었다.

"누님!"

"어, 크레니!"

저 멀리서 훌쩍 커 버린 크레니가 활짝 웃으며 다가왔다.

"아카데미에서 돌아왔다는 말은 들었어. 그런데 바빠서 까맣게 잊고 있었네."

"그러신 것 같아서 제가 먼저 찾아왔어요."

키가 훤칠하게 큰 크레니는 이전 생의 이맘때보다 훨씬 밝은 얼굴을 하고 있었다.

내 조기 교육이 빛을 발한 것인지, 이전 생에서보다 아카데미에서 훨씬 우수한 성적을 거두고 있으니 당연한 것이기도 했지만.

"어디 가세요?"

"아, 청소 좀 하러."

"청소요?"

"그런 게 좀 있다. 급한 일이니?"

내 물음에 크레니가 고개를 저었다.

"아뇨, 누님 얼굴을 보고 싶어서 인사하러 온 것뿐이에요."

"아이구, 이쁜 것."

나는 크레니가 어렸을 때처럼 머리를 쓱쓱 쓰다듬어 주면서 말했다.

"오늘 저녁에 돌아오면 오랜만에 같이 식사나 할까?"

"네! 아카데미에서 있었던 일들도 말씀드리고 싶고, 또 누님 드리려고 사 온 선물도 있어요!"

"그래. 오늘 저녁에, 앗!"

크레니와 이야기를 하면서 계단을 내려가다가 발을 헛디뎌 버렸다.

"어어, 괜찮으세요?"

하마터면 발목이 크게 접질릴 뻔했는데.

옆에 있던 크레니가 바로 잡아 준 덕분에 다치는 일은 생기지 않았다.

"안 되겠어요. 제가 마차까지 에스코트해 드릴게요, 누님."

키만 훌쩍하게 큰 줄 알았더니, 내 손을 잡아 주는 힘도 제법 다부지다.

"언제 이렇게 커서는."

나는 그렇게 말하면서 다시 크레니의 머리를 쓰다듬어 주려고 했다.

"……크레니?"

조금 전까지만 해도 웃고 있던 크레니의 얼굴이 하얗게 질린 것을 보기 전까진.

그리고 그 이유는 곧바로 밝혀졌다.

저벅, 저벅.

"그댄, 누구지?"

페레스가 싸늘한 눈초리를 하고 다가오고 있었다.

시선은 크레니가 꼭 잡고 있는 내 손에 꽂힌 채로.

"어어……."

당황한 듯한 크레니의 입에서 어정쩡한 소리가 흘러나왔다.

동그랗게 커다래진 눈이 다가오는 페레스에게 꽂힌 듯 움직이지 않았다.

크레니를 향해서 살기를 쏘아 내거나 하지는 않았지만, 노려보며 성큼성큼 다가오는 것만으로도 크레니에겐 충분히 견디기 힘들 터였다.

"어휴."

나는 작게 한숨을 쉬면서 크레니를 내 뒤로 살짝 끌었다.

그리고 페레스를 향해서 손을 들어 보이며 말했다.

"페레스, 멈춰."

우뚝.

내 말에 페레스가 두어 걸음 떨어진 곳에 그대로 멈췄다.

하지만 녀석의 시선은 크레니의 손을 잡고 있는 내 손으로 꾸준히 따라붙었다.

"누, 누님."

등 뒤에서 크레니가 겁먹은 목소리로 나를 불렀다.

"도대체가."

한 녀석은 요즘 아카데미에서 문관 수석을 하고 2년을 건너뛴 녀석이고, 한 녀석은 문관, 무관 수석에 1년을 건너뛴 녀석인데.

이런 상황이라니.

나는 잡고 있던 손을 놓고 대신 크레니의 얼굴을 가리키며 페레스에게 물었다.

"이 얼굴, 어디서 많이 본 것 같지 않아?"

크레니의 존재 자체가 불쾌하다는 듯, 검게 가라앉은 페레스의 붉은 눈동자가 크레니를 향했다.

"딸꾹!"

가지가지 한다, 정말.

크레니는 결국 겁에 질린 나머지 딸꾹질을 하기 시작했다.

"잘 생각해 봐, 페레스. 얘가 요만했을 때 한번 보고, 또 이만해졌을 때도 한번 봤는데?"

페레스의 짙은 눈썹이 조용히 찌푸려졌다.

그리고 한참을 생각한다.

"아."

페레스가 짧게 감탄을 하더니 입을 열었다.

"크…… 레니?"

빨리도 알아본다.

이름을 부르면서도 머뭇거리는 것을 보니 긴가민가하는 게 분명했다.

"오, 오랜만에 뵙습니다, 황자 전하."

"너무 많이 변해서 못 알아봤군."

페레스가 답지 않게 약간 변명 같은 말을 중얼거렸다.

그러고는 나를 보면서 말한다.

"정말이야. 못 알아봐서 그랬어."

"그래, 알겠어. 워낙 주변 사람한테 관심 없는 성격이니까, 너는."

"아니야, 티아한테는 관심이 있어."

"……뭐, 뭐래 정말."

그렇게 페레스와 대화를 나누고 있는데, 크레니가 활짝 웃으며 내게 말했다.

"두 분이 그렇게 서 계시니 참 잘 어울리세요!"

"뭐라고?"

해맑은 크레니의 얼굴을 보니 정말로 진심에서 우러난 말인 것 같았다.

나와 페레스가 온 제국민이 알도록 약혼을 했다가, 내가 가주 후계가 되면서 잠정적으로 파혼을 한 것이나 마찬가지라는 사실을 딱히 고려해서 한 말은 아닌 것 같았다.

"한 분은 황위를 이으실 분이시고, 한 분은 롬바르디 가문을 이으실 분이잖아요. 마치 다른 세상을 보는 것 같아요!"

크레니가 계속해서 해맑게 말했다.

"정말 잘 어울리세요!"

"아카데미에서 수석을 놓치지 않고 있다더니. 굉장히 훌륭한 인재인 게 틀림없군."

페레스가 크레니의 어깨를 툭툭 두드리며 말한다.

"……애한테 쓸데없는 소리 하지 말고. 얼른 앙게나스로 출발하자, 페레스."

요즘 페레스는 앙게나스의 타운 하우스로 출근하는 나를 매일 아침 데려다주고 있었다.

황궁에서 롬바르디로 와서 다시 황도에 있는 타운 하우스로 간다는 동선은 말도 안 된다고 몇 번이고 거절했지만.

내가 먼저 출발해 버릴까 봐 아예 새벽부터 롬바르디에 와 있는 녀석의 고집에 이길 재간이 없었다.

"앙게나스로 가시는 거군요, 누님."

크레니가 마차 문을 열어 주며 말했다.

"받아 낼 건 받아 내야 하니까."

"너무 무리는 마세요."

"무리?"

흔히 할 수 있는 말이기는 했지만, 조금 어감이 달랐다.

"앙게나스에 엮인 가문이 워낙 많잖아요. 그들의 이해관계를 모두 따지시려면, 많이 피곤하실 것 같아서요."

"……네가 그런 생각도 다 하고."

키만 큰 줄 알았는데, 생각하는 것도 부쩍 어른스러워진 크레니였다.

"헤헤. 저야 아카데미에서 워낙 여러 가문 출신의 사람들을 만나니까요. 앙게나스에 빌려줬던 돈을 꼭 받아 내려는 쪽도 있을 것이고, 또 돈은 잃더라도 앙게나스와 연관되었던 사실 자체를 묻어 버리려는 쪽도 있겠지요."

크레니의 말대로였다.

황후가 지하 감옥에 갇히고, 내가 황명을 받아 앙게나스를 정리하는 일을 맡았다는 소문이 퍼지자마자 나는 서신 수십 통을 받았다.

개인적인 청탁도 있었고, 제발 도와 달라는 하소연도 있었다.

사실 앙게나스의 재산을 처분하는 것보다 그런 가문들의 교통정리를 하는 일이 더 힘들 정도였다.

그런데 그것을 크레니가 바로 꿰뚫어 보다니.

"오늘 저녁 식사를 하면서 더 이야기를 나눠 보자, 크레니."

"네, 누님! 조심히 다녀오세요!"

크레니는 방긋 웃으면서 뒤로 물러섰다.

키는 많이 컸지만 어렸을 때의 모습이 고스란히 남아 있는 웃는 얼굴이라서.

마차가 출발할 때까지 크레니를 바라보는 내 시선에 꼬리가 길었다.

"아버님."

샤나넷이 룰락을 불렀다.

창가에 서서 손녀 티아가 탄 마차가 황도를 향해 출발하는 것을 지켜보던 룰락은 딸의 부름에 돌아섰다.

"폐하께서 티아에게 앙게나스를 정리하라고 하신 이유가 뭘까요?"

유난히 조카를 아끼는 샤나넷은 요바네스의 저의가 신경 쓰였다.

"평생 롬바르디의 권력을 경계했으면서, 이제 와 새로운 롬바르디의 후계자에게 그런 책임을 주다니."

책임에는 권력이 따르기 마련이었다.

앙게나스에게 받을 것이 있는 귀족 가문들에게, 티아는 가히 절대적인 권력을 가진 존재가 된 것이다.

"2황자 때문일 게다."

룰락이 담담히 대답했다.

"롬바르디와 황실의 갈등을 겪으면서, 티아에 대한 마음을 접으라는 뜻이겠지. 요바네스가 오랜만에 옳은 일을 했어."

"아버님도 동의하시는 건가요?"

"어쩔 수 없지 않으냐. 티아의 마음이 다치지는 않을까 걱정이 되기는 하지만, 그래도 큰일을 위해서는 정리되어야 하는 인연도 있는 법이지."

룰락은 씁쓸해하면서도 단호하게 말했다.

그러나 샤나넷은 고개를 저었다.

"저는 이번만큼은 아버님 말씀에 동의하지 않아요."

"어째서?"

"티아만큼은 모두 가졌으면 좋겠다고 생각해 왔으니까요."

그렇게 말하며 웃는 샤나넷의 얼굴이 어딘가 쓸쓸했다.

"롬바르디의 가주가 되어서도 사랑하는 사람과 온전히 함께할 수 있는 삶 말이에요."

샤나넷은 현재의 삶에 만족하고 있었다.

가문을 위해 일하면서 보람을 느끼는 하루하루였다.

빈 옆자리는 그리 신경 쓰이지 않았다.

가문보다 사랑을 선택했었고, 지금은 가문을 선택한 것일 뿐이니.

하지만 티아는 그렇지 않다.

"황자 전하와 티아는 서로를 마음 깊이 두고 있어요. 아버님도 아시겠지만."

"장님이 아니고서야 모를 리가 있나."

손녀는 나름 숨기려 애를 쓰는 것 같았지만, 그 승냥이 녀석을 볼 때만큼 두 눈이 반짝이는 적이 또 없었다.

그래서 연정보다는 롬바르디 가주로서 살기로 선택한 손녀가 대견하면서도 안쓰러웠다.

"티아는 이대로 2황자 전하와의 연을 끊어 내고 가문을 위해 살 생각일 거예요. 그런 아이니까요."

입을 꾹 다물고 고개를 끄덕이는 룰락에게 샤나넷이 말했다.

"하지만 평생을 가문을 위해 사신 아버님께서 티아에게 걷게 해주고 싶은 길도 정말 그 길인가요?"

룰락은 쉬이 대답하지 못했다.

가문을 위해 모든 것을 희생하며 살았지만, 그 바람에 놓쳐 버린 것들은 한 사람의 생에서 너무나 중요한 것들이었다.

어린 자식들과 시간을 제대로 보내지 못한 룰락은 그리 좋은 아비가 아니었고.

몸이 쇠약해져 가는 아내를 위해 하루를 온전히 비워 간호를 해 줄 수 있는 좋은 남편도 아니었으니까.

그 모든 것이 롬바르디 때문이었다.

룰락 스스로가 가문을 그 무엇보다 우선했기 때문이었다.

'다시 한번 살 수 있다면, 그리 살지는 않을 텐데.'

룰락이 병상에서 몇 번이고 사무치게 후회했던 선택이었다.

다시 사는 삶.

허무맹랑한 상상이었지만, 그리할 수만 있다면 조금 더 욕심을 부려 보리라.

선택을 하지 않고 모든 것을 가져보기 위해서.

룰락은 다시 한번 천천히 고개를 끄덕였다.

"그래. 네 말이 맞다, 샤나넷."

그리고 마차가 지나가고 난 뒤, 천천히 닫히고 있는 롬바르디의 정문을 바라보며 말했다.

"나도 모르게 티아의 희생을 당연히 생각하고 있었다."

일평생을 가도 끊어지지 않는 연정이 있거늘.

룰락 자신은 가문을 위한 맹목적인 삶을 그리도 후회하고 있으면서도.

너무도 당연히 손녀가 가슴에 큰 상처를 안고 오로지 롬바르디를 위해 살기를 바라고 있었던 것이다.

"어떻게 되어 가고 있어요, 클레리반?"

오랜만에 업무용 안경을 다시 꺼내 쓴 클레리반이 나를 보고 미소 지었다.

유능한 클레리반은 '제가 받을 돈은 제가 찾아내겠습니다'라며 첫날부터 앙게나스의 저택을 뒤집어 탈탈 털어 내고 있었다.

"작업 자체는 순조로이 진행되고 있습니다. 생각보다 앙게나스의 부채가 상당해 걱정이기는 합니다만."

"그 정도예요?"

"여기 보시면……."

클레리반이 종이 몇 장을 내게 내밀었다.

"이게 다 오늘 새로 발견된 것들이라고요?"

"예, 금고 밑바닥에서 나왔습니다."

"양파야? 까도 까도 계속 나와, 아주."

새로 발견한 차용증을 뒤져 보니 가관이었다.

자기 가신에게서 돈을 빌린 모양이었는데, 상환 기한은 정해져 있지도 않고 이자도 없다.

게다가 '부득이한 상황에 빚을 상환하지 못할 시에 앙게나스는 책임을 지지 않는다'는 조항까지 떡하니 붙어 있다.

가신 가문에게는 엄청난 부담이 될 만한 금액이었는데, 이 정도면 거의 강탈 수준이라고 봐도 무방했다.

그렇게 내가 종이를 들여다보고 있는데 클레리반이 말을 걸었다.

"혹시 며칠 뒤에 시간을 내주실 수 있겠습니까?"

"시간이요? 할 말이 있으면 지금 해도 돼요, 클레리반."

내 말에 클레리반은 두 손을 내저었다.

"아닙니다. 그리 급한 일은 아니니 피렌티아 님의 업무가 조금 한산해지면 그때 다시 말씀드리겠습니다."

꽤 호기심이 생겼다.

나에게 말하는 클레리반의 얼굴이 긴장되어 보였기 때문이었다.

천하의 클레리반 펠렛이 저렇게 긴장하는 일이라니.

"나쁜 일은 아니죠?"

"그런 것은…… 아닙니다."

클레리반 스스로도 아직 마음의 준비가 되지 않은 모양이었다.

때로는 입 밖에 내기까지 시간이 걸리는 말들도 있는 법이니까.

"그럼 됐어요."

그렇게 나는 고개를 끄덕이며 다시 차용증의 내용을 머리에 정리하고 있었다.

마찬가지로 바쁘게 업무를 보던 클레리반이 내게 다가와 말했다.

"아무래도 문제가 생긴 것 같습니다, 피렌티아 님."

"앙게나스의 재산을 모두 처분해도 채무를 전부 상환할 만큼이 되지 않는다?"

페레스가 관청에서 나온 관료의 보고에 한쪽 눈썹을 들어 올렸다.

"예, 전하. 부동산과 동산, 그리고 계좌를 모두 털어도……."

"가신들의 재산은?"

페레스의 질문에 관리가 어깨를 움찔했다.

엄밀히 말하자면 앙게나스와 한배를 탔던 가신들의 재산도 모두 몰수하여 처분하는 것이 맞으나.

그렇게 되면 귀족 사회의 반발이 커질 것이 분명했다.

"전하, 그것은……."

관리가 대답하지 못하고 머뭇거리자, 페레스가 인상을 찌푸렸다.

"롬바르디 쪽에선 이 문제에 대해서 어찌 생각한다고 하나?"

"아직 그쪽과 이야기를 해 보지는 않았지만. 어쨌든 펠렛 상회 또한 채권자의 입장이지 않습니까, 전하."

은근슬쩍 운을 띄운 관리는 페레스의 눈치를 살피다 말했다.

“이 사실을 알고 롬바르디 쪽에서 펠렛 상회의 우선순위를 올려 달라고 요청하면…….”

돈은 부족하고 빚을 돌려받을 사람은 많다.

그러니 자연스레 가문의 힘에 따라 우선순위가 정해질 것을 대비해 묻는 것이었다.

“……롬바르디 가주 대리께서 요청하는 대로 해 드리도록.”

역시.

관리가 고개를 끄덕이며 대답을 하려고 할 때였다.

“전하, 잠시 이야기 좀 하시죠.”

한눈에 보기에도 짜증이 단단히 난 것 같은 티아가 집무실로 들어섰다.

롬바르디의 가주 집무실.

샤나넷과 룰락, 두 부녀 사이에 잠시 정적이 흘렀다.

수염 난 턱을 습관처럼 문지르는 룰락의 얼굴이 손녀에 대한 걱정으로 어둡게 물들었다.

그 모습에 샤나넷은 작게 웃었다.

“아버님.”

샤나넷이 자랄 때는 무척이나 엄격했던 룰락이었다.

그런 룰락이 이렇게 변할 줄 누가 알았을까.

“너무 걱정 마세요.”

“하지만…….”

샤나넷의 달래는 말에도 룰락의 안색은 좀처럼 펴질 생각을 하지 않았다.

"생각을 해 보니 이게 여간 심각한 문제가 아니다. 티아는 롬바르디의 가주가 될 테니, 2황자와 계속 얼굴을 보고 살아야 할 것 아니냐. 그런데……."

황제는 황후 자리를 공석으로 둘 수 없다.

그러니 2황자는 누군가를 옆자리에 앉힐 테고, 티아는 그 상황을 그저 지켜보기만 해야 한다는 말이었다.

"아이고."

손녀의 가슴이 찢어질 것을 생각하니, 룰락은 속이 미어지는 것 같았다.

"너무 속상해 마세요."

샤나넷이 룰락의 손등을 따듯하게 덮으며 말했다.

"하나 지금도 티아는 조금씩 제 마음을 정리하고 있을 게다. 앙게나스의 일이 오죽 복잡하더냐. 분명히 황실과 부딪치는 일이 있을 터인데."

"글쎄요, 저는."

샤나넷이 다시 한번 부드러운 미소를 입가에 지으며 말했다.

"티아와 2황자 전하는 두 사람다운 방법으로 문제를 잘 해결해 낼 것 같은 생각이 드는걸요."

"허허. 그래, 그럴지도 모르겠구나."

룰락은 샤나넷의 웃는 얼굴을 물끄러미 바라보다 따라 웃었다.

"티아라면 그리하겠지."

손녀에 대한 무한 신뢰였다.

"그럼 할아비는 일단 지금 당장 해 줄 수 있는 것을 도와주는 것이 좋겠지."

그렇게 말한 룰락은 자리에서 일어나는 샤나넷에게 말했다.

"나가면서 비에제와 로렌스를 오라고 하거라, 샤나넷."

페레스의 옆에 서 있던 2급 행정관, 웨터는 자기도 모르게 꿀꺽 마른침을 삼켰다.

롬바르디 영애, 아니 롬바르디 가주 대리를 실물로 보는 것은 처음이었기 때문이었다.

지난번에 2황자 전하와 아이반에 파견을 나갔다가, 일을 잘 처리한 공으로 1급 행정관으로 승진한 라이언 선배는 피렌티아 롬바르디라는 사람에 대해서 언제나 이렇게 말했다.

'2황자 전하를 마음대로 주무를 수 있는 유일한 사람'이라고.

롬바르디 가문의 사람들과 엮일 일은 없었지만 지금까지 페레스를 종종 봐 온 웨터는 라이언이 과장해 말한다고 생각했다.

아무리 약혼을 한 사이라고 해도 그렇지.

2황자 전하가 얼마나 무서운 분인데, 그분을 마음대로 한다니.

그런데 집무실로 들어온 롬바르디 가주 대리를 본 순간, '정말 그럴지도 모르겠다'는 생각이 절로 들었다.

커다란 녹색 눈이 매력적인 미인이었지만, 순간 그 미모가 보이지도 않을 만큼 어마어마한 기운을 뿜어내고 있었기 때문이었다.

심지어 뒤에는 그 유명한 클레리반 펠렛을 마치 개인 비서처럼 데리고 있었다.

집무실 안을 둘러보니, 자신을 제외한 다른 행정관들도 모두 롬바르디 가주 대리의 기에 눌린 듯 공손하게 고개를 숙이고 있었다.

"롬바르디 가주 대리."

페레스가 곧바로 자리에서 일어나며 피렌티아를 맞이했다.

"그렇게 반겨 주지 마세요. 저 지금 좋은 소리 하려고 온 거 아니니까요."

"……알겠습니다."

페레스는 그렇게 말하며 다시 묵묵히 자리에 앉았지만, 행정관 웨터는 분명히 봤다.

2황자 전하의 입꼬리가 조용히 위로 향했다가 얼른 내려가는 것을.

피렌티아는 페레스가 앉아 있는 곳의 정 반대편에 자리를 잡았다.

클레리반 펠렛이 그녀의 앞에 서류를 놓아주는 등 살뜰히 챙기는 동안, 집무실 안에서 함께 업무를 보고 있던 행정관들의 귀가 모두 쫑긋 솟아올랐다.

2황자 전하와 롬바르디 가주 대리는 요즘 사람들이 모이는 곳마다 회자되지 않는 곳이 없을 정도로 유명한 사람들이었다.

황후와 앙게나스를 무너뜨리고 끝내 황태자로 내정받은 2황자는 두말할 것도 없었지만, 사실 더 많은 주목을 받고 있는 것은 롬바르디 가주 대리였다.

'이력이 오죽 화려해야지.'

한 세대를 뛰어넘고 차기 롬바르디 가주가 된 여성.

갤러한 의복점의 주인이자, 동부 무역의 중심지가 된 체사유의 영주인 갤러한 롬바르디의 딸이자 유일한 상속자.

그리고 가장 최근 밝혀진 펠렛 상회의 실소유주.

마지막 사실이 밝혀졌을 때는 말 그대로 제국이 뒤집어졌다.

앙게나스를 밀어내고 새로 서부의 대표가 된 브라운 가문의 이야기가 뒤로 밀릴 정도였으니까.

최근에 새로 떠돌기 시작한 소문으로는 황후와 앙게나스가 그렇게 된 데에도 롬바르디 가주 대리의 몫이 톡톡했다던데.

그 말이 사실이라면, 곧 황태자가 될 2황자 전하와 롬바르디 가주가 될 그녀는 정말로 완벽한 정치적 파트너였다.

"크흠."

지금 이곳에 모여 있는 행정관들 중 가장 고참인 웨터도 얼른 페레스 뒤에 자리를 잡았다.

그러나 크게 걱정하지는 않았다.

'약혼까지 한 사이인데. 설마 별일 있겠어?'

롬바르디 가주 대리의 화난 얼굴이 조금 마음에 걸리기는 했지만, 행정관 웨터는 그렇게 생각하며 마음을 편하게 먹었다.

그런데.

"도대체 황실에선 자산 관리를 어떻게 한 겁니까?"

단 한마디로 웨터의 부질없는 기대는 산산조각 나 버렸다.

툭.

피렌티아가 클레리반이 건네준 서류를 불만스레 테이블 위에 내려놓으며 페레스를 노려봤다.

"그것이 무엇입니까?"

페레스는 차분한 목소리로 말하며 웨터에게 손짓했다.

그 서류를 가져오라는 뜻이었다.

"앙게나스가 돈을 빌린 곳 중에 황실도 포함되어 있더군요."

페레스의 붉은 눈동자가 잠시 행정관들을 향했다.

헉하는 소리를 내며 진땀을 흘리는 그들을 보니 대답은 듣지 않아도 뻔했다.

"총 2000골드가 조금 안 되는 돈이군요."

페레스가 서류의 내용을 훑어보고 말했다.

"제가 어떻게 해 드리길 원하십니까, 롬바르디 가주 대리."

그러자 피렌티아는 그 말을 기다렸다는 듯 사무적인 목소리로 말했다.

"황실은 채권을 포기하십시오."

"허억!"

이번에는 행정관들도 질겁을 하며 놀랐다.

그리고 피렌티아와 페레스 두 사람의 눈치를 보기 시작했다.

아무리 가까운 사이라고 하더라도 황실에 저런 말을 해도 되나?

아니, 롬바르디니까 괜찮을까?

그래도 곧 황태자가 되실 분인데.

아직 임명이 되지는 않았으니, 롬바르디 가주 대리가 더 높은 건가?

온갖 생각이 행정관들의 머리를 스쳐 지나갔다.

그리고 피렌티아는 페레스를 압박해 가기 시작했다.

"황후와 앙게나스 가문이 이렇게 무책임한 채무를 진 것은 모두 황실이 막지 않고 상황을 방관했기 때문에 일어난 일입니다."

조금 거칠기는 해도 틀린 구석이 없는 말이었다.

"제국법에 따르면 어떤 상황에서도 황실의 채권이 우선합니다.

그러니 황자 전하는 그 권리를 포기하십시오. 황실의 방만함에 책임을 지시라는 말입니다."

아니, 많이 거칠었다.

집무실에 무거운 정적이 흘렀지만 피렌티아는 물러설 기색이 없었다.

오히려 눈도 한 번 깜짝하지 않으며 페레스를 바라보고 있었다.

어찌 되었든 황후는 황실의 사람이었고 그가 주도해 벌인 일이니 황실도 책임을 지는 것이 옳았다.

티아의 말에 수긍한 페레스는 고개를 끄덕이며 대답했다.

"……그리하지요."

"하지만 전하!"

저 애송이가!

웨터는 문간 근처에 서 있는 젊은 행정관을 향해 급히 눈을 부라렸다.

페레스의 결정에 불만 섞인 목소리를 낸 것은 몇 달 전에 행정관이 된 6급 행정관, 스피오였다.

이제 막 스무 살이 된 스피오는 평소에도 다혈질인 성격 때문에 주변과 불화가 많았다.

저놈이 결국 저렇게 사고를 치는구나.

심지어 2황자 전하도 얼굴을 딱딱하게 굳히고 싸늘한 눈으로 스피오를 보고 있었다.

좋든 싫든, 스피오의 책임 상관인 행정관 웨터는 눈을 질끈 감았다.

이건 조상님이 보우하셔도 시말서 각이다.

"뭐가 불만인가?"

피렌티아가 스피오를 향해 물었다.

입가에는 슬쩍 미소마저 걸려 있는 것이 꽤 흥미롭다는 얼굴이었다.

"그것이……."

스피오가 페레스를 슬쩍 보며 허락을 구했다.

그런 스피오에게 피렌티아가 말했다.

"물은 사람은 난데, 엉뚱한 곳을 보는군. 날 보고 이야기하게."

상황을 지켜보던 웨터는 작게 한숨을 쉬었다.

너무 애송이라 황실과 롬바르디 간의 미묘한 권력 구도를 이해하지 못하고 있는 것이었다.

법대로라면 이 자리에서 가장 상급자는 물론 황자였다.

하지만 롬바르디 가주 대리는 아직 황태자로 임명받지 못한 황자를 능가하는 권력을 가지고 있다.

그녀가 한 말은 그런 의미였다.

내가 이 자리에서 제일 높은 사람이다.

행정관 웨터는 급하게 스피오에게 눈짓했다.

얼른 롬바르디 가주 대리가 묻는 말에나 대답하라고.

"실례를 무릅쓰고 말씀드리겠습니다. 제 생각으로는……."

"이름이 뭔가?"

"예……?"

"문득 그대의 이름과 직책이 궁금해서."

"저는…… 6급 행정관, 리키 스피오입니다."

"그래, 스피오 행정관. 계속 말해 보도록."

그러나 스피오의 얼굴은 딱딱하게 굳어 갔다.

이름을 말한 것만으로 엄청난 부담감을 느끼는 것이다.

마치 전에는 없던 책임감이 생긴 것 같았다.

"로, 롬바르디 가주 대리께서 부당한 이득을 취하시는 것 같습니다."

"호오, 부당한 이익?"

"그렇…… 습니다. 황후마마의 개인적이고 독단적인 행동에 황실 전체의 책임을 물으시는 것도 그렇고. 그러니까, 그렇게 해서 펠렛 상회의 채권을 보호하려는 것…… 같습니다."

점점 목소리가 개미 소리 같아지기는 했지만, 스피오 행정관은 끝까지 할 말을 했다.

"그러다 내가 스피오 행정관에게 불이익을 주면 어쩌려고?"

피렌티아의 말에 스피오 행정관이 어깨를 움찔했다.

"그, 그러실 겁니까?"

그러고는 울상을 지은 얼굴로 상관인 웨터를 바라봤다.

웨터는 슬그머니 시선을 피했지만.

그때, 피렌티아가 웃으며 클레리반에게 말했다.

"클레리반, 전하께 제안서를 드리세요."

곧 종이 몇 장이 엮인 서류가 페레스에게 전해졌다.

"펠렛 상회는 앙게나스에게 돌려받을 금액에서 절반만큼만 받겠습니다. 나머지는 다른 것으로 대체하죠."

"……듀락 상단?"

"네, 듀락 상단의 모든 사업권을 펠렛 상회로 넘긴다는 조건하에 그렇게 할 의향이 있다고 합니다. 펠렛 상회주가."

행정관들은 자기도 모르게 고개를 끄덕였다.

모체인 앙게나스가 증발한 시점에 당장 현금으로서의 가치는 없는 듀락 상단이지만, 단 한 가지 아직 쓸 만한 것이 남아 있었다.

"코로이-융 사업을 말씀하시는 것이군."

페레스가 낮은 목소리로 말했다.

"제국민들이 가장 애용하는 게 듀락 상단의 코로이-융 원단입니다. 그것을 펠렛 상회가 이어받아 계속 생산해 드리겠다는 겁니다. 우리 펠렛 상회주가 코로이-융 사업에 처음부터 함께 했던 이력이 있으니, 사업에 대한 걱정은 하지 않으셔도 될 겁니다."

"그렇게 되면 다른 귀족 가문들에게 돌아갈 현금이 많아지겠습니다."

"펠렛 상회가 가장 큰 채권을 가지고 있으니, 아무래도 그렇겠죠."

피렌티아가 그런 것은 아무래도 좋다는 듯 심드렁하게 말했다.

그런 솔직하지 못한 그녀의 태도에 페레스는 슬쩍 미소를 지었다.

"뜻대로 하십시오, 롬바르디 가주 대리."

페레스가 대답하자 피렌티아는 자리에서 훌쩍 일어났다.

더 이상 이곳에 볼일이 없다는 뜻이었다.

그리고 집무실에서 나가던 그녀는 잠시 걸음을 멈춰 스피오 행정관을 보고 말했다.

"너무 성급하게 행동하지 않도록 조심하게. 옳은 말을 하는 용기는 칭찬받을 만했지만 말이야."

"가, 감사합니다."

스피오 행정관은 얼굴을 새빨갛게 물들이며 얼른 고개를 숙였다.

피렌티아가 나가고 조용해진 집무실에서 행정관 웨터는 어느새 고개를 끄덕이고 있는 자신을 발견하고 얼떨떨하게 얼굴을 쓰다듬었다.

그리고 냉기가 철철 흐르던 황자 전하가 어느새 은은하게 미소 짓고 있는 것을 보면서 선배인 라이언 행정관의 말이 맞는다는 것을 깨달았다.

정말로 저 무시무시한 황자 전하를 꽉 잡고 계신 분이구나.

자칫 황실과 귀족들 간에 생겨날 수 있었던 갈등을 푸는 방법도 너무나 지혜로웠다.

그리고 웨터 행정관은 생각했다.

'저런 분이 장차 황후가 되시면 참 좋을 터인데.'

밤새 마신 술로 인해 머리가 깨질 듯이 욱신거렸다.

비에제는 울렁울렁 토기가 치미는 속을 억누르며 앞에 놓인 물을 벌컥벌컥 들이켰다.

오랜만에 부친을 뵌 자리에서 토를 할 수 없는 노릇이었으니까.

그런 비에제를 복잡한 눈으로 바라보던 룰락은 천천히 입을 열었다.

"이제 롬바르디 저택에서 나가거라, 비에제."

"쿨럭!"

물을 마시던 비에제가 얼굴이 시뻘게지도록 기침을 했다.

룰락은 비에제의 소란이 끝날 때까지 더 이상 아무 말도 하지 않고 가만히 기다렸다.

"저택을 나가라니요!"

비에제가 룰락에게 소리쳤다.

"저, 저택을 나가면 저보고 어디로 가란 말씀이십니까!"

"글쎄다. 그것은 네가 정해야겠지."

흥분하는 비에제의 모습에도 룰락은 반응하지 않았다.

시종일관 고저 없이 건조한 목소리로 응대할 뿐이었다.

철저히 사무적인 태도였다.

비에제는 그런 부친의 모습이 퍽 낯설었다.

덜컥 겁도 났다.

저 갈색 눈은 언제나 자신을 못마땅하게 바라봤다.

하지만 그 엄격한 눈에서도 부친의 연민이랄지, 애정이랄지 하는 것은 언제나 존재해 왔다.

그러나 지금 룰락은 마치 완벽한 타인을 대하는 듯했다.

"로렐스에겐 이미 말해 두었다. 처가인 기네포크가로 가겠다더구나."

"하지만 아버님……."

비에제는 의자의 끄트머리에 걸터앉은 엉덩이를 들썩거리며 다가갔다.

어떻게든 사정을 해 볼 생각이었다.

"저는 이제 처가도 없습니다! 앙게나스가 저 꼴이 되었으니……."

비에제는 언제나 부친의 약한 구석을 건드리던 얼굴과 목소리로 말했다.

설마, 설마 큰아들을 내치시려고.

"세랄과 벨레삭은 어찌 지내고 있더냐."

룰락이 물었다.

"예? 아, 그 둘은……."

비에제가 쉽사리 대답하지 못했다.

당연한 일이었다.

벨레삭이 풀려났다는 이야기는 들었지만 그 뒤로 얼굴을 본 적이 없었기 때문이다.

세랄도 마찬가지였다.

어느 날 술을 진탕 마시고 돌아와 보니, 별채에서 아내의 귀중품은 모두 사라진 뒤였다.

"……한심한 녀석."

룰락이 혀를 차며 말했다.

"제 처자식이 어찌 되는지도 모르고……. 그래도 제 식구는 챙길 줄 알았어야지."

"혹시 안사람과 벨레삭이 어디에 있는지 알고 계시는 겁니까?"

"너에겐 알 자격이 없다."

룰락은 그렇게 말하고는 다시 한번 혀를 찼다.

"긴말하지 않겠다, 비에제. 조만간 티아에게 가주 자리를 넘겨줄 생각이다. 그러니 넌 그 전에 나가거라. 롬바르디의 미래를 위해서 네가 할 수 있는 마지막 일이다."

"티아, 티아! 아버님은 그 근본도 없는 계집밖에 모르십니까!"

비에제가 발작적으로 벌떡 일어나며 버럭 소리를 질렀다.

"그 계집이 이 가문을 이끈다고요? 그년에게 모든 것을 주시겠다고요! 하! 온 제국이 비웃을 것입니다! 어디서 떠돌았을지 모를 유랑민의 배에서 난 손녀에게 가문을 물려주시다니! 노망이 오신 겁니다!"

비에제는 침을 튀겨 가며 목에 핏대를 세웠다.

"펠렛 상회가 제 것이라는 것도 모두 거짓말일 겁니다! 어렸을 때부터 요망하고 간악한 것이었으니, 어떤 수를 부렸을지 알게 뭡니까!"

술에 전 몸은 고성도 오래 지르지 못했다.

"허억, 허억……."

지저분하게 수염이 자란 입 주변을 소매로 대충 닦은 비에제는 급기야 부친에게 손가락질을 하며 말했다.

"지금 아버님의 손으로 이 가문을 망하게 하고 계시는 겁니다! 이 위대한 가문을! 롬바르디를 망하게 하시는 겁니다!"

"정말 그리 생각하느냐?"

룰락이 조용하게 물었다.

"네가 그 자리에 앉았다면 뭐가 달라졌을 것이라 생각하는 것이냐, 비에제."

"그거야……!"

비에제는 당연하다고 말하려 했다.

그런데 숨이 턱하니 막혀 버렸다.

이유는 몰랐다.

그런데 아무리 애를 써도, '내가 더 잘했을 것이다'라는 말은 나오지 않았다.

금붕어처럼 입만 뻐끔거리는 비에제를 보던 룰락은 슬픈 한숨을 쉬었다.

그리고 탁상의 서랍 안에서 편지 하나를 꺼내 비에제에게 건네주었다.

"벨레삭의 필체……."

술 때문에 수전증이 생겨 덜덜 떨리는 손으로 비에제는 편지를 열었다.

그 안에는 자신의 기억보다 훨씬 정갈한 글씨로 담담하게 전한 벨레삭과 세랄의 근황이 담겨 있었다.

"티아는 끝까지 벨레삭을 챙겼다."

룰락이 비에제에게 말했다.

"황후가 사람을 써서 벨레삭을 죽이고 자살로 위장하려고 했다."

"……자, 자살?"

"벨레삭을 아스타나의 희생양으로 삼으려는 의도였겠지. 그러나 벨레삭은 티아 덕분에 무사할 수 있었다."

"그런…… 일이……."

"그것이 그 아이가 가주 후계가 되고 나서 가장 먼저 한 일이었지. 그것도 모자라 세랄과 벨레삭이 조용히 살 수 있을 만한 집도 구해 주었다는구나."

룰락이 비에제의 손에 들려 있는 편지를 가리켰다.

"그것에 대해서 벨레삭이 감사 인사를 하기 위해 보내 온 편지다."

비에제는 흔들리는 눈으로 벨레삭의 편지를 마저 읽어 보았다.

비록 롬바르디 저택에서 사용하던 것과는 비교도 할 수 없을 만큼 거칠한 저품질의 편지지였지만.

벨레삭의 삶이 전보다 훨씬 안정되었다는 것은 글 몇 줄로도 충분히 전해지고 있었다.

[……죄송하고 감사한 마음뿐입니다. 피렌티아, 아니 가주 대리께도 꼭 제 사죄를 전해 주십시오.

롬바르디의 앞길에 평안만이 가득하길 멀리서 기원하겠습니다…….]

벨레삭은 진심으로 사죄하고 있었다.

"티아는 그 누구보다 더 가주다운 일을 했다."

사적인 감정은 접어 둔 채, 가문의 구성원들을 끌어안고 보호하는 것.

그것이 가주의 가장 중요한 의무였다.

"그러니 비에제, 내가 대신 대답해 주마. 너는 좋은 가주가 되지 못했을 것이다. 그리고 롬바르디는 티아의 주도하에 더욱 위대해질 것이다."

룰락의 말에는 흔들림 없는 확신이 깃들어 있었다.

비에제는 고개를 푹 숙인 채, 괴로운 얼굴을 하고 있었다.

그리고 흐느끼듯 말했다.

"제가, 모자랐습니다……. 제가 부족했습니다……."

비에제는 진심으로 뉘우치고 있었다.

그러나 너무 늦었다.

"차기 가주가 정해지면 그와 경쟁했던 이들은 선택할 수 있다. 가문을 떠나거나, 가주의 허락을 받아 가문을 위해 일하거나."

룰락의 형제들도 반은 가문을 떠나고, 반은 가문에 남았다.

피할 수 없는 절차인 것이다.

"그러나 비에제 너에겐 선택권이 없다. 그동안 네가 했던 어리석은 행동들에 대한 처벌이다."

룰락은 조용히 비에제에 대한 선고를 이어 갔다.

"사람은 변하지 않는다. 지금의 작은 깨달음이 너를 다른 사람으로 만들 것이라는 생각은 어리석은 희망일 뿐이지. 그러니 멀리 가거라, 비에제."

룰락은 이 순간 오로지 자신의 뒤를 이을 티아만을 생각했다.

가문을 물려받을 손녀를 위한 선택을 내렸다.

“티아가 가주 자리를 물려받기 전에 짐을 챙겨 저택에서 나가거라. 따로 인사는 하지 않아도 좋다.”

비에제는 잠시 허망한 눈으로 룰락을 바라봤다.

이제 자신에게는 아무것도 남지 않았다는 것을 깨달은 것이다.

가문도, 가족도 없다.

세상의 모든 술을 들이켠다고 해도 잊을 수 없는 사실이었다.

툭.

비에제는 조용히 룰락의 앞에 벨레삭의 편지를 내려놨다.

그리고 마지막으로 부친에게 꾸벅 인사를 한 후 돌아 걸어 나갔다.

터벅, 터벅.

힘없는 발걸음으로 막 가주 집무실의 문을 열고 나가려던 참이었다.

“비에제.”

룰락이 말했다.

“술은 너무 많이 마시지 말고. 건강을 돌보거라.”

아비가 아들에게 해 줄 수 있는 마지막 당부였다.

나와 크레니는 약속대로 저녁 식사를 함께했다.

마침 휴일이던 길리우와 메이론도 소식을 듣고 찾아와 오랜만에 넷이서 한자리에 모인 것이다.

“아카데미에서 페레스가 아직도 그렇게 인기가 많아?”

"그럼요! 2황자 전하는 전설이세요, 전설!"

아카데미에서도 크레니의 팬심은 여전했다.

자기를 못 알아보고 무시무시한 분위기를 조성했다는 사실은 까맣게 잊고.

"그런 2황자 전하께서 제 이름을 기억해 주시다니!"

이런다.

그래, 그래. 눈길만 받아도 기쁜 게 팬심 아니겠니.

나는 어렸을 때처럼 크레니의 머리를 쓰다듬어 주면서 말했다.

"나도 아카데미에 다녀 볼걸. 재밌게 들리네."

"누님이 아카데미에 다니셨다면…… 멋있겠다."

크레니가 무슨 상상을 한 건지 입을 가리고 중얼거렸다.

그런 크레니의 앞에 놓인 술잔에 메이론이 붉은 와인을 채워 주며 말했다.

"그럼 우리도 따라가고 좋았을 텐데. 그치, 길리우?"

그런데 콸콸하고, 따라 주는 양이 제법 많다.

크레니는 올해 겨우 성년이 되어서 술이 엄청 약하다.

얼굴 새빨개진 것 좀 봐.

나는 크레니의 술잔을 슬쩍 뒤로 빼며 말했다.

"메이론, 그러다 크레니 취하면 직접 업어다 줘야 돼."

"아……. 그럼 그건 내가 마시는 걸로."

메이론이 크레니에게 따라 줬던 잔을 슬쩍 가져가고 그 반의반도 안 되는 양을 새 잔에 따라 크레니 앞에 놔주었다.

"헤헤."

크레니는 웃으며 그 잔을 받아 들더니 꼴깍하고 와인을 마셨다.

그러고는 쌍둥이에게 물었다.

"두 분은 그럼 앞으로도 계속 롬바르디 기사단에 계시는 건가요?"

"우리? 뭐, 그렇겠지."

"메이론은 모르겠지만, 나는 롬바르디 기사단장이 목표야."

"뭐야, 나보다 약하면서."

길리우와 메이론이 다시 티격태격하기 시작했다.

그런데 그 두 사람을 보는 크레니의 얼굴이 묘하다.

부러워하는 것 같아 보이기도 하고, 또 슬퍼하는 것 같기도 하다.

"너 무슨 일 있어, 크레니?"

"네? 아……."

크레니가 다시 와인을 한 모금 마시고 대답했다.

"그냥, 앞으로도 계속 이렇게 지낼 수 있으면 좋을 텐데 싶어서요. 그건 좀 어렵겠지요? 라라네 누님도 보고 싶고요."

크레니가 씁쓸하게 웃었다.

대충 무슨 일인지 감이 왔다.

"할아버지가 둘째 큰아버지와 이야기를 나누셨나 보구나."

"어, 어떻게 아셨어요……."

크레니가 놀랐는지 눈을 동그랗게 떴다.

그리고 이내 침울한 목소리로 말했다.

"부모님은 저와 형을 데리고 기네포크가로 가실 생각이세요."

나는 고개를 끄덕였다.

돌아갈 처가가 있는 게 어디야.

로렐스에게는 그리 나쁜 상황은 아니다.

크레니는 또다시 와인만 꿀꺽꿀꺽 마신다.

"그래도 제 졸업식에는 누님이 와 주셨으면 좋겠…… 읍!"

"술만 마시면 속 버려."

안 어울리는 씁쓸한 얼굴로 웃는 크레니의 입에 치즈를 올린 크래커를 밀어 넣어 줬다.

"우움, 가, 감사해요."

"그래서. 하고 싶은 말이 뭐야, 크레니."

나는 크레니를 보며 한 손으로 턱을 괴었다.

"들어줄 테니까, 해 봐."

"누님……."

크레니는 머뭇거렸다.

그러나 망설임은 길지 않았다.

이내 나를 똑바로 바라보며 입을 열었다.

"어렸을 때는, 어째서 누님이 제게 책을 많이 읽게 하셨는지 그 이유를 몰랐어요. 그냥 누님이랑 같이 서재에 있는 것이 좋아서 읽었어요."

한번 말을 시작하니 더듬는 것도 없다.

그래, 그래야 나한테 조기 교육을 받은 내 사촌 동생이지.

"그런데 아카데미에서 공부를 해 보니 깨달았어요. 누님이 제게 가르쳐 주셨던 것들이 제 미래에 얼마나 도움이 되는 것들이었는지요."

처음에는 조금 떨리는 것 같던 목소리도 점차 안정되어 간다.

"그리고 공부를 할수록 이대로는 안 된다는 생각을 했어요. 제 공부에는 목적이 없었으니까요. 그래서 고민해 봤어요. 나는 내 지식을 어디에 쓰고 싶은가."

“그래서 어떤 대답을 찾았니.”

“저는 롬바르디를 위해서 일하고 싶어요, 누님.”

크레니의 붉은 얼굴이 더욱 빨갛게 달아올랐다.

하지만 또록또록한 눈동자는 조금도 흔들리지 않았다.

“롬바르디 가주가 되실 누님을 돕고 싶어요. 허락해 주세요, 누님.”

나는 그런 크레니를 잠시 보다가 천천히 고개를 끄덕였다.

“그렇게 해.”

“저, 정말요?”

“너는 내가 왜 널 조기 교육 시켰다고 생각하는 거니, 크레니?”

이전 생에서 할아버지에게 내가 필요했던 것처럼, 내게도 믿고 일을 맡길 수 있는 사람이 필요하다.

그렇기 때문에 사촌들 중에 가장 명석한 크레니가 그 자리를 메워 주면 좋겠다고 생각했던 것이고.

“대신 졸업할 때까지 아카데미 수석 자리를 놓치면 안 된다. 공부를 게을리하지 말라는 뜻이야.”

“네! 저 잘할 수 있어요!”

크레니가 큰 목소리로 대답했다.

“좋아! 좋은 날이니까 마시자!”

“한 병 더 따는 거야!”

쌍둥이가 기다렸다는 듯, 새 빈티지 와인 두 병을 꺼내 들며 말했다.

“뭐부터 마시지?”

“몰라, 뭐든지!”

“잠깐.”

내 말에 희희낙락하며 오른손에 든 와인을 따려던 쌍둥이가 우뚝 멈췄다.

슬쩍 내 눈치를 본다.

"그거 말고, 저거."

얘들이 뭘 모르네.

"저게 더 맛있는 거라고. 얼른 열어 봐."

"알겠어!"

그렇게 쌍둥이가 새로운 병을 여는 사이, 나는 오늘 아침 도착한 서신을 떠올리며 크레니에게 말했다.

"라라네도 조만간 만날 수 있을 거야."

그러자 크레니가 쑥스럽게 웃으며 고개를 끄덕였다.

그리고 그 웃는 얼굴이 그날 밤의 마지막 기억이었다고 하면 무슨 말인지 알려나.

같은 시각.

페레스는 지하 감옥으로 내려가는 계단을 밟고 있었다.

저벅, 저벅.

무거운 신발의 소리가 습하고 차가운 공기를 울렸다.

"오, 오셨습니까, 전하!"

"……죄인은?"

"저쪽에 있습니다!"

감옥의 문 앞을 지키고 있던 병사가 군기가 바짝 든 목소리로 대답하고 앞서 걸었다.

얼마 걷지 않아 페레스는 한 철창 앞에 섰다.

그리고 허름한 의자에 허리를 꼿꼿이 세우고 앉은 사람을 향해 말했다.

"평안한 밤 보내고 계십니까, 황후마마."

어둡고 축축한 지하 감옥.

그중에서도 가장 안쪽에 위치한 곳에 라비니 황후가 앉아 있었다.

"그리 평안하지는 않아 보이십니다."

감옥 복도에 일렁이는 횃불로 만들어진 길고 어두운 그림자를 감옥 안으로 드리우며 페레스가 말했다.

어둠 속의 황후는 시든 꽃 같았다.

한때, 모든 사람의 시선을 잡아끌던 화려한 외모는 이제 그 빛을 잃었다.

여전히 고고한 척, 당당한 척 허리에 힘을 주고 앉아 있었지만 철창 밖에 선 자의 시선에는 그저 추레한 죄인의 모습일 뿐이었다.

엉망으로 헝클어진 머리칼과 더러워진 옷, 그리고 잠을 자지 못해 검게 변한 눈 밑에 아름다움이 끼어들 자리는 없었다.

그 이유는 쉬이 예측할 수 있었다.

"쥐가 참 고약한 동물이지 않습니까."

페레스가 나직하게 한 말에 비밀이라도 들킨 듯, 황후의 몸이 크게 움찔거렸다.

"눈을 감고 잠이 들려면 아주 작은 틈이라도 비집고 나와 닥치는 대로 먹어 치우고, 호시탐탐 인간의 살점을 노리기라도 하는 듯이 머리맡을 기어 다니는 그 소리는 사람을 미치게 만들기 십상이지요."

지하 감옥이나 버려진 별궁이나.

사람의 눈을 피해 사는 짐승들에게 보금자리로 안성맞춤일 뿐이었다.

"문을 열어라."

페레스가 간수에게 말했다.

철컥철컥하는 무거운 쇳소리가 두어 번 울리고, 페레스가 감옥 안으로 걸어 들어갔다.

"날 죽이러 온 것이냐."

라비니 황후가 페레스를 향해 표독스런 눈으로 물었다.

"아직은 아닙니다. 한데 죄인에게서 반성의 기미는 보이지 않는군요."

"하!"

라비니 황후는 코웃음을 쳤다.

"난 잘못한 것이 없다. 네놈과 내가 목숨을 걸고 한바탕 전쟁을 벌였을 뿐이다. 내가 졌고 넌 앙게나스를 보란 듯 찢어발기고 있지. 그러니 난 내 죗값은 치른 것이나 마찬가지다."

황후는 뻔뻔한 얼굴로 턱을 치켜들고 말했다.

"죗값을 치렀다라."

페레스가 싸늘한 눈으로 황후를 내려다봤다.

"당한 사람은 용서를 할 생각이 없는데, 죗값을 치렀다니. 그것 참 이상한 셈법입니다."

매일 밤, 아무리 귀를 틀어막아도 들리던 모친의 목소리가 여전히 이리도 선명한데.

"내 어머니가 겪어야 했던 고통을 따라가시려면, 아직 멀었습니다, 황후마마.”

페레스는 짧게 덧붙였다.

“아직, 차라리 죽여 달라 빌고 있지는 않지 않으십니까.”

본능적인 두려움에 흔들리는 푸른 눈동자를 보자, 황후를 처형대로 보내 버리고 싶어 흉포하게 날뛰던 분노가 조금이나마 잠잠해지는 것을 느꼈다.

그리 쉽게는 안 되지.

물론 한참이나 황후 쪽으로 기울어진 저울을 그대로 둘 생각은 없었다.

“데려오라.”

페레스의 명령에 문 앞을 지키고 있던 간수가 재빠르게 움직였다.

얼마 지나지 않아 철컹하는 문소리와 함께 고요하던 지하 감옥이 소란스러워졌다.

“이, 이거 놔! 놓으란 말이다! 히익, 때, 때리지 마! 내가 잘못했다!”

그 목소리는 페레스와 라비니 황후 둘 모두에게 익숙한 것이었다.

“……아스타나?”

“어, 어머니!”

병사들의 손에 우악스레 끌려오던 아스타나가 라비니 황후를 알아보고 어린아이처럼 울부짖었다.

엄연히 제국 1황자의 신분이었지만, 아스타나의 처량한 꼴은 거리의 부랑자에 가까웠다.

황자의 타고난 고귀함 따위는 눈 씻고도 찾아볼 수 없었다.

페레스가 조용히 눈짓하자, 병사들은 아스타나를 포박하고 있던 손을 풀었다.

"어머니이!"

라비니 황후에게 달려가 드레스 자락을 부여잡는 아스타나의 모습은 이십 대 중반의 나이가 의아할 정도로 미성숙했다.

저런 아스타나가 황위를 이었다면, 실질적으로 황제의 권력을 갖는 사람이 누구였을지는.

그리 힘들게 고민해 보지 않아도 알 수 있었다.

옆에서 지켜보던 간수들도 그것을 느낀 것인지 저들끼리 조용히 눈짓을 하며 인상을 찌푸렸다.

"어, 얼굴이 어째서 이리……."

황후가 덜덜 떨리는 손으로 아스타나의 멍든 얼굴을 살폈다.

"저놈들이! 허엉!"

아스타나가 자신을 끌고 온 병사들을 손가락질하면서 말했다.

"오지 않으려고 해서…… 어쩔 수 없었습니다."

병사가 페레스를 향해 얼른 변명했다.

"죄인이 명령을 듣지 않는다면, 어쩔 수 없는 일이지."

"네 이놈!"

황후가 페레스를 향해 고함을 쳤다.

"아스타나는 제국의 적황자다! 네놈이 아무리 득세를 했다고 하더라도 폐하의 핏줄을 이리 대할 수는 없다는 말이다!"

라비니 황후는 한 팔로 아스타나를 끌어안았다.

모자의 애절한 그 모습에 페레스가 냉담하게 대답했다.

"신분을 막론하고 철저히 여죄를 밝혀내라는 황명이라 말입니다."

"……요바네스!"

황후가 이를 아득 갈며 분노했다.

조금 전, '전쟁을 벌였을 뿐이다'라고 지껄이던 것과는 사뭇 다른 모습이었다.

그리고 이내 페레스를 죽일 듯 노려보며 외쳤다.

"악마 같은 것!"

"흑! 흐윽!"

아스타나는 그런 황후의 품에 안겨 연신 서러운 눈물을 쏟아 냈다.

"어머니! 저놈들이 저를 천민 대하듯 했습니다! 감히 나를 짐승 대하듯이! 흑!"

"괜찮습니다, 황자. 괜찮아요."

황후는 마치 제 아들을 지키는 가련한 어미처럼 행동했다.

그리고 그 모습이 페레스 안의 무언가를 건드렸다.

고개를 살짝 기울이고 서로를 끌어안은 모자를 보는 붉은 눈동자의 색이 더욱 어둡게 가라앉았다.

악마라고 했던가.

그렇다면 그 기대에 부응해 주어야겠지.

"아스타나."

페레스의 부름에 아스타나가 고개를 들고 훌쩍였다.

"뭐, 뭐냐!"

"폐하께선 이번 반역 사건과 지난번 시해 미수 사건에 대한 일체의 조사를 내게 일임하셨다."

페레스의 말이 차가운 감옥 벽을 타고 아스타나에게 뻗쳤다.

"그것이 네가 며칠 전부터 네 궁이 아닌 감옥에 감금되어 있던 이유다."

"역시 네놈의 짓……!"

"게다가 아직 광인의 숲에서 있었던 일의 진범이 밝혀지지 않았지."

아스타나가 말을 멈췄다.

아둔한 머리가 페레스의 말의 의미를 알아내려 맹렬히 돌아갔다.

페레스는 아스타나의 운명을 움켜쥔 손아귀를 여유롭게 쥐었다 폈다 하며 말했다.

"널 위해 쉽게 말해 주지. 한마디로 너와 너의 모친 둘 중 하나가 그 범인이 될 것이란 뜻이다."

"그, 그렇다면……."

"하지만 황후마마의 말대로 너는 황제의 핏줄을 이은 귀한 몸이니 너에게 선택권을 주겠다."

페레스가 한쪽 입꼬리에 비뚠 미소를 걸며 말했다.

"지금 이 자리에서 네 모친인 황후 라비니가 너에게 단검을 쥐여 주며 황제 폐하를 해하라고 했다고 인정해라."

"뭐, 뭐……?"

"그러면 조사에 협조한 것으로 참작하여, 당장 너를 감옥에서 빼내어 주지."

그리고 페레스는 한 가지 제안을 더 내걸었다.

감옥에 갇혀 있던 며칠 내내, 아스타나는 간수들이 주는 음식을 '쓰레기'라고 부르며 일절 입에도 대지 않았다.

"만약 자필로 당시 상황을 적은 상세한 자백서를 적어 낸다면, 먹고 싶은 음식까지 모두 제공해 주겠다."

광인의 숲 사건은 모두 페레스의 계획대로 흘러간 일이었다.

아스타나는 감옥에서 벗어나는 것과 음식을 조건으로 없던 일을 날조해야 하는 것이었다.

페레스는 여유로운 태도로 아스타나의 대답을 기다렸다.
'말도 안 되는 소리.'
라비니는 내심 페레스의 제안을 비웃었다.
생존을 보장해 주겠다는 제안도 아니었고, 황자로서의 최소한의 권리를 보장해 주겠다는 제안도 아니었다.
당장 반역으로 목숨이 날아갈지도 모르는 이 상황에서, 페레스가 대가로 내건 것은 너무나 무의미했다.
'절대로 받아들일 리 없…….'
스르륵.
황후의 비웃음은 아스타나가 안고 있던 손을 풀고 몸을 물리자 사라졌다.
"……황자?"
놀란 라비니가 아스타나를 불러봤지만, 아스타나는 그런 그녀의 시선을 피했다.
동시에 페레스의 눈에는 조소가 스쳤다.
황후는 깜짝 놀라며 아스타나를 말리려고 했다.
목숨을 보장하지도 않는 페레스의 말장난에 넘어가면 안 된다고 조언하려던 것이었다.
"화, 황자. 그런 제안에 넘어가면……!"
"처음부터 제 잘못은 아니지 않습니까."
아스타나가 여전히 라비니를 바라보지도 못하면서 중얼거리듯 변명했다.
"다 어머니가 혼자서 벌인 일인데, 나까지 휘말리는 것은 불공평한 일이에요."

라비니는 아스타나를 도우려던 마음을 접었다.

그 대신 배신감에 치를 떨었다.

"어, 어떻게……. 감히 네가 나를 어떻게……."

"이게 다, 어머니와 앙게나스가 분에 넘치는 욕심을 부렸기 때문이 아닙니까!"

아스타나가 아직 자신을 안고 있는 라비니의 팔을 떨쳐 내고 벌떡 자리에서 일어나며 소리쳤다.

"서부 촌구석의 귀족이 황후의 가문이 되었으면 거기에 만족했었어야지! 감히 제 분수도 모르고!"

아스타나가 이제 라비니를 비난했다.

그리고 페레스를 향해 비굴한 웃음을 지어 보이며 말했다.

"너, 너와 나는 형제가 아니냐. 아버지가 같은, 피를 나눈 형제!"

그리고 주춤주춤 다가왔다.

"무슨 말이든, 네가 시키는 대로 다 쓰마. 어머니와 앙게나스가 어찌 되든 나와는 하등 상관없는 일이다, 동생아."

그렇게 뻗어 오는 손길을, 페레스는 슬쩍 움직여 피해 버렸다.

그리고 간수들에게 명령했다.

"데려가라."

"어허! 놔라! 내가 내 발로 걸어갈 것이다!"

아스타나가 병사들에게 눈을 부라리고 서둘러 감옥을 빠져나가며 말했다.

"갓 구운 빵과 고기를 먹고 싶다! 어서 대령해야 할 것이다!"

그렇게 멀어지던 아스타나는 마지막에 슬쩍 라비니를 돌아봤다.

그러나 그것뿐이었다.

모친을 차가운 감옥 바닥에 혼자 버려둔 채로 아스타나는 도망치듯 지하 감옥을 빠져나갔다.

아둔한 녀석.

아스타나의 안위는 그가 자백서를 제출할 때까지만 보장되는 것이다.

본인은 아직 그것을 모르는 것 같지만.

페레스는 아스타나의 뒷모습을 보며 비웃었다.

"하, 하하……."

황후는 주저앉은 채로 헛웃음만 흘렸다.

멍하니 감옥 바닥을 내려다보는 눈에는 초점조차 없다.

"어떻게, 어떻게 나를……."

"부족하나마 기대에 부응해 드린 것 같아 기쁩니다."

페레스가 웃음기 담긴 목소리로 말했다.

그러자 라비니가 외쳤다.

"복수를 하니 통쾌하겠지! 그러나 그것도 한순간일 뿐이다! 곧 너도 복수심에 먹히게 될 것이야!"

그러고는 무언가 깨달은 듯 배를 잡고 웃었다.

"하하! 그래! 이미 먹혔지! 내게 복수를 하느라 황위를 이어 버렸지! 그러니 네가 그리 죽고 못 사는 그 계집과는 영원히 이어지지 못하게 되었지!"

아하하하!

황후의 미친 웃음소리가 감방 안을 요란하게 울렸다.

"아주 좋구나! 아주 좋아! 계속 그렇게 불행히 살거라!"

그러나 황후의 눈에선 눈물이 흐르고 있었다.

쿵, 쿵!

넋이 나가 웃음을 짓는 순간에도 황후는 비통한 듯 자신의 가슴을 주먹으로 내리치고 있었다.

웃음소리는 갑자기 동물의 것과 같은 울부짖음이 되었다가, 또 어느 순간 광기 섞인 웃음이 되었다.

어느 순간, 황후의 웃음소리가 뚝 끊겼다.

"날 죽여라. 감히 황제를 죽이려 한 황후로서 나를 처형대에 세워라. 네 복수를 완성해야 하지 않느냐."

쩍쩍 갈라지는, 무척이나 지친 목소리였다.

그러나 페레스는 고개를 가로저었다.

"또 나를 과소평가하는군. 감히 너의 죽음 따위로 완성될 수 있는 것이 아니다, 나의 복수는."

확연히 달라진 말투와 함께 페레스는 황후의 발치에 종이 한 장을 툭 던졌다.

"황후 폐위서다. 넌 이제 램브루 제국의 황후가 아니라는 뜻이지. 감히 처형대에서 죽을 수도 없다는 말이다."

라비니의 메마른 손이 폐위서를 겨우 집어 들었다.

그런 라비니에게 페레스는 다시 한번 확인시켜 주듯 말했다.

"넌 이제 아무것도 아니다."

그 말에 벼락을 맞은 듯, 라비니의 몸이 덜덜 떨리기 시작했다.

"안 돼. 그럴 수는…… 그럴 수는 없어. 안 돼……."

라비니는 현실을 부정하듯이 고개를 도리질 쳤다.

저벅, 저벅.

페레스가 주저앉은 라비니의 바로 옆으로 다가가 자세를 낮췄다.

그리고 핏발이 서고 눈물로 엉망이 된 푸른 눈동자를 한 치의 오차도 없이 똑바로 바라보며 나직이 말했다.

"분명히 말해 주지. 넌 여기서 죽게 될 거다. 오늘이 될 수도, 내일이 될 수도 있지."

라비니의 갈라진 입술이 덜덜 떨렸다.

"넌 죽는다."

그러나 페레스에게는 아무런 감정도 불러일으키지 못했다.

"누군가가 들어와 널 때려죽일 수도, 잠든 네 목을 그어 버릴 수도 있다. 아니면 간수가 주는 음식에 독이 들어 있을지도 모르지."

라비니의 얼굴이 서서히 공포에 물들고 있었다.

"그러니 오늘이 네 마지막 날일까, 두려워하며 하루하루를 지옥에서 살아라. 아무도 널 구원해 주지 않는 이곳에서 잊힌 채 썩어 가라, 라비니 앙게나스."

그렇게 말한 페레스는 자리에서 훌쩍 일어나 감방을 나왔다.

"그렇게는 안 돼! 아악! 차라리 날 죽여라! 날 죽여! 안 돼!"

라비니가 그런 페레스에게 죽일 듯 달려들었지만, 병사들의 손에 금방 붙잡힐 뿐이었다.

페레스는 마지막으로 간수들에게 차갑게 명령했다.

"죄인이 자결하려 하면 재갈을 물리고, 사지를 묶어 버려라."

저벅, 저벅.

지하 감옥을 빠져나오는 페레스의 발걸음은 라비니의 절규에 파묻혀 버렸다.

그러나 그것도 잠시.

철컹.

감옥 밖으로 나온 페레스의 등 뒤로 두꺼운 철문이 닫히자, 조용한 바람 소리가 들리는 것이 전부였다.

라비니의 모든 것은 그렇게 지하 감옥에 갇혔다.

페레스는 뒤도 돌아보지 않은 채, 조용한 황궁을 거닐었다.

"요 며칠 페레스가 안 보이네요."

나는 앙게나스 저택을 나서며 클레리반에게 말했다.

"아마 정신없으실 겁니다. 황제 폐하의 업무를 모두 도맡아 보고 계시니까요."

"아, 그렇겠구나."

황제의 상태가 여전히 오늘내일하며 좋아지지 않고 있으니.

쌓여 가는 업무를 누군가는 처리해야 하겠지.

"익숙해져야 하는데."

페레스는 점점 더 바빠질 거다.

나도 마찬가지였다.

그러니 앞으론 그동안처럼 자주 왕래하며 지낼 수 없을 것이다.

그것을 잘 알면서도 자꾸 가슴 한복판이 시큰거렸다.

나는 그 통증을 모른 척 무시하며 클레리반에게 말했다.

"같이 타요. 가는 길에 데려다줄게요."

"감사합니다."

황도에서 롬바르디 영지로 돌아가는 마차 안은 조용했다.

이제 슬슬 때가 된 것 같은데.

"저어, 피렌티아 님."

역시나 클레리반이 조심스레 운을 뗀다.

"말해 봐요, 클레리반."

지난번에 할 말이 있다고 했던 클레리반이었다.

이제 앙게나스의 정리도 슬슬 끝을 보이고 있으니까.

클레리반이 지난번에 말했던 용건을 꺼낼 때가 되었다고 생각했던 내 예상이 맞았다.

"후우."

클레리반이 짧은 한숨 끝에 나를 바라보며 품에서 무언가를 꺼냈다.

"이게 뭐예요?"

나는 그렇게 물으며 종이를 펼쳤다.

그리고 가슴이 쿵 하고 내려앉는 것 같았다.

"이거……."

"펠렛 상회를 만들 때 썼던, 종신 계약서입니다."

클레리반은 다시 한번 크흠 하고 헛기침을 하더니 말했다.

"이 계약을 종료해 주십시오."

뭐라고?

"펠렛 상회주직을 내려놓아야 할 것 같습니다, 피렌티아 님."

이제 막 정상적인 영업을 다시 시작한 펠렛 상회의 상회주 집무실.

클레리반의 부친인 로마시에 딜라드가 찾아왔다.

이미 며칠 전부터 잡혀 있던 약속이었기 때문에 시간을 비워 두고 기다리고 있던 참이었다.

클레리반이 내심 당황한 이유는 로마시에 딜라드가 아니었다.

"오랜만에 뵙습니다, 클레리반 님."

로마시에와 함께 집무실 안으로 들어온 윌리안 딜라드, 로마시에의 장남 때문이었다.

클레리반보다 두 살 아래의 윌리안은 누가 봐도 한눈에 로마시에 딜라드의 아들이라는 것을 알 수 있을 정도로 닮은 외모를 하고 있었다.

모친을 닮아 금발에 날카로운 인상을 가진 클레리반과는 달리 윌리안은 옅은 갈색 머리칼에 서글서글한 눈매가 인상적인 사내였다.

시종일관 정중하고 반듯한 태도에, 머리부터 발끝까지 한 군데도 모난 구석이 없는.

막내 여동생인 로릴과도 똑 닮은 얼굴이었다.

"예. 오랜만입니다, 윌리안 딜라드 님."

클레리반은 당황한 기색을 속으로 감추며 사무적인 태도로 마주 인사했다.

곧 롬바르디 상단주직을 물려받을 윌리안 딜라드와 함께인 것을 보니, 사적인 방문은 아닐 것이라는 판단이었다.

"롬바르디 상단에서 어쩐 일로 오셨습니까."

업무로 마주 앉은 상대와 이런저런 목적 없는 이야기를 나누는 취미는 없었다.

클레리반이 묻자 윌리안은 슬쩍, 부친인 로마시에의 눈치를 봤다.

'아직 결정권을 넘겨받지는 않은 모양이군.'

롬바르디 상단을 경영하는 딜라드 가문의 장남인 윌리안이 상단주직을 물려받기 위해 본격적으로 승계 작업을 시작했다는 것은 익히 알고 있는 일이었다.

그리고 그 과정이 썩 평탄히 흘러가지 않는 중이라는 것도 알았다.

당장 여러 분야에서 펠렛 상회와의 경쟁에 뒤처지고 있었기 때문이었다.

그러나 그것을 문제 삼는 사람은 별로 없었다.

제국에서 가장 큰 상단인 롬바르드 상단을 물려받는 일이다.

길고 고된 작업이고 그 시기에 상단의 운영이 흔들리는 것은 이미 예상된 일이었다.

'적당히 거절해야겠군.'

클레리반은 그렇게 생각하며 무릎 위에 놓인 손을 단단히 깍지 꼈다.

나중이라면 몰라도, 흔들리고 있는 롬바르드 상단과 협업을 해 펠렛 상회가 그 짐을 나눠 짊어질 필요는 없으니까.

"오늘은."

로마시에 딜라드가 운을 뗐다.

그 모습을 보던 클레리반의 눈이 살짝 가늘어졌다.

로마시에 딜라드가 무척이나 긴장한 기색을 보였기 때문이었다.

덩달아 클레리반의 깍지 낀 손에도 힘이 들어가며 하얀 손마디가 도드라졌다.

도대체 무슨 일이기에.

"펠렛 상회주에게 부탁이 있어서 찾아왔소."

로마시에 딜라드는 아주 잠시 동안, 클레리반과 윌리안을 번갈아 바라보다 말했다.

"롬바르디 상단을 맡아 주시겠소?"

"……."

잠시 침묵이 흘렀다.

조용히 로마시에 딜라드를 주시하던 클레리반이 되물었다.

"맡는다니. 그게 무슨 말입니까."

"말 그대로요. 클레리반 펠렛 상회주가 내 뒤를 이어 롬바르디 상단주가 되어 주었으면 하오."

잘못 들은 것이 아니었다.

클레리반이 조용히 윌리안 딜라드를 바라봤다.

그 시선의 의미를 알아차린 윌리안은 차분한 목소리로 말했다.

"제가 먼저 제안드린 것입니다."

"……왜 그런 생각을 한 겁니까."

클레리반은 한쪽 눈썹을 올리며 물었다.

말도 안 되는 제안이다.

클레리반에게 로마시에의 뒤를 이으라니.

"멀쩡히 상단주 대리직을 수행하고 있지 않았습니까."

"멀쩡히라. 그리 보였다면 다행입니다."

윌리안이 지친 얼굴로 미소 지었다.

"지난 몇 해간 부친의 자리를 이어받으려 부단히 노력해 봤습니다만, 제 능력 밖의 일이라는 사실을 거듭 확인하는 과정일 뿐이었습니다."

"승계의 과정이 녹록지 않다는 것은 알고 있습니다만, 그렇다고 해서……."

"제 능력은 제가 잘 알고 있습니다. 저는 롬바르디 상단을 이끌

만한 그릇이 되지 못합니다."

윌리안 딜라드가 고개를 가로저으며 말했다.

"세월이 지나면 익숙해져 부친의 흉내를 낼 수는 있을 겁니다. 그러나 그게 전부이겠지요. 최선을 다해도 저는 겨우 상단의 현상 유지만 가능할 뿐입니다. 그러나 발전하지 않는 상단은 금방 도태되기 마련인 것을 클레리반 님도 잘 알고 계시지 않습니까."

그렇게 말하는 윌리안 딜라드는 이제 겨우 마흔이 된 사람치고는 무척 수척한 얼굴을 하고 있기는 했다.

하지만 클레리반은 얕게 고개를 저었다.

"그렇다고 해서 설명이 되지는 않습니다. 상단주께는 아들이 셋이나 있지 않습니까."

넷이 아니라, 셋.

클레리반 자신의 존재는 셈하지 않았다.

당연한 일이었다.

자신은 공식적으로 인정받지 못한 사생아였으니까.

"이런 말이 어찌 들리실지는 모르겠습니다만……."

윌리안이 잠시 말꼬리를 흐리다 말했다.

"로릴을 포함해 저희 사남매 중 누구도 클레리반 님처럼 부친의 능력을 물려받은 사람은 없습니다."

다시 한번 무거운 침묵이 흘렀다.

클레리반은 여전히 처음의 자세에서 한 치도 움직이지 않은 채로 맞은편에 앉은 딜라드 부자를 바라봤다.

그리고 무겁게 입을 열었다.

"거절하겠……."

“롬바르디 상단을 도와주십시오, 클레리반 님.”

윌리안이 머리를 숙이며 말했다.

“저희 딜라드 가문에서, 클레리반 님께 이런 부탁을 드리는 것이 얼마나 염치없는 짓인지 잘 알고 있습니다.”

가문의 치부인 이복형제에게 머리를 숙이고 있음에도, 윌리안 딜라드에게 치욕스러워하는 기색은 없었다.

윌리안 딜라드는 원래 그런 사람이었다.

“부디 다시 한번 생각해 다오.”

로마시에 딜라드도 재차 부탁했다.

냉정한 클레리반도 이 순간만큼은 복잡한 심경을 감추기가 어려웠다.

클레리반은 실수의 산물이었다.

어린 시절 그 사실을 알고 잠시 방황했으나 이미 받아들인 지 오래였다.

로마시에 딜라드는 클레리반을 공개적으로 인정하지는 않았지만 경제적인 지원을 통해 책임을 졌다.

그래서 이 나이가 되도록 품고 있는 억하심정 따위는 없었다.

아니, 그렇게 생각했다.

“롬바르디 상단을 맡아 주십시오.”

그러나 아무래도 중년이 된 그의 가슴속에도 무언가 남아 있던 모양이었다.

딜라드 가문의 부자가 고개를 숙이는 모습에 뭔지 모를 쓰디쓴 것이 울컥하고 치미는 것을 보면.

“나는 이제 와 딜라드 가문에 편입되고 싶은 마음은 없습니다.”

클레리반이 딱딱한 얼굴로 말했다.
그러자 로마시에 딜라드가 대답했다.
“딜라드로 성을 바꾸라는 요구가 아니다. 그저 펠렛 상회를 훌륭히 일군 클레리반 펠렛에게 다음 롬바르디 상단주가 되어 달라 제안하는 것일 뿐이다.”
“하지만 그렇게 되면 딜라드 가문은 롬바르디 상단에 대한 권리를 잃어버리게 됩니다.”
“그렇겠지.”
로마시에 딜라드가 너무나 쉬이 대답했다.
모든 것을 각오했다는 듯이.
“하지만 딜라드 가문보다 더 중요한 것이 있다.”
“……롬바르디 상단.”
“맞다. 롬바르디 상단은 그 자리에 어울리는 자가 이끌어야 한다. 만약 다음 대 딜라드 중에 그런 사람이 나오지 않았다면, 그런 능력을 가진 사람에게 넘겨주어야 한다. 그것이 롬바르디 가신으로서의 내 의무다.”
지독한 충성심이었다.
그러나 클레리반은 그 마음을 이해할 수 있었다.
만약 자신이 로마시에 딜라드의 입장이라고 하더라도 같은 결정을 내렸으리라.
“그렇다면 조건이 있습니다.”
“……말해 보거라.”
로마시에 딜라드는 각오했다는 듯 작은 한숨을 쉬며 말했다.
“내가 롬바르디의 상단주가 되더라도 딜라드의 인력이 상단에서 빠지는 일은 없어야 합니다."

"……뭐라?"

"딜라드 가문의 사람들과 그동안 상단주를 모시던 인력들이 내가 껄끄러워 일을 그만두는 일은 없어야 한다는 말입니다."

"그, 그거야……."

오히려 딜라드 가문에서 부탁해야 할 일이었다.

"하지만 그러면 되레 클레리반 님께서 불편해지실 수가 있는데요."

윌리안이 어리둥절해하며 물었다.

클레리반은 그런 윌리안에게 차갑게 말했다.

"갑자기 딜라드의 사람들이 모두 빠져나가면 그 변화에 상단이 적응하기까지는 몇 년이 걸릴 겁니다. 고작 내가 편하게 일하자고 롬바르디 상단을 위험하게 할 수는 없는 일입니다."

그가 가진 롬바르디에 대한 충성심은 누구에게도 지지 않는다.

게다가 피렌티아 님이 이끌어 갈 미래의 롬바르디라면 더더욱.

"고맙습니다, 클레리반 님!"

한 짐 덜은 듯, 부쩍 밝아진 안색의 윌리안이 다시 한번 고개를 숙이며 외쳤다.

"아직 고마워하지는 마십시오. 저도 허락을 받기 전에는 확답을 드릴 수 없으니."

"아, 그러면……."

다시 한번 어리둥절한 얼굴을 하는 윌리안에게 클레리반은 단호하게 대답했다.

"피렌티아 님께 허락을 받아야 할 것 아닙니까. 내가 모시는 주군은 그분이시니."

"어떤 놈이에요."

내가 싸늘하게 물었다.

"……예?"

"클레리반을 꼬신 게 어디에 어떤 놈팡이들이냐고요."

아, 열받아.

나도 모르게 거친 말이 툭툭 튀어나온다.

감히 우리 클레리반을 넘봐?!

"그쪽이 무슨 조건을 내밀었든 내가 더 잘해 줄게요. 가지 마요."

뭔가 구질구질한 구남친 같은 말이기는 하지만, 나는 심각하다.

클레리반을 뺏길 수 없어!

"잠깐. 혹시 독립하려는 생각이에요?"

그러면 막기가 뭐한데.

앞길을 막는 악독 상사가 될 수는 없잖아.

"그럼 하고 싶은 일 다 잘되라고 말해 줄 거기는 한데……."

"풉……."

한참 머리를 싸매고 있는데 클레리반의 반응이 좀 이상하다.

엄청 심각한 내 얼굴을 보더니 웃기 시작했다.

"하하하!"

"클레리반?"

"죄, 죄송합니다, ……풉. 티아 님의 얼굴이 너무 귀여우셔서……."

눈꼬리에 맺힌 눈물을 훔치던 클레리반이 내게 말했다.

"로마시에 딜라드 상단주가 제게 롬바르디 상단주직을 이어 달라고 제안해 왔습니다."

"상단주? ……아아!"

맞다.

이전 생에서도 클레리반은 로마시에 딜라드의 뒤를 이어서 롬바르디 상단주가 되었었다.

할아버지가 돌아가시고 롬바르디를 나와 펠렛 상회를 세웠던 것이고.

클레리반은 마음이 꽤 복잡한 것 같았다.

그럴 만도 하지.

정작 딜라드의 이름은 허락받지 못하고 살았는데, 갑자기 딜라드의 상단을 물려받게 되었으니까.

"그럼 펠렛 상회는 바이올렛에게 넘겨주면 되겠네요."

"제 생각도 그렇습니다. 바이올렛이라면 잘 해낼 겁니다."

"펠렛 상회에서 롬바르디 상단으로……. 그럼 클레리반은 계속 내 사람 맞죠?"

내 말에 놀란 듯 눈을 조금 크게 뜨던 클레리반은 이내 미소 지으며 고개를 끄덕였다.

"네, 맞습니다. 피렌티아 님의 사람."

그렇게 말하는 클레리반의 얼굴이 조금 붉었다.

"이제 화가 풀리셨습니까?"

"응, 이제 아무렇지 않아요. 나는 또 누가 클레리반을 훔쳐 가는 줄 알았잖아요."

십년감수하는 줄 알았네.

"다행입니다."

클레리반이 활짝 웃었다.

나는 그 웃는 얼굴을 잠시 바라봤다.

이전 생에서 클레리반은 저렇게 웃는 사람이 아니었다.

어딘가 항상 어둡고 뾰족한 구석이 있었고, 가끔 웃는 얼굴은 시니컬한 비웃음에 가까웠다.

"……피렌티아 님을 만나서 정말 다행입니다."

저런 말을 할 줄 아는 사람은 더더욱 아니었고.

"나도 마찬가지예요."

이렇게 마주 앉아 있지만 나와 클레리반 둘 다, 이번 생에선 얼마나 다른 사람이 되었는지.

새삼 감회가 새로웠다.

나는 클레리반을 향해 같이 웃으며 말했다.

"앞으로도 잘 부탁해요, 클레리반 펠렛 롬바르디 상단주."

제국을 이끌어 가는 회의에는 총 네 가지 종류가 있었다.

첫째는 각 부처의 관료들이 모이는 관료 회의.

둘째는 귀족들이 모이는 귀족 회의, 세 번째는 귀족들과 황제가 한자리에 모여 제국의 중대한 사안을 논의하는 대회의.

그러나 언급된 세 가지 회의보다 자주 열리고, 또 세세한 안건에 대해 의논하는 것이 바로 국정 회의라고 불리는 것이었다.

각 부처의 대표들이 관료 회의의 결과를 취합해 황제에게 일종의 업무 보고를 하는 자리에 귀족의 대표 일곱이 참석해 의견을 보태는 자리였다.

그리고 오늘은 페레스가 황제의 대리로서 주최하는 첫 번째 국정 회의였다.

귀족 대표로 참석한 킬리언 의장 등은 자리에 앉아 2황자이자 곧 황태자가 될 페레스가 관료들을 데리고 도착하기를 기다리는 중이었다.

"롬바르디 가주 대리께서도 조금 늦으시는군."

킬리언 의장이 아직 비어 있는 의자를 바라보면서 말했다.

그러고는 옆자리에 앉은 마임베르트 가주에게 말했다.

"오늘 회의는 빨리 끝날 것 같지 않소?"

"저도 그렇게 생각하고 있었습니다. 회의가 끝나면 함께 식사나 하시지요, 허허."

"그럽시다! 다들 함께하는 것이 어떻소?"

"좋은 생각입니다, 하하하."

귀족들이 여유롭게 웃으며 가벼운 이야기를 나눴다.

요바네스 황제가 주관하던 지난번 회의 때만 하더라도 상상도 할 수 없는 모습이었다.

그들이 이렇게 여유를 부리는 것에는 다 이유가 있었다.

"2황자 전하께서 그리 능숙하게 업무를 보신다지?"

"그렇다고 합니다. 제 셋째가 재정부에서 일하고 있지 않습니까?"

"아아, 최근에 승진했다고 들었소! 축하하오!"

"허허, 감사합니다. 근데 그게 중요한 것이 아니고, 글쎄 황자 전하께서 폐하의 대행으로서 업무를 보기 시작한 뒤로 관료들의 얼굴이 다 폈다지 뭡니까."

"그 정도라는 말이오?"

킬리언 의장이 눈을 동그랗게 뜨며 대화에 끼어들었다.

"업무의 부담이 반으로 줄었다고 합니다."

"에이, 설마 정말로 반으로 줄었을까!"

그러자 말을 꺼낸 이가 답답하다는 듯 말했다.

"그런 말이 나올 정도로 일하기가 수월하다는 뜻이지요!"

그러고는 조금 목소리를 낮춰서 말을 이었다.

"저희 셋째가 며칠 전에 관료 회의에 들어갔었는데, 마치 황자 전하께서 모든 업무를 꿰뚫어 보고 있는 것 같았답니다."

"꿰뚫어 봐?"

"원래 관료 회의의 대부분이 황제 폐하께 안건을 설명하고 설득하고 그런 번거로운 일들이 아닙니까. 그런데 황자 전하께서는 관료들이 알려 주기도 전에 모든 안건을 다 숙지하고 있는 것도 모자라 관료들이 생각해 내지 못한 해결책까지 척척 제시하시더랍니다."

"호오, 그것참 신기하군."

"그리고 이미 웬만한 것들은 회의 안건으로 올라오기도 전에 따로 지시를 내려 해결해 버리니, 다들 업무가 수월해졌다고 가슴을 쓸어내리는 것이지요."

그 이야기를 들은 킬리언 의장이 옆자리의 귀족에게 슬쩍 몸을 기울이며 말했다.

"우리도 어제 그런 느낌을 받지 않았소?"

"그러고 보니……."

어제는 귀족 회의가 있었다.

꽤 오랜만에 열린 것이라 다들 회의가 길어질 것이라 각오를 하고 참석했던 회의였다.

그런데 회의 시간은 평소의 반도 되지 않게 짧았다.

"다 롬바르디 가주 대리가 교통정리를 잘해 주어서 그런 것 아니겠소?"

킬리언 의장이 솔직하게 제 생각을 말했다.

그러자 다들 고개를 끄덕이며 수긍했다.

"저도 그런 느낌을 받았습니다. 롬바르디 가주 대리가 적절한 때에 끼어들어 한두 마디를 해 주면 문제가 싹 해결되는 것 같았달까요."

"맞습니다. 물론 이제 물 흐리던 앙게나스가 없어서 그런 것 같기도 하지만."

"크흠."

앙게나스라는 말이 나오자 귀족들이 저마다 헛기침을 하며 묘한 얼굴을 했다.

얼마 전까지 제국을 호령하던 가문 중에 하나였던 앙게나스는 이제 언급하면 안 되는 금지어 중 하나가 되었다.

"아무튼 오늘 회의도 수월하게 끝날 것이라 예상됩니다, 의장님."

"그렇소. 황자 전하도 계시고 롬바르디 가주 대리도 참석하실 테니. 아, 저기 오시는군."

마침 회의장 안으로 들어서는 피렌티아를 보고 킬리언 의장이 자리에서 일어나며 말했다.

"다들 먼저 와 계셨네요."

"여기 앉으시지요, 롬바르디 가주 대리."

"롬바르디 저택에서 오시기엔 조금 거리가 먼데. 고생이 많으셨습니다, 가주 대리."

귀족들의 태도는 처음 피렌티아가 가주 대리가 되었을 때와 완전히 달라져 있었다.

나이가 어리든, 여성이든.

이미 상관없었다.

제국은 롬바르디 없이 존재할 수 없고, 피렌티아는 그런 롬바르디 가주 대리의 역할을 완벽히 수행하고 있었으니까.

잠시 뒤.

"황자 전하께서 오십니다."

페레스가 회의실에 도착하고 국정 회의가 시작되었다.

'역시, 우리 예상이 맞았군.'

귀족들은 회의가 순풍에 돛 단 듯 빠르고 수월하게 흘러가자 내심 흡족해하며 고개를 끄덕였다.

그런데 시간이 지날수록 그 흡족함은 놀라움으로 바뀌기 시작했다.

매 안건마다 같은 패턴이 반복되고 있었기 때문이었다.

먼저 관료가 어떤 사안이 있는지 이야기를 하면.

"바꿔 말하자면……."

2황자가 그 분야의 전문가인 관료보다 더 명료하게 대두된 문제점을 파악하고.

"그 점은 관계 부처에서……."

"아닙니다. 관계 부처보다는 실질적으로 거래를 하는 상단에게 조언을 구하는 것이……."

페레스와 피렌티아 사이에서 빠르게 대화가 오간다.

그러고 나면, 안건을 꺼냈던 관료는 묵은 체증이 쑥 내려간 얼굴로 고개를 끄덕이며 말했다.

"정말 그렇게 하면 되겠습니다! 얼른 적용해 보고 다시 보고서 올리겠습니다!"

그러다 보니 몇 시간 지나지 않았는데 이미 회의가 끝나 버렸다.

킬리언 의장을 비롯한 귀족들은 그야말로 입 한번 벙긋하지 않고 끝난 것이다.

"어어, 이것 참."

"이래서야 면목이 없는데……."

귀족들이 좋으면서도 민망해하는 척 허허 웃으며 말했다.

다들 중앙 귀족 경력이 몇 년 차인데.

그 정도 눈치를 챙길 줄은 알았다.

"저는 선약이 있어서 그럼 이만 일어나겠습니다."

그렇게 말한 황자는 곧바로 자리에서 일어나 회의실을 나갔다.

나가기 전 페레스는 인사를 하고 싶어 흘끗 피렌티아를 바라봤으나, 마침 킬리언 의장이 말을 걸어 오는 바람에 그녀는 그 모습을 보지 못했다.

"롬바르디 가주 대리, 이제 일정이 있습니까?"

"아뇨, 아직은."

"그렇다면 저희와 함께 식사를 하시는 것은 어떻겠습니까. 국정 회의가 끝나면 가끔 이리 모이고는 합니다."

이 자리에 모인 귀족들의 손녀 혹은 자녀뻘 되는 나이의 피렌티아였지만, 귀족들은 그녀의 대답을 듣기 위해 귀를 쫑긋 세웠다.

"아……."

그런데 잠시 말꼬리를 흐리는 피렌티아의 모습에 다들 시무룩했다.

아무래도 나이가 많은 우리들과 겸상을 하기는 싫은 것인가 싶은 마음이었다.

"장소는 정하셨나요?"

대답 대신 돌아온 질문에 킬리언 의장은 조금 당황하며 고개를 가로저었다.

"그러면 제가 아는 곳으로 가시죠. 카라멜 에비뉴의 사장이 이번에 새로운 레스토랑을 오픈했는데 평이 좋습니다."

"저도 소식은 들었습니다. 그런데 몇 주는 기다려야 자리가 난다던데……."

"제가 개인적인 친분이 있는 곳이니 괜찮을 겁니다. 그쪽으로 가시죠."

"오오, 역시!"

귀족들을 대표해 국정 회의에 참석할 정도로 영향력 있는 귀족들이 졸졸 피렌티아의 뒤를 따라 움직였다.

이미 무리의 주도권이 피렌티아에게로 넘어갔다는 자각은 아직 아무도 하지 못하고 있었다.

"아주 기대가 됩니다!"

"제 안사람도 며칠 전 그곳의 이야기를 하였는데 이거, 제가 먼저 다녀왔다고 미움받게 생겼습니다. 허허!"

천천히 회의장에서 나와 황궁을 걷고 있자니 뒤에서 저런 대화 소리가 들린다.

저래 보여도 어제 귀족 회의에서는 철천지원수처럼 서로 죽이겠다 달려들던 사람들이다.

각자 출신 가문이 그래서 공적인 자리에선 완벽히 대립각을 세우지만, 사석에선 저렇게 꽤 친한 사이라더니.

역시 베이트의 정보는 정확도가 탁월하다.

그나저나 베이트가 운영하는 곳처럼 정보를 수집하기가 좋은 곳이 없어서 대뜸 가자고 했는데.

아무래도 카라멜 에비뉴의 주 고객층이 귀족 여성들이다 보니 수집되는 정보의 종류에 한계가 있었다.

그래서 이번에는 술도 함께 파는 룸 형식의 고급 레스토랑을 연다기에 건물을 하나 더 빌려줬다.

이번에도 평생 월세 공짜로 해 줬는데, 설마 바쁘다고 문 앞에서 쫓겨나는 건 아니겠지.

그런 생각을 하면서 걷고 있는데 킬리언 의장이 슬쩍 말을 걸어왔다.

"저는 정말 안심했습니다."

"무엇을 말씀이세요?"

"롬바르디 가주 대리와 황자 전하 말입니다."

대충 무슨 이야기를 하려고 하는 건지 감이 왔다.

나는 능숙하게 웃으며 킬리언 의장의 말을 들어 주는 척하며 다시 앞을 바라봤다.

"약혼까지 했던 사이에 다시 공적인 관계만 남기는 것이 쉽지 않은 일이 아니겠습니까."

"그렇죠."

나는 기계적으로 대답했다.

"그래서 과연 두 분이 미래에 롬바르디 가주와 황태자로서 손발을 잘 맞출 수 있을까 내심 걱정했는데. 오늘 그 걱정이 완전히 사라졌지 뭡니까."

그렇게 안 봤는데.

킬리언 의장, 말이 많은 사람이었구나.

대충 고개를 끄덕끄덕해 주며 적당히 대꾸를 해 주었다.

그리고 저 멀리 보이는 한 쌍의 남녀를 확인한 순간.

가슴이 철렁 내려앉았다.

그런 내게 킬리언 의장이 물었다.

"아마 약혼도 잘 마무리를 하신 것이겠지요?"

그러게요.

우리가 약혼을 정리했던가?

그때, 내 뒤쪽에서 걷던 사람들이 내가 보고 있던 남녀를 발견하고 놀란 듯 말했다.

"저기 2황자 전하와 브라운 영애가 아닌가?"

선약이 있다더니.

그 상대가 라모나였구나.

가장 먼저 드는 생각이었다.

회의가 끝나자마자 인사도 없이 그렇게 부랴부랴 나가더니.

라모나를 만나러 서두른 거였구나.

두 번째로 든 생각이었다.

울컥.

우스운 이야기였지만 페레스를 향한 원망 같은 것이 나도 모르게 치밀었다.

그리고 라모나와 나란히 걷고 있는 모습에 마음이 아팠다.

"저렇게 보니 참 잘 어울리는 한 쌍이군요."

누군가가 말했다.

고개를 돌리면 누구인지 알 수 있겠지만, 어째서인지 나는 페레스와 라모나에게서 눈을 뗄 수 없었다.

"듣자 하니 브라운 영애와 2황자 전하는 아카데미에서부터 무척이나 돈독한 사이였다지요?"

"맞소. 그래서 아카데미에서는 두 사람이 연인 관계라는 소문도 공공연하게 돌았다고……."

킬리언 의장이 어디선가 주워들은 소문을 자랑스레 이야기하다가 말을 멈췄다.

그나마 젊은 축에 속하는 위드아 공이 눈치 없는 킬리언 의장의 손을 툭 쳤기 때문이었다.

"으음? 왜 그러시오?"

그러나 킬리언 의장의 눈치는 생각보다 더욱 없었다.

"아아, 롬바르디 가주 대리는 이런 일로 신경을 쓰실 분이 아니지."

이런 일?

"파혼을 공표한 적은 없지만, 이미 당사자들 간에 정리가 되셨겠지. 내 말이 맞지 않습니까, 롬바르디 가주 대리?"

킬리언 의장의 말이 맞았다.

나와 페레스는 공식적으로 파혼하지 않았다.

아직은.

물론 내가 롬바르디 가주 대리가 되면서 예정된 일이기는 했다.

"……맞습니다."

나는 최대한 담담한 목소리로 대답했다.

"그것 보시오!"

킬리언 의장이 나를 향해 신뢰 가득한 눈빛을 보냈다.

"우리 롬바르디 가주 대리께서는 사사로운 감정에 휘둘릴 분이 아니래도!"

킬리언 의장은 계속해서 옳은 소리를 하고 있는데도, 그 한 마디 한 마디가 내 귀에 거슬리기 시작했다.

선을 넘고 있었다.

롬바르디 가주 대리라는 직함을 달고 있는 나를 눈앞에 두고, 내 이야기를 마치 입맛에 맞는 기호 식품처럼 가벼이 언급하는 꼴이.

"역시 롬바르디……."

"그만."

나는 낮은 목소리로 킬리언 의장의 말을 끊었다.

페레스에게서 시선을 떼어 의장을 돌아보니 꽤 당황한 얼굴이 보였다.

나는 더 이상 웃고 있지 않았다.

무표정한 얼굴로 킬리언 의장을 바라봤다.

이 정도면 내 말뜻을 알아들었겠지.

나는 다시 적당히 예의 바른 미소를 지어 보이며 말했다.

"여기서 시간을 이렇게 보내서야 되겠습니까? 어서 레스토랑으로 가죠. 그리고 황자 전하도……."

나는 여전히 발맞춰 걸으며 무언가 대화를 나누고 있는 라모나와 페레스를 확인하고 말했다.

“민망하지 않겠습니까. 우리가 이렇게 여기서 지켜보고 있는 것을 알면.”

“아, 아하하…….”

내 말에 귀족들이 어색하게나마 웃으며 고개를 끄덕였다.

“맞는 말씀이십니다.”

“아무래도 그렇지요. 우리가 어서 자리를 피해 줍시다!”

나와 귀족들은 페레스와 라모나가 다가오는 방향에서 조금 비켜난 쪽으로 방향을 틀었다.

다시 걸음을 옮기는 와중에도 가슴 한가운데에 구멍이 난 것처럼 계속해서 시큰거렸지만, 나는 애써 그 싸한 마음을 외면했다.

익숙해져야 하니까.

나는 롬바르디를 선택했다.

페레스는 황제가 될 것이고, 황제에게는 황후가 필요하다.

그러니 언젠가, 누군가는 페레스의 옆자리를 채울 것이다.

내가 아닌 다른 누군가가.

그리고 라모나라면 정말 괜찮은 선택이었다.

브라운은 그 누구도 반론을 제기하지 못할 충신 가문이고, 화려하게 복귀한 지금 정치적 기반이 약한 페레스를 잘 지지해 줄 수 있을 것이다.

라모나 개인이 무척이나 뛰어난 사람이라는 것도 한몫할 것이다.

강하고 심지가 곧은 사람이니까.

그리고 한눈에 보기에도 페레스를 무척이나 많이 좋아하고 있고.

‘익숙해져야 해.’

나는 다시 한번 스스로를 일깨웠다.

그때, 기사단 집무실에서 페레스가 내게 속삭였던 말이 떠올랐다.

"이렇게 가주 대리에게 입술을 겹치고, 이렇게 살을 맞댈 수 있는 것은, 나 아니면 안 됩니다. 그 누구도."

절대 놓아주지 않겠다는 듯, 나를 꽉 옥죄던 페레스의 체온이 아직 느껴지는 것 같았다.

"후우."

나는 머리를 매만지는 척하면서 작게 한숨을 내쉬었다.

그렇게 하지 않으면 엉망진창이 되어 버린 내 속마음이 얼굴에 드러날 것 같았다.

다행히 찬 바람이 불어오자 효과가 있었는지 불쾌하게 들끓던 마음이 한층 가라앉는 것을 느꼈다.

이것 봐, 하면 되잖아.

순간 근본을 알 수 없는 자신감이 불쑥 들었다.

앞으로도 이렇게 힘들 때마다, 심호흡을 하고 넘겨 내는 거다.

평생 페레스를 안 보고 살 수도 없으니까.

나는 우리와 페레스의 동선이 완전히 달라지기 전에 마지막으로 확인하듯 그쪽을 바라봤다.

훨씬 살 만하다.

그래, 이러다 보면 언젠간 괜찮아지겠지.

시간이 다 해결해 주…….

우뚝.

나도 모르게 발걸음이 멈췄다.

페레스의 얼굴을 보던 그대로 굳어 버렸다.

너 지금, 웃는 거야?

페레스는 국정 회의가 열렸던 회의실을 나서며 아쉬운 마음을 애써 달랬다.

'오랜만에 보는 거였는데.'

마지막에 티아와 눈을 맞추고 인사를 제대로 하지 못한 것이 무척이나 아쉬웠다.

"다음 일정은 나 혼자 움직이겠다."

페레스가 요즘 어딜 가나 따라붙는 보좌관들을 향해 말했다.

"아카데미 동기분들을 만나는 일정이셨지요. 알겠습니다. 그럼 한 시간 뒤에 모시러 가겠습니다."

아카데미 삼인방과 라모나를 만나 그동안 페레스의 눈이 닿지 않는 곳에서 일어난 일들에 대한 보고를 받는 자리였다.

그러나 단순히 친우들을 만나는 사적인 자리라 생각한 보좌관은 순순히 물러났다.

"그렇게 하도록."

페레스는 계속해서 앞만 보고 걸었다.

겉으로 보기엔 무표정한 얼굴에 겨울 날씨보다 차가운 냉기를 풀풀 날리고 있는 것처럼 보였지만.

정작 머릿속에는 티아의 생각뿐이었다.

'얼굴이 조금 야윈 것 같던데.'

황제의 업무를 모두 넘겨받고 모두에게 요바네스의 빈자리를 느끼지 못하게 하는 것도 모두 페레스의 계획 중 일부였다.

아주 짧은 시간 동안, 페레스는 제국이 자신을 빼고는 돌아가지 못하도록 만들어야 했다.

"후우."

페레스가 답지 않게 한숨을 쉬었다.

아침부터 밤까지 이어지는 업무는 피곤하지만 견딜 수 있었다.

다행히 요바네스는 그리 뛰어난 황제가 아니었던 덕에, 그 빈자리를 채우는 것은 수월했다.

정작 페레스를 괴롭히는 것은 티아였다.

정확히 말하자면 그녀가 보고 싶어서 잠도 오지 않을 지경이었다.

마음 같아선 새벽에라도 말을 몰아 롬바르디 저택 담을 넘고 싶었지만.

더 이상 그러지 말라고 따끔하게 주의를 들은 뒤라 그럴 수도 없었다.

요즘 하루의 일과 중에 그나마 숨통이 트일 때는 바로 앙게나스 재산 정리에 대해 티아가 보내온 서류를 읽을 때였다.

내용은 무엇을 처분했다, 얼마가 들었다 등 사무적인 것들뿐이었지만.

페레스는 그 한 줄 한 줄에서 티아의 목소리가 들리는 것 같아 하루 종일 바로 옆에 두고 업무를 보는 듯했다.

"황자 전하."

티아의 생각을 하느라 옆에 누가 다가오는지도 모르고 있던 페레스의 귀에 제법 익숙한 목소리가 들렸다.

"라모나 브라운 경."

마침 마차에서 내리던 라모나였다.

"약속 장소는 저쪽입니다, 전하."

라모나가 차분한 목소리로 페레스가 향하고 있던 방향과는 조금 다른 쪽을 가리켰다.

"아."

티아의 생각을 하느라 어디로 가고 있는지도 몰랐다.

"같이 가시지요."

눈치 빠른 라모나가 그렇게 말하며 페레스를 약속 장소 쪽으로 먼저 안내했다.

함께 걸으면서도 두 사람 사이에는 대화가 별로 없었다.

검술 수련에 대한 이야기를 짧게 나눴을 뿐이었다.

그때, 라모나가 조심스레 말을 꺼냈다.

"다음 주에 정식으로 황실 기사단에 입단하게 되었습니다."

"그래, 축하한다. 목표를 이뤘군."

"감사합니다."

웃으며 살짝 고개를 숙인 라모나는 말을 덧붙였다.

"그런데 그것이 제 꿈은 아닙니다."

"목표가 바뀌었나 보군?"

아카데미에 있을 때부터 라모나의 꿈은 신분을 회복해 브라운 가문의 선조들처럼 황실 기사가 되는 것이었다.

"예, 피렌티아 님을 보고 저도 그 뒤를 따르기로 마음먹었습니다."

라모나가 수줍게 웃으며 말했다.

"아마 내년 중에 브라운 가주직을 승계하게 될 것 같습니다."

"……의외로군."

라모나에게 그런 욕심이 있는 줄은 몰랐다.

그저 가문의 억울함을 풀고, 평생 검만 들 수 있다면 행복하다던 라모나였다.

"피렌티아 님이 당당히 가주직을 승계하시는 모습을 보고 저도 용기를 냈습니다. 부친에게 자식이 저밖에 없기도 하지만, 또 저만큼 다음 대 브라운 가주가 될 자격이 있는 사람도 없다고 생각합니다."

라모나는 당당하게 말했다.

그 모습이 어딘가 티아와 닮아 있어서, 페레스는 고개를 끄덕했다.

"좋은 일이군."

"앞으로는 저와 같은 사람들도 많이 나올 것이라고 생각합니다. 여성이라도 능력이 있다면 가문을 이을 수 있다는 선례를 남겨 주신 것이니까요."

라모나는 그렇게 말하며 눈을 반짝였다.

"피렌티아 님은 정말 대단한 분이십니다. 현명하시고, 아름다우시고, 박력 넘치시고."

아부가 아닌, 진심으로 티아에게 푹 빠진 라모나였다.

"언제나 약자에게 다정하신 그 모습에도 몇 번이나 감명을 받았는지 모릅니다."

"티아는 어렸을 때부터 그랬지."

페레스가 고개를 몇 번씩이나 끄덕끄덕하며 말했다.

"아아, 역시 그러셨군요."

"티아의 옆에 항상 인재가 많은 이유 중에 하나다. 알페오 잔이라고 아나?"

“유명한 조각가 말씀이십니까?”

“그래, 그자도 티아가 아주 어렸을 적에 보고 롬바르디 가주에게 추천했다고 하더군. 그전에는 롬바르디 가문에서 목수 일을 배우고 있었다고 했던가.”

페레스는 뿌듯했다.

라모나가 아직 모르는 티아에 대한 이야기를 늘어놓을 수 있어서.

자신이 티아에 대해서 더 많이 안다는 사실에 어깨까지 으쓱했다.

“티아는 그런 사람이다. 약자에게 너그럽고, 비겁한 강자에게는 엄격한…….”

그렇게 말하며 페레스는 티아와 처음 만났던 순간을 떠올렸다.

숲속에서 갑자기 나타난 요정 같았던 꼬마 티아의 모습이 아직도 눈에 선했다.

얼마나 반짝반짝 빛이 났던지.

페레스는 자신이 중독되어 이제 헛것을 보나 보다 하고 생각하기까지 했었다.

“그만해. 도대체 뭐 하는 거야? 그 풀은 왜 먹는 건데?”

또랑또랑한 목소리가 들려왔을 때.

그때를 떠올리자 페레스는 아직도 가슴이 두근거리는 것을 느꼈다.

그 덕에 언제나 딱딱하게 굳어 있던 입가가 슬그머니 풀리며 미소가 배어 나왔다.

“피렌티아 님?”

마침 그때, 라모나가 앞쪽에 서 있는 티아를 발견하고 고개를 갸웃했다.

그녀는 제국에서 손꼽는 권력가의 귀족들과 함께 서 있었다.

"티아."

페레스는 자기도 모르게 그녀의 이름을 부르며 반갑게 다가갔다.

그런데.

"……티아?"

이상했다.

자신을 바라보는 그녀의 얼굴은, 페레스도 처음 보는 것이었다.

싸늘하게 굳어 바늘 하나도 들어갈 것 같지 않은 모습.

덜컥.

페레스의 가슴이 철렁 내려앉았다.

조금 전까지 기분 좋게 두근거리던 심장이 불안하게 울렁였다.

"레스토랑에서 다시 보죠."

티아는 주변의 귀족들에게 그렇게 말하고는 휙 돌아서 걸어가기 시작했다.

페레스에게는 다시 눈길도 주지 않은 채로.

"아, 예. 그러시죠."

킬리언 의장이 조금 어리둥절해하며 말했다.

그렇게 페레스가 어찌해 보기도 전에, 티아는 자신의 마차로 성큼성큼 멀어지고 있었다.

그 뒷모습에 페레스는 그 어떤 암살자에게 쫓길 때도 느껴 보지 못했던 공포심을 느꼈다.

보이지 않는 검으로 몸이 반으로 잘리는 것 같았다.

"젠장."

페레스는 나직이 욕설을 중얼거리며 뛰듯 티아의 뒤를 쫓았다.

뭔가가 크게 잘못됐다.

등 뒤에 식은땀이 한 줄기 주르륵 흘러내렸다.

페레스는 내 뒤를 말없이 따라왔다.

내 딴에는 있는 힘껏 빨리 걷고 있었지만 페레스를 따돌릴 수 있을 리가.

결국 페레스를 태운 채 마차가 출발했다.

녀석이 내 옆자리에 앉은 것을 알고 있었지만, 나는 그쪽으로 고개를 돌리지 않았다.

창 쪽으로 바싹 붙어 앉은 뒤, 페레스를 돌아보지 않았다.

지금 내 얼굴을 보여 주기 싫었다.

처음에는 말도 하지 않을 생각이었지만, 작게 헛기침을 한 뒤에 먼저 입을 연 것은 나였다.

안절부절못하는 페레스의 시선이 오죽 간절해야지.

"……왜 따라 탔어."

다행히 내 목소리는 멀쩡했다.

"선약 때문에 바쁜 것 같던데."

다시 한번 울컥한다.

회의가 끝나자마자 쏜살같이 나가더니, 라모나와 같이 있던 녀석의 모습을 떠올리니 어김없이 화가 치밀었다.

나한테는 이럴 자격이 없는 걸 잘 알고 있으면서도.

"황궁에서 나가기 전에 내려야…… 훌쩍."

아, 망했다.

잘 참고 있었는데.

콧물이 흐르는 것을 막으려는 몸의 본능이 결국 이겨 버렸다.

"……티아?"

조금 더 가까이 다가오는 페레스의 목소리가 떨렸다.

그리고 조심스레 내게로 손을 뻗는 것이 느껴졌다.

"왜, 뭐."

나는 몸을 반대쪽으로 더욱 틀면서 아무렇지 않은 것처럼, 퉁명스레 대답했다.

하지만 녀석은 속지 않았다.

목소리처럼 살짝 떨리는 손이 내 얼굴을 자기 쪽으로 슬쩍 당겼다.

결국 페레스가 내 얼굴을 보고 말았다.

조금 뿌연 시야로 녀석의 붉은 눈동자가 보였다.

지진이라도 난 듯이 흔들리고 있는 눈동자가.

페레스는 충격받은 듯한 얼굴로 계속해서 나만 바라봤다.

그대로 굳어 버린 것처럼 미동도 없던 녀석이 목이 졸린 듯한 목소리로 물었다.

"……울어?"

"아니, 안 우는데."

나는 그렇게 말하며 소매로 얼굴을 쓱쓱 닦았다.

하지만 아무 소용없었다.

"으이씨."

갑자기 눈물샘이 고장이라도 난 건지.

페레스가 보는 앞에서 울고 싶지 않은 내 마음은 무시하고, 눈물이 마구잡이로 흘렀다.

쪽팔려서 그런가.

"티아, 울지 마. 네가 울면……."

페레스가 눈을 찡그리며 흐르는 내 눈물을 닦아 주었다.

마치 누군가에게 명치를 세게 맞기라도 한 듯, 고통스러운 얼굴이었다.

분명히 내가 왜 우는지, 이유도 짐작하지 못하고 있을 거면서.

"왜…… 우는 거야."

이것 봐.

순간 스스로에게 화가 났다.

왜 우는 거야.

내가 내린 결정이었고, 받아들이기로 마음먹었잖아.

"티아, 제발. 말을 해 줘."

그때, 페레스가 내 손을 꽉 잡아 왔다.

언제나 따듯한 손이 차디차게 굳어 녀석이 얼마나 간절한지 말해 주고 있었다.

그래도 말 못 해.

나는 분명히 그렇게 생각했다.

그런데 몸이 다시 한번 내 의지를 배신해 버렸다.

"페레스 네가 다른 사람한테 웃어 줬으니까."

"……뭐?"

"나 말고 다른 사람 앞에서 웃었잖아, 너."

"그건……."

페레스가 조금 당황한 얼굴을 했다.

나는 재빨리 고개를 가로저으면서 선수를 쳤다.

"나도 알아. 내가 지금 얼마나 바보같이 굴고 있는 건지."

그냥 웃는 얼굴일 뿐이다.

아무리 감정 표현이 적은 페레스라고 하더라도, 아카데미에서부터 라모나와 벌써 몇 년을 가까이 지냈는데.

내가 생각했던 것보다 훨씬 친한 사이일 수도 있다.

"알고 있는데, 그래도 이상해. 내 마음이, 이상해."

솔직히 말하자면, 겁이 났다.

"미안해, 페레스. 그런데 나 자신이 없어졌어."

"자신?"

"다른 사람과 함께 있는 널 지켜볼 자신."

그렇게 말하는 내 눈에서 다시 한번 눈물이 터졌다.

어떻게 막아 볼 새도 없이.

"아아."

내가 다시 울기 시작하자, 페레스가 어쩔 줄을 몰라 했다.

잘게 떨리는 손으로 내 눈물을 닦아 주면서 자신이 더 고통스러워했다.

나는 그런 페레스의 옷자락을 꽉 잡고 말했다.

"너한테 나보다 더 소중한 사람이 생기는 게 싫어."

쉴 새 없이 내 뺨을 닦아 주던 페레스의 손길이 우뚝 멈췄다.

그리고 나를 꽉 껴안으며 말했다.

"맹세코."

커다란 손이 나를 더 이상 가까워질 수 없을 때까지 끌어당겼다.

"너보다 더 소중한 사람은 없어. 지금도, 그리고 앞으로도 영원히."

그리고 붉은 눈동자가 나를 깊이 들여다봤다.

"네가 이렇게 울기만 해도, 내가 죽을 것 같은데 어떻게……."

그때, 페레스의 눈길이 내 입술에 꽂혔다.

"어떻게……."

말도 제자리에서 맴맴 돌았다.

나를 안고 있는 페레스의 손에 힘이 와락 들어갔다.

그때, 덜컹하고 마차가 한 차례 울렸다.

아마 황궁의 정문을 지나느라 그런 것 같았다.

"아."

페레스는 마치 잠에서 깬 사람처럼, 눈을 느리게 깜박였다.

그리고 낮은 목소리로 중얼거렸다.

"위험할 뻔했어."

"……뭐가?"

하지만 녀석은 대답하지 않았다.

대신에 조금 나른한 눈으로 내 입술을 잠시 바라보다가 짧은 한숨을 쉴 뿐이었다.

그리고 마지막으로 반쯤 말라 있는 내 눈물을 엄지로 쓱 쓸어 닦았다.

"그러니까 울지 마."

이상한 논리였다.

나는 녀석의 눈을 똑바로 바라봐 주며 말했다.

"너 말이야."

"응."

"내가 다른 남자와 마차 안에서 이러고 있으면 어떨 것 같아?"

내 말이 끝나자마자, 페레스의 얼굴이 굳어 갔다.

'싸아-' 하는 소리가 들릴 것처럼.

마치 썰물 빠지듯, 페레스의 얼굴에서 감정이 쓸려 나갔다.

그와 동시에 마차 내부의 온도가 몇 도쯤 뚝 떨어지는 것 같은 느낌이 들었다.

내가 거슬릴 정도는 아니었지만, 그건 분명히 살기였다.

덜커덕!

마차가 다시 한번 크게 흔들렸다.

바닥에 턱이 있는 것은 아니었다.

"어허, 녀석들아 너희 왜 이래?"

히히잉!

밖에서 마부가 당황해하는 소리가 들렸다.

사람보다 이런 종류의 기운에 훨씬 예민한 말들이 겁을 먹고 날뛴 듯했다.

나는 픽 웃으며 말했다.

"그래, 그게 내가 느꼈던 감정이야."

사실 페레스는 웃은 죄밖에 없지만.

그 정도 미세한 차이점은 그냥 넘어가기로 하고.

"그러니 우리 생각할 시간을 좀 갖자."

나는 페레스가 그랬던 것처럼, 녀석의 볼을 한번 쓸어 주며 말했다.

"내 생각을 정리할 시간이 필요해."

"티아."

페레스가 다급하게 말했다.

"현행법상 황후와 가주를 겸직할 수 없는 것 때문이라면……."

"알아, 방법이 있는 거."

내 말에 페레스가 멈칫하며 입을 닫았다.

"그래서 더 신중하게 생각해 보겠다는 거야."

다른 사람들이라면 이렇게 고민을 할 이유도 없을 것이다.

좋아하는데, 이렇게 좋아하는데 무슨 생각이 더 필요할까.

"너랑 나는 조금 다르니까. 우리가 좋아서 만나다 헤어질 수 있는 사람들이 아니잖아."

"……헤어져?"

페레스의 얼굴이 급속도로 어두워졌다.

"아니, 그런 말이 아니라!"

으음.

나는 잠시 망설이다가 아주 작은 목소리로 말했다.

"널 좋아하지만, 정말 좋지만 우리가 함께하려면, 그만큼 준비가 필요한 법이니까."

원래부터 작게 시작한 말이지만, 내 말소리는 점점 더 작아졌다.

마지막에는 나조차도 듣기 힘들 정도로.

"아."

하지만 여러모로 사람의 한계를 뛰어넘은 페레스에게는 아무런 문제도 없는 것 같았다.

"조, 좋아……."

얼굴이 곧 펑 하고 터질 것처럼 새빨개졌으니까.

얘가 진짜. 말한 사람 민망하게.

"뭐, 뭐야. 처음 말하는 것도 아닌데."

내가 녀석의 어깨를 툭 치며 말했다.

하지만 내 주먹은 금방 페레스의 손에 잡혀 버렸다.

"안 되겠어."

녀석이 말아 쥔 내 손가락에 뜨거운 입술을 가져다 대며 말했다.

그리고 다른 손으로 내 등 뒤의 의자를 짚었다.

기익.

녀석이 점점 다가오며 무게가 쏠린 의자에서 작은 소음이 들렸다.

"페레스……."

난 녀석을 말리려고 했다.

새빨갛게 달아오른 숯의 불씨 같은 저 눈이 뭘 의미하는지 이제는 알고 있었으니까.

하지만 페레스가 무척이나 간절한 목소리로 속삭였다.

"한 번만."

이제 익숙해질 만도 한데.

녀석이 저렇게 속눈썹이 긴 눈을 내리깐 얼굴에 새삼 가슴이 두근거린다.

"티아, 딱 한 번만."

귓가를 간질이는 듯한 낮은 목소리에 한번 핑 하고 현기증이 일었다.

녀석의 입술은 허락을 구하듯, 내 입술 바로 앞에서 맴돌았다.

"제발."

아, 졌다.

나는 말없이 눈을 감았다.

녀석의 손가락이 내 손가락 사이사이를 파고들었다.

결국 페레스는 내가 레스토랑에 도착할 때까지 마차에서 내리지 않았다.

"도착했습니다."

마차가 멈춰 서고, 밖에서 마부가 도착을 알리는 소리가 들렸다.

물론 나는 다시 옷매무새를 단정히 하고 마차에서 내릴 준비를 마친 상태였다.

그렇게 내가 마차 문고리에 손을 막 얹었을 때였다.

"잠깐만."

페레스가 훅 다가와 내 입술을 훔쳤다.

"내 흔적이 아직 좀 남았어."

"크흠."

나는 작게 헛기침하고 일부러 마차 문을 활짝 열며 내렸다.

"으음? 황자 전하?"

"여기까지 같이 타고 오셨군?"

이미 도착해 레스토랑 앞에서 나를 기다리고 있던 귀족들이 페레스를 알아보고 소곤거렸다.

"황자 전하를 다시 황궁으로 데려다드리고 오세요."

나는 일부러 더 당당한 말투로 마부에게 말했다.

"그럼 나중에 보지요, 황자 전하."

그러자 열린 마차 문 모서리로 빼꼼히 얼굴을 내민 페레스가 나를 바라봤다.

저거 지금 웃고 있잖아!

다른 사람은 몰라도 나는 안다.

언뜻 무표정한 얼굴이지만 녀석의 눈이 살짝 가늘어져 비밀스레 웃고 있다는 사실을.

"예, 오늘 일은 감사했습니다. 가주 대리 덕분에 고민이 사라진 기분입니다. 무탈하게 돌아가십시오, 롬바르디 가주 대리."

무척이나 점잖은 모습이었다.

어디 한 군데 예법에서 어긋난 곳이 없는.

조금 전 녀석의 모습과는 달라도 너무 달랐…….

"가시죠, 밥 먹으러."

다시 얼굴이 빨개지려고 해, 나는 그렇게 말하며 서둘러 뒤돌아섰다.

어딘가 집요하고, 어딘가 뜨거운 시선은 내가 레스토랑 안으로 들어갈 때까지 끈질기게 따라붙었지만.

페레스와 나는 예상보다 빠르게 다시 만났다.

"안에 남아 있는 사람이 없는 것은 완벽하게 확인했겠지?"

"예, 롬바르디 가주 대리님."

오늘은 앙게나스 가문의 저택의 문을 닫고 봉금하는 날이었다.

기분이 묘했다.

나는 앙게나스의 타운 하우스를 바라봤다.

황도의 한 중앙에 위치하기엔 지나치게 비대한 크기의 저택은 이미 텅 비어 있었다.

가치가 있는 물건들은 이미 처분하여서 남아 있는 것이라곤 저택의 다음 주인이 쓸까 싶은 가구들뿐이었다.

나는 시선을 살짝 돌려, 앙게나스 저택 앞에 모여 선 사람들을 바라봤다.

귀족, 평민 할 것 없이 수백의 사람들이 저택 주변을 빼곡하게 채우고 있었다.

'정말 기분 묘하네.'

이전 생에서도 이런 광경을 본 적이 있었다.

수많은 사람들이 한 가문의 마지막을 보기 위해 모여든 장면을.

단지 그때는 그 가문이 롬바르디였고, 이번에는 앙게나스라는 점이 다를 뿐이었다.

그리고 그 차이를 만들어 낸 것은 바로 나, 피렌티아 롬바르디다.

"집행할까요?"

황궁에서 나온 사무관이 내게 물었다.

나는 그제야 내게 쏠린 수많은 시선들을 깨달았다.

페레스도 그중 하나였다.

어쨌든 앙게나스 가문의 정리는 요바네스 황제가 내게 맡긴 일이었기 때문에, 내가 최종 결정권자이니까.

"닫아라."

내 명령에 황실의 병사들이 무거운 철문을 밀어 움직이기 시작했다.

기이익.

앙게나스 사람들이 저택에서 쫓겨나고, 체포되고.

몇 주 되지 않은 시간 동안 금방 녹슨 철문이 기이한 소리를 냈다.

촤르륵.

무표정한 얼굴을 한 병사들은 철문이 닫히자마자 달려들어 굵은 쇠사슬을 문고리에 둘둘 엮어 걸었다.

철컹.

결국, 황실의 문양이 찍힌 커다란 자물쇠가 앙게나스 저택의 문을 굳게 잠갔다.

황실의 허가 없이 저 문을 사사로이 여는 자는, 반역의 죄를 받게 될 것이다.

"쯧쯧."

그 모습이 남 일 같지 않은지, 주변의 귀족들이 혀를 차며 소곤거리는 대화 소리가 들렸다.

"앙게나스가 결국 저렇게 망하는군."

어떤 귀족이 냉소적으로 말했다.

"이렇게 될 줄 알았지."

젠체하는 사람도 있었다.

나는 텅 비어 죽어 버린 앙게나스의 저택을 바라보며 조용히 고개를 갸웃했다.

글쎄, 이렇게 되리라 예상한 사람들이 있기나 했을까.

페레스와 황후의 싸움에서 누가 봐도 예정된 승자는 황후였다.

백이면 백, 황태자가 되는 것은 아스타나라고 생각했겠지.

"롬바르디 가주 대리."

결국 승자는 이 녀석, 페레스였지만.

"괜찮으십니까?"

갑자기 다가와 묻기에는 조금 뜬금없는 질문이었다.

하지만 나는 녀석이 무슨 의미로 묻는 것인지 알고 있다.

"볼 것도 다 봤고, 이제 가야지."

"흠흠, 오래 서 있었더니 허리가 아프군."

페레스가 다가오자 내 주변에 서 있던 귀족들이 모두 도망가 버렸다.

이번 일로 페레스를 무서워하는 사람들이 늘었다.

곧 황태자가 될 페레스의 입장에서는 좋은 일이었다.

두려움은 곧 강력한 황권으로 이어질 테니까.

"가주 대리?"

내가 대답은 하지 않고 자기를 빤히 보자, 페레스가 나를 다시 한번 불렀다.

걱정이 담뿍 담긴 눈이었다.

나는 그 눈을 보면서 생각했다.

다들 페레스를 왜 그렇게 무서워하는 걸까.

우리 애는 먼저 건드리지만 않으면 안 물어요.

"난 괜찮아요. 황자 전하께선 어떠십니까?"

앙게나스가 공식적으로 봉금당하는 오늘은 페레스의 승리에 마침표가 찍히는 날이기도 했다.

"아주 좋습니다."

페레스가 개운한 얼굴을 하면서 대답했다.

"조만간 앙게나스의 이름을 귀족 명부에서 지우는 것을 귀족 회의에 공식적으로 건의할 생각입니다."

그래, 그래야 너답지.

완벽하도록 깔끔한 끝마무리였다.

자고로 복수는 다시 싹이 자라나지 못하도록 완전히 잘라 버려야 하는 법.

나는 페레스를 보면서 미소 지어 주었다.

"저도 힘을 보태 드리죠."

귀족 회의는 내 영역이니까.

“그럼 제가 마차까지 에스코트해 드려도 되겠습니까?”
페레스가 공손하게 손을 내밀며 말했다.
내 마차 바로 근처에 있는데.
하지만 어쩐지 까맣고 커다란 꼬리가 붕붕 하고 흔들리는 소리가 들리는 것 같아서.
나는 내밀어진 손 위에 내 손을 가만히 올렸다.
우리가 같이 걸어가기 시작하자, 당연하게도 사람들의 시선이 나와 페레스에게 우르르 몰렸다.
꽤나 호기심이 섞인 시선들이었다.
하지만 그러거나 말거나.
나와 페레스는 서로를 향해 예의 바르고 사무적인 태도를 유지했다.
“오늘따라 더 예뻐, 티아.”
남들이 들을 수 없을 만큼 작은 목소리로 저런 말도 하면서.
내가 올라탄 마차의 문을 닫아 주며 페레스가 물었다.
“오늘 나머지 일정은 어떻게 되십니까?”
“부친과 저녁 식사를 함께하기로 했답니다.”
근래 들어 통 아버지의 얼굴을 보지 못했다.
내가 바쁘기도 했지만, 아버지가 무척이나 바빴다.
겨울이라 체사유의 일은 그리 바쁘지 않으실 텐데.
“흐음.”
나는 눈을 가늘게 뜨며 생각했다.
그러고 보니 좀 수상하네?

같은 시각.

롬바르디 저택에서는 가주 회의가 열리고 있었다.

매달 정기적으로 열리는 회의였기에 별다른 점은 없었다.

롬바르디는 오늘도 아무런 이상 없이 잘 흘러가고 있었다.

"아주 좋군."

각각의 가신들에게 보고를 받은 룰락이 만족스레 말했다.

그런 룰락을 바라보는 봉신 가문 가주들의 얼굴에도 뿌듯함이 스쳤다.

"오늘따라 안색이 더 좋아 보이십니다, 가주님."

르마바우 빌케이 가주가 기분이 좋아 보이는 룰락을 향해 말했다.

"흐음, 그런가?"

룰락이 묻자 다른 가신들도 모두 고개를 끄덕이며 동의했다.

"그동안 티아가 대신 업무를 봐 주는 덕에 푹 쉬어서 그럴 테지. 허허."

룰락이 다시 한번 만족스레 웃으며 말했다.

"다행입니다, 가주님."

"그럼, 그럼. 다행이지. 다행이고말고."

룰락은 마지막으로 기다란 테이블에 둘러앉은 가주들을 바라봤다.

그리고 말했다.

"오늘이 내 마지막 가주 회의이니 말이야."

당혹감, 슬픔, 아쉬움.

가신들의 면면에 다양한 감정들이 스쳤다.

"마지막까지 온전한 몸과 정신으로 업무를 볼 수 있어, 정말 다행이라고 생각하고 있네."

룰락은 진심을 담아 말했다.

"허허, 다들 그런 얼굴들 하지 말게나."

"하지만 가주님……."

"나는 이보다 더 기쁠 수가 없는데. 자네들이 그런 얼굴을 해서야 쓰나!"

그리고 룰락은 도닥이듯 말했다.

"한때 무척이나 두려웠던 때가 있었네. 내가 무너지면 롬바르디도 무너지지 않을까. 그런 생각에 하루도 마음 편히 쉴 수 없던 날들이 있었지."

어느덧 까마득하게 느껴지는 날들을 떠올리며 룰락은 지그시 미소 지었다.

"하지만 이제 더 이상 그런 마음의 짐은 지고 있지 않네."

룰락의 마음은 날아갈 듯 가벼웠다.

지난 몇 주 동안 완벽하게 가주 대리의 일을 수행해 내는 티아의 모습에 그 홀가분함은 배가 되었다.

이제 롬바르디의 가주직을 물려주는 것에 일말의 걱정도, 두려움도 없었다.

'아주 운이 좋은 것이지, 내가.'

룰락은 스스로를 그렇게 평가했다.

운이 좋은 사람.

'역대 롬바르디의 가주들 중에 나만큼 후련하게 물러나는 이가 또 있으려고.'

그렇게 생각한 룰락은 앉은 채로 옷매무새를 바르게 하고는 말했다.

"오늘 이 자리를 빌려 자네들에게 내 마음을 꼭 전하고 싶었네. 앞으로 내 손녀를 잘 보필해 달라는 부탁과."

오늘이 이 자리에 앉는 마지막 날이리라.

수십 년 동안 계속되던 일정이 끝나 가고 있었다.

"오랜 세월 동안, 자네들과 함께 일할 수 있어 좋았다는 말을 하고 싶었네. 그리고, 고마웠다네."

룰락은 그렇게 말하며 고개를 숙였다.

표현하지 못했던 감사함을 담아서.

그리고 다시 고개를 들었을 때, 룰락은 잠시 아무 말도 할 수 없었다.

"……수고 많으셨습니다, 가주님."

모든 가신들이 어느새 앉아 있던 자리에서 일어나 룰락을 향해 깊이 인사하고 있었기 때문이었다.

룰락은 만면에 미소를 지으며 가신들의 모습을 하나씩 마음에 담았다.

"고맙네, 다들."

그렇게 룰락의 마지막 가주 회의가 끝났다.

그리고 의자에서 일어서며 룰락은 내심 놀랐다.

마치 정말로 짐을 내려놓은 것처럼 몸이 무척이나 가벼웠다.

"허허."

룰락은 고개를 끄덕이며 뒷짐을 지고 앞서 걸으며 말했다.

"바쁘지 않은 이들은 나와 함께 식사라도 하지."

복도의 창밖을 보니 따듯한 햇살이 저택 가득히 들어온 광경이 보였다.

"오늘은 무척이나 좋은 날이니 말일세."

"다 준비되었니, 티아야?"

아버지가 응접실에서 조심스레 묻는 소리가 들렸다.

"네, 다 됐어요!"

나는 마지막으로 거울 속의 내 모습을 확인하며 대답했다.

눈에 잘 띄지 않는, 귀족처럼 보이지 않는 옷을 입을 것.

아버지가 내게 당부한 말이었다.

그래서 나는 액세서리는 하지 않고, 갤러한 의복점의 기성복 중에 가장 수수한 갈색 드레스를 골라 입은 참이었다.

"이제 가요, 아빠!"

"아……."

그런데 내가 막상 응접실로 나오자, 아버지의 표정이 조금 이상했다.

살짝 찌푸린 녹색 눈이 나를 지그시 바라봤다.

"왜 그러세요?"

"이렇게 보니 티아가 엄마를 무척이나 닮았구나 싶어서."

"제가요?"

어머니의 그림을 본 적이 있다.

아름다운 분이기는 하셨지만, 내 외모는 아버지를 더 많이 닮았는데.

"응, 무척이나."

하지만 아버지의 눈에 나는 어머니를 닮아 있는 모양이었다.

진한 그리움이 스미는 것을 보면.

"자, 그럼 갈까?"

아버지는 그렇게 말하고 내게 팔짱을 끼라는 듯 돌아섰다.

"그럼 마차를 준비시켜야……."

"그러지 않아도 돼, 티아야."

아버지가 조금 짓궂게 웃으며 말했다.

"우리는 오늘 걸어 다닐 거니까."

황제궁 침실.

새액- 새액-

조용한 침실 안에는 가쁜 숨소리와 진한 약 냄새만 가득했다.

"어째서, 나아지질 않는 것이냐."

요바네스가 찡그린 얼굴로 궁의를 향해 다그쳤다.

파리한 입술과 몇 주 사이 깡마른 손가락이 덜덜 떨렸다.

"저, 저도 잘 모르겠습니다. 약은 올바르게 쓰고 있사온데……."

"네놈이 나를, 죽이려고 하는 것…… 쿨럭!"

언성을 높이던 요바네스는 결국 발작적으로 기침을 하기 시작했다.

들숨 날숨마다 괴롭고, 조금만 감정이 격해진다 싶으면 이렇게 기침이 나니 하루하루가 고통이었다.
"폐, 폐하, 어서 약을……."
잔뜩 주눅이 들어 눈치를 보던 궁의는 요바네스가 기침을 하기 시작하자 얼른 약병을 들고 달려들었다.
"큭…… 네놈."
태반은 흘리듯 하며 겨우 약을 몇 모금 삼킨 요바네스는 덥석, 궁의의 멱살을 잡았다.
"사, 살려 주십시오, 폐하!"
궁의가 눈을 질끈 감고 덜덜 떨었다.
"당장, 약을 만들어 내라……. 죽고 싶지 않다면…… 쿨럭!"
다시 기침을 시작하는 요바네스의 눈에는 붉은 핏발이 섰다.
결국 궁의가 쥐여 주는 약을 한 병 더 마시고 나서야 다시 숨통이 트이기 시작했다.
"후우……."
도망치듯 침실을 빠져나가는 궁의의 뒷모습을 보며 요바네스는 밭은 숨을 몰아쉬었다.
침실 안에는 다시 정적이 흘렀다.
"고얀 것들……."
요바네스는 고립되어 있었다.
누군가에 의해 갇혀 있다는 말은 아니었다.
그저 아무도 요바네스를 찾아오지 않았다.
요바네스는 잊혀 가고 있었다.
"배은망덕한 놈."
아무도 없는 침실을 죽일 듯 노려보던 요바네스는 침대 옆의 줄을 거칠게 당겼다.

"부르셨습니까, 폐하."

오투아 시녀장이 어느 날 갑자기 사라지고, 새로 그 자리를 채운 젊은 시녀장이 머리를 조아리며 물었다.

"2황자를 데려와라."

요바네스의 명령에 시녀장은 잠시 시간을 가늠했다.

훌쩍 오후에 접어든 지금, 2황자는 한창 바쁘게 업무를 보고 있을 게 뻔했기 때문이었다.

"……예, 폐하."

하지만 시녀장은 다시 한번 공손히 머리를 조아리고 침실을 빠져나갔다.

잠시 뒤.

"부르셨습니까, 폐하."

페레스가 들어와 인사하자, 요바네스가 비릿하게 웃었다.

"아주, 바쁘군."

페레스는 대답하지 않았다.

요바네스의 심기가 잔뜩 뒤틀려 있다는 것을 시녀장을 통해 이미 전해 들었기 때문이었다.

이미 요바네스의 시중을 드는 이들 중에 페레스의 사람이 아닌 자가 없었다.

"사람들이 머리를 조아리니, 그 권력이, 네 것인 줄 아느냐?"

요바네스가 잔뜩 비꼈다.

"내 한마디면, 넌 당장 아무것도, 아니다."

아직 권력은 내가 쥐고 있다.

요바네스는 그 말을 하고 싶은 것이었다.

"……알고 있습니다."

페레스가 나직이 대답했다.

그 모습에 요바네스는 다시 한쪽 입꼬리를 비뚜름하게 올리고는 말했다.

"차를 가져와라."

"……바로 시녀장을 부르겠습니다."

"아니, 네가 직접 내와라."

만약 페레스와 요바네스가 평소 가까이 지내는 사이라면, 큰 부담이 없는 지시였다.

신분의 고하를 막론하고, 아끼는 사람을 위해 차를 만들어 주는 것은 애정과 존중의 표현이었으니.

하지만 요바네스는 지금 시녀 대신 차를 내오라 시키며 굴욕을 주려는 것이었다.

"왜? 못 하겠나?"

요바네스가 아무 말 없는 페레스를 향해 물었다.

잠시 속을 알 수 없는 얼굴을 하던 페레스는 대답했다.

"……아닙니다. 잠시만 기다리십시오."

문을 열고 나가 시녀장에게서 뜨거운 물을 받아 온 페레스는 요바네스의 침대 곁에서 직접 차를 우려내기 시작했다.

요바네스는 페레스가 하나라도 실수를 하면 바로 꾸짖을 생각으로 일거수일투족을 뚫어지게 노려봤지만, 결국 트집을 잡을 거리는 없었다.

쪼르르 소리를 내며 연녹색 찻물이 찻잔에 담기고 나서야, 요바네스는 시선을 거두고 차를 마셨다.

청량한 꽃향기가 코를 자극했다.

"그때, 대회의가 시작되기 전 마셨던 그 차로군."

"맞습니다."

요바네스는 내심 신기해하고 있었다.

차를 마시니 숨쉬기가 조금이나마 수월해지는 것 같았기 때문이었다.

차를 마시지 않고 뒷짐을 지고 가만히 서 있는 페레스를 향해, 요바네스가 말했다.

"2황자는 매일 두 번씩 찾아와 이 차를 내게 올려라."

말도 안 되는 요구였다.

페레스는 황제의 업무를 모두 대신 처리하고 있었다.

그런 황자에게 하루 두 번 찾아와 차를 만들어 내라니.

그러나 요바네스는 뻔뻔했다.

만약 페레스가 거절하면 그것을 빌미로 황태자 임명을 늦출 생각이었다.

"그렇게 하겠습니다."

그러나 페레스는 담담한 어조로 고개를 끄덕였다.

"내일 아침에 찾아오겠습니다. 편히 쉬십시오."

페레스가 인사를 하고 침실을 나가자 요바네스는 다시 혼자 남았다.

하지만 조금 전과는 다르게 요바네스는 웃고 있었다.

그리고 줄을 한 번 더 당겨 시녀장을 부른 뒤 말했다.

"킬리언 의장을, 내일 아침 일찍, 들라고 해라."

이대로 잊히지 않겠다.

요바네스가 다시 씨근거리며 생각했다.

“여기는 롬바르디 광장이잖아요?”

저택에서부터 걸어 나온 나와 아버지가 도착한 곳은 롬바르디 광장, 정확하게는 분수대 앞이었다.

겨울이라 바짝 메말라 있는 분수대였지만 광장의 상징이라, 주변에는 사람들이 복작거렸다.

“잠깐 여기 앉아 볼래?”

아버지는 분수대에 걸터앉으며 옆자리를 톡톡 두드렸다.

나는 일단 아버지가 가리킨 자리에 앉았다.

“저쪽에 있는 저 나무가 보이니? 봄이 되면 저 나무에 흐드러지게 꽃이 핀단다. 그리고 바람이 불면 꽃잎이 여기 이 자리까지 불어오지.”

아버지가 얼굴 가득 미소를 지으며 말했다.

“그리고 여기서 샨을 처음으로 만났단다.”

“어머니를요?”

나는 조금 놀라서 되물었다.

“그래, 이 자리에 앉아서 꽃이 가득 핀 저 나무를 그리고 있었지. 그리고 샨을 만났어.”

아버지는 그때로 돌아간 듯, 눈을 곱게 접으며 웃었다.

그리고 나무 옆의 한 길을 가리키며 말했다.

“저 길이던가. 그래, 저 길에서부터 나를 똑바로 바라보며 걸어왔지. 그리고 내 앞에 서서 말했어. '그림 그리는 걸 좋아해요?'라고."

"그걸 다 기억하세요?"

"그럼, 네 엄마가 내게 처음으로 한 말인데. 그리고 사실은……."

아버지가 조금 수줍게 웃으며 볼을 긁적였다.

"처음 본 순간부터 반해 있었거든."

"오오, 첫눈에 반한 사랑!"

이전 생과 이번 생을 통틀어 한 번도 들어 본 적이 없던 일화였다.

"언젠가 티아 너에게 이런 이야기를 해 줘야겠다고 생각했단다. 어떠니, 티아?"

"좋아요! 저도 조금 궁금했어요."

아버지는 어머니에 대한 이야기를 좀처럼 하지 않으시니까.

나를 낳고 얼마 되지 않아 돌아가셨다는 말만 들었을 뿐이었다.

하지만 아버지에게 눈치 없이 이것저것 물어볼 수도 없는 일이었고.

"그럼, 일단 저녁을 먹으러 가 볼까?"

아버지가 먼저 앞장서며 말했다.

나는 얼른 일어나 아버지와 함께 걸었다.

그리고 우리가 도착한 곳은 자그마하고 허름한 레스토랑이었다.

한눈에 보기에도 역사가 있어 보이는 맛집인 것 같은 분위기가 물씬 풍기는 그런 곳이었다.

밖으로 흘러나오는 음식 냄새가 얼마나 좋은지, 나도 모르게 배가 꼬르륵거렸다.

익숙하게 오래된 나무 문을 열고 들어간 아버지는 창가에 자리를 잡았다.

"스튜 두 개 부탁합니다."

부지런하게 음식을 나르고 있는 중년 여성에게 주문을 하자 동그랗고 커다란 그릇에 고기가 듬뿍 들어간 스튜가 가득 담겨 나왔다.

김이 모락모락 올라오는 스튜를 보면서 침을 꼴깍 삼키고 있을 때, 스튜에 곁들일 빵을 한 바구니 가져온 중년 여성이 아버지에게 물었다.

"어라? 얼굴이 익숙한 양반인데?"

"하하. 오래전에 단골이었습니다."

아버지가 편안하게 웃으며 대답하자, 중년 여성은 손뼉을 크게 치며 반가워했다.

"아이고, 그래! 낯이 익다 했어! 체구가 자그마한 부인과 항상 같이 왔었지?"

"예, 맞습니다."

"가만 보자. 이쪽은 딸이구만?"

중년 여성이 나를 보면서 말했다.

솔직히 조금 긴장했다.

롬바르디 저택에서 조금 떨어진 레스토랑이었다.

혹시 내 얼굴을 알아보지는 않을까.

"엄마랑 인상이 똑같구만!"

하지만 중년 여성은 그런 기색 없이 그저 반가워만 했다.

"오랜만에 찾아온 단골을 섭섭하게 대접하면 안 되지. 잠깐만 기다려요!"

그렇게 말하고 바쁘게 주방을 다녀온 중년 여성의 손에는 갓 구운 듯한 사과파이가 들려 있었다.

"내가 사는 거야! 스튜 먹고 후식으로 먹으라고!"

그렇게 통쾌한 말을 남긴 중년 여성은 또 바쁘게 일을 하러 떠났다.

"정신없지?"

아버지가 왁자지껄 시끄러운 레스토랑을 둘러보며 내게 물었다.

꼭 그렇지는 않다.

이전 생에서는 나도 근근이 생활하면서 주로 평민들이 모이는 이런 레스토랑에서 식사를 해결했으니까.

"할아버지께서 항상 하시는 말씀이 있단다. 롬바르디의 시민들은 롬바르디 일족의 얼굴을 몰라야 한다고."

"다스리는 사람이 누군지 관심도 없을 정도로 살기 편해야 한다는 말씀이시죠?"

"맞아. 정말로 롬바르디의 시민들은 그렇기도 하고."

아버지는 그렇게 말하며 내게 스튜를 먹어 보라 권했다.

"와, 맛있어요!"

아직 저녁 식사를 하기에는 조금 이른 시간에도 이렇게 사람들이 바글바글한 것을 보고 맛집이라고 예상하기는 했지만.

따끈한 스튜는 생각보다도 더 맛있었다.

"샨이 가장 좋아하는 음식이었어."

아버지는 그렇게 즐거이 말하면서 식사를 시작했다.

결국 공짜로 얻은 사과파이까지 깨끗하게 비운 나와 아버지는 레스토랑을 나와 또 조금 걸었다.

"……어라?"

그런데 걸을수록 조금 이상했다.

"우리 지금 어디로 가는 거예요, 아빠?"

"조금만 더 걸으면 도착한단다."

아버지는 대답 대신 이런 말을 하면서 앞장서서 걸었다.

그리고 결국 우리가 걸음을 멈춘 곳은 평민들이 모여 사는 주택가의 한 골목이었다.

“여기야, 티아.”

아버지는 코너에 있는 작은 집을 가리켰다.

빨간 지붕에 야트막한 벽돌 담장이 예쁜 집.

날이 따듯해지면 파릇파릇하게 봄이 자라날 것 같은 자그마한 정원.

“이곳이 샨과 내가 저택으로 들어가기 전까지 함께 살던 집이란다.”

“아…….”

나는 잠시 아무 말도 할 수 없었다.

그리운 듯 집을 돌아보는 아버지를 보다가 고개를 돌렸다.

길 아래로 하루 장사를 마치고 가게를 정리하고 있는 빵집이 보였다.

‘페리 아주머니.’

내가 막 열한 살이 되었을 때, 로릴과 함께 샌드위치를 먹으러 찾아왔던 그 빵집이었다.

그리고 그 바로 앞에 이전 생의 내가 세 들어 살던 건물이 보였다.

“여기가.”

나는 다시 한번 아버지와 어머니가 살던 집을 바라봤다.

눈에 익은 집이었다.

매일같이 이 앞을 지나다녔으니까.

이전 생의 나는 어머니와 아버지의 추억이 가득 담긴 집이 이렇게 가까운 줄도 모른 채 살았던 것이다.

그때, 아버지가 페리 아주머니의 빵집을 가리키면서 말했다.

"저 집 빵이 아주 맛있단다. 샨도 무척이나 좋아했지. 다음에는 아침 일찍 함께 오자. 단골들만 아는 비밀 메뉴가 있거든!"

뭐라고 말을 할 수가 없었다.

그렇게 가만히 서 있는 내 어깨를 아버지가 살짝 토닥이며 웃었다.

"그럼 안으로 들어가 볼까?"

집은 생각보다 넓었다.

문을 열자마자 보이는 따듯한 색의 거실과 주방이 특히나 인상적이었다.

침실은 위층에 있겠구나.

집 안을 둘러보며 생각했다.

"이 집을 계속 간직하셨던 거예요?"

내가 아버지에게 물었다.

"그럼. 아빠 인생에서 가장 행복했던 시간을 이 집에서 보냈는걸."

그렇게 대답한 아버지는 얼른 손을 내저으며 말했다.

"그렇다고 해서 우리 딸과 함께 보내는 시간들이 행복하지 않다는 것은 아니고!"

"그럼요, 그럼요. 무슨 뜻이신지 알아요."

내가 대답하자, 아버지는 휴 하고 작게 한숨을 내쉬면서 그제야 웃었다.

그리고는 주방으로 들어서는 나를 향해 손짓했다.

"편하게 둘러보렴, 티아야. 아빠는 차를 만들고 있을게."

그리고 무척이나 익숙한 듯 찬장에서 이것저것을 꺼내 달그락거리기 시작했다.

아마 그동안 혼자서 이 집을 자주 찾으셨던 것 같다.

사람이 산 흔적은 거의 보이지 않는 집이었지만, 깔끔하고 먼지는 없는 것을 보아 따로 돌봐 주는 사람도 있는 것 같고.

"으음."

나는 다른 사람의 집 구경을 온 듯한 기분으로 조심조심 집 내부를 둘러보기 시작했다.

"따듯한 집이네."

겨울 날씨에도 집 안은 따스하게 느껴졌다.

커다란 창문 가득히 햇빛이 들어와 집 안 전체를 감싸고 있는 것 같달까.

나는 뭔가에 홀린 사람처럼 천천히 창가 앞에 다가섰다.

가만히 서서 햇빛을 온몸으로 받다가 창문 앞에 놓인 흔들의자에 조심스레 앉았다.

기익.

오랜만에 사람이 앉아서인지 작은 소음이 들렸지만 이내 몸을 든든하게 받쳐 준다.

흔들, 흔들.

머리를 기대니 몸이 의자를 따라 천천히 움직이기 시작했다.

딱 마음이 차분히 가라앉을 만큼.

그리고 신기하게도 그 자리에 앉으니 주방에서 바쁘게 움직이고 있는 아버지의 뒷모습이 너무나 잘 보였다.

"티아야, 차 준비 다 됐다."

마침 그렇게 말하며 큼지막한 컵 두 개를 들고 돌아서던 아버지는 흔들의자에 앉아 있는 나를 발견하곤 조금 놀라며 미소 지었다.

"그 의자, 가져갈래?"

"네?"

뜬금없는 말에 내가 눈을 동그랗게 뜨자 아버지는 다시 한번 하하하고 웃었다.

"그 흔들의자는 이 집에서 샨이 가장 좋아하던 것이었어. 하지만 지금은 앉아 주는 사람도 없이 빈집만 지키고 있으니. 그것보단 티아 네가 가져가서 한두 번씩 앉아 주는 것이 의자에게도 낫지 않겠니?"

"그, 그거야 그렇지만……."

흔들의자가 무척 마음에 들기는 했다.

가벼워 보이지만 은근히 든든하고 묵직한 것도 그렇고.

매끈한 표면을 만지니 어쩐지 마음이 편해지는 것도 그렇고.

하지만 어쩐지 아버지의 소중한 물건을 빼앗는 것 같단 말이지.

그런 내 마음을 읽기라도 한 것처럼, 아버지는 컵을 테이블에 내려놓으며 말했다.

"엄마도 우리 티아가 잘 써 줬으면 할 거야."

"그럼…… 조심히 잘 쓸게요."

나는 의자의 팔걸이를 한번 쓸면서 고개를 끄덕였다.

"아, 따듯해."

아버지가 만들어 준 차는 처음 맛보는 종류였다.

하지만 마시자마자 몸에 남아 있던 긴장이 죄다 풀려 버리는 것 같아 탄성이 나왔다.

"이 집에서 티아가 생긴 것을 알았고, 엄마가 만삭이 될 때까지도 살았지."

아버지가 두 손으로 컵을 감싸듯 쥐고는 집 안을 둘러보며 말했다.

그 시선 곳곳에 그리움이 듬뿍 묻어나는 것 같아 나는 조용히 찻물을 삼켰다.

그때, 아버지가 내 손가락을 가리켰다.

“마침 그 반지를 끼고 있었구나.”

“맞아, 이게 엄마의 반지였죠.”

내가 성년이 되던 날, 아버지가 내게 주었던 보라색 사파이어 반지다.

아버지가 어머니에게 청혼할 때 건네주었다는.

다른 장신구는 다 빼도, 이 반지는 오늘 꼭 하고 싶더라니.

어쩌면 그저 우연일 수도 있는 일에 살짝 의미를 부여해 보며 사파이어를 매만졌다.

“티아야.”

그런 나를 아버지가 다정하게 불렀다.

“너는 엄마를 많이 닮았어. 알고 있지?”

“네, 조금 전에 말씀하셨잖아요. 이렇게 입으니 정말 엄마 같다고.”

“그래. 하지만 아빠가 말한 것은 외모뿐만이 아니야. 티아의 성격은 정말 엄마를 빼닮았단다.”

아버지가 작게 웃었다.

“아아, 성격은 날 닮지 않아서 얼마나 다행인지.”

그러고는 내가 어렸을 때처럼 내 머리를 쓱쓱 쓰다듬어 주기 시작했다.

“샨은, 엄마는 원하는 것이 있으면 절대로 물러서는 법이 없었어. 머리도 무척이나 좋아서 가끔은 깜짝 놀랄 만한 방법으로 어떻게든 원하는 것을 손에 넣었지.”

아아.

이제 아버지가 나를 향해 어머니를 닮았다고 말하는 이유를 조금 알 것 같았다.

"특히 화가 나면 녹색 눈을 반짝이면서 요목조목 따져 드는데, 아빠는 반박조차 할 수 없었단다. 애초에 샨에게 화가 나는 것도 있을 수 없는 일이었지만."

그렇게 중얼거린 아버지는 나를 그윽하게 바라봤다.

"그래서 아빠는 티아 네가 롬바르디의 가주가 되기 위해 너무 많은 것을 포기하지 않았으면 좋겠어."

아버지가 하는 말의 의미가 무엇인지 짐작이 갔다.

"페레스…… 말씀이시죠?"

아버지는 대답 대신 살짝 미소 지었다.

그러나 이번만큼은 그렇게 하겠다고 바로 고개를 끄덕일 수 없었다.

내가 회귀한 이유는 망할 운명의 가문을 살리기 위해서니까.

그러니까 내게는 그 무엇보다 롬바르디가 중요하다.

페레스에 대한 나의 마음이 어느 정도인지, 이제 안다.

어쩐지 조금 분한 마음이 들지만, 녀석 없이는 '행복한 삶'을 꿈꾸기란 많이 어려울지도 모른다는 생각도 들었다.

하지만.

'페레스와 함께하는 미래가 롬바르디를 이끌어 나가는 것에 방해가 되면 어떻게 하지.'

이런 고민은 여전히 나를 망설이게 하고 있었다.

"고민 중이에요."

내가 할 수 있는 대답은 그게 전부였다.

아버지는 다시 한번 빙그레 웃으며 고개를 끄덕였다.

"그래. 천천히, 하지만 깊이 고민해 보렴."

아마 나에게 그 말을 하려고 여기까지 데려오신 것이겠지만 아버지는 나를 다그치지 않았다.

"인생에서 사랑은 생각보다도 더 중요한 것이니까."

그렇게 말하고 한 걸음 물러서듯 의자에 편안히 기대어 차를 마실 뿐이었다.

이왕 서로에게 솔직하게 말하는 김에 나도 한마디 해 볼까.

나는 손끝으로 컵의 손잡이 부분을 툭 건드리다가 물었다.

"아버지는 재혼할 생각 없으세요?"

"쿨럭! ……콜록!"

사레가 들린 듯 한참 동안 기침하던 아버지는 빨개진 얼굴로 내게 되물었다.

"갑자기 그게 궁금한 거니?"

"저도 이제 성인이 되었고, 아버지는 아직 젊으시잖아요. 혹시 좋은 사람이 있으시다면 저 때문에 고민하지는 마시라고 말씀드리는 거예요."

"티아야……!"

아버지는 남사스럽다는 듯 외치고는 고개를 저었다.

"아빠에게 평생 사랑은 엄마뿐이야."

그렇게 말한 아버지는 진짜 청년 시절로 돌아간 것처럼 배시시 웃었다.

"그래서 다른 사람에게 줄 사랑이 남아 있지 않아."

조금 쓸쓸한 말이었지만 아버지의 모습은 그 반대였다.

“엄마 이야기가 나오면 아빠 얼굴이 달라져요. 무척 행복해 보이세요.”

“그러니? 하하. 그럴 수밖에.”

아버지는 멋쩍은 듯 볼을 긁적이며 말했다.

“엄마와 아빠는 후회하지 않을 사랑을 했으니까.”

다음 날.

아침에 눈을 뜬 내게 집사가 알려 왔다.

할아버지의 부름이었다.

간단하게 세수를 하고 옷을 갈아입자마자 바로 할아버지의 집무실을 향해 출발했다.

“뭔가 좀 어수선한데?”

별관에서 할아버지의 집무실이 있는 본관까지 걸어가면서 느낀 것이었다.

원래 아침 일찍 일과를 시작하는 고용인들이었지만 유난히 바빠 보인달까.

“오늘 저택에 무슨 행사가 있나? 아닌데. 아무 일정 없는데.”

아무리 머릿속을 뒤져 봐도 오늘 고용인들이 저렇게 바쁠 이유는 없었다.

사교 시즌은 봄에 시작하니 연회가 열리는 것도 아니고.

그렇다고 가족들 중 한 사람의 생일도 아니고.

나중에 할아버지께 여쭤봐야지.

그렇게 생각하면서 집무실의 문을 두드렸다.

"할아버지, 저예요. 들어갈게요."

나는 평소와 다름없이 문을 열고 안으로 들어섰다.

"……어라?"

묘한 위화감을 느꼈다.

집무실의 모습은 그대로였다.

그런데 뭔가가 달랐다.

확신을 가진 것은 창가를 바라봤을 때였다.

내가 어릴 적 알페오에게 의뢰해서 선물해 드렸던, 할머니의 흉상이 그 자리에 없었다.

"오오, 티아 왔느냐? 이리 오거라."

응접실 소파에 앉아 있던 할아버지가 나를 보고 일어나 손짓했다.

"할아버지…… 뭐가 좀 이상한데요?"

"그렇더냐?"

의미를 알 수 없는 미소를 지은 할아버지는 천천히 가주 집무실 안으로 들어서는 내 등을 부드럽게 밀어 어딘가로 이끌었다.

집무실 안을 둘러보며 할아버지가 이끄는 대로 걸어가던 나는 어느 순간, 멈칫하며 제자리에 서 버렸다.

"할아버지……."

할아버지는 그런 나를 보면서 웃으시더니 가주 집무 책상의 의자를 두 손으로 짚었다.

그리고 말했다.

"오늘부터 티아 네 자리다."

"하지만 거긴……."

롬바르디에서 오로지 가주만이 앉을 수 있는 곳.

할아버지는 굳어 버려 움직이지 못하는 내게 다시 한번 확인시켜 주듯 낮은 목소리로 말했다.

"오늘부터 피렌티아 롬바르디, 네가 롬바르디의 가주다."

아무 소리도 들리지 않았다.

사고도 멈춰 버렸다.

그리고 다음 순간 깨달은 것은 내가 어느새 할아버지의 의자에 앉고 있다는 사실이었다.

아니, 이제는 내 의자에.

나를 의자에 앉힌 뒤, 할아버지는 책상 반대편에 서서 날 바라봤다.

"느낌이 어떻더냐?"

"……좋아요."

"어허허! 역시 내 손녀다!"

할아버지는 크게 웃음을 터뜨렸다.

좀 더 겸손한 말을 할 걸 그랬나?

어떻게 해, 정말 좋은데.

나는 천천히, 가주의 책상을 손바닥으로 쓸었다.

그와 동시에 팔에 오소소 소름이 돋아났다.

내가.

롬바르디의.

가주라니.

나는 두 손으로 입을 턱 막았다.

그렇게 하지 않으면 비명을 지를 것 같았으니까.

조금 전 정신없는 와중에 할아버지가 했던 말이, 내 귓가에서 다시 생생하게 되살아났다.

"오늘부터 피렌티아 롬바르디, 네가 롬바르디의 가주다."

피렌티아 롬바르디, 롬바르디의 새로운 가주.

아무 말도 할 수 없었다.

조용히 할아버지를 바라봤다.

"때로는 무서울 게다. 때로는 정열이 넘칠 것이고. 때로는 롬바르디라는 이름에 짓눌리는 것 같기도 할 게다. 그럴 때는 한 가지만 기억하면 된다."

할아버지가 내게 말했다.

"네가 곧 롬바르디고, 또 롬바르디가 곧 너라는 것. 그것만 잊지 말거라."

롬바르디가 나, 그리고 내가 롬바르디.

나는 천천히 고개를 끄덕였다.

내 두 손은 나도 모르게 의자의 팔걸이를 힘껏 쥐고 있었다.

그때, 노크 소리와 함께 집사 요한이 들어왔다.

"다시 인사드리겠습니다. 가주님의 집사, 요한입니다."

"아……."

요한은 이제 할아버지가 아니라 나를 보고 이야기하고 있었다.

잊었다.

요한은 할아버지의 집사가 아니라, 가주를 보필하는 집사였지.

"연회 준비가 다 되어 갑니다, 가주님."

"연회…… 요?"

어리둥절해하는 나에게 할아버지가 말했다.

"새로운 가주의 취임을 축하하는 연회란다. 네 아버지와 샤나넷이 열심히 준비했다더구나."

"아아, 그래서!"

고용인들이 바빴던 이유가 이거였구나.

"앞으로 3일간 저택의 문을 개방하고 연회가 이어질 게다. 롬바르디의 전통이지."

할아버지가 자랑스레 말하며 나를 밖으로 이끌었다.

연회장 쪽은 이미 세팅이 끝났고 너른 정원에도 테이블이 속속들이 자리를 잡고 있었다.

멍하니 창밖을 보는 나에게 할아버지가 나직이 말했다.

"이번 연회를 마지막으로 이 저택에서 자네가 모르는 사이에 벌어지는 일은 없어야 할 것이오, 롬바르디 가주."

으으, 역시 롬바르디야! 멋있어!

창틀에 가지런히 올려놓은 두 주먹이 절로 불끈 쥐어지고, 새삼 할아버지가 더욱 멋져 보인다.

나는 그런 할아버지의 눈을 똑바로 바라보면서 말했다.

"이 가문을 더욱 위대하게 만들 거예요, 할아버지."

그러자 할아버지가 내 어깨를 툭툭 두드리며 대답해 주었다.

"그래. 피렌티아, 너라면 할 수 있다."

역대 롬바르디 가주 그 누구보다 더 성공적으로 가문을 이끌어 온 할아버지의 말이었다.

그리고 내가 실현할 미래다.

오늘부턴 내가 롬바르디의 가주다.

할아버지의 말대로 연회는 3일 밤낮으로 이어졌다.

제국의 귀족들, 그리고 롬바르디의 시민들 구분할 것 없이 모두 모여서 즐겁게 먹고 마셨다.

그리고 마지막 3일째 되는 날의 오후.

"가주님."

"무슨 일이죠, 요한?"

"멀리서 손님이 오셨습니다."

나에게 전혀 예상치 못한 손님이 찾아왔다.

"샨 님의 어머니, 가주님의 조모라 밝힌 분이 정원에서 만나 뵙길 청하고 있습니다."

노년의 여성과 젊은 남녀, 주변의 풍경과 조금 어우러지지 않는 세 사람이 롬바르디 정원에 차려진 연회장을 천천히 거닐고 있었다.

풍성하고 치렁치렁한 제국 귀족들의 복색과는 전혀 다른 옷을 입은 이들이었다.

붉고, 파랗고, 노란 강렬한 원색을 주로 사용한 옷은 여백이 별로 없는 직선미가 있었는데, 그러면서도 여성들의 치맛자락은 땅에 길게 끌리는 것이 독특했다.

게다가 보석이 아닌, 나무를 깎아 만든 액세서리를 착용한 그들은 순식간에 사람들의 이목을 사로잡았다.

그러나 정작 당사자들은 그런 시선이 느껴지지 않는다는 듯, 마치 유람을 나온 것처럼 한 걸음씩 천천히 내디디며 되레 연회장과 귀족들을 구경했다.

"이야, 대단하네."

까무잡잡한 피부에 유난히 붉디붉은 머리칼을 가진 남자가 말했다.

"제국은 우리와 완전히 다르다더니. 역시 책으로만 보는 것과 직접 보는 것은 다르다니까!"

테이블을 덮고 있는 흰 천에도, 아름다운 형태로 가꾸어진 상록수에도, 마침 지나가던 남성이 멋지게 기른 콧수염에도 연신 감탄사를 내뱉던 남자는 가장 앞서 걷고 있는 노년의 여성에게 말했다.

"족장님, 몸은 어때요?"

툭 던지는 말투였지만 '족장'이라 불린 노인을 보는 눈에는 제법 진한 애정이 듬뿍 담겨 있었다.

"나는 괜찮다."

"자꾸 괜찮다고만 하면 안 돼요. 내가 명색이 족장님 전담 의원인데. 무슨 일이라도 생기면 부족 사람들 얼굴을 어떻게 보라고."

툴툴거린 의원은 근처 테이블에서 과일 주스를 한 잔 집어 들었다.

그러자 눈에 잘 보이지 않는 은은한 빛이 주스를 한 번 휘젓듯 움직이더니 사라졌다.

"응, 안전하네. 마셔요, 족장님."

"고맙다, 온타."

노년의 여성이 주스를 마시는 동안, 그 뒤를 지키고 선 젊은 여성은 끊임없이 주변을 살폈다.

말도 없고, 무표정한 얼굴에 불필요한 움직임이 전혀 없는 모습은 곧게 자란 나무를 떠올리게 했다.

“네 말이 맞는구나, 온타.”

“무슨 말이에요, 족장님?”

“제국이 우리 부족과는 많이 다르다는 말 말이다.”

“그죠? 난 이해가 가지 않아요.”

온타가 옆을 지나다니는 화려한 복색의 귀족들을 흘끔 바라보며 불쾌한 듯 눈살을 찌푸렸다.

“저렇게 욕심을 낼 이유가 뭐가 있는지. 차라리 모두와 나누며 살면 행복할 텐데.”

“저마다 살아가는 방법이 있는 것이지.”

“하지만 봐 봐요, 족장님. 여기 있는 저 많은 사람들 중에 진심으로 기뻐하고 행복해하는 사람들이 과연 몇이나 있는지.”

온타가 불만스레 인파를 가리키며 말하자, 노인은 주름진 눈을 들어 그들을 찬찬히 살폈다.

흔한 야외 연회장의 모습이었지만 마치 다른 사람에게는 보이지 않는 무언가를 볼 수 있는 것처럼.

노인은 한참 동안 그들을 바라봤다.

“이번에도 네 말이 맞는구나, 온타.”

“그것 봐요.”

불퉁하게 대답한 온타는 말했다.

“제국을 구경하는 것은 좋지만, 그렇게 오래 있을 곳은 아닌 것 같아요. 얼른 볼일을 끝내고 마을로 돌아가요, 족장님.”

“이번 여정은 너의 기호에 의해 결정되는 것이 아니다, 온타.”

결국 호위를 서던 여성에게 혼이 난 온타는 입술을 삐죽이며 대답했다.

"알고 있어요, 아나이. 하지만 이런 추운 지역에 오래 있는 건, 족장님의 건강에도 좋지 않다고요."

"으음."

줄곧 무표정을 고수했던 아나이도 족장의 건강이란 말에는 흔들렸다.

"집사라는 자에게 우리가 왔음을 알렸으니 잠시 기다려 보면 알 수 있겠지."

"에휴, 그냥 제가 근처를 좀 돌아다녀 볼……."

"그럴 것 없다."

족장이 커다란 건물이 있는 쪽을 가리키며 말했다.

"저기 오는구나."

아나이와 온타의 고개가 동시에 그쪽으로 돌아갔다.

붉은 드레스를 입은 여성이 갈색 머리칼을 휘날리며 성큼성큼 걸어오고 있었다.

"샨의 아이로구나."

주름진 입술이 빙그레 미소를 그리며 말했다.

"갑자기 할머님이라니."

집사가 가르쳐 준 곳으로 걸어가는 내 심장이 빠르게 뛰는 것이 느껴졌다.

"아버지는 알고 계신 건가?"

문득 그런 생각이 머리를 스쳤다.

하지만 이내 그렇지는 않을 거란 답을 내렸다.

알고 계셨다면 나에게 미리 말을 해 주셨을 테니까.

"정원이라고 했지."

나는 본관 건물에서 나와 정원이 있는 쪽을 향해 걸었다.

야외에 마련된 넓은 연회장을 가로질러 가야 하는 방향이었다.

"롬바르디 가주님!"

"안녕하십니까!"

"축하드려요!"

여러 귀족들이 나를 보고 한마디씩 하는 바람에 정신이 없었지만, 나는 한 번씩 고개를 끄덕이며 대꾸를 해 주곤 계속해서 걸어갔다.

"아."

그리고 연회장 끄트머리에 다다랐을 때, 멀리 보이는 세 명의 사람을 발견할 수 있었다.

저 사람들인가 아리송할 겨를도 없었다.

그만큼 이색적인 모습을 하고 있었으니까.

긴 흰머리를 하나로 묶어 틀어 올린 노인, 내 할머니와 눈이 마주쳤다.

그렇게 시선을 떼지 않은 채, 나는 그분 앞에 섰다.

"안녕하세요. 처음 뵙겠습니다."

천천히 머리를 숙여 인사했다.

그러자 다정한 기운이 배어 있는 목소리가 대답했다.

"반갑구나, 샨의 아이야."

샤의 아이.

맞는 말이긴 했지만, 조금 독특한 지칭이었다.

하지만 그런 점이 마음에 들었다.

특히 내가 롬바르디의 가주인 것은 조금도 신경 쓰지 않는 할머니의 당당한 태도와 마주한 시선을 피하지 않는 눈도 더더욱 호감이 가는 점이었다.

"잠시 대화를 나누자꾸나."

그렇게 말한 할머니는 더 이상의 인사치레는 거추장스럽다는 듯, 먼저 앞장서서 상록수 숲으로 걸어 들어갔다.

독특한 분이시네.

나는 그렇게 생각하며 조용히 그 뒤를 따랐다.

나와 할머니가 숲 한가운데에 다다르자, 어느 순간부터 다른 두 사람은 따라오지 않았다.

사박, 사박.

발밑에 흙 밟히는 소리만 날 때, 할머니가 먼저 입을 열었다.

"샤의 아이야. 이름이…… 피렌티아라던가?"

"네, 맞습니다. 혹시 할머님의 성함을 알 수 있을까요."

내가 '할머님'이라고 부르자 조금 놀란 듯 눈을 동그랗게 뜨던 할머니는 이내 즐거운 듯 웃었다.

"내 이름은 소우라다. 부족의 언어로 '눈'이라는 뜻이지."

"부족…… 이요?"

"내가 이끌고 있는 '차라' 부족은 여기서 아주 남쪽 끝의 바다와 맞닿은 밀림 지역에 살고 있지. 우리에 대해 알고 있느냐?"

"아…… 혹시……."

회귀하자마자 읽었던 〈남쪽의 사람들〉이란 책에 나온 내용이었다.
로필리라는 학자가 발견했던 그 부족.
"어머니가, 그 부족의 사람일 줄은 몰랐어요."
"흘흘. 우리는 마을 밖에서 부족의 이야기를 잘 하지 않지. 귀찮은 일들이 생기곤 하거든."
할머니가 작게 웃으며 말했다.
"그럼 우리에게 남다른 능력이 있다는 사실도 알고 있겠구나."
"마법이라고 하는 힘이 있다고 책에서 읽은 기억이 있습니다."
"오, 그래. 로필리가 쓴 책을 읽은 모양이구나. 맞다. 핏줄로만 이어지는 능력이지."
그렇지만 직접 설명을 듣는 와중에도 마음 한구석에는 의심이 고개를 들었다.
그런 힘이 정말로 존재한다고?
"네가 가장 잘 알면서 의심을 하다니, 재미있는 아이로구나."
"……네?"
"이미 마법의 힘을 한 번 겪어 보지 않았느냐? 과거를 다시 살고 있는 피렌티아야."
소름이 끼쳤다.
"그걸…… 어떻게."
"그것이 내가 가진 힘이다."
어딘가 조금 뿌연 눈이 나를 바라보며 말했다.
"남들은 보지 못하는 것들을 보지. 때로는 과거일 때도 있고, 어떤 이의 생각일 때도 있지. 아주 가끔이지만 꿈을 통해 미래를 보는 일도 있단다."

아무 말도 할 수 없었다.

무슨 말을 해야 할지도 몰랐다.

내가 회귀했다는 사실을 알고 있는 사람 앞에서 어떻게 행동해야 하는지, 머릿속이 하얗게 변해 버렸다.

그런 내 모습을 빤히 보던 할머니는 별일 아니라는 듯 말했다.

"차라 부족의 사람이라면 누구나 하나쯤은 특별한 힘을 가지고 있다. 저기에 있는 온타는 사람을 치유하고 물로 약을 만들어 내는 능력을 가졌지."

할머니가 멀찍이 기다리고 있는 남자를 가리켰다.

"그리고 아나이는 바람처럼 움직인다. 열 명의 사람을 모아 놓은 힘도 가지고 있지."

"그럼 할머님 말씀은…… 제 능력이……."

"아마 시간을 되돌리는 능력을 가지고 있었겠지."

그게 무슨 슈퍼 히어로 같은 능력이야.

"그, 그럼 엄마는요?"

"샨의 능력은…… 미래를 보는 것이었다. 내일 제가 꺾게 될 꽃의 색깔부터 여러 사람을 죽게 만들 홍수까지, 모든 것을 미리 볼 수 있었지. 샨의 능력은 무척이나 강력해서 내 뒤를 이어 족장이 될 것으로 모두들 생각했다."

졸지에 일종의 출생의 비밀을 듣게 된 나는 머리가 멍했다.

그런 내게 할머니가 말했다.

"하지만 너는 반쪽일 뿐이지. 차라 부족의 피는 절반밖에 흐르지 않는."

"네?"

이전 생에서는 너무나 자주 들었던 말이었다.
반쪽짜리.
나는 아무리 노력해도 반쪽짜리 롬바르디밖에 될 수 없다는 조롱.
오랜만에 들어도 울컥하네.
내가 아무 말도 하지 않자 할머니는 다시 흘흘 웃으며 말했다.
"기분 나쁘게 듣지는 말거라. 오히려 좋은 일이니."
"좋은 일이요?"
"차라 부족의 능력에는 대가가 따른다."
할머니가 다시 한번 남자를 가리키며 말했다.
"온타는 죽어 가는 사람도 살릴 수 있는 마력을 가졌지만, 웃을 수가 없다. 기쁨을 느끼지 못하지."
다음에는 아나이를 가리켰다.
"아나이는 누구보다 빠르고 강하지만, 고통을 느끼지 못한다. 전투 중에 배가 꿰뚫려도 죽을 만큼 피를 흘리기 전엔 모르고, 남의 고통에도 공감할 수 없기 때문에 어린 시절부터 많은 이들을 상처 입히는 죄를 지었지."
"그럼 할머니는 괜찮으신가요?"
"나는……."
할머니가 씁쓸하게 웃었다.
"보다시피 눈이 거의 보이지 않는다. 그리고 내게 가장 소중한 것을 잃었지."
할머니에게 가장 소중했던 것이라면.
"많은 것을 볼 수 있는 눈의 대가는, 내 딸 샨이었다. 강한 능력일수록, 소중한 것을 잃는다."

할머니는 조금 전 말했었다.

어머니의 능력은 무척이나 강력했다고.

"그렇다면 엄마는……."

"수명. 샤이 치러야 했던 값은, 자신의 수명이었다."

그렇게 대답한 할머니는 다가와 뿌연 눈으로 나를 올려다보며 말했다.

"그러니 피렌티아, 반쪽짜리인 것을 슬퍼하지 말거라. 그 덕에 너는 차라의 굴레를 벗어난 것으로 보이니."

그렇게 말하는 할머니의 얼굴에 말로 형용할 수 없는 씁쓸함이 스쳤다.

"다, 다행……."

안도의 한숨을 쉬려는데, 한 가지 의문이 생겼다.

이걸 여쭤봐도 되나.

망설이고 있는 내게 할머니가 말했다.

"궁금한 것이 많을 테지. 물어보거라."

"죄송해요. 잘 이해가 안 돼서. 조금 전에 엄마는 미래를 보는 사람이라고 말씀하지 않으셨나요?"

"맞다. 그것이 샤의 능력이었지."

"하지만 그렇다면…… 엄마는 왜 저를 낳으셨는지, 이미 알고 계셨을 텐데."

어머니는 나를 낳고 100일쯤 뒤에 돌아가셨다.

그런 자신의 미래를 봤다면, 어째서 날.

"샤은 제 미래를 알고 있었다. 물론 피렌티아 너의 존재도."

"그 말씀은……."

"샨은 피렌티아 널 낳기로 선택한 것이다. 부족을, 가족들을 숲에 두고 연구를 마친 로필리와 함께 제국으로 떠났지. 그리고 롬바르디 영지로 와 네 아버지를 만났다."

할머니의 뿌연 눈이 더욱 흐려졌다.

"제가 죽을 것을 알면서도."

죽을 것을 알면서도.

그 말이 가슴에 콱 박힌 듯 지끈거렸다.

"샨이 부족을 떠날 때, 나는 말렸다. 나쁜 미래는 피하면 그만이라고. 하지만 그 애는 밝게도 웃으면서 말했지. '아직 만나지 않은 남편과 아이가 너무나 사랑스러워 가지 않을 수 없다'고."

어머니는 나를 낳으면 자신이 어떻게 될지 알면서도, 아버지를 만났던 것이다.

"'저의 운명을 사랑하기로 했어요'던가. 그 아이가 마지막으로 남긴 말이."

할머니에겐 무척이나 괴로운 기억인 것 같았다.

"아직 샨이 떠나던 날을 생생히 기억한단다. 어미는 딸이 떠나는 날을 잊을 수 없지."

세월의 흔적으로 가득한 얼굴이 날 바라봤다.

"딱 한 번, 널 배 속에 가졌을 때 마을로 편지를 보내온 적이 있었다. 그때 샨이 뭐라고 했는지 아느냐?"

나는 고개를 살짝 가로 저었다.

할머니는 나직한 목소리로 말했다.

"'내 딸은 빛나는 삶들을 살게 될 거예요.'"

"하."

바람 빠진 풍선 같은 소리를 내고 말았다.

"그래서 네가 가장 행복할 오늘, 너를 보러 온 것이다. 샨의 딸아."

머릿속이 가득 엉키는 것 같았지만 동시에 분명히 알 것 같았다.

어머니는 정말로 강력한 힘을 가진 사람이었구나.

그리고 어쩌면 내가 회귀한 것은 정해진 운명이었겠구나.

"샨은 자신의 운명을 사랑했다, 피렌티아. 너를 이 세상에 데려오기 위해서 자신의 삶을 희생했어. 그러니 그 삶을 낭비하지 말거라."

낭비?

내 삶은 이전 생에서도 이번 생에서도 낭비라는 말과는 거리가 멀었다.

언제나 내 모든 것을 던져서 살아왔으니까.

"아니다, 넌 지금 안일한 삶을 살고 있어."

"아뇨, 그건 절 모르고 하는 말씀이세요. 전 허송세월을 하는 사람이 아니에요."

나도 모르게 반박하듯 말했다.

롬바르디에 대한 내 애정을 폄하하는 말과 더불어 이런 말은 참을 수 없다.

"안일한 삶을 살지 말라는 말이다."

"안일하게 살고 있지도 않아요."

"그래서 다음 생을 운운하고 있는 것이더냐?"

"……네?"

"너는 이번 생에서 롬바르디의 가주가 되면 그것으로 만족하겠다 허풍을 떨고 있지 않느냐. 나머지는 다음 생에서 이루면 그만이다 하고."

"그건……."
"아니라고 말할 수 있느냐?"
반박할 수 없다.
은연중에 가끔 그런 생각을 했던 것은 사실이니까.
이번 생에선 롬바르디의 가주가 되는 것만 생각하자고 스스로를 설득할 때도 있었고.
"마치 네게 다음 생이라는 기회가 당연히 있을 것처럼. 그렇지?"
안개가 낀 듯 뿌연 눈이 나를 엄하게 바라봤다.
"넌 반쪽짜리다. 굴레를 벗어난 네게 다음 생이란 없다, 피렌티아."
마치 또 한 번 회귀할 수 있을 것처럼 후회를 남겨 두는 삶.
원하는 모든 것을 이루려는 시도조차 해 보지 않는 삶.
그건 안일한 삶이 맞다.
"그러니 움직이거라. 이번 생이 너의 마지막 생이니까."
마지막 생.
그 말을 듣자마자 내 머릿속에는 단 한 사람밖에 떠오르지 않았다.
"저, 잠시 가 봐야 할 곳이 생겼어요."
마음이 급해졌다.
발을 동동 구른다는 게 이런 말이구나 싶을 정도로.
그리고 급한 마음만큼 빠른 속도로 머릿속에 계획이 펼쳐졌다.
내가 원하는 모든 것을 이번 생에서 가질 수 있는 계획이.
"……그래, 어서 가 봐야겠구나."
이번에도 할머니는 내 생각을 읽은 듯 지그시 미소 지으며 말했다.
"괜찮으시다면, 롬바르디 저택에 머물러 주세요. 알고 싶은 게 많아요, 할머니."

"흐음."

잠시 생각하던 할머니는 이내 고개를 끄덕였다.

"며칠 동안이라면 온타를 한번 설득해 보마."

저 불퉁한 얼굴을 한 붉은 머리 남자의 이름이 온타.

그때, 온타와 아나이의 뒤쪽으로 익숙한 얼굴이 보였다.

나와 할머니를 보면서 어쩔 줄 몰라 하는 아버지의 얼굴이.

"그리고 할머니와 이야기를 나눠 보고 싶은 사람이 저기 한 사람 더 있는 것 같은데요?"

"……갤러한이로구나."

잘 보이지 않을 텐데도, 아버지가 있는 쪽을 정확하게 바라보며 할머니가 낮게 말했다.

시선을 받은 아버지는 잠시 움찔하고 놀라더니 이내 머리를 푹 숙이며 인사를 했다.

"저 그럼 다녀올게요!"

나는 서둘러 걸음을 옮겼다.

마침 본관 앞에 마부가 가주의 마차를 정리하고 있는 것이 보였다.

나는 무작정 마차 문을 열고 올라타며 외쳤다.

"황궁으로 갑시다!"

그 길로 황궁으로 온 나는 마차에서 내릴 때가 되어서야 약간의 이성을 되찾았다.

"지금 시간이 애매하구나."

아직 해가 저 위에 걸려 있는 한낮.

페레스는 한창 바쁘게 업무를 보고 있을 시간이었다.

"일하고 있는 걸 방해하고 싶지는 않은데."

얼마나 바쁜지, 내가 가주된 기념으로 3일 밤낮 계속된 연회에도 아직 와 보지 못했다.

오늘 저녁에서야 겨우 시간을 내는 것에 성공했다는 서신을 아침에 받았을 정도였다.

"일단 돌아가서 기다릴까?"

마차를 타고 오면서 충동적이었던 계획에는 이런저런 살이 붙었다.

후회를 남기지 않기 위해서 해야 할 일들이 그 계획에 따라 차곡차곡 쌓여 있기도 했다.

롬바르디 가주로서의 내 자리를 지키면서 동시에 페레스를 포기하지 않아도 되는 방법.

쉬운 일은 아니다.

아니, 현행법상 불가능한 일이었다.

하지만.

"안 되면 되게 해야지."

내가 누군데.

하지만 모든 일에는 순서가 있는 법.

가장 먼저 해야 할 일은, 페레스와 이야기를 나누는 것이었다.

그때, 페레스가 내가 서 있는 중앙궁 건물을 막 걸어 나왔다.

"어? 페레스?"

주변에 보초를 서는 기사들과 시종들이 지나다니는 것도 잊고 나도 모르게 이름을 불렀다.

"……티아?"

페레스도 엄청 놀란 듯 나를 보고 두 눈이 동그래졌다.

"여기는 왜……."

"잠깐, 나랑 이야기 좀 해."

나는 페레스의 소매를 덥석 잡으며 말했다.

"원래는 저녁에 저택에 올 때까지 기다리려고 했는데, 만난 김에 해치우자."

그냥 마음 졸이면서 기다리는 건 딱 질색이니까.

"어디 사람 없는 곳 없을까?"

내 질문에 페레스가 잠시 생각하더니 대답했다.

"내가 적당한 곳을 알고 있어."

"으음, 그래. 여기라면 아무도 없기는 하겠네."

오늘 계속 숲을 벗어나질 못하는 것 같은데.

페레스가 날 데리고 온 곳은 페레스가 살던 별궁 근처의 숲이었다.

"여기 우리가 처음 만났던 거기 맞지?"

나는 조금 떨어진 동그마한 수풀을 가리키면서 말했다.

"저기서 페레스 네가 풀 뜯어 먹고 있었잖아."

"응, 여기라면 아무도 우릴 방해하지 않을 거야."

페레스가 만족스러운 듯 고개를 끄덕이면서 말했다.

진짜 별난 녀석이야.

나도 모르게 헛웃음을 흘렸다.
페레스는 웃는 내 얼굴을 가까이서 빤히 보더니 말했다.
"사실은 티아에게 보여 주고 싶은 게 있어서."
"보여 주고 싶은 것?"
그러자 페레스가 내게 손을 내밀면서 말했다.
"조금 걸을까?"
"이 손은……."
손잡자는 건가.
내 앞에 내밀어진 페레스의 손을 자세히 보자, 그 끝이 아주 조금 떨리고 있는 것이 보였다.
긴장하고 있구나.
그래서 난 녀석의 손을 덥석 잡았다.
"티, 티아?"
되레 페레스가 당황하는 모습이 보였다.
내가 망설이지도 않고 기다렸다는 듯 잡을 줄은 몰랐겠지.
마음먹은 이상 더는 망설이지 않는다.
"왜? 뭐?"
나는 조금 뻔뻔하게 턱을 치켜들고 앞서 걸었다.
귀 끝이 조금 빨개진 페레스가 그 긴 다리로 성큼성큼 몇 번 걸으니 금방 따라잡히긴 했지만.
"흠흠."
잡고 있는 손이 생각보다 더 어색했다.
심장은 두근거리고, 숲속에는 우리 두 사람의 소리밖에 나지 않고.
숨이 막힐 것 같은 느낌에 잡고 있는 손을 조금 꼼지락거리자,

페레스의 커다란 손이 내 손을 든든히 감싸 주었다.

날이 추워서 그런가.

페레스의 손은 잔뜩 긴장한 내 손만큼이나 차가워져 있었다.

그렇게 페레스가 나를 이끈 곳은 녀석이 살던 폐허였다.

아니, 이제 더 이상 폐허는 없었다.

번듯하게 세워진 아담한 별궁이 있을 뿐.

"몇 주 만에 이렇게 다시 지은 거야?"

페레스가 내 질문에 고개를 끄덕였다.

"더는 잊고 싶은 장소가 아니니까. 오히려 기억에 오래 남기고 싶어서."

"역시."

돈과 권력이 짱이다.

아직 황태자 임명은 받지 않았지만, 사실상 황태자나 다름없으니까.

"고생들 했겠네."

이 추운 겨울에 일했을 인부들을 생각하며 잠시 애도의 시간을 가졌다.

하지만 진심으로 기쁘기도 했다.

"좋은 생각이야, 페레스."

나는 페레스의 등을 도닥여 주었다.

이 별궁은 페레스의 인생에서 가장 어둡고 또 처참했던 날을 상징하는 곳이나 마찬가지였다.

페레스가 이곳을 벗어난 뒤에도 여전히 버려진 채로 남았던 별궁을 이렇게 훌륭하게 다시 지었다는 것은, 어쩌면 녀석의 상처가 조금은 치유되었다는 뜻이 아닐까.

어렴풋이 그런 생각이 들었다.

"이걸 보여 주려고 여기로 오자고 한 거였……!"

웃으며 페레스를 돌아본 나는 말을 다 끝마칠 수 없었다.

"너 지금 뭐 하는 거야, 페레스?"

잡고 있던 내 손을 스르륵 놓은 페레스가 한 걸음 뒤로 물러났다.

그러고는 나를 바라보며 서서히 한쪽 무릎을 꿇었다.

"너 설마 지금……."

그때, 페레스가 품 안에서 무언가를 꺼냈다.

반듯하게 접힌 종이 한 장이었다.

녀석은 그것을 내게 건넸다.

"이게 뭐야?"

서둘러 열어 보니, 종이에는 황제의 인장이 떡하니 찍혀 있었다.

그리고 그 아래에는 형편없는 필체이지만 선명한 글자가 쓰여 있었다.

[램브루 제국의 황제 나, 요바네스는 황명으로 다음을 윤허한다.

첫째, 황후의 가문 승계권과 유산 상속권 유지.

둘째, 황후의 출신 성씨 유지.

셋째, 황후의 가문에서 기원하고 파생된 독자적 재산과 권위 유지.

이는 나의 유지이니, 제국의 관료들과 귀족들은 이의를 제기하지 말라.]

황제의 유지.

살아생전 남기는 유언과도 같은 것으로 아무도 거스를 수 없는 절대적인 명령이었다.

“페레스, 너…… 이걸 어떻게 받은 거야.”

내 목소리가 떨리고 있었다.

목이 졸린 것 같은 형편없는 목소리였다.

그러나 내 놀라움은 거기서 끝나지 않았다.

“티아.”

페레스가 내 이름을 불렀다.

반사적으로 녀석의 붉은 눈동자와 시선이 마주쳤을 때였다.

그 순간, 지금 페레스가 어떤 모습을 하고 있는지 깨달았다.

한쪽 무릎을 꿇은 채 오직 나만을 바라보는 눈.

본능적으로 무슨 일이 벌어지려는 것인지 깨닫고는 심장이 더욱 빨리 뛰기 시작했다.

그때, 페레스가 내 한 손을 천천히 끌어당겨 잡고 낮은 목소리로 물었다.

“피렌티아 롬바르디 가주, 나와 결혼해 주시겠습니까?”

그러니까 며칠 전의 일이었다.

룰락이 아무런 연락도 없이 불쑥, 요바네스의 침실을 찾은 것은.

“무슨 일로, 왔습니까.”

요바네스가 불편한 심기를 감추지 않으며 룰락에게 물었다.

노려보는 눈초리가 제법 날카로웠지만, 룰락은 전혀 신경 쓰지 않았다.

독한 약의 증기로 뿌연 침실을 찌푸린 눈으로 돌아보다가 태연한 목소리로 대답했을 뿐이었다.

"마지막 인사를 드리러 왔습니다."

"마지막 인사?"

"내일 가주 자리를 손녀에게 넘길 생각입니다. 그러고는 폐하의 장례식 말곤 이 황궁에는 발도 붙이지 않을 생각이니, 마지막 인사가 맞지요."

"장례식?"

룰락의 말에 은연중에 깔린 의미를 알아챈 요바네스가 분노로 부들거렸다.

"지금, 내가 죽을 거란, 말이오?"

"아직 받아들이지 못하신 모양입니다. 폐하께선 죽어 가고 계시다는 것을."

"이봐! 롬바르디 가주!"

요바네스가 분이 차오른 만큼 기운차게 고성을 질렀다.

그러나 그게 전부였다.

"허억…… 컥! 쿨럭!"

요바네스의 발작적인 기침과 호흡 곤란이 다시 시작되었다.

"쯧쯧."

온몸을 비틀고 가슴을 쥐어뜯으며 고통스러워하는 요바네스를 동정하듯 보던 룰락은 근처 테이블에 놓여 있던 손수건을 집어 건네주었다.

"쿨럭, 쿨럭!"

결국 잠시 자리를 비웠던 궁의가 다시 뛰어들어 와 조치를 취하고 나서야 요바네스는 다시 가쁜 숨을 쉴 수 있었다.

"허어, 하아."

끝이 새파랗게 질린 입술로 침이 흐르는 것도 모른 채.

요바네스는 베개에 몸을 깊게 묻고 탈진한 듯 누웠다.

"어떻게, 알았습니까."

요바네스의 상태는 날이 갈수록 나빠지고 있었다.

궁의를 비롯해 제국의 이름난 의원들을 데려와 진찰하게 했지만 모두 고개를 가로저을 뿐이었다.

황후가 사용한 독이 워낙 맹독이라 아직 살아 계시는 것만으로도 기적이라는 말과 슬슬 '준비'를 할 시기라는 말도 남겼다.

그러나 요바네스는 그런 궁의들을 죽지 않을 정도로만 매질하여 황궁 밖으로 내쫓는 것으로 보수를 대신했다.

'돌팔이들! 죽어 가긴 누가!'

요바네스는 부정했다.

하지만.

"폐하와 저는 많이 다르지만 한 가지 공통점이 있기는 합니다."

룰락이 요바네스의 곁으로 다가와 말했다.

"꽤 쓸 만한 후계를 두었다는 점 말입니다."

"하."

요바네스는 코웃음을 쳤다.

"쓸 만한 후계. 그게, 나와 무슨, 상관이라고."

땀으로 축축해진 침대 시트를 움켜잡으며 말했다.

"이미 나 없이도, 제국은 잘만 돌아가고. 충성을 맹세, 하던 이들은, 얼굴조차 비치질 않고."

자조적인 말을 이어 가던 요바네스는 중얼거렸다.

엄연히 이 제국의 황제는 자신이었지만, 이미 그는 고립되어 잊혀 가고 있었다.

"어차피, 나는 죽어 가는데. 그 뒤의 일은, 내 알 바 아니지."

"바로 그겁니다."

룰락이 말했다.

"그래서 중요한 겁니다."

요바네스는 흐린 눈으로 룰락을 올려다봤다.

룰락은 내심 혀를 몇 번 더 찼다.

한때 그래도 제 손익 판단에는 놀랍도록 재빨리 굴러가던 요바네스의 머리는 이미 아둔해졌다.

제 아비를 독으로 죽였으니, 저도 독으로 죽는 이 굴레는 차라리 정의로웠으나.

그래도 어릴 적부터 자라나는 것을 보았던 요바네스가 마치 화살에 맞은 동물처럼 생존을 위해 숨을 헐떡이는 모습은 영 보기에 좋지 않았다.

룰락은 요바네스를 가엽게 생각하며 입을 열었다.

"죽은 황제는 아무 힘이 없는 법입니다."

"내가 죽으면……."

이제야 뭔가 깨달은 바가 있는지, 요바네스의 멍한 시선이 흔들렸다.

"이제 그만 죽음을 받아들이시고, 사후를 대비하셔야 합니다."

"사후?"

"그렇습니다. 폐하가 이대로 생을 마감하신다면 무엇이 남을지, 남은 자들은 폐하를 어떻게 평가할지 생각해 보면 답은 금방 나올 겁니다."

"나, 나는."

요바네스가 다급하게 물었다.

눈에는 당황한 기색까지 있었다.

"나는 제법, 훌륭한, 황제였지 않습니까?"

룰락은 침실로 들어온 뒤, 처음으로 대답 대신 입을 꾹 다물었다.

이어지는 침묵에 요바네스는 몇 번 밭은 숨을 쉬다 다시 한번 물었다.

"내가, 무엇을, 해야 합니까?"

"정말 그 돈을 모두…… 나눠 주란 말씀이십니까, 폐하?"

황실의 재정을 담당하고 있는 관청의 고위 관료가 재차 확인하듯 물었다.

자신의 귀를 믿을 수 없었기 때문이었다.

재위 기간 내내 한 번도 자신을 위해 일하는 이들에게 베푼 적이 없는 요바네스였다.

그런데 갑자기 불러 한 해 예산의 상당 부분을 황실에 고용된 관료를 포함해 심지어는 허드렛일을 하는 하인들에게까지 포상금으로 나눠 주라니.

"그렇다. 그동안, 고생들 했으니, 내가 내리는, 선물이다."

요바네스는 그 돈이 하나도 아깝지 않은 것처럼 태연을 가장하며 고개를 끄덕였다.

"모두들 폐하의 은혜에 기뻐할 것입니다."

만족한 듯 웃고 있는 요바네스를 혼자 두고, 관료는 천천히 황제의 침실을 빠져나왔다.

궁의를 만나 봐야겠다 생각하면서.

현재 제대로 된 판단을 내릴 수 있는 상태이신지 확인하기 위해서였다.

"아, 2황자 전하."

그때 마침 침실로 걸어오던 페레스와 마주쳤다.

조금 전 요바네스를 대할 때와는 전혀 다른, 존경심을 담아 머리를 깊이 숙이는 인사를 올렸다.

"폐하를 뵙고 오는 길인가?"

"예, 그렇습니다. 한데……."

관료는 페레스에게 조금 전 있었던 일을 설명했다.

그리고 마지막에 허락을 구하듯 물었다.

"정말 그리해도 되겠습니까?"

조금만 생각해 보면 누구나 이상한 점을 찾을 수 있는 질문이었다.

황명을 실행해도 되는지를 아직 황태자로 임명받지도 못한 일개 황자에게 묻고 있는 상황이었으니.

그러나 관료는 그런 자각을 하지 못했다.

수십 년을 보좌해 온 요바네스 황제보다는 단 몇 주간 지켜본 페레스가 아랫사람으로서 훨씬 믿고 따를 수 있었다.

"그렇게 하도록."

"감사합니다, 황자 전하!"

황자 전하에게 확인도 받았겠다.

성과금을 받는다는 생각에 관료는 희희낙락하며 멀어졌다.

"저 왔습니다, 폐하."

페레스는 약속대로 하루 두 번 차를 만들어 바칠 시간에 맞춰 침실을 찾은 길이었다.

"어째서 늦었지?"

정시에 도착했음에도, 요바네스가 괜한 트집을 잡았다.

"내게 소홀히 해서, 좋을 게 없을 텐데?"

보랏빛으로 변한 입술을 비틀며 요바네스가 비릿하게 웃었다.

"죄송합니다. 아스타나의 일을 처리하느라."

페레스는 무표정한 얼굴로 보고서 한 장을 건넸다.

"아스타나의 다리를…… 절단하였다?"

"예, 몬스터의 공격을 받았지만 현장에서 신속히 다리 한쪽을 절단해 목숨은 구했다고 합니다."

"멍청한 것. 차라리, 죽었어야지."

요바네스가 눈살을 찌푸리며 말했다.

그러고는 보기 싫은 쓰레기를 구석으로 밀어내듯, 보고서를 침상 밖으로 툭 던져 버렸다.

"그래서, 고작 아스타나의 일, 때문에 늦었다는 것이냐?"

"아무래도 폐하께는 아스타나가 필요하실 것 같아 최대한 편의를 봐주라 답장을 하고 오는 길입니다."

"그게 무슨, 말이냐?"

아스타나가 필요하다니.

페레스는 덤덤한 얼굴로 대답했다.

"저는 아무래도 황태자 임명을 받지 못할 것 같습니다."

"……뭐라?"

요바네스가 놀라 입을 다물지 못했다.

"제 혈통이, 제가 가장 하고자 하는 일에 걸림돌이 됩니다."

"허, 네가, 미쳤구나."

요바네스가 너무 놀라 헛웃음을 지었다.

"황실의, 혈통이란 것이, 너의, 앞길을 막는다고?"

"그렇습니다."

페레스가 조금의 망설임도 없이 곧바로 대답했다.

그런 페레스를 가만히 노려보던 요바네스는 물었다.

"원하는 게, 무어냐."

미친 자가 아니고서야.

이 세상 그 누구도 황태자의, 장차 황제의 자리를 마다하지는 않는다.

모두 다 원하는 바가 있어 이러는 것이리라.

"……황후가 되면 가문의 승계권과 직위를 잃는 현행법을 고쳐 주십시오. 그럼 생각해 보겠습니다."

생뚱맞은 조건이었다.

그러나 짚이는 바가 있었다.

"롬바르디, 그 계집 때문이냐?"

요바네스가 얼굴을 씰룩이며 질문했다.

페레스는 침묵으로 대신 답했다.

"네가, 미쳤군. 고작 계집 때문에, 황좌를 버리다니. 겨우 그것에, 눈이 멀어서!"

새액- 새액-.

요바네스가 숨을 더욱 몰아쉬기 시작했다.

천한 것이 감사할 줄을 모르고!

감히 조건을 걸어?

그것도 롬바르디의 반쪽짜리 계집 때문에?

"됐다! 너 따위에게, 물려줄, 황위는, 없다!"

요바네스가 매몰차게 거절했다.

이렇게 강경하게 나가면, 페레스도 마지못해 슬그머니 조건을 바꾸리라.

그렇게 생각하면서.

"알겠습니다. 그럼 1황자를 다시 황도로 데려오라는 서신을 써 주십시오. 제가 대신 보내겠습니다."

페레스는 태연하게 종이와 펜을 준비해 요바네스의 앞에 내밀었다.

이렇게 나오니 당황한 것은 되레 요바네스였다.

"너……."

씨근거리며 페레스를 불러 봤자, 돌아오는 것은 일말의 아쉬움조차 없는 냉담한 반응이었다.

요바네스는 충격과 함께 깨달았다.

"네놈, 진심으로, 황좌를 버릴, 생각이군."

"그렇습니다."

뒷짐을 지고 선 페레스는 고개를 끄덕였다.

"롬바르디 가주가 아니라면 황후는 없을 것이고, 그렇게 되면 저보단 다른 이가 장차 황제가 되는 것이 낫지 않겠습니까. 저는 롬바르디 가주의 배우자로 살아가면 그만입니다."

"미친놈, 미친놈."

요바네스는 이제 그 말만 반복하고 있었다.

"아스타나가 싫으시면, 마이어 가문으로 서신을 보낼까요?"

마이어 가문이란 말에 요바네스의 어깨가 크게 움찔했다.

마이어 가문의 가주는 선황이 정부에게서 본 사생아였다.

요바네스의 아들들이 황위를 잇지 못하면 그들이 적합한 황위 계승자가 될 터였다.

죽일 듯 페레스를 노려보던 요바네스가 물었다.

"너, 내 유지를, 바라는 것이군."

롬바르디의 가주가 된 그 천한 것을 황후로 들이자면 귀족들의 반발이 만만치 않을 터였다.

병상에 누워 있는 황제의 유지는 그 모든 잡음을 한 번에 잠재울 수 있는 것이었고 말이다.

"마이어 가문보단 아스타나를 추천드리겠습니다. 비록 한 손과 한쪽 다리가 없고 머리가 아둔하기는 하지만, 그래도 폐하의 핏줄이 아니겠습니까."

페레스가 요바네스에게 말했다.

"마이어 가주에게 황위가 넘어가는 것보다야 나을 겁니다."

"네 이놈!"

요바네스가 젖 먹던 힘까지 짜내어 고함을 쳤다.

그러나 달라지는 것은 없었다.

뒷짐을 지고 꼿꼿이 선 페레스는 일말의 감정도 없는 얼굴로 요바네스를 내려다보고 있었고.

문 앞을 지키고 있을 기사들도 뛰어 들어오지 않았다.

병상에 누운 뒤로 하루에도 열두 번씩 감정이 오락가락하는 요바네스였으니.

그들도 이제 그러려니 하는 것이다.

지금 요바네스의 처지를 여실히 보여 주는 상황이었다.

탁!

요바네스는 페레스의 손에서 종이와 펜을 빼앗아 들었다.

"그래, 내가 당장 아스타나를……."

금방이라도 1황자를 다시 황도로 데려오라는 서신을 쓸 것 같던 요바네스였다.

"아스타나를……."

그러나 씩씩거리는 숨과 달리 펜을 잡은 손은 요지부동이었다.

어째서 이리 벼랑 앞에 서 있는 듯한 느낌이 드는가.

발밑의 아찔한 낭떠러지를 보는 듯 가슴이 선득했다.

그때, 페레스가 그 등 뒤를 쿡 찌르듯 말했다.

"폐하께서 선택하십시오. 아스타나를 불러오시겠습니까, 아니면 유지를 남겨 주시겠습니까."

씨익, 씨익.

요바네스의 가쁜 숨소리만 침실에 울렸다.

그리고 잠시 뒤, 요바네스가 잉크가 번져 엉망이 된 손으로 펜을 움직이기 시작했다.

페레스는 그 모습을 뒷짐 진 채 내려다보며 조용히 한쪽 입꼬리를 올렸다.

"피렌티아 롬바르디 가주, 나와 결혼해 주시겠습니까?"

페레스의 물음에 정신이 아득해지는 것 같았다.

어느새 녀석의 손에는 반지가 하나 들려 있었다.

할아버지의 금문령을 풀기 위해 약혼 발표를 했을 때, 내가 거절했던 그 레드 다이아몬드 반지였다.

"나는……."

내가 운을 떼자 페레스의 붉은 눈동자가 잘게 떨리는 것이 적나라하게 보였다.

진심으로 불안해하고 있는 것이다.

내가 거절할까 봐.

마치 내 앞에 내놓은 것이 레드 다이아몬드 반지가 아니라 자신의 심장이라도 되는 듯이.

페레스는 내가 고개를 저으면 그대로 죽을 것 같은 얼굴을 하고 있었다.

이 얼굴을 꼭 기억하고 싶어서.

나는 페레스를 잠시 바라보다가 말했다.

"응. 우리 결혼하자, 페레스. 평생 같이 살아."

다음 순간, 페레스의 떨리는 손이 내 손가락에 반지를 끼워 줬다.

"티아, 정말 나는. 난."

페레스가 나를 꽉 끌어안고는 의미를 알 수 없는 말을 몇 마디 중얼거렸다.

쿵, 쿵.

거세게 뛰는 페레스의 심장이 맞닿은 몸에 고스란히 느껴졌다.

그리고 녀석의 얼굴이 천천히 다가왔다.

그렇게 우리 입술이 아주 가까워졌을 때.

텁!

내 손가락 몇 개가 페레스의 입술을 막아 버렸다.

입이 막힌 채, 무척이나 억울한 눈빛을 보내는 페레스에게 나는 말했다.

"약혼을 다시 발표하기 전에, 꼭 해야 하는 일이 몇 개 있어."

"해야 하는 일?"

"읏, 너어!"

페레스가 내 손가락 아래에서 말하는 느낌에 화들짝 놀라 손을 뗐다.

녀석이 어딘가 짓궂게 웃으며 다시 물었다.

"해야 하는 일이라는 게 뭐야?"

내가 뭐라고 말만 하면 당장이라도 뛰어가 그 일을 해치워 버릴 것 같은 강한 의욕이 페레스의 눈에서 레이저처럼 쏘아져 나왔다.

"네가 할 수 있는 일은 아니야. 내가 해야 해."

내 말에 페레스가 살짝 시무룩하게 눈을 내리깔았다.

그래도 참 잘생겼단 말이야.

나는 페레스의 볼을 살짝 쓰다듬으며 말했다.

"약혼자께서 보통 특별한 혈통이 아니셔서, 이것저것 준비할 게 많네."

"티아, 귀족들 때문이라면 크게 신경 쓰지 않아도 돼. 황제의 유지에 반박할 수는 없으니까."

페레스가 걱정스레 말했다.

"알아. 하지만 그걸 방패 삼아서 그 뒤에 숨기만 하기엔 내 자존심이 허락하지 않아."

"흐음."

페레스가 다시 입을 꾹 다물었다.

그것이 차마 무언가를 말하지 못하고 고민을 할 때 보이는 녀석의 버릇이라는 것을 안다.

나는 은근슬쩍 속을 떠보는 질문을 던졌다.

"그런데 있잖아, 페레스. 나 솔직히 놀랐어."

"뭐가?"

"이렇게 유지를 받아 내려면 황제와 꽤 오랫동안 기싸움을 해야 했을 텐데. 그 정도로 황위에 관심이 있는 줄은 몰랐거든."

"아."

페레스가 잠시 생각하다 대답했다.

"티아 너와 함께하는 것만큼 내게 중요한 것은 없어. 그래서 유지를 써 주지 않겠다고 하면 그대로 황궁을 나오려고 생각했으니까."

맞다. 그게 내가 평소 알고 있는 페레스의 성격에 더 가까웠다.

"하지만."

페레스의 입가에 은은한 미소가 번졌다.

"아마 티아 네가 날 바꿔 놓은 것 아닐까."

"내가?"

어리둥절해하는 나에게 페레스가 설명했다.

"네가 날 구원했으니까. 그날 네가 주고 갔던 그 약 한 병이 모든 걸 바꿔 놓았으니까."

페레스의 손끝이 내 이마를 살짝 쓸었다.

"어쩌면 황위에 올라 네가 나에게 해 주었던 것처럼, 나도 사람들을 도울 수 있을 거라고. 그런 생각을 했어."

페레스가 그대로 내 손을 끌어당겨 손가락 끝에 입을 맞췄다.

"네가 주고 간 그 약이 든 유리병이 나한테는 세상 그 무엇보다 소중했으니까."

조금 웅얼거리듯 손끝에 스치는 말소리가 따듯했다.

그렇게 내 손가락 마디마디에 입을 맞춘 페레스가 나를 바로 보며 말했다.

"나도 물어보고 싶은 게 있어."

"뭐, 뭔데?"

나도 모르게 살짝 말을 더듬었다.

페레스가 저렇게 깊은 눈을 하고 똑바로 바라볼 때면 어쩔 수 없이 심장이 한 번씩 크게 뛰었다.

"왜 내 청혼을 받아 준 거야?"

"아, 그게 사실은……."

잊고 있었던 억울함이 우르르 몰려왔다.

"나도 너한테 청혼하려고 황궁에 온 거였단 말이야. 네가 선수를 치는 바람에 얼른 받아들이긴 했지만."

억울하다, 억울해.

나도 멋있게 청혼할 수 있는데!

물론 페레스처럼 반지까지 갖춰서 할 수는 없었으니, 조금 멋은 없었으려나.

네 번째 손가락에서 예쁘게 반짝이는 반지를 보면서 생각했다.

"아, 물론 네가 한 청혼은 최고였어. 유지를 받아 내다니."

페레스의 얼굴을 가만히 올려다봤다.

문득, 정말로 문득 그런 생각이 들었다.

아, 나는 앞으로 이 얼굴을 보면서 늙어 가겠구나.

두려움은 없었다.

오히려 기쁘기만 할 뿐이었다.

나이가 들어 삶의 끝에 서 있을 때, 내게는 페레스와 함께한 기억이 가득할 테니까.

"그냥 깨달은 것뿐이야."

나는 페레스를 보고 웃으며 말했다.

"난 한 번밖에 살지 못한다는 걸."

"티아."

페레스가 다시 한번 나를 꽉 안으며 이마를 부드럽게 비벼 왔다.

녀석을 밀어내지는 않았다.

그럴 필요 없으니까.

이제 결혼까지 약속한 마당에 아껴 둘 필요는 없었다.

나도 마찬가지로 페레스를 꽉 안아 주었다.

"두려웠어."

페레스가 내 귓가에 나직이 고백했다.

"너도 날 사랑한다고 했지만, 결혼만큼은 끝까지 거절할까 봐."

"그럴 수는 없지."

난 단호하게 말했다.

"난 내 아이를 사생아로 만들 생각은 없거든."

나는 아버지의 무한한 사랑을 받으며 자랐다.

그리고 오늘 어머니의 진실을 알게 되었다.

본인의 목숨과 바꿀 정도로 나와 아버지를 사랑하셨던 분이었다.

그래서 내가 가문의 인정을 받지 못한 부부 사이에서 난 사생아라는 것에 큰 콤플렉스는 없었다.

하지만 그것을 내 자식에게도 물려주고 싶으냐는 것은 전혀 다른 차원의 질문이다.

"내 아이에게는 조금도 모자람이 없었으면 하니까."

나는 어머니처럼 미래의 내 아이의 모습을 직접 보지는 못하지만, 가능하다면 무엇이든 좋은 것만 주고 싶은 마음이다.

그런데 뭔가 조금 이상했다.

"페레스?"

평소 같았으면 '응?' 하고 대답하며 눈을 맞춰 올 녀석이 제자리에 툭 수그리며 앉아 버렸다.

마치 다리가 풀린 사람처럼.

"왜 그래? 어디 아파?"

혹시 내가 너무 들뜬 나머지 페레스가 아픈 것도 눈치채지 못했던 건가?

깜짝 놀라 나도 쪼그려 앉아 페레스의 얼굴을 살폈다.

"아, 아이……."

페레스가 작게 중얼거렸다.

아, 내가 경솔했구나.

나는 조심스레 페레스에게 물었다.

"혹시, 아이…… 싫어?"

페레스가 대답 대신 나를 빤히 바라봤다.
내 목소리에 긴장이 고스란히 묻어났다.
“난 사촌들은 있어도, 형제자매는 없으니까. 한 세 명쯤 생각했…… 페레스!”
결국 페레스가 한 번 더 크게 휘청거렸다.
“어디 아픈 거면 빨리 돌아가서 궁의를…….”
“그게 아니라.”
페레스의 손이 내 팔을 단단히 붙잡았다.
“내 가족이 생긴다는 생각을 해 본 적이 없어서.”
“얼굴이…… 빨갛기는 하네.”
이제야 푹 수그린 페레스의 얼굴이 붉어진 것이 보였다.
“페레스.”
날 잡은 페레스의 손 위에 내 손을 올리며 말했다.
“결혼을 약속한 이상, 너와 나도 가족이야. 이렇게 가족이 되는 거야. 알아?”
“……가족.”
“시간이 지나면 가족 구성원이 늘어나는 거고.”
그러다 아차 싶어 얼른 덧붙였다.
또 쓰러질라.
“물론 너도 원한다면. 아이가 싫다면, 황위와 롬바르디 가문은 어떻게든 방법을 찾으면 되니…….”
“원해.”
페레스가 다급하게 말했다.
“너와 나의 아이.”

얼마나 급하게 대답을 했는지.

녀석이 숨을 쉴 때마다 어깨까지 가볍게 들썩이고 있었다.

하지만 붉은 눈동자는 여전히 떨리고 있었다.

그럴 만도 하다.

지금까지 페레스의 삶에, 아주 오랫동안 가족이란 자리는 텅 비어 있었으니까.

"그리고 너도 알겠지만."

나는 페레스의 손을 더욱 힘주어 잡았다.

"나는 무슨 수를 써서든 내 가족을 지키는 사람이야."

아버지가 그랬고, 할아버지가 그랬고, 샤나넷이 그랬고, 쌍둥이가 그랬고, 라라네가 그랬다.

또한 롬바르디도 마찬가지였다.

"이 숲에서 처음 만났을 때 내가 그랬지. '넌 내가 도와준다'고. 다시 약속할게. 널 지켜 줄 거야, 페레스."

내 손바닥 밑에서 페레스의 손끝이 잘게 떨리는 것이 느껴졌다.

동시에 녀석의 눈도 살짝 찌푸려졌다.

"내가 하고 싶은 말이야."

페레스는 그렇게 말하고 내 볼을 감싸 쥐었다.

세상에서 가장 소중한 것을 손에 품은 듯이.

"널 지킬 거야, 티아. 무슨 일이 있어도."

연인 사이에 누구나 할 수 있는 말이었다.

하지만 페레스의 약속은 허울 좋은 말뿐인 텅 빈 것이 아니다.

녀석은 맹세한 대로 날 지킬 거다.

무슨 일이 있어도.

나는 녀석을 보며 조용히 미소 지었다.

우리의 시선이 자연스레 얽혀들었다.

페레스가 천천히 다가왔다.

커다란 숲속에 동그마니 쪼그려 앉은 나와 페레스, 두 사람.

지금 이 순간만큼은 이 세상 어느 것도 더 중요치 않았다.

오로지 우리만이 존재할 뿐이다.

입술 바로 앞까지 다가온 페레스가 나른하게 뜬 눈으로 물었다.

"안 돼?"

조금 전 입술을 막은 게 꽤 충격인 모양이었다.

나는 작게 웃으며 내가 더 가까이 다가가 말했다.

"그럴 리가."

사아아아—.

깡마른 겨울 숲이 마치 싱그러운 봄날의 바람처럼 시원한 소리를 냈다.

마치 우리가 처음 만났던 그날처럼.

"오셨습니까, 가주님."

집사 요한이 가주 집무실 앞에서 나를 맞이하며 인사했다.

원래라면 내가 일어나 출근 준비를 할 때부터 모두 도와줬겠지만, 오늘은 정식 출근 첫날이기 때문에 혼자서 조용히 준비하고 싶다고 미리 부탁했다.

"좋은 아침이야, 요한."

나도 마찬가지로 인사를 해 주고 닫혀 있는 집무실 문고리에 조심스레 두 손을 올렸다.

달칵.

양손에 힘을 주자, 작은 소음과 함께 두 개의 문이 부드럽게 밀려났다.

타박, 타박.

조용한 집무실에는 내가 내딛는 발소리밖에 나지 않았다.

뭐라 형용할 수 없는 마음으로 집무실 내부를 쭉 돌아봤다.

내 가주 취임 축하 파티가 밖에서 3일 밤낮으로 떠들썩하게 열리는 동안, 집무실도 새 주인을 맞이할 준비를 마쳤다.

할아버지가 오랫동안 쓰셨던 의자와 소파 등이 새로운 물건으로 바뀐 것뿐이었지만.

그것만으로도 집무실의 분위기는 며칠 전과 제법 달라져 있었다.

"후우."

의욕으로 들끓어 오르는 가슴을 짧은 한숨으로 잠재우고, 돌아서서 요한에게 물었다.

"첫 일정이 뭐지?"

"봉신 가문의 가주들과 가주 회의를 잡아 놓았습니다."

적절했다.

어렸을 때부터 잘 알고 지내 온 가주들이었지만, 새로 가주가 되었으니 얼굴은 한번 보고 일을 시작해야지.

"회의 시작이 언제인가?"

"잠시 후면 가주들이 도착하기 시작할 것입니다."

"그래, 그럼 지금 가지."

"아직 아무도 도착하지 않았는데……."

"첫 회의니 이 정도는 괜찮네. 첫 번째 회의쯤은 내가 기다려 줘야지."

앞으로 바쁜 가주 업무가 시작되면 언제나 그들이 기다리게 될 테니까.

요한과 함께 집무실 옆 회의실로 들어선 나는 텅 빈 테이블의 가장 상석으로 가서 앉았다.

그리고 얼마 지나지 않아 가주들이 속속들이 도착하기 시작했다.

친분이 두터운 가문들끼리 두셋씩 짝을 지어 함께 회의실로 들어왔다.

"어, 가주님!"

"먼저 와 계셨습니까!"

"죄송합니다!"

깜짝 놀란 그들이 얼른 사과하며 머리를 숙였다.

"사과할 필요는 없네. 내가 원해서 기다린 것뿐이니. 다들 앉게."

편하게 웃으며 손짓했지만 가주들은 내가 먼저 와 있었다는 점이 영 민망한 듯했다.

그때, 한 번 닫혔던 회의실의 문이 다시 열리며 아주 익숙한 모습이 보였다.

나는 그 사람을 향해 빙긋이 웃으며 인사해 주었다.

"어서 오게, 펠렛 가주."

집사인 요한이 알린 시간이 다 되기 전에, 모든 봉신 가문 가주들이 제자리에 앉아 있었다.

누가 나서서 알리지 않아도 분위기가 절로 차분해지며 모두들 조용히 나를 바라보고 있었다.

나도 아무 말 없이 그들의 얼굴을 한 명씩 바라봤다.

이 사람들이 바로 롬바르디라는 거대한 가문을 이끌어 가는 사람들.

아마 며칠 전까지는 할아버지밖에 볼 수 없었던 광경을, 이제는 내가 보고 있었다.

나는 농담조가 섞인 목소리로 말문을 텄다.

"이렇게 보니 다들 조금 낯설군. 처음 보는 사람들 같아."

"하하."

내 말에 회의실에 내려앉았던 긴장감이 사라지며 모두 가볍게 웃었다.

"지금 이 자리에 앉은 사람들 모두 아주 어렸을 적부터 봐 온 사람들인데 말이야."

"저희도 조금 그렇습니다."

브레이 가주가 말했다.

나는 고개를 끄덕였다.

"맞네. 그리고 앞으로도 그렇겠지. 공들은 자라나는 것을 봐 온 어린아이가 가주로서 내리는 이런저런 명령을 들어야 할 것이고, 나도 어려서부터 봐 온 친척 어른 같은 공들에게 가끔은 어려운 일을 시키기도 해야 할 거야."

다시금 회의실이 조용해졌다.

"하지만 그럴 때는 날 믿어 주게. 공들이 날 신뢰하고 따라 준다면 나는 이 가문을 더욱 위대하게 만드는 것으로 보답할 테니까."

가주들 중 누구도 눈 하나 깜박이는 사람이 없었다.

모두들 각자의 열정과 일념을 담은 눈빛으로 나를 바라보고 있었다.

그 시선이 내게는 약속으로 다가왔다.

앞으로 최선을 다해 날 보좌하겠다는 봉신 가문들의 약속으로.

더 무슨 말이 필요할까.

나는 그 약속들을 잘 받았다는 의미로 다시 한번 짧게 고개를 끄덕인 이후 말했다.

"그럼 회의를 시작하지."

가주들이 돌아가며 각 가문들의 상황을 보고하고 계획을 말했다.

회의가 진행될수록 나는 할아버지의 배려를 듬뿍 느낄 수 있었다.

'이렇게 다 정리해 놓으셨을 줄이야.'

각 가문의 주요 사업들이 모두 일단락되어 있었다.

내가 가문들의 현 상황을 파악하기 위해 크게 힘들일 일도 없었다.

각 가문들은 이제 새 가주의 명을 기다리고 있는 상태였다.

마치 책의 한 장이 끝난 것처럼.

나는 그 뒤를 이어서 내 이야기를 써 나가기만 하면 되도록.

오늘 일과가 끝나면 가서 어깨라도 주물러 드려야지.

할아버지도 가주로서의 내 첫날의 이야기를 기다리고 계시지 않을까.

회의는 평소보다 길어졌다.

첫 가주 회의니 모두들 각오하고 온 것인지, 조급한 기색을 보이는 이들은 없었다.

그리고 회의가 끝나 가는 말미에, 나는 작게 헛기침을 하며 이야기를 꺼냈다.

"크흠. 전할 말이 좀 있는데."

"말씀하십시오, 가주님."

회의 동안 메모했던 종이를 정리하던 클레리반이 내게 말했다.

"이건 내 개인적인 일이지만, 가주가 된 이상 완전히 사적인 일이라고 할 수도 없겠지. 그러니 공들은 알고 있어야 할 것 같아서."

후아, 떨린다.

그만큼 봉신 가주들의 의견은 중요했다.

나에 대한 신뢰가 없다면, 롬바르디 가주로서의 일을 해 나갈 수 없을지도 모르니까.

나는 마지막으로 짧게 숨을 내쉬고 말했다.

"내가 약혼을 했네."

……이상하다.

왜 다들 반응이 없지?

가주들은 이상하리만치 조용했다.

그러다 하나둘 옆자리, 앞자리에 앉은 다른 봉신들을 바라보며 말했다.

"뭐, 다들 알고 있던 것 아니겠습니까?"

"오늘 뵈니 새로운 반지를 끼고 계셔서 그러려니 했습니다만."

그리고 헤링 가주가 확인하듯 물었다.

"2황자 전하이시지요?"

"감히 가주님께 청혼을 할 사람이 그분 말고 또 있겠소?"

"하긴."

자기들끼리 이야기를 하고 결론을 내리고는 나를 빤히 바라본다.

'그래서요?'라는 눈이었다.

"으음."

이제 당황한 것 내 쪽이었다.

"반대…… 안 하나?"

롬바르디와 황실의 결합이다.

귀족들도 귀족들이지만, 롬바르디 내부에서도 어느 정도 반대 의견을 듣게 될 마음의 준비를 해 놓았는데.

"반대요?"

클랑 데본이 눈을 동그랗게 뜨며 옆자리의 르마바우 빌케이 가주를 보고는 고개를 갸웃했다.

그러자 클랑 데본 가주보다 조금 침착한 성격의 빌케이 가주가 말했다.

"가주님이 하고자 하시는 대로 하시면 됩니다. 롬바르디의 가주가 아니십니까."

다른 가주들도 모두 고개를 끄덕였다.

"아니, 싫으면 싫다고 해도 되네."

나는 가주들의 솔직한 마음을 듣고 싶은 것이니까.

그런데 클랑 데본이 한쪽 눈을 살짝 찡그리더니 내게 물었다.

"혹시 벌써부터 반대하는 귀족들이 있는 것입니까?"

원래가 덩치도 크고 얼굴선이 강한 편인 클랑 데본이 그런 얼굴을 하자 제법 험상궂었다.

그와 동시에 다른 가주들의 분위기도 흉흉해졌다.

"누굽니까, 감히 반대를 하는 자들이."

헤링 가주가 쯧 하고 혀를 차며 말했다.

"예로부터 롬바르디와 황실이 조금만 가까이 지내는 것 같으면 발작을 하는 치들이 있습니다. 롬바르디의 권력이 너무 커진다 어쩐다 하면서요!"

"맞소, 마치 롬바르디가 황권을 노리기라도 하는 것처럼!"

그동안 쌓인 게 좀 있는 모양인지, 다른 사람들도 모두 고개를 끄덕이며 동조했다.

"솔직히 말해서, 롬바르디가 그런 것을 왜 탐낸답니까!"

"만약 취하고자 했다면, 진작에 그리되었겠지요."

롬바르디의 회의실이니 나올 수 있는 불같은 성토가 여기저기서 터져 나왔다.

"가주님."

그때, 그런 이야기를 가만히 앉아 듣고 있던 클레리반이 날 불렀다.

안경 뒤의 푸른 눈동자가 오늘따라 유독 서늘했다.

"귀족들이 반대의 '반' 자도 입에 못 올리도록 하는 방법이 여러 가지 있습니다만."

그러자 옆에서 롬바르디 은행을 담당하는 브레이가 얼른 의견을 냈다.

"지금 대출 이자를 연체하고 있는 이들이 한둘이 아닌데. 차압 서류를 뿌려 버릴까요? 반대하는 가문의 이름만 적어 주시면 바로 조치하겠습니다."

"저희 장학 재단에서도……."

"확 농산물 납품 가격을 올려 버리면 찍소리도 못 할……."

아니, 이분들이 진짜.

가만히 뒀다간 큰일 나겠다 싶어 한 손을 내저으며 말했다.

"아직 발표하지도 않은 일이니, 너무 걱정 말게. 황태자 임명 동의를 받은 뒤에 알릴 생각이니까. 게다가 황제 폐하의 유지를 받아 놨으니 못마땅해하기는 하더라도 반대는 하지 못할 거야."

"황제 폐하의 유지……."

가주들 중 누군가가 중얼거렸다.

그리고 몇 초 뒤, 여기저기서 환호 비슷한 것이 터져 나왔다.

"역시, 가주님!"

"아주 깔끔한 방법이십니다!"

다들 일어나서 기립 박수라도 칠 것 같은 분위기였다.

조금 황당하기도 하고, 또 고맙기도 해서 헛웃음을 짓고 있는데.

바로 옆자리에서 클레리반의 뿌듯한 목소리가 들렸다.

"제가 뭐랬습니까."

근처의 가주들 모두에게 하는 말 같았다.

"그저 믿고 따르면 된다니까요."

예상보다 시끌벅적했던 가주 회의가 무사히 끝나고.

오후가 되자 내 집무실의 문을 두드리는 사람이 있었다.

"어서 들어와, 에스티라 박사."

"다시 한번 축하드립니다, 가주님."

왕진 가방을 든 에스티라가 내게 깊이 머리를 숙이며 인사했다.

"연회 내내 몇 번이나 말해 놓고서는."

"하지만 가주님께서 이렇게 가주 자리에 오르신 것이 너무 기쁜 걸요."

"알아. 그래서 고마워."

조금 소심한 의학도였던 에스티라와 일곱 살 아이였던 나.

그렇게 만났던 우리가 이제 저명한 의사와 롬바르디의 가주가 되어서 이렇게 마주 섰다.

"앞으로 가주님의 주치의로서 성심을 다해서 일하겠습니다. 그러니 불편하거나 아픈 곳이 있으시면 어느 때라도 상관없으니 절 불러 주셔야 합니다."

에스티라가 푸근하게 웃고는 내게 다가와 말했다.

"그럼 잠시 진찰하겠습니다."

일종의 건강 검진이었다.

생각했던 것보다 훨씬 자세하고, 머리부터 발끝까지를 샅샅이 훑는 듯한 치밀한 검진이었다.

그렇게 한참의 시간이 지나고.

에스티라의 손에는 지금 내 상태를 빼곡하게 적은 종이가 몇 장 들려 있었다.

"아주 건강하십니다. 하지만 격무는 몸을 금방 상하게 하니까요. 운동도, 몸에 좋은 음식도, 그리고 가장 중요한 수면도 모두 챙기셔야 합니다."

그러고는 왕진 가방을 착착 정리하기 시작했다.

"에스티라 박사, 오늘 바빠?"

"아니요. 어디 불편하신 데라도 있으세요?"

"아니. 오늘 잠시 저택 밖으로 나갈 일이 있는데, 박사도 동행하면 좋을 것 같아서."

"……네. 알겠습니다, 가주님."

에스티라는 조금 의아한 듯했지만, 더 이상의 질문은 하지 않았다.

그저 내게 이유가 있으려니 생각하는 것 같았다.

조금 전의 봉신 가문 가주들도 그렇고, 에스티라도 그렇고.

다들 나를 완벽히 신뢰하는 것을 알 수 있었다.

내가 더 잘해야지.

그런 다짐을 하면서 에스티라와 나는 마차에 탔다.

우리를 태운 롬바르디의 마차는 금방 저택을 빠져나와 롬바르디의 시내를 달렸다.

창밖을 바라보고 있는 에스티라에게 물었다.

"이번에 제자들을 한 번 더 뽑았다면서?"

"네. 총 열 명이 더 들어왔습니다."

그렇게 공손하게 대답한 에스티라는 갑자기 자세를 바로 앉더니 말했다.

"모두 롬바르디의 지원 덕분입니다. 덕분에 많은 사람들이 의학을 배워서 더 많은 사람들을 돌봐 줄 수 있게 되었어요."

과거 오말리 박사가 그랬던 것처럼, 에스티라도 조수와 제자 등을 여럿 뒀다.

롬바르디의 주치의가 되고 난 뒤로 시작된 일종의 문하생 제도로 저택에서 숙식이 모두 제공되고 제법 높은 급여도 받는다.

롬바르디의 사람들을 우선적으로 치료하는 것 이외에 다른 조건이 붙지 않는 파격적인 대우였다.

얼마 전 자신의 고향으로 돌아가 의원을 개업한 첫 졸업생을 배출해 내기도 했다.

"열심히 연구해서 더 많은 병을 치료할 수 있게 되면 우리 롬바르디에게도 좋은 일이 될 테니까."

잠시 뒤, 마차가 서서히 속도를 줄이는 것이 느껴졌다.

문이 열리고 우리가 발을 디딘 곳은 롬바르디 성곽 밖의 널찍한 평야였다.

주변에 추수가 끝난 텅 빈 땅 말고는 아무것도 없는 곳에 덩그러니 마차가 선 것이다.

"가주님, 여기는 왜……."

에스티라가 내게 조심스레 물었다.

나는 평야의 딱 한가운데를 가리키면서 말했다.

"저 자리야."

"예?"

"당장 내일부터, 저 자리에 병원을 지을 거야."

"가, 가주님……."

에스티라가 깜짝 놀라 두 손으로 입을 가렸다.

"내가 약속했잖아? 에스티라의 꿈, 이뤄 주겠다고."

아주 오래전.

페레스에게 줄 해독제인 멜콘 약을 만들어 주는 조건으로 했던 약속이었다.

"돈이 없는 사람도 와서 치료를 받을 수 있는 곳이 될 거야. 에스티라처럼 의학을 공부하는 사람, 약초를 공부하는 사람이 모두 모여서 먹고 자고 또 진료를 할 수 있도록 아주 커다랗게 지을 거야."

아직 아무것도 없는 허허벌판이었지만, 내 눈에는 벌써부터 선명하게 보였다.

"저쪽에는 진료관이, 저쪽에는 의원들의 기숙사가 들어설 거야.

그리고 이쪽에는 멀리서 온 환자들이 머무는 곳이고.”

그리고 에스티라를 돌아보며 물었다.

“어때?”

에스티라는 눈물이 가득한 눈으로 나를 바라보고 있었다.

그리고 천천히 그 자리에 무릎을 꿇었다.

“감사합니다. 감사합니다, 가주님.”

나도 천천히 무릎을 굽혀 에스티라와 눈높이를 맞추고 말했다.

“에스티라가 아버지를 살려 줬기 때문에 내가 여기까지 올 수 있었어.”

“피, 피렌티아 님…….”

“이제 에스티라와 제자들은 저곳에서 더 많은 사람들의 생명을 구해 주면 돼. 그러면 더 많은 사람들이 롬바르디의 이름을 기억하겠지. 내게도 그리 손해 보는 장사는 아니야.”

농담처럼 가벼운 말에도 에스티라의 눈물은 멈추지 않았다.

잠시 뒤, 에스티라가 조금 진정했을 때.

나는 에스티라의 어깨를 잡아 일으켜 주면서 제안했다.

“아무것도 없는 땅이지만 좀 더 자세히 설명해 줄까?”

에스티라가 소매로 눈물을 쓱쓱 닦고는 크게 고개를 끄덕였다.

그렇게 우리는 해가 완전히 기울도록 오랫동안 평야를 걸으며 ‘롬바르디 병원’에 대한 계획을 세웠다.

내일은 페레스의 황태자 임명이 이뤄지는 날이었다.

이미 이틀 전, 북쪽에서 미겐테 아이반 가주가 황도에 도착했다.

결국 의사의 말대로 한쪽 다리는 절게 되었지만, 무척이나 활기차 보이는 모습이었다.

그리고 오늘.

"아, 저기 들어오네."

나는 현관 앞에 나와서 마침 롬바르디 저택 안으로 들어오는 마차를 보고 말했다.

흰 말 네 마리가 끄는, 아주 크고 화려한 마차를 선두로 기사들과 짐마차들이 끝없이 이어지는 어마어마한 행렬이 이어졌다.

"역시 동부야."

"저 뒤에 산처럼 쌓인 게 동부산 실크인 건가?"

내 옆에서 호위를 서던 쌍둥이가 작게 휘파람을 불면서 말했다.

히히잉–.

먼 길을 달려왔을 말의 한숨 같은 울음소리를 끝으로 마차가 내 앞에 멈췄다.

훌쩍, 마차 문이 열리며 아주 화려한 인상의 남자가 먼저 내렸다.

그리고 그 뒤를 이어 한 여성이 모습을 드러냈다.

동부 특유의 밝고 화려한 드레스를 입은 탐스런 갈색 머리칼과 푸른 눈동자를 가진 사람.

그녀가 나를 보자마자 상냥한 눈에 기쁨이 번지듯 웃었다.

나는 그녀를 향해 마주 웃으며 인사했다.

"친정집에 돌아온 걸 환영해, 라라네."

"티아!"

라라네가 나를 끌어안으며 웃었다.

덥석 당기는 힘이나 목소리가 그 전과는 비교도 할 수 없이 밝고 힘찼다.

"안녕, 라라네."

나도 라라네를 마주 안아 주면서 말했다.

그리고 라라네의 뒤에 서 있는 아비녹스를 바라봤다.

"어서 와요, 아비녹스 님."

"반겨 주셔서 감사합니다, 롬바르디 가주님."

아비녹스의 얼굴은 여전히 반짝반짝 빛이 나는 듯했고 만면에 싱글벙글한 미소가 가득했다.

"오랜만이야, 다들."

나와 포옹한 라라네는 이내 쌍둥이들과도 인사하며 말했다.

"전보다 훨씬 건강해진 것 같아 보이네."

"잘됐어."

쌍둥이도 라라네를 반겼다.

저택 앞에 마중 나온 것은 나와 쌍둥이들뿐만이 아니었다.

"어서 오세요, 라라네 님."

"안녕하셨지요?"

저택에서 오랫동안 일해 온 고용인들도 바쁜 일과 중에 짬을 내어 라라네를 보러 나온 것이다.

"다들 보고 싶었어요."

라라네는 정들었던 얼굴을 하나씩 보며 울먹였다.

한밤중에 몰래 도망쳐 이 저택을 나섰을 때와는 전혀 다른 광경이었다.

모두가 라라네를 환영해 주기 위해 한자리에 모여 있었다.

그리고 가장 마지막으로, 라라네는 할아버지 앞에 섰다.
“먼 길 오느라 고생 많았다, 라라네.”
할아버지는 다정한 목소리로 먼저 그렇게 말을 건넸다.
“아비녹스 님, 마차에서 그걸 좀 가져다주시겠어요?”
“그거라면…… 아!”
아비녹스가 손뼉을 작게 치더니 서둘러 마차로 걸어갔다.
짐을 내리느라 정신이 없는 고용인들 사이를 힘겹게 비집고 들어가 꺼내 온 것은 꽃다발이었다.
건장한 체격의 아비녹스가 살짝 인상을 찌푸릴 만큼 거대했다.
“어머나! 이 겨울에 꽃이!”
“세상에, 수백 송이는 되겠어!”
사람들이 놀라서 눈을 동그랗게 떴다.
그도 그럴 것이, 꽃다발은 지금이 겨울이라는 것을 잠시 잊게 할 만큼 싱그러웠다.
“할아버지와 롬바르디 사람들에게 선물로 드리고 싶어서 가져왔어요.”
라라네가 수줍게 웃으며 말했다.
“백합…… 이더냐?”
할아버지가 얼떨떨한 얼굴로 꽃다발을 보며 물었다.
“네, 맞아요.”
“한데 이 겨울에 이 많은 백합을 어찌 구했느냐?”
“동부는 한겨울에도 그리 춥지 않으니까요. 온실을 지어 키웠더니 아주 잘 자라고 있어요.”
라라네가 마치 아무것도 아니라는 듯 가볍게 말하자, 옆에서 아비녹스가 얼른 덧붙여 설명했다.

“원래 백합은 동부에는 없는 꽃입니다. 라라네 님은 백합처럼 원래 동부에는 자생하지 않는 식물들을 동부 토양에 맞게 개량하는 일을 하고 있습니다, 할아버님.”

“호오, 그래?”

“예. 얼마 전에는 동부에서 잘 자라지 못하는 밀을 연구하기 시작했는데, 성과가 아주 좋습니다.”

“아주 좋은 일을 하고 있구나, 라라네.”

할아버지의 칭찬에 라라네의 얼굴이 붉어졌다.

“꽃다발은 저희에게 주시지요.”

요한이 덩치 좋은 고용인 둘을 데리고 와서 말했다.

“아, 그럼 잘 부탁합니다.”

싱긋 웃은 아비녹스가 백합 다발을 넘기자 고용인 둘이 한순간 휘청하는 것이 보였다.

“멀리서 오느라 피곤할 터인데, 어서 따듯한 곳으로 들어가자꾸나.”

할아버지가 먼저 라라네를 저택 안으로 들여보내며 말했다.

“그리고 자네.”

“예. 하, 할아버님.”

웃는 얼굴로 자연스레 라라네의 뒤를 따라 들어가려던 아비녹스가 할아버지의 부름에 바짝 얼었다.

아마 이제야 자신의 처지를 깨달은 것이겠지.

이유야 어쨌든, 아비녹스는 라라네를 한밤중에 야반도주시켜서 동부로 데려간 사람이다.

할아버지의 앞에서 그리 당당할 입장은 아니었다.

한 발자국 물러서서 지켜보고 있는 내 눈에도 지금쯤 아비녹스의 등에 줄줄 흐르고 있을 식은땀이 보인다.

"……흠."

할아버지는 잠시 아무 말도 없이 아비녹스를 바라봤다.

꿀꺽.

아비녹스의 목울대가 긴장으로 크게 움직이는 것이 보였다.

"일단 들어가지."

할아버지는 그렇게 말하며 아비녹스의 어깨를 한 번 툭 두드려 주고는 먼저 등을 돌려 안으로 걸어갔다.

그게 전부였다.

하지만 아비녹스의 얼굴은 불이라도 밝힌 것처럼 순식간에 환해졌다.

"가, 감사합니다!"

얼른 할아버지의 뒤를 따라 들어가는 아비녹스의 우렁찬 목소리가 크게 울렸다.

나는 그 모습을 보다가 고용인이 힘겹게 들고 있는 꽃다발을 바라봤다.

"백합이라."

이것도 우연의 일치일까.

"라라네와 가장 잘 어울리는 꽃이기는 하지."

가만히 백합을 들여다보고 있자니, 이전 생의 기억이 떠올랐다.

라라네의 장례식장을 가득 채웠던 하얀 백합이.

"동부의 기후가 맞나 보네. 이렇게 크고 싱그럽게 핀 것을 보면."

나는 돌아서서 요한에게 말했다.

"롬바르디 저택 곳곳을 이걸로 꾸미는 것이 좋겠네. 오늘 밤에 있을 연회도."

"예, 가주님."

집사 요한이 빙그레 웃으며 말했다.

"으으, 춥다. 자, 다들 어서 들어가게. 감기 걸리지 말고."

나는 모두에게 그렇게 말하고는 어깨를 조금 떨며 따듯한 저택 안으로 들어갔다.

아직은 겨울이 춥다.

라라네의 귀환을 환영하기 위해, 롬바르디의 모든 사람들이 모였다.

아버지도, 샤나넷도, 그리고 봉신 가문의 사람들까지도.

모두 한자리에 모여서 시끌벅적한 연회가 열렸다.

명목상으론 라라네가 돌아온 것을 환영하기 위한 파티였지만, 연회장 내부의 화려한 모습을 조금만 보면 그것이 아니구나 하고 알 수 있었다.

아무리 롬바르디라고 하더라도, 일반적인 연회를 이렇게 성대하게 열지는 않는다.

"약혼 파티 대신이니까."

이번 연회는 할아버지가 라라네를 위해서 준비해 준 것이었다.

그렇기에 미처 열어 주지 못했던 손녀의 약혼 연회를 지금이라도 챙겨 주려는 할아버지의 마음이 고스란히 담겨 있었다.

"……흑!"

라라네가 연회장에 들어서자마자 눈물을 흘리기 시작한 것도 그 이유였다.

하지만 슬픈 눈물은 아니었다.

"축하해, 라라네."

"라라네 님, 축하드립니다!"

거대한 연회장 가득히, 라라네와 아비녹스의 약혼을 축하하는 사람들로 가득했으니까.

연회가 시작되고, 라라네와 아비녹스는 함께 춤을 추기 시작했다.

"참 그림 같은 한 쌍이야."

나도 모르게 중얼거렸지만, 내 주변의 모두가 고개를 끄덕였다.

그만큼 라라네와 아비녹스는 잘 어울렸다.

태양같이 환한 아비녹스와 그 빛을 받아 더욱 싱그럽게 피어난 라라네.

보고 있자면 저절로 미소가 지어지는 한 쌍이었다.

"피렌티아."

춤을 지켜보는 내 옆으로 할머님이 다가왔다.

내 취임 연회 이후로 계속해서 저택에 머물고 있는 할머니와 부족의 사람들은 요 며칠 아예 본격적으로 황도를 오가며 관광을 하고 있었다.

처음에는 툴툴대던 할머니의 주치의 온타도 매일 새로운 것을 배우고 경험하는 것이 싫지는 않은지, 추운 날씨에 대한 불만도 쏙 들어갔다.

"참 보기 좋은 남녀로구나."

할머니가 이제 빙글빙글 돌고 있는 라라네와 아비녹스를 바라보며 말했다.

"원래 제가 태어나 뿌리를 내린 곳보다, 다른 곳에 가서 더 잘 자라는 꽃들도 있는 법이지."

"맞아요. 라라네는 동부에서 행복하게 살아갈 거예요."

나는 할머니나 어머니 같은 예지력은 가지고 있지 않지만, 앞으로 라라네의 앞에 행복이 가득하리라는 것은 본능적으로 알 수 있었다.

"그러고 보니 샤도 마을을 떠날 때 꽃 한 무더기를 화분에 담아 뿌리째 가져갔었지. 앞으로 제가 자리 잡을 곳에 그 꽃도 같이 뿌리내리게 하겠다고."

"어머니가 꽃을요?"

"그게 무슨 꽃이더라……. 아, 그래 봄니아. 봄니아 꽃이었다."

"지금 뭐라고 하셨어요?"

너무 놀라서 손에 쥐고 있던 잔을 떨어뜨릴 뻔했다.

봄니아라고?

"봄니아는 우리가 사는 곳에 봄이면 들판 가득 피어나는 꽃으로……."

"남부에만 자생하는 붉은 야생화죠."

페레스의 편지에서 읽은 적이 있다.

봄니아는 원래 남부에서만 자라는 꽃이라고.

그리고 아버지의 불치병을 고치는 데에 가장 중요한 역할을 한 약초이기도 했다.

"도대체가……."

지금 내 앞에 계시다면 묻고 싶었다.

어머니, 당신은 도대체 얼마나 먼 미래까지 본 거죠?

너무 놀라는 바람에 머릿속이 잔뜩 엉켜 가만히 와인을 넘기는 내게 할머님이 말했다.

"네게 부탁할 것이 있다, 피렌티아."

"……네, 말씀하세요."

먹먹해진 마음은 잠시 옆으로 미뤄 두고, 나는 최대한 침착한 목소리로 대답했다.

"훗날 롬바르디로 부족의 사람 몇을 보내면, 그들을 잘 보살펴 줄 수 있겠느냐?"

"부족의 사람들을요?"

어머니의 고향 사람들은 무척이나 폐쇄적인 문화를 가지고 있다고 했다.

지난 며칠간 내가 겪어 본 할머니와 두 명의 사람들도 그랬다.

웬만해선 부족의 이야기도 하지 않았고, 이따금 나는 모르는 부족의 언어로 이야기를 나누고는 했으니까.

그런 내 표정을 읽은 듯, 할머님이 말했다.

"우리도 언제까지나 밀림에 숨어 살 수는 없는 일이지 않겠느냐. 때가 되면 알을 깨고 나와야 하는 법이지."

그렇게 말하는 할머니의 시선은 이 연회장의 화려한 불빛을 바라봤지만, 어딘가 더 먼 곳을 바라보는 듯했다.

"그렇게 하세요. 제게는 부족의 사람들도 친척이나 다름없으니까."

내 말에 할머니가 지그시 미소 지었다.

"피렌티아야, 잠시."

내 팔을 잡은 할머니는 한 발짝 가까이 다가왔다.

그러고는 주변의 사람들은 아무도 들을 수 없도록, 아주 작은 목소리로 속삭이듯 말했다.

"조만간 네 주변의 누군가가 죽게 될 것이다."

할머니의 뿌연 눈이 나를 똑바로 바라보고 있었다.

하지만 공포감이 든다거나, 소름이 돋지는 않았다.

오히려 나를 향한 걱정이 고스란히 느껴져 잠시 놀랐던 마음이 차분히 가라앉는 것이 느껴졌다.

'죽음'에 대한 경고에도 무섭지 않았다.

말로 제대로 형용할 수는 없지만, 내게 그리 나쁜 일은 아닐 거란 예감이 본능적으로 들었다.

"그래, 샨의 아이답구나."

잘 보이지 않을 텐데도, 내 얼굴을 정확히 바라보던 할머님은 어느새 지그시 웃고 있었다.

그리고 내 손을 토닥이며 말했다.

"네가 부족에서 태어나지 않아 다행이다. 샨처럼 지나치게 뛰어난 능력을 타고날 뻔했어. 너라도 굴레를 벗어나 다행이다."

할머님은 그렇게 말하며 한참이나 내 손을 꼭 잡고 놓지 않았다.

황태자 임명 동의를 위한 서명식이 있는 당일.

나는 아침 일찍 롬바르디 저택을 나섰다.

혹시 모르는 일을 대비해 내 마차는 쌍둥이들을 포함한 롬바르디 기사단이 호위했다.

단 한 번도 멈춰 서는 일 없이, 순풍에 돛 단 듯 황궁까지 달린 마차 덕분에 나는 예정된 시간을 한참 남겨 두고 서명식이 열릴 대회의장에 도착할 수 있었다.

하지만 커다란 회의장은 이미 사람들로 북적이고 있었다.

그리고 가장 중간에 마련된 커다란 원탁에는 총 다섯 개의 의자가 준비되어 있었다.

내가 부드러운 카펫을 밟으며 들어서자 원탁 주변에 서서 이야기를 나누던 이들이 인사했다.

"오셨습니까, 롬바르디 가주."

동의 루만, 서의 브라운, 북의 아이반, 그리고 남의 서셔우.

황태자 임명서에 서명할 각 지역의 가주들이 마침내 한자리에 모였다.

회의실은 평소 대회의가 열릴 때와 별반 다를 바가 없었다.

'증인'의 명목으로 중앙 귀족들이 초대되어 양쪽의 좌석에 앉아 있었고, 그들의 대화 소리로 시끌벅적했다.

다른 점이라면 한때 브라운 가주의 증인석이 놓였던 중앙에는 다섯 명의 가주들을 위한 원탁이 놓였고, 평소 황제가 앉아 있던 자리에는 높은 단상이 설치되어 있다는 것.

그리고 그 단상 위에는 황금으로 화려하게 치장된 붉은 황태자의 관이 놓여 있다는 것 정도였다.

"오랜만에 뵙습니다, 롬바르디 가주님."

묘한 심정으로 황태자의 관을 바라보고 있는 내게, 미겐테 아이반이 다가와 반갑게 인사했다.

"오랜만입니다."

나도 반갑게 마주 인사하며 네 명의 대표들 사이로 섞여들었다.

"롬바르디에 병원이란 것을 지으신다고 들었습니다."

앗, 깜짝이야.

옆쪽에서 커다란 서셔우 가주가 쓱 다가와 불쑥 말을 걸었다.

다른 가주들도 눈을 반짝이며 나를 보고 있는 것을 보아, 모두들 이제 첫 삽을 뜬 대규모 공사에 대한 소문을 들은 듯했다.

물론, 내가 의도했던 대로다.

"흐음, 벌써 소문이 퍼졌나 봅니다."

"황도의 귀족들이 모두 그 이야기뿐입니다. 롬바르디의 새 가주께서 파격적인 행보를 보이고 계시다고."

엊그제 황도에 도착한 미겐테 아이반이 그렇게 말할 정도면, 병원에 대한 소문을 빨리 퍼뜨리려던 소기의 목적은 달성한 모양이었다.

나는 고개를 끄덕이며 대답했다.

"맞습니다."

"병원이란 것이…… 정확히 무엇입니까?"

서셔우 가주가 물었다.

"일종의 커다란 의원이라고 이해하시면 될 겁니다. 롬바르디의 시민이라면 누구나 와서 치료를 받을 수 있는."

병원은 아카데미처럼 모든 제국민을 상대로 진료를 볼 예정이었지만, 일부러 축소해서 소문을 냈다.

"누구나 말입니까?"

하지만 그것만으로도 루만 가주 대리의 신분으로 와 있던 아비녹스는 깜짝 놀라 물었다.

"치료비를 거의 받지 않으실 거라고 하던데. 롬바르디의 시민이라면 누구나 사용할 수 있다니…….”

브라운 가주가 조금 충격을 받은 듯 조용히 중얼거렸다.

그 모습에 뿌듯하기도 했지만 조금 기분이 상하기도 했다.

롬바르디의 재력을 겨우 어느 정도로 평가하기에, 저렇게 충격을 받은 얼굴을 하는 거지.

그래도 브라운 가주에게 롬바르디를 무시할 의도는 없는 것을 잘 알기에, 나는 어깨를 한번 으쓱하고 주변을 둘러보았다.

그러자 어느새 나에게 집중되어 있는 수많은 시선을 느낄 수 있었다.

“뚫어지겠네, 뚫어지겠어.”

멀리 있으면 날 보고 쑥덕거리는 게 안 보일 줄 아는 건가.

내가 툴툴거리는 소리에 마찬가지로 귀족들이 빼곡히 들어앉은 자리를 보던 미겐테 아이반이 살짝 쓴웃음을 지었다.

“롬바르디 가주께서 어떤 분인지 촉각을 곤두세우는 것이 아니겠습니까.”

뭐, 귀족들의 그런 반응을 이해하지 못하는 것은 아니었다.

처음 후계자가 되었을 때부터 펠렛 상회의 실소유주라는 사실이 밝혀질 때까지, 연일 화제가 되었던 나였다.

그런데 사람들의 예상을 훨씬 뛰어넘어 일찍 가주 자리를 물려받으며 처음으로 시작한 일이, 딱 보기에도 천문학적인 돈이 들어갈 것 같은 병원이라니.

롬바르디의 재력이 정말 얼마만큼인지 모르는 귀족들에게는 깜짝 놀랄 만한 일일 테지.

“그것뿐만이 아닐 겁니다.”

나와 미겐테 아이반의 대화를 듣고 있던 아비녹스가 툭 던지듯 말했다.

"곧 황태자가 되실 2황자 전하에 대한 두려움 때문이기도 하겠지요."

그 직설적인 말에 다른 가주들이 깜짝 놀라 자신을 바라보고 있었지만, 아비녹스는 그런 것을 깨닫지 못했는지 태평하게 말을 이었다.

"잊혔던 시녀 소생의 황자에서 지금에 이르기까지, 그 위세 높았던 앙게나스와 폐후를 끌어내리신 분 아닙니까. 두려울 만도 하지요."

브라운 가주가 그런 아비녹스를 말리려고 했지만, 옆에서 서셔우 가주가 슬쩍 말리는 것이 보였다.

이야기하게 둬 보라는 뜻이었다.

"폐하께서도 병상에서 일어나지 못하고 계시는 이 상황에 지금 누가 황자 전하를 대적할 수 있겠습니까. 황태자로 임명되시는 그 순간부터 전에 없이 공고한 황권을 한 손에 틀어쥐실…… 아."

빨리도 알아차린다.

다른 가주들이 자신을 빤히 보고 있다는 것을 뒤늦게 눈치챈 아비녹스의 얼굴이 빨개졌다.

"죄송합니다. 제가 또 지나쳤나 봅니다."

"동부의 문화가 다른 것뿐인데 사과할 것까지야."

틀린 말을 한 것도 아니고.

귀족들은 페레스를 무서워하고 있었고, 또 무서워해야 맞다.

이 자리에 모인 가문들 중에 앙게나스와 함께 움직였던 사람들이 얼마나 많은데.

운 좋게 역풍을 피해 갔지만 언제 황실의 병사들이 들이닥쳐도 이상하지 않을 것이다.

원래 황좌에 오른 황제는 황권을 공고히 하기 위해 본보기를 만드는 법이니까.

요바네스가 죽어 가는 바람에 페레스는 황태자의 신분으로 황권을 가지게 되었을 뿐이다.

나는 위로하는 마음을 담아 의기소침해진 아비녹스의 어깨를 툭툭 쳐 주었다.

"2황자 전하께서 들어오십니다."

그때, 시종의 큰 목소리와 함께 대회의실의 문이 열리며 황실 기사들을 대동한 페레스가 걸어 들어왔다.

연회장처럼 소란스럽던 회의실이 순식간에 쥐 죽은 듯 조용해졌다.

단순히 곧 황태자가 될 페레스에 대한 예의 때문이 아니었다.

온몸을 무겁게 짓누르는 듯한 위압감이 짙은 안개처럼 대회의실 안에 깔리며 사람들을 움츠러들게 했기 때문이었다.

"크흠."

옆에서 브라운 가주가 작게 헛기침을 했다.

서셔우 가주도 페레스를 바라봤다.

강력한 위압감은 그쪽에서 흘러나오고 있었기 때문이었다.

한자리에 모인 수백의 귀족들을 순식간에 휘어잡은 완벽한 기선 제압이었다.

자리에 앉은 페레스는 아무 말도 없이 붉은 눈동자로 귀족들을 쭉 훑듯 바라봤다.

그 시선이 닿을 때마다 꽤 많은 귀족들이 어깨를 움찔하는 것이 보였다.

이제 내가 나설 차례였다.

나는 천천히 자리에서 일어났다.

그러자 페레스와 귀족들의 눈이 나에게 집중되는 것이 느껴졌다.

서명식의 진행을 이끄는 것은 중앙의 대표인 롬바르디 가주의 권한이자 의무였다.

"지체하지 않고 진행하지요."

그러자 황제의 보좌관들이 바쁘게 움직이기 시작했다.

둘둘 말려 있던 황제의 황태자 임명서를 커다란 대리석 판에 쭉 펼쳐 못으로 박아 넣었다.

그러고는 그것을 원탁 위에 조심스레 올려놓았다.

가주들이 서명과 직인을 마치면 이 임명서는 위에 두꺼운 유리를 얹어 황궁의 깊은 곳에 안전히 보관될 것이다.

가장 먼저 브라운 가주가 움직였다.

신중한 손길로 깃펜을 들어 자신의 이름을 서명하고 가져온 가문의 직인을 꾹 눌러 찍는다.

그다음은 북의 아이반, 동의 루만, 그리고 남의 서셔우 순이었다.

사각, 사각.

정적이 내려앉은 대회의실에 가주들이 깃펜을 움직이는 소리가 크게도 울렸다.

"롬바르디 가주님."

마지막으로 직인을 찍은 서셔우 가주가 내게 자리를 비켜 주었다.

나는 시종이 건네주는 묵직한 깃펜을 손에 들고 대리석 판 앞에 섰다.

[2황자, 페레스 브리바차우 듀렐리를 황태자로 명한다.]

임명서의 가장 위에는 황제의 친필로 간단한 문구가 적혀 있을 뿐이었다.

그리고 그 아래로 이미 자리를 잡은 네 개의 서명과 직인이 보였다.

여전히 한 손에는 깃펜을 든 채로, 나는 정면으로 고개를 들어 페레스를 바라봤다.

녀석과 나는 아무 말도 없이, 몇 초간 서로를 응시했다.

페레스는 무표정했다.

곧 제국의 황태자가 될 사람이라고는 보이지 않을 정도로, 마치 남의 일처럼 무심해 보였다.

솔직하지 못하긴.

아무리 페레스라고 하더라도 이 순간, 정말로 그 마음이 평온할 수 없었다.

적어도 조금이라도 기쁜 기색을 내주면 더 보람찰 텐데.

그 순간, 페레스의 눈이 살짝 가늘어졌다.

이 넓은 공간에서 오로지 나만이 알아차릴 수 있을 정도로만.

진작 그럴 것이지.

나는 슬쩍 마주 웃어 주면서 깃펜을 들었다.

[롬바르디 가주, 피렌티아 롬바르디]

짧게 서명한 뒤, 손가락에 끼고 있던 반지를 빼 들었다.

"잠시 실례하겠습니다."

옆에 기다리고 있던 시종이 반지에 잉크를 묻혔고 나는 그것을 들어 내 서명 바로 뒤에 꾹 눌러 찍었다.

롬바르디의 세계수가 뿌리를 내리며 마침내 임명서가 완성되는 순간이었고, 페레스가 마침내 황태자로 거듭나는 순간이었다.

서명식을 지켜보던 귀족들은 모두 숨죽였다.

꿀꺽.

누군가는 긴장감을 이기지 못하고 크게 침을 삼키기도 했다.

롬바르디의 가주가 서명을 마친 뒤에 시종들이 유리를 눌러 임명서를 덮고 액자처럼 만들어 재빨리 회의실 밖으로 들고 나갔다.

황실 기사들도 몇이 그 뒤를 따랐다.

혹시 모를 일에 대비하여 임명서를 지키기 위함이었다.

덜컥.

문이 닫히는 소리가 나고, 대회의실은 다시금 정적에 휩싸였다.

저벅저벅.

2황자가 자리에서 일어나 단상 위에 섰다.

자줏빛 방석 위에서 황태자의 관이 보석을 빛내며 조용히 제 주인을 기다리고 있었다.

귀족들의 동요가 시작된 것도 그즈음이었다.

"어찌 되는 거지?"

누군가가 중얼거렸다.

그러나 이 자리에 모인 귀족들 모두가 떠올린 물음이었다.

황태자 임명이 순조롭게 끝났을 때, 황태자의 관을 수여하는 것은 황제의 일이었다.

황자가 황제의 앞에 한쪽 무릎을 꿇으면 그 머리 위에 관을 얹어주고, 무릎을 꿇고 있던 후계자를 일으켜 세워 주는 것이 정식 순서였다.

황제가 그 일을 할 수 없다면, 그 일은 황후에게로 넘어갔다.

무릎을 꿇을 때는 황자였다가, 황실 어른의 도움으로 자리에서 일어설 때는 황태자로서 서게 되는 것이었다.

그런데 지금은 황제도 황후도 없었다.

"어어……."

이어진 페레스의 행동에 모두가 놀랐다.

페레스는 누군가가 자신의 머리 위에 관을 얹어 주기를 기다리지 않았다.

두 손을 뻗어 황태자의 관을 움켜쥐었다.

그리고 망설임 없이, 그것을 들어 머리 위에 올려 썼다.

그렇게 스스로 황태자가 되었다.

다시 한번, 대회의실이 경악과 침묵에 빠졌다.

아무도 찾지 않아 별궁에 버려진 황자에서부터 강력한 황권을 쥔 황태자가 되기까지.

그의 처절한 여정을 상징하는 순간이었다.

페레스는 두 눈을 감았다.

머리 위에서 황금과 보석으로 화려하게 치장된 관의 묵직한 무게감이 느껴졌다.

램브루 제국의 황태자, 페레스 브리바차우 듀렐리.

음미하듯 자신의 성과를 되뇌어 보기도 했다.

그리고 서서히 눈을 뜨자, 자신을 향해 있는 수백의 귀족들의 모습이 보였다.

그들은 놀란 것 같았다.

결국 이렇게 그가 황태자 자리에 올랐다는 사실이 꽤 충격적인 듯, 몇몇은 두 눈을 질끈 감았다.

그래, 몰랐을 것이다.

처음으로 자신의 존재가, 시녀의 몸에서 난 황제의 유일한 사생아의 존재가 저들에게 알려졌을 때 아무도 이런 미래를 예상치 못했으리라.

그 사생아의 미래는 성년이 되기도 전에 황후의 손에 죽거나, 운이 좋아 조금 더 숨죽이고 살다가 황태자가 된 아스타나의 손에 죽는 경우뿐일 것이라, 그것이 당연하다 여겼을 것이다.

"이 자리에 오기까지."

페레스가 낮은 목소리로 입을 열었다.

듣는 이로 하여금 팔에 오소소 소름이 돋게 하는 목소리였다.

귀족들은 어딘가 절망적인 눈으로 페레스를 바라봤다.

"참 많은 일들이 있었다."

황태자의 붉은 눈동자가 한때 앙게나스와 함께 목소리를 높였던 이들을 하나하나 찾았다.

아직 황위에 오른 것도 아닌, 황태자 임명식에서 보이는 태도로는 조금 오만한 모습이었지만.

그것을 감히 흠잡는 사람은 아무도 없었다.

황후도, 황제도 제자리에 없는 지금, 새로운 황태자는 이미 제국의 주인이나 마찬가지였으니.

페레스는 이어 선언하듯 말했다.

"하나 장차 다가올 새 시대에 과거의 과오가 그 얼룩을 남겨서는 안 된다. 따라서 나는 오늘 이 자리에서 모든 것을 정리할 생각이다."

드디어 올 것이 왔구나.

누가 본보기의 희생양이 될 것인가.

이 자리에 모인 귀족들이 모두 숨소리조차 내지 못하고 있을 때였다.

"가지고 오라."

페레스가 문 앞에 기다리고 있던 시종들에게 손짓했다.

"저게 뭐지?"

시종들이 들고 있는 것은 총 네 장의 종이였다.

조금 전, 황태자 임명서가 그랬던 것처럼 한 장씩 반듯한 액자에 담겨 있는.

"아스타나 네렘페 듀렐리, 그리고 마이어 가주와 그 자손들까지."

페레스가 액자를 하나씩 가리키며 말했다.

"그들의 황위 계승권 포기 각서다."

황위 계승권 포기.

그것은 앞으로 무슨 일이 생기더라도 황위를 계승하지 않겠다는 약속이었다.

혈통으로 주어진 가장 커다란 권리를 포기하는, 실질적으로 황족으로서의 모든 것을 바치고 투항하는 것이었다.

"어, 어느새……."

귀족들은 경악했다.

'정리'의 대상이 자신들이 아니라는 안도를 느낄 새도 없었다.

새로 황위, 혹은 황태자 위에 오른 승자가 다른 황위 계승권자들을 정리하는 것은 역사에 수없이 반복되어 왔다.

하지만 그 과정은 보통 지저분했고 추악했다.

여럿이 죽어 나가고, 그 과정에서 제국민과 귀족들의 신임을 잃는 경우도 허다했다.

은원이 거미줄처럼 얽힌 정치판에 뛰어들어 제 몸을 더럽히는 첫 관문이기도 했다.

"으음……."

귀족들은 침음했다.

모두에게 보란 듯, 금칠을 한 액자 너머에서 황위 계승자들의 투항 문서가 반듯하게 빛났다.

황태자는 피 한 방울 흘리지 않은 채 그들의 항복을 받아 낸 것이다.

완벽한 장악이었다.

이제 제국에 황위를 이어 갈 혈통은 앞으로 황태자에게서 시작될 후계가 유일할 것이다.

"이제 새로 시작할 준비가 된 것 같군."

페레스는 만족스레 말한 뒤, 품에서 다른 문서를 한 장 꺼냈다.

"그대들에게 폐하의 유지를 전하겠다."

완벽하게 사무적인 태도였지만, 받아들이는 귀족들은 그렇지 못했다.

"유지라니……."

"병환이 그 정도로 깊으셨을 줄이야……."

유지를 내린다는 것은 황제의 생명이 다해 간다는 뜻이었다.

귀족들은 더욱 깊게 침묵하며 황태자의 목소리에 귀를 기울였다.

"램브루 제국의 황제 나, 요바네스는 황명으로 다음을 윤허한다. 첫째, 황후의 가문 승계권과 유산 상속권 유지. 둘째……."

이어지는 유지의 내용에 귀족들은 귀를 의심했다.

유지는 황제가 가진 가장 강력한 무기였다.

평소 욕심이 많았던 요바네스였기에, 귀족들은 내심 마음의 준비를 했다.

당장 가문마다 1000골드씩을 뱉어 내 황제의 장례식을 역사상 가장 화려하게 치르라고 하여도 따를 수밖에 없었기 때문이었다.

그런데.

"화, 황후……?"

유지의 내용은 지금까지와는 달리 황후의 독자적인 권위를 유지한다는 내용이었다.

요바네스 본인이 이득을 챙길 수 있는 부분은 하나도 없었다.

모두 후계인 황태자를 위한 유지였다.

"폐하의 유지까지 마음대로 하다니."

"도대체 어떻게 강제한 것이지?"

귀족들이 아주 작은 목소리로 소곤거렸다.

요바네스가 스스로 저런 유지를 남겼을 리 없다고.

분명 황태자가 그렇게 할 수밖에 없도록 만들었을 것이라고.

"도대체 누굴 위해서 저렇게까지 하시는 거지?"

귀족들의 머리에 하나둘, 커다란 물음표가 떠올랐다.

그리고 어느 순간 깨달았다.

조금 전부터, 황태자의 시선이 꽂힌 듯 한 사람에게만 머물러 있다는 것을.

"설마……."

"로, 롬바르디 가주?"

그러나 그런 시선들이 느껴지지도 않는지.

롬바르디 가주는 동요도 없이 아주 태연한 모습으로 가만히 앉아 있기만 했다.

덕분에 귀족들의 혼란은 가중되었고, 결국 그동안 조용했던 대회의실이 술렁이기 시작했다.

그 약간의 소란스러움 속에서 황태자가 말했다.

"마지막으로, 발표할 것이 하나 있다."

황태자는 오늘 모든 것을 완벽히 매듭짓겠다고 제대로 마음먹은 것이 분명했다.

귀족들을 한자리에 모아 놓고 벌써 세 개째 폭탄을 연이어 터뜨리고 있었으니 말이다.

"나 황태자 페레스 브리바차우 듀렐리는, 롬바르디의 가주 피렌티아 롬바르디와의 약혼이 유효함을 밝히는 바이다."

결국.

몇몇 귀족들은 당장 반론이라도 할 것처럼 입을 빼끔거리기도 했다.

하지만 그것뿐이었다.

목 위에 달려 있는 머리를 간수하려면 입을 다물고 있어야 했다.

그도 그럴 것이, 약혼 발표 또한 지금껏 황태자가 해 왔던 모든 일처럼 약점이 없이 완벽했다.

도저히 파고들 구석이 없었다.

숙적인 앙게나스와 황후를 끌어내렸고, 다른 황위 계승자들을 정리해 귀족들이 행여 발칙한 생각을 할 여지도 없앴다.
게다가 죽어 가는 황제의 팔을 비틀어 다음 대 황후의 권리를 보호하는 법까지 만들어 냈다.
귀족들은 자기도 모르는 사이 완벽하게 몰이사냥을 당해 포획 틀에 갇힌 멍청한 짐승이 된 기분이었다.
"이는 황실과 롬바르디 간의 약속을 지키기 위함이며."
그러나 황태자는 그것도 모자랐는지 낮은 목소리로 으름장을 놨다.
"본인은 롬바르디 가주가 아닌 다른 여성과는 혼인을 하지 않을 것이다."
'혼인을 하지 않겠다'는 말에는 후계자를 보지 않겠다는 말 또한 내포되어 있음을 알았다.
당장 황후의 소생이 아니라 죽을 고생을 한 황태자가 아닌가.
그런 그가 황후가 아닌 이에게서 후사를 볼 리 없다.
그러니 이것은 반쯤 협박이나 다름없다.
귀족들은 동시에 생각했다.
"나와 롬바르디 가주의 혼약을 반대하는 이들은 황제 폐하의 유지에 반하는 것으로, 황명 불복종의 죄를 물겠다."
아니, 완전한 협박이었다.
마치 앞으로 거칠 것 없이 독주를 시작할 황태자의 행보를 미리 보고 있는 것 같았다.
그때였다.
"황태자 전하."
그리 크지도, 높지도 않은 목소리가 대회의실을 조용히 울렸다.
"귀족은 제국을 이루는 근간 중 하나. 귀족들을 잘 다스리고 설득하는 것도 황태자 전하의 중요한 의무입니다."

수백의 귀족을 대회의실이란 우리에 몰아넣고 말을 듣지 않으면 황명 불복종의 죄로 참수해 버리겠다 협박을 하는 이 와중에.

황태자에 대항하여 바른 소리를 하는 사람이 과연 누구인가!

목소리의 출처를 찾는 이들의 시선에 자리에서 일어서는 롬바르디 가주가 보였다.

"이렇게 무조건 받아들이고 따르라 엄포만 내리시면 곤란합니다."

그러자 이번에는 수백 개의 시선이 황태자에게로 휙 옮겨졌다.

아무리 약혼자이기는 하지만 자신의 권위에 정면으로 대응하는 롬바르디 가주에게 황태자가 어떤 식으로 화를 낼지 궁금했기 때문이었다.

그러나 그들은 또 한 번 놀랐다.

"……내가 잠시 흥분했나 봅니다."

조금 전까지 서슬 퍼런 눈으로 귀족들에게 일갈하던 황태자의 기세가 한 번에 누그러졌기 때문이었다.

그뿐인가.

"사과하지."

"아이고, 아닙니다!"

"사과라니! 당치도 않으십니다, 황태자 전하!"

페레스가 살짝 고개를 까딱하며 사과하자 오히려 귀족들이 어쩔 줄 몰라 하며 손을 내저었다.

그리고 조금 전까지 침울하게 침전했던 그들의 눈이 피렌티아를 향해 반짝거리기 시작했다.

"조금 더 설명을 해야 할 것 같군요."

피렌티아가 모두를 바라보며 그렇게 말하자, 귀족들이 귀를 쫑긋 세웠다.

"당장 결혼을 하겠다는 것이 아닙니다. 2년의 약혼 기간을 가질 생각입니다."

"어째서 2년입니까, 롬바르디 가주님?"

누군가의 질문에 피렌티아가 빙긋 미소 지으며 대답했다.

"나는 황실과 롬바르디 어느 쪽의 일도 대충 할 생각이 없습니다. 그래서 양쪽에 내 일을 도와줄 사람을 하나씩 두려 합니다."

한 마디 한 마디, 망설임 없이 확실하면서도 부드러운 말투에는 듣는 이로 하여금 절로 믿음을 불러일으키는 힘이 있었다.

황태자와는 또 다른 의미로 귀에 쏙쏙 박히는 어조였다.

"그리고 그 일을 도와줄 내 사촌이 아카데미에서 졸업하는 것이 약 2년 후입니다. 따라서 내가 황실에 대한 권한을 넘겨받는 것은 롬바르디에 모든 준비가 끝나는 그즈음이 될 겁니다."

"하기야."

"확실히 롬바르디에도 시간이 필요하긴 하지."

귀족들은 고개를 끄덕이며 납득했다.

"또한 황태자 전하와 나의 후계들은 황실과 나, 피렌티아 롬바르디의 권한을 중복 상속하지 않을 겁니다."

피렌티아의 말에 귀족들의 얼굴이 활짝 폈다.

한 사람이 황실과 롬바르디의 모든 것을 물려받는, 귀족들이 우려했던 최악의 상황은 벌어지지 않을 거란 말 때문이었다.

게다가 피렌티아 롬바르디에게는 체사유와 제국의 현금을 긁어모으는 갤러한 의복 사업까지 있지 않은가.

꿀꺽.

새삼 피렌티아 롬바르디가 가진 힘이 얼마나 거대한 것인지를 떠올린 사람들이 침을 삼켰다.

"너무 나쁜 쪽으로만 볼 일도 아닙니다. 분명 좋은 면도 있습니다."

탁한 공기를 환기시키듯, 그녀가 웃으며 말했다.

"예를 들어, 롬바르디에 짓고 있는 병원 말입니다."

장안의 화제인 병원이 언급되자 귀족들의 귀가 다시 한번 쫑긋했다.

"파혼하지 않고 약혼을 유지하기로 한 만큼, 롬바르디 시민뿐만이 아닌 제국민 전체를 대상으로 운영할 생각입니다. 물론 이 자리에 모인 여러분들도 사용할 수 있겠지요."

"오오!"

"그런 반가운 일이!"

귀족들만큼 자신의 손익에 예민한 족속도 없다.

다시 말하면, 다루기 쉽다는 말이었다.

피렌티아는 웃음을 속으로 머금으며 덧붙였다.

"또한 롬바르디 장학 재단을 한층 확장할 생각입니다. 지금까지는 예술 쪽에 치중되어 있던 것이 사실이니까요. 적어도 앞으로는 똑똑하고 실력 있는 자가 금전적 이유 때문에 아카데미에 가지 못하는 일은 없을 겁니다. 만약, 여러분의 주변에 그런 이가 있다면 내 앞으로 데려오면 됩니다."

"하하!"

"역시 롬바르디 가주!"

"통이 크시군요!"

피렌티아의 호탕한 말에 귀족들이 와르르 웃음을 쏟아 냈다.

피렌티아도 그들과 함께 웃었다.

그리고 웃음소리의 기묘한 틈새로 누군가가 중얼거린 말이 울렸다.

"아무리 롬바르디라고 하더라도, 그런 돈을 다 감당할 수 있나?"

피렌티아의 얼굴에서 웃음기가 싹 가신 것도 그 순간이었다.

"누굽니까."

그녀가 귀족석을 훑어보며 싸늘하게 말했다.

"방금 그 말을 한 게."

겁먹은 당사자가 나서지 않은 것은 당연했다.

조금 전 그 사람과 동일 인물이 맞나 싶을 정도로 차갑게 굳은 눈초리는 귀족들로 하여금 지은 죄가 없음에도 시선을 피하게 할 만큼 무서웠다.

이실직고하고 나서는 사람이 없자 롬바르디 가주는 모두에게 말했다.

"다시는 롬바르디의 능력을 의심하지 마세요."

짧지만 살벌한 경고였다.

무서운 기운을 뿌리던 황태자를 말 한마디로 제압하고, 제국민 전체에게 혜택을 줄 수 있는 선행을 척척 베풀더니, 이제는 수백의 귀족들을 한 번에 제압하는 카리스마까지.

귀족들은 동시에 옆자리에 앉은 이의 얼굴을 흘끔 보면서 생각했다.

어쩌면 황태자 전하보다도 롬바르디 가주를 더 무서워해야 할 것 같다고.

그들은 입 밖에 낸 소리가 없음에도 암묵적으로 동의하며 고개를 끄덕였다.

"……하아."

푹신한 소파에 털썩 주저앉은 내 입에서 그동안 쌓였던 긴장감이 커다란 한숨이 되어 터져 나왔다.

황태자 임명식이 끝나고.

나와 페레스는 포이락궁으로 돌아온 길이었다.

건너편에 앉은 페레스는 머리에 썼던 관 따위 이미 오래전에 벗어 던진 지 오래고, 지금은 목 밑까지 채운 단추가 불편한지 거친 손길로 그것을 풀어 내리고 있었다.

의자에 깊숙이 몸을 묻고 앉은 내 모습도 품위나 격식과는 거리가 멀었다.

적어도 단둘이 함께 있는 이 공간에서는 나도 페레스도 조금은 편하게 숨을 쉴 수 있다.

하지만 마음까지 그리 편한 것은 아니다.

"미쳤어. 저질렀어, 저질렀다고."

나는 두 손으로 얼굴을 가리고 중얼거렸다.

황태자 임명식에서 우리의 사이를 공표할 거란 건 이미 결정된 일이었지만.

정말로 일을 저지르고 난 뒤에 오는 탈력감이 물먹은 솜처럼 몸을 무겁게 했다.

"후우."

다시 한번 한숨을 쉬는 내 손 틈 사이로 페레스의 얼굴이 보였다.

기진맥진한 나와는 달리 물이 든 잔을 입가로 가져가고 있는 아주 태연한 얼굴이.

"페레스."

내 목소리가 조금 삐딱하게 나왔다.

"넌 왜 그렇게 멀쩡해?"

대충 '넌 왜 그렇게 생겼어?'와 비슷한 말투다.

갑자기 반쯤 시비조로 말하는 것이 옳은 행동은 아니라는 것을 알지만.

너무나 멀쩡해 보이는 모습이 조금 얄미운 것도 사실이니까.

물을 마시려던 페레스가 우뚝, 행동을 멈추고 날 바라본다.

"멀쩡하다고?"

페레스가 고개를 살짝 옆으로 기울이더니 내게 되물었다.

그러고는 느릿하게 말했다.

"지금 꽤 슬퍼하고 있는 중인데."

"스, 슬퍼?"

심장이 철렁하고 내려앉는 것 같았다.

조금 전에 수백의 귀족들을 모아 놓고 온갖 협박을 일삼으면서 나와 결혼하겠다고 공표해 놓고.

이제 와 슬프다고?

"너, 너어. 페레스, 너……."

너무 감정이 북받쳐 말도 제대로 나오지 않는다.

"어떻게 그런 말을 할 수가 있어?"

슬프다는 말은 후회를 하고 있다는 거 아닌가?

결혼식장에 들어가기 전에 겪는다는 메리지 블루라는 것이 있다고는 들었지만.

그래도 이렇게 빨리 후회를 하다니.

머릿속이 고양이가 가지고 논 털실 뭉치처럼 잔뜩 엉켜 들었다.

딸깍.

페레스가 잔을 테이블 위에 내려놓는 소리가 조금 크게 울렸다.

그리고 녀석이 저벅저벅 내 쪽으로 걸어왔다.

오늘따라 발소리까지 크게 나는 것 같다.

일인용 소파에 앉아 있는 내 앞에 선 페레스는 양쪽의 팔걸이를 손으로 짚었다.

그리고 천천히 나를 향해 몸을 기울였다.

"티아."

낮은 그 목소리에 어쩐지 깊은 한숨이 섞여 있다고 느꼈다면 내 착각일까?

"뭐, 뭐야."

언제는 후회한다더니!

나는 페레스가 가까이 다가오자 두근거리는 심장을 애써 모른 체하며 화가 난 표정을 고수했다.

그런 내 얼굴을 들여다보던 페레스가 짧게 말했다.

"2년."

2년?

갑자기 튀어나온 단어가 이해가 가지 않아 눈을 깜박였다.

그러자 페레스의 붉은 눈동자가 나를 똑바로 바라보더니 더욱 낮은 목소리로 말했다.

"2년을 더 기다려야 해."

"지금 약혼 기간을 말하는 거야?"

페레스는 대답하지 않았지만, 나를 물끄러미 바라보는 눈이 대신 대답하고 있었다.

"어쩔 수 없잖아."

나는 그런 녀석을 다독이듯 말했다.

"크레니가 아카데미를 졸업해 돌아와야 나도 가문의 일을 믿고 맡기지. 그래야 황실의 일도, 롬바르디의 일도 잘 해낼 수 있다고."

"알아."

페레스가 바로 대답했다.

"그리고 귀족들 사이에서도 어느 정도의 약혼 기간은 흔히들 가지는 거야."

하지만 페레스는 그런 내 설명 따위 하나도 듣고 있지 않다.

녀석의 시선은 내 얼굴을 훑느라 바빴으니까.

"2년……."

페레스가 다시 한번 탄식하듯 말했다.

붉은 눈동자에 불씨가 일듯이 더욱 붉어졌다.

여기서 멈춰야 한다.

그동안 몇 번의 경험으로 생긴 일종의 알람 시스템이 머릿속에서 경종을 울리고 있었다.

"페레스."

"응?"

"너 눈빛이 좀 그렇다?"

이렇게 말하면 페레스가 '그런가?' 하면서 머쓱해져 물러날 줄 알았다.

그런데 녀석은.

"……티나?"

그러면서 야살스레 웃기까지 한다.

페레스가 오른손으로 내 팔을 천천히 쓰다듬듯 내려간다.

종착지는 의자 팔걸이를 잡고 있는 내 왼손.

비밀스레 손바닥을 파고드는 손길에 나는 눈을 가늘게 뜨며 말했다.

"늑대."

그러자 녀석이 내 손등에 길게 입을 맞추며 입가를 늘였다.

"고마워."

두근.

결국 내 심장이 크게 한 박자 엇갈려 뛰었다.

가까이서 느껴지는 페레스의 체온이 나를 옴짝달싹 못 하게 옭아매는 것 같았다.

나는 참지 못하고 자리에서 벌떡 일어나 창가로 걸어갔다.

닫힌 창문으로 느껴지는 미세한 찬 바람이 홧홧한 얼굴에 닿자 열기가 조금이라도 가시는 것 같았다.

"일단 일주일 뒤에 있을 황태자 임명 축하연 준비는 케이틀린에게 맡겨."

몇 번 심호흡을 하니 제법 멀쩡한 목소리가 흘러나왔다.

그것에 만족하며 뒤로 돌아서는데.

"나도 당분간은 롬바르디의 일이 바빠서 연회까지 신경 쓸 수는 없……."

페레스가 어느새 내 바로 뒤로 다가와 있었다.

"너, 너어……."

주춤 반걸음 뒤로 물러나 보지만 창가의 턱에 허리가 부딪칠 뿐이었다.

"티아."

페레스가 내 이름을 낮게 부르면서 허리를 감쌌다.

내가 저 목소리에 약한 건 어떻게 알아 가지고!

아주 느리게 내 허리를 감은 페레스가 단단한 손으로 나를 천천히 끌어당겼다.

나른하게 내리뜬 긴 속눈썹과 느슨하게 풀린 입매.

잔뜩 태연한 척하고 있었지만 나는 읽어 낼 수 있었다.

붉은 눈 안에 담긴 나에 대한 갈망과 숨길 수 없는 초조함을.

"아, 진짜……."

결국 나는 항복의 말을 뱉으며 페레스의 목을 감아 당겼다.

맞닿은 몸을 통해 녀석이 낮게 웃는 소리가 고스란히 전해졌다.

며칠 뒤.

"할아버지는 도대체 이 일을 어떻게 하신 거지."

가주의 업무는 눈코 뜰 새 없이 바빴다.

물론 할아버지께는 지금 내게 없는 연륜과 경험이란 무기가 있으셨을 테지만.

내게 가주직을 넘기시고 본격적인 은퇴 생활에 접어든 할아버지의 안색이 날이 갈수록 좋아지는 건 아마 이 엄청난 업무량에서 벗어났기 때문이겠지.

"그래도 다들 잘해 주고 있어서 다행이야."

나는 그렇게 중얼거리며 하루 동안 결재한 서류를 책상 한쪽에 차곡차곡 쌓았다.

정말 나만 잘하면 될 정도로, 롬바르디의 구성원들은 자신의 자리에서 최선을 다하고 있었다.

이렇게 탄탄한 가문을 단 몇 년 만에 말아먹다니.

이전 생의 비에제는 나름대로 대단한 사람이었을지도.

똑똑.

그때, 낮은 노크 소리가 울렸다.

"가주님, 요한입니다."

"들어오게."

내 말에 문을 열고 들어온 것은 집사인 요한과 그 뒤를 따라 들어온 베이트였다.

베이트는 얼마 전 레스토랑까지 성공적으로 론칭해 잘 나가는 요식업 사업가로 이름을 날리기 시작했다.

하지만 그것은 어디까지나 겉 포장일 뿐이고.

요즘 베이트는 돈보단 레스토랑을 오픈하면서 더욱 고급 정보들이 쏟아져 들어오고 있다고 환호하고 있었다.

"여기까지 어쩐 일인가?"

내 물음에 베이트가 요한을 한번 흘끗 보더니 공손히 머리를 숙이며 말했다.

"지난번에 특별 예약하신 저희 레스토랑의 스테이크 정식을 저택의 주방으로 배달했습니다. 조금 있으면 따듯한 접시에 담긴 음식을 드실 수 있을 겁니다."

나는 그런 예약을 한 적이 없다.

그렇다면 배달로까지 위장해야 할 정도로 급히 전해야 할 소식이 있다는 건데.

"마침 배가 좀 고프네. 음식을 가져다주겠어, 요한?"

나는 요한을 집무실 밖으로 내보냈다.

달칵하고 문이 닫히고 요한의 발소리가 멀어지자, 베이트가 차분한 모습을 벗어던지며 말했다.

"얼마 전에 황태자 전하의 유모를 살해했던 자를 찾았다고 말씀드렸던 거, 기억나십니까?"

나는 고개를 끄덕였다.

폐후의 명령을 받아 어린 페레스를 별궁에 혼자 두고 유모를 끌고 갔다.

그리고 그 시신이 남부 서베스강 하역에서 발견되었다던가.

"그런데 그자가 이상한 말을 했습니다."

"이상한 말?"

베이트가 한 걸음 집무실 책상 앞으로 다가오더니 더욱 목소리를 낮췄다.

"황태자 전하의 모친을 살해한 것이 폐후가 아니랍니다."

"폐후가 아니라고?"

나는 고개를 가로저었다.

"라비니가 아니면 페레스의 어머니를 죽일 동기를 가진 사람은 없어. 평민 출신의 조용한 성격을 가진 시녀였는걸."

"그게…… 황태자 전하의 유모가 죽기 전에 울면서 그렇게 말했답니다."

어쨌든 페레스와 페레스의 어머니를 바로 옆에서 모셨던 유모였다.

그 입에서 직접 들었다면, 신빙성이 있었다.

나는 베이트에게 물었다.

"누가 죽였다고 했는데?"

"오셨습니까, 황태자 전하."

"폐하께서는?"

"오늘도 똑같습니다. 더 안 좋아지신 것 같기도 하고……."

침실 앞을 지키고 있던 기사가 고개를 저었다.

"그래도 전하께서 오셨으니 기뻐하실 겁니다. 하루 종일 전하가 오시는 시간을 기다리시니까요."

"그렇군."

페레스는 짧게 대답했다.

하지만 한쪽 입매가 조금 뒤틀리는 것은 참을 수 없었다.

황제가 자신이 오는 시간을 기다린다니.

손에 들고 있는 다기가 담긴 쟁반에서 한 번 달그락하는 소음이 났다.

"문을 열어라."

"예, 전하."

충직한 기사들이 얼른 황제의 침실 문을 열었다.

하루에 두 번, 페레스가 오는 시간은 정해져 있었으므로 이미 시녀들은 모두 자리를 비킨 뒤였다.

"늦었구나."

새액새액 하는 거슬리는 숨소리와 함께 요바네스가 말했다.

언제나 같은 말이었다.

침대 옆에는 요바네스가 제 성질을 이기지 못하고 깬 것으로 보이는 화병의 작은 조각이 몇 개 굴러다니고 있었다.

"차를 올리겠습니다."

페레스가 평소와 다름없이 차를 준비했다.

일반적인 찻잔보다 조금 큼직한 잔에 따듯한 차를 담아 요바네스의 손에 쥐여 주었다.

숨을 잘 쉴 수 없어 덜덜 떨리는 손으로도 요바네스는 얼른 그 잔을 받아 들었다.

"이상하게, 이 차를 마시면, 조금, 수월하단 말이지."

요바네스가 그렇게 말하며 찻물을 쭉 들이켰다.

페레스의 시선이 그것을 멀찍이서 지켜봤다.

"한 잔 더."

요바네스가 급히 차를 마시고는 두 번째 잔도 모두 비웠다.

"후우, 그래. 좀 낫군."

요바네스가 만족스런 얼굴로 자신의 가슴팍을 쓸어내리며 말했다.

병상에 누워 있는 동안 살이 빠져 지난날의 넉넉한 풍채는 상상도 안 될 정도로 마른 요바네스였다.

하지만 그 눈에 담긴 페레스를 향한 비릿한 눈빛만은 여전했다.

"모레던가, 네 축하연이."

"그렇습니다."

페레스는 여전히 뒷짐을 진 채 그 자리에서 움직이지 않았다.

그 모습을 보며 요바네스가 비웃었다.

"뒤에서, 얼마나 욕을 할까. 대제국의, 황태자가, 고작 너처럼, 천한 피가, 섞인 자가, 되었다고."

그 천하다 말하는 시녀를 탐해 한 생명을 세상 밖에 나오게 한 것은 요바네스였다.

하지만 페레스를 바라보는 요바네스의 시선에 그런 죄책감은 없었다.

"아스타나를, 살렸어야, 했어."

최근 들어 요바네스가 자주 하는 말이었다.

마치 그 말이 페레스를 자극할 거라고 생각하는 것처럼.

하지만 페레스는 항상 무표정으로 응답했다.

지금처럼.

"적어, 도, 아스타나, 는, 너처럼, 교만, 하지……."

요바네스는 말을 멈췄다.

제 몸이 이상하다는 것을 알아챘기 때문이었다.

"허억, 허억."

평소보다 갑절은 숨이 찼다.

마치 폐가 완전히 쪼그라든 듯, 숨이 들어가지 않았다.

"허억, 어서, 구, 궁의를……!"

답답한 가슴과 목을 쥐어뜯으며 요바네스가 말했다.

헐떡거리는 숨에 제대로 목소리조차 나오지 않았다.

하지만 페레스는 아무런 반응이 없었다.

여전히 가만히 뒷짐을 진 채로, 요바네스를 바라볼 뿐이었다.

"가, 가만히, 뭘 하고……."

결국 앉아 있던 요바네스의 몸이 뒤로 넘어갔다.

툭, 데구루루.

요바네스가 손에 쥐고 있던 찻잔이 침대 밑에 깔린 두툼한 러그 위를 뒹굴었다.

저벅.

페레스가 움직이기 시작한 것도 그때였다.

한 손을 뻗어 찻잔을 주운 페레스는 차게 식은 얼굴로 그것을 협탁 위에 얌전히 내려놓았다.

"너, 너……!"

요바네스는 무언가를 깨달은 듯, 페레스를 향해 손가락질했다.

그리고 안간힘을 다해 소리를 치기 시작했다.

"바, 밖에……. 궁의를, 불러……."

하지만 새어 나오는 것은 겨우 하품 소리보다도 작은 목소리일 뿐이었다.

"컥, 커헉!"

요바네스의 손발이 뻣뻣하게 굳어 가기 시작했다.

바들바들 떨리는 그 사지를 내려다보던 페레스가 입을 열었다.

"죽어라. 네가 죽어야 모두 편해질 것 아니냐."

요바네스가 얼굴을 일그러뜨렸다.

영문을 모르겠는 그 모습에 페레스가 피식 웃었다.

"기억나지 않으신가 봅니다. 나는 그 말을 지금까지 잊어 본 적이 없는데."

"그, 그게, 무슨……."

"당신이 내 어머니 손에 독약을 쥐여 주며 했던 말입니다."

요바네스의 두 눈이 경악으로 뜨였다.

"그, 그걸, 네가, 어떻게……."

"그날 밤은 어머니가 열이 많이 났습니다. 나는 아래층으로 내려가 수건을 물에 적셔 올라왔는데."

페레스가 그 어둑한 날 밤을 떠올리며 말했다.

"당신이 와 있더군요. 그렇게 수십, 수백 통의 편지를 보내도, 궁의를 보내 달라 절규를 해도 옷자락조차 볼 수 없던 당신이."

저도 떳떳하지 못한 일이라는 것은 아는지.

그날 밤 요바네스는 시종도, 호위도 달지 않은 채 혼자 별궁을 찾았다.

우습게도, 그날이 페레스가 아버지란 존재를 처음으로 본 날이었다.

비스듬히 열린 문틈으로 본 비겁한 뒷모습이, 처음이었다.

"이걸 마시고 끝내라. 네 아들은 내가 책임지고 목숨만은 살려주마. 그러니, 죽어라. 네가 죽지 않으니 내 입장이 영 껄끄럽다."

페레스는 담담히 그날의 기억을 읊조렸다.

"살려 달라 울면서 옷자락을 잡는 내 어머니의 손을 참 매정하게도 내치시더군요, 폐하는."

"그, 그건……. 그때는……"

요바네스는 뭐라 변명이라도 하려는 듯 입을 뻐끔거렸다.

하지만 숨이 모자라 그마저도 힘들었다.

그것이 마음에 들어, 페레스는 그린 듯이 웃었다.

그리고 말했다.

"어서 죽으십시오. 폐하가 죽지 않으니 내 입장이 영 껄끄럽지 않습니까."

"컥! 커헉!"

결국 요바네스의 눈이 돌아가기 시작했다.

실금을 한 것인지, 악취가 풍겼다.

발작하듯 몸을 떠는 요바네스의 귓가에 페레스가 말했다.

“폐하는 내가 책임지고 제국의 역사상 가장 형편없고, 어리석은 황제로 역사서에 남겨 주겠습니다. 그러니 편히 가십시오.”

“그륵, 크르륵…….”

짐승이 거품을 무는 듯한 게걸스러운 소리가 의미 없이 벌어진 요바네스의 입에서 흘러나왔다.

이미 오래전에 죽어야 했을 자가 몇 번 더 숨을 쉬어 보겠다고 발악하는 소리이니, 게걸스런 욕심이 맞았다.

결국 요바네스의 움직임이 멎고.

페레스는 부릅뜬 요바네스의 눈을 바라봤다.

붉은 핏발이 선 눈에 제 죄를 모르는 원망이 가득했다.

그러나 그것도 잠시.

페레스는 무표정한 얼굴로 그런 요바네스의 눈을 감겼다.

목을 쥐어뜯을 듯 움켜쥐었던 손도 풀어 양옆에 가지런히 내려놓았다.

마지막으로, 아귀같이 벌어졌던 입도 툭 눌러 닫았다.

어느새, 요바네스는 마치 잠이 든 듯이 평온해 보였다.

지난 시간 동안, 요바네스의 밭은 숨소리로 조용한 날이 없었던 침실이 마침내 완벽한 정적에 잠겼다.

페레스는 돌아섰다.

그리고 침실의 문을 열어 말했다.

“폐하께서 붕어하셨다.”

깜짝 놀란 기사들이 그 자리에 굳어 버린 사이, 침실 밖에서 대기하던 시녀와 궁의가 안으로 뛰어 들어갔다.

"폐, 폐하!"

궁의가 깜짝 놀라 요바네스의 숨소리와 심박을 확인했으나, 이미 늦은 일이었다.

"흑! 흐윽!"

황제가 죽으면 곁에서 모시던 이들은 물론 온 나라가 슬픔에 잠기는 것이 예법이었다.

"폐하……."

이윽고 기사들도 툭, 고개를 떨궜다.

하지만 그 사이에서 페레스는 동떨어져 있었다.

"부고를 알려야겠다."

짧게 말하고 뒤로 돌아섰을 때였다.

"……티아."

복도 저 끝에 피렌티아가 서 있었다.

그 순간, 알 수 있었다.

그녀는 이미 모든 것을 알고 있다는 것을.

페레스의 얼굴이 딱딱하게 굳어 갔다.

치부를 들킨 듯, 도망치고 싶었다.

두려웠다.

그녀가 자신을 경멸하게 될까 봐.

더럽고 추악하다 욕할까 봐.

그녀가 한 걸음씩 다가올수록, 그 마음은 점점 커져 갔다.

그리고 마침내 마주 섰을 때.

"페레스."

그녀가 그의 이름을 부르며 꽉 안아 주었다.

딱딱하게 굳었던 몸에 피렌티아의 온기가 스몄다.

침실 근처에 있던 기사들과 시종들의 시선이 두 사람에게 모였다.

그런 그들이 듣지 못하도록.

그녀는 페레스의 머리를 끌어당겨 귓가에 작게 속삭였다.

"미안해, 페레스."

슬픔이 가득 배어 있는 목소리였다.

"너에게 그런 일이 있었다는 걸, 미리 알아내지 못해 미안해."

그의 허리를 끌어안은 두 손이 등을 쓸었다.

"너 혼자 아프게 해서, 미안해."

툭.

마치 균열이 깨지는 듯이 작은 소리였다.

그의 눈에서 떨어진 한 방울의 눈물이, 그녀의 어깨 위에 스미며 난 소리였다.

페레스는 커다란 몸을 웅크렸다.

그 안에 그녀의 몸을 두고 보호하듯 안았다.

그 모습을 지켜보던 이들은 그저 '폐하의 죽음에 황태자 전하가 슬퍼하시는구나' 라고 생각할 뿐이었다.

서로를 지키겠다는 듯.

네가 가진 비밀을 지키겠다는 듯.

단단히 보듬어 안은 연인이 나누고 있는 마음은 아무도 몰랐다.

램브루 제국의 황제, 요바네스가 붕어한 날의 일이었다.

Epilogue

Epilogue

황태자의 임명을 축하하기 위해 준비되었던 연회는 황제 즉위식으로 바뀌었다.

3일간, 요바네스의 죽음을 애도한 제국은 이내 새로운 황제를 맞이할 준비를 했다.

나를 태운 마차가 황궁에 도착해 멈춰 섰다.

"피렌티아."

문이 열리고 페레스의 모습이 보였다.

녀석이 내 손등에 진한 키스를 했다.

주변에 서 있던 황궁 병사들과 시종들이 어색하게 헛기침을 하며 서둘러 눈을 돌리는 것이 보였다.

"페레스!"

내 타박에도 페레스는 꿋꿋했다.

씨익 웃기까지 하는 것이 아주 능글맞았다.

요바네스의 일이 있고 난 후에, 페레스는 전보다 자신의 감정을 표현하는 일이 많아졌다.

적어도 내 앞에서는.

나는 잡혔던 손을 빼내며 말했다.

"어서 가자. 다들 기다리겠어."

"이 램브루 제국에 네가 조금 기다리게 했다고 불평할 사람은 아무도 없어, 나의 티아. 조금 천천히 가도 돼."

'나의 티아'라니.

부끄럽지도 않냐고 몇 번 항의해 보았지만, 페레스는 그때마다 '내 걸 내 거라고 하는 것뿐'이라며 내 불만을 일축했다.

나는 절레절레 고개를 가로저으며 앞장서서 걸었다.

"여기까지 힘들게 온 만큼, 이 순간을 즐겨야지."

페레스가 내 뒤에 따라붙으며 말했다.

"그래, 아주 개고생을 했지."

그동안 있었던 일들이 눈앞에 주마등처럼 스쳤다.

"하지만 그렇다고 해서 무례를 저지를 필요는 없어."

지금 저 안에 우리를 기다리고 있는 사람이 도대체 몇 명이라고 생각하는 거야?

내가 눈을 흘기자 뭐가 또 그리 좋은지, 페레스는 말없이 웃었다.

"준비됐어?"

우리는 마침내 즉위식이 열릴 연회장 앞에 섰다.

내가 고개를 끄덕이자 페레스가 손을 내밀었다.

"그럼 들어가실까요, 롬바르디 가주."

"가시죠, 황태자 전하."

내가 페레스를 황태자라고 부르는 것은 오늘이 마지막이다.

이윽고 굳게 닫혀 있던 연회장의 문이 열리기 시작했다.

"황태자 전하와 피렌티아 롬바르디 가주 듭시오!"

시종이 우렁차게 알리는 소리가 들려왔다.

밝은 대연회장의 빛이 우리를 환영하듯이 쏟아져 내렸다.

그리고 우리를 기다리고 있는 수많은 사람들이 보였다.

그들이 뒤로 물러나 만들어 준 길은 정면의 높은 단상으로 우리를 인도했다.

오로지 황제로 즉위하는 황태자와 그 반려자만이 오를 수 있는 자리였다.

내딛는 걸음 밑으로 밟히는 카펫이 발을 든든히 받쳐 주는 것 같았다.

길 양옆으로 늘어선 사람들 사이에서 익숙한 얼굴들을 찾을 수 있었다.

할아버지, 아버지, 샤나넷, 그리고 그 옆에 선 클레리반.

다른 쪽으로 눈을 돌리니 아비녹스와 라라네, 그리고 쌍둥이들이 함께 서 있는 것이 보였다.

그 밖에도 찬톤 서셔우, 미겐테 아이반, 그리고 브라운 가주와 라모나가 보였다.

그들이 내게 고개를 가볍게 숙여 보였다.

그렇게 한 사람, 한 사람 눈을 마주치며 나와 페레스는 점점 단상에 가까워졌다.

나는 고개를 돌려 옆을 바라봤다.

페레스는 이미 나를 보고 있었다.

언제부터였을까.

문득 그런 물음이 머리를 스쳤다.

“올라가시죠, 황태자 전하.”

나는 단상 앞에 멈춰 서며 말했다.

“롬바르디 가주께서도 함께 올라가시는 겁니다.”

어느 정도 예상은 했지만.

공식적으로 약혼을 한 사이니 함께 단상에 올라서도 문제는 없을 터였다.

다만, 페레스에게 확인하고 싶었다.

페레스가 했던 말대로, 길고 긴 여정이었다.

그 힘든 길의 끝에서 쟁취한 이 순간을 내가 함께 나눠도 되겠냐는 질문이었다.

“티아.”

페레스가 이 드넓은 공간, 수많은 사람들 속에서 오로지 나만 바라보며 말했다.

“주변을 둘러봐. 이 모든 건 네가 이뤄 낸 거야.”

날 잡은 페레스의 손에 조금 더 힘이 들어갔다.

그리고 그림 같은 미소를 지으며 내게 물었다.

“함께 올라가 주시겠습니까, 롬바르디 가주?”

그 목소리에 어쩐지 웃음이 났다.

나는 고개를 끄덕이며 대답했다.

“네, 황태자 전하.”

우리는 서로를 바라봤다.

그리고 동시에, 단상 위에 올라서는 첫발을 내디뎠다.

“피렌티아 님, 피렌티아 님 일어나세요.”

작은 목소리가 내 잠을 깨웠다.

“으음.”

어젯밤 서류를 들여다보느라 늦게 잠드는 바람에 아직 뻑뻑한 눈이 잘 떠지지 않았다.

“이제 일어나실 시간입니다.”

이른 아침인데도 귀에 거슬리지 않는 다정한 목소리였다.

“좋은 아침이야, 케이틀린.”

눈도 제대로 뜨지 못하는 내가 푹신한 베개에 얼굴을 파묻은 채로 한 손을 흔들며 말하자, 케이틀린이 작게 웃는 소리가 들렸다.

“나 조금만 더 자면 안 될까?”

“어제 늦게 주무신 겁니까? 폐하께 꼭 일찍 주무시게 해 달라고 그렇게 당부를 드렸는데.”

“페레스 잘못이 아니야. 내 잘못이야. 내가 더 일하다 잔다고 고집을 부렸어.”

결국 마지막에는 서류를 손에 쥔 채로 페레스에게 안겨 침대에 눕혀졌지만.

“에스티라 님도 지난번 검진에서 피로를 조심하셔야 한다고 말했잖아요.”

케이틀린이 엄한 목소리로 혼내듯 말했다.

페레스가 황위에 오른 뒤로 나의 시녀가 되기를 자처한 케이틀린은 다른 사람의 손을 빌리지 않고 내 모든 시중을 직접 들어 주고 있었다.

둘째 아이를 가진 로릴은 이제 내 시녀가 아니라 이따금 찾아와 이야기를 나누는 친한 친구가 되었고.

"알아, 알아. 어휴, 배고프다."

나는 케이틀린의 도움을 받아 씻고 준비를 마친 뒤 식당으로 향했다.

"다들 좋은 아침이에요."

내 인사에 미리 와서 식사를 하고 있던 가족들이 날 바라봤다.

"배가 찰 만큼 든든하게 부탁해."

나는 다가온 시종에게 그렇게 말하고 자리에 앉았다.

"오늘 일정이 바쁜가 보구나."

어제 체사유에서 도착한 아버지는 아직 여독이 풀리지 않은 피곤한 얼굴로 나를 걱정스레 바라봤다.

"회의가 있으니까요. 안건도 안건이고."

내 말에 클레리반이 고개를 끄덕이며 동의했다.

"아마 긴 회의가 될 겁니다. 든든하게 드셔 두십시오, 가주님."

"펠렛 가주도."

"안 그래도 두 그릇째입니다."

나는 일단 따듯한 차를 마시며 아버지에게 물었다.

"항만은 어찌 되어 가고 있어요?"

"선착장을 늘려야 하는데, 공사가 더뎌 영 고민이다."

"흐음. 오신 김에 바이올렛을 한번 만나 보는 건 어때요?"

“안 그래도 미리 연락을 넣어 오늘 오후에 만나기로 했단다. 항만을 오가는 물자의 반은 롬바르디 상단과 펠렛 상회의 것이니, 같이 머리를 맞대 보면 뭔가 해결책을 강구해 볼 수 있겠지.”

나는 지친 얼굴로 그렇게 말하는 아버지의 빈 찻잔에 따듯한 차를 조금 더 따라 주는 것으로 위로의 마음을 전했다.

“저는 오늘 황궁에서 잘 생각이에요. 혹시 무슨 일이 있으면 황후궁으로 사람을 보내세요, 아버지.”

“그래, 그래.”

아버지는 아직 잠이 덜 깼는지 눈을 비비며 고개를 끄덕였다.

“가주님도 오늘 황궁에 있을 거면, 저택이 텅텅 비겠는데?”

“그러게. 오늘 우리도 한 달간 전지훈련을 간단 말이지.”

근래 들어 집중적으로 근육을 키워 더욱 늠름해진 쌍둥이가 산더미같이 쌓인 팬케이크를 포크로 꾹꾹 집으며 말했다.

“고모님도 오늘 떠나시던가요?”

내 말에 샤나넷이 입가를 닦으며 고개를 끄덕였다.

“북부에 새 광물이 발견되었다는데, 내가 직접 가 봐야 할 것 같다.”

뭐든 본인의 눈으로 확인하는 것을 좋아하는 샤나넷다웠다.

“여름이라 고생이 많으실 텐데요.”

“그래도 확실히 해 둬야지.”

샤나넷이 단호하게 말했다.

가족들의 근황을 확인하는 짧은 대화와 함께 서둘러 아침 식사를 마쳤다.

“펠렛 가주, 준비되었나?”

“예, 가주님.”

클레리반이 커피를 모두 비우고 자리에서 일어나며 말했다.

"수고하거라."

아버지의 인사와 함께 식당을 나와 현관 앞에 도착하자 커다란 서류 뭉치를 든 크레니가 날 반겼다.

"오셨습니까, 누님."

"넌 여전히 아침 식사를 안 하는구나, 크레니?"

"아침에 뭘 먹으면 하루 종일 속이 좋지 않아요. 대신 점심은 잘 챙길게요."

입이 짧은 크레니가 헤헤 웃으며 말했다.

"그래도 오늘 같은 날은 먹어 두는 게 좋을 텐데."

회의 중간 쉬는 시간에 크레니에게 과일이라도 먹여야겠다는 생각을 하면서 마차에 올라타려 할 때였다.

"황궁으로 가느냐."

"아, 할아버지."

아침 산책을 나오신 건지, 뒷짐을 지고 천천히 걸어오는 할아버지가 보였다.

그 옆에는 얼마 전부터 할아버지가 키우고 있는 강아지인 랄프도 보였다.

덩치는 크지만 무척이나 순하고 똑똑해서 온 저택 사람들의 사랑을 독차지하고 있는 녀석이었다.

"오늘은 무슨 일이 있어도 물러서면 안 된다, 티아야."

할아버지의 미소는 온화했지만 눈빛만큼은 전과 다름없이 날카롭게 빛났다.

"제가 언제 물러선 적 있던가요."

내 대답에 할아버지는 허허하고 너털웃음을 터뜨리더니 고개를 끄덕끄덕했다.

"그래, 그래. 네가 잘 알아서 하겠지, 암."

할아버지는 그렇게 말하고 내 어깨를 다정히 툭툭 두드려 주더니 다시 랄프와 걸어가기 시작했다.

상록수 숲이 있는 쪽이었다.

나는 그 자리에 서서 할아버지의 여유로운 뒷모습을 바라보다가 마차에 올랐다.

나와 크레니, 그리고 클레리반을 태운 마차는 멈추지 않고 달려 황궁에 도착했다.

"후우."

황궁 복도를 걷고 있자니, 조금 긴장한 크레니가 내뱉는 한숨 소리가 울렸다.

"크레니."

"네, 누님."

"나만 믿고 따라와."

나는 크레니의 등을 팡팡 두드려 주며 말했다.

아플 법도 한데.

크레니는 언제나처럼 헤헤 웃으며 고개를 끄덕였다.

우리가 대회의실에 다다르니 문 앞을 지키고 있던 기사들이 얼른 예를 갖춰 인사를 했다.

"문을 열거라."

내 말에 시종들이 고개를 숙이며 대회의실 문을 열었다.

묵직한 문이 움직이며 그 안에 품고 있던 와글와글한 대화 소리를 쏟아 냈다.

아마 내가 가주가 된 이후로 가장 치열한 전장이 될 오늘의 대회의였다.

하지만 불안하지는 않았다.

오늘 승리하기 위해 모든 준비를 마쳤으니까.

내가 대회의실 안으로 걸어 들어가자, 수백의 귀족들이 일제히 일어났다.

"오셨습니까, 롬바르디 가주."

나는 그들을 향해 여유롭게 고개를 끄덕여 인사를 보내며 내 자리를 찾아 앉았다.

내 뒤에는 클레리반과 크레니가 착석했다.

시선이 느껴져 고개를 돌리니, 황제의 자리에 앉은 페레스가 날 바라보고 있는 것이 보였다.

"좋은 아침입니다, 롬바르디 가주."

녀석이 먼저 인사를 해 왔다.

"아침 식사는 잘하셨습니까, 폐하."

"예. 가주께선?"

"저도요."

나는 짧게 대답한 뒤 씨익 웃으며 덧붙였다.

"오늘이 어떤 날인데요. 안 그렇습니까?"

한마디로 제대로 한번 붙어 보자는 말이다.

"롬바르디 가주께서 오셨으니, 그럼 대회의를 시작하겠습니다!"

나를 위해 일어났던 귀족들이 다시 자리에 앉으며 대회의가 시작되었다.

전에 없는 태평성대라는 평가를 받고 있는, 램브루 제국의 별다를 것 없는 하루였다.

– 완결 –

이번 생은 가주가 되겠습니다 5

초판 1쇄 인쇄 2024년 1월 12일
초판 1쇄 발행 2024년 1월 31일

지은이 김로아
펴낸이 최원영
편집장 예숙영
편집 박상희
편집디자인 한방울
영업 김민원 조은걸
물류 이순우 최준혁 박찬수

펴낸곳 ㈜디앤씨미디어
출판등록 2002년 5월 1일 제117-90-51792호
주소 서울시 구로구 디지털로 26길 111 JnK디지털타워 503호
대표전화 (02)333-2513 팩스 (02)333-2514
전자우편 dncbooks@dncmedia.co.kr
디앤씨북스 블로그 http://blog.naver.com/dncbooks

ISBN 979-11-264-6988-8 04810
ISBN 979-11-264-6983-3 세트

지금까지 <이가주>를 읽어주셔서 감사합니다.

2023. 12. 26